LE SECRET DE LA CITÉ SANS SOLEIL

Du même auteur

L'Exil des anges, Fleuve Éditions, 2009 ; Pocket, 2010
Nous étions les hommes, Fleuve Éditions, 2011 ; Pocket, 2014
Demain j'arrête !, Fleuve Éditions, 2011 ; Pocket, 2012
Complètement cramé !, Fleuve Éditions, 2012 ; Pocket, 2014
Et soudain tout change, Fleuve Éditions, 2013 ; Pocket, 2014
Ça peut pas rater !, Fleuve Éditions, 2014 ; Pocket, 2016
Quelqu'un pour qui trembler, Fleuve Éditions, 2015 ; Pocket, 2017
Le Premier Miracle, Flammarion, 2016 ; J'ai lu, 2017
Une fois dans ma vie, Flammarion, 2017 ; J'ai lu, 2018
Vaut-il mieux être toute petite ou abandonné à la naissance ?, avec Mimie Mathy, Belfond, 2017 ; Le Livre de Poche, 2018
Comme une ombre, avec Pascale Legardinier, J'ai lu, 2018
J'ai encore menti !, Flammarion, 2018 ; J'ai lu, 2019
Les phrases interdites si vous voulez rester en couple, avec Pascale Legardinier, J'ai lu, 2019
Pour un instant d'éternité, Flammarion, 2019 ; J'ai lu, 2020
Une chance sur un milliard, Flammarion, 2020 ; J'ai lu, 2021
Mardi soir, 19 H, Flammarion, 2021 ; J'ai lu, 2022

Gilles Legardinier

LE SECRET DE LA CITÉ SANS SOLEIL

Roman

Flammarion

© Flammarion, 2022.
ISBN : 978-2-0814-2062-5

*À la moitié sans qui je ne peux pas vivre.
À ceux sans qui je n'aurais pas de raisons.
Aux rêveurs sans qui le monde n'avance pas.*

1

Il faisait nuit, un peu froid. Le long des berges de la Seine désertes, les arbres dénudés s'alignaient, leurs branches privées de feuilles se découpant sur le ciel obscur. Il régnait par ici une quiétude devenue rare si près de Paris, et comme souvent en cette saison, nous n'étions que deux à courir ce soir-là. L'hiver commençait à peine, mais il se faisait déjà sentir dans la morsure de l'air qui glaçait nos poumons.

La course à pied n'avait jamais été un plaisir pour moi, ce n'était que le prétexte pour partager un moment avec Nathan. Ces trop rares heures nous permettaient de discuter entre nous, entre amis.

Depuis plusieurs années, le rituel s'était instauré, immuable : chaque fois que je me trouvais en France, je passais le chercher après son travail ; nous partions alors tous les deux du centre de Rueil en direction des rives du fleuve. L'aller – cinq kilomètres environ – se faisait en courant, après quoi, forts de ce maigre exploit, nous nous autorisions à revenir en marchant, et surtout en discutant. Pour nous, c'était cela l'important. Nous abordions des sujets aussi variés qu'imprévisibles ; le genre de conversation que les hommes ont d'ordinaire autour d'un verre.

Nathan était bien davantage que mon plus vieil ami. Il était le frère que je n'avais jamais eu, et un repère dans ma drôle de vie. Il possédait beaucoup de ce qui me manquait : un optimisme à toute épreuve, et surtout, l'insouciance…

Les lumignons électriques plantés à intervalles réguliers au bord de l'ancien chemin de halage projetaient à notre passage nos ombres mouvantes et démesurément déformées sur les buissons. Concentrés sur notre course, nous ne parlions pas encore. Les seuls sons audibles étaient ceux de nos foulées sur le chemin de terre pauvrement éclairé, nos profondes respirations, et le vent dans les dernières feuilles restées accrochées aux branches.

Dieu que j'aimais ces moments… Ils étaient comme une revanche sur ma solitude. Durant ces quelques heures loin de tout le reste, je réapprenais à vivre, à croire que le monde était ce qu'il avait l'air d'être, que ma vie était normale. C'était inespéré. Vital.

Sur le fleuve, une péniche chargée de sable glissait en ronflant dans le même sens que nous, sombre masse fendant des flots plus noirs encore. Sur le pont avant, dans la lueur des fenêtres de la cabine, un jeune garçon manœuvrait une large virole.

Notre modeste rythme allait tout de même nous permettre de doubler ce monstre flottant. Ce n'était pas la première fois, ça n'avait rien d'une performance, c'était juste amusant. Nos ombres bondissaient de buisson en buisson, le murmure de la Seine parvenait presque à couvrir les lointaines rumeurs de la ville.

Je me suis souvent demandé comment les choses auraient tourné si nous avions rebroussé chemin à ce moment-là. Mais en cet instant ne comptaient que nos souffles, le nuage de notre haleine qui s'estompait aussitôt formé, nos cœurs qui battaient, la cadence étouffée de nos semelles. Le garçon se redressa, appela son père.

Nous arrivâmes à la hauteur du golf, une immense étendue de gazon ponctuée çà et là par les taches plus claires des bunkers de sable. Le terrain était trop récent pour que les arbres aient eu le temps de grandir ; de toute façon, d'ici dix ans, les immeubles auraient tout envahi.

Le terme de notre course se profilait déjà : le bâtiment de meulière marquant notre ligne d'arrivée était en vue. Dans quelques instants, ce serait le demi-tour, la fin de notre « marathon ». Nathan me parlerait de Noël qui approchait, et moi de ce que je pouvais lui dire de mon travail. C'est fou l'importance que peut prendre le futile lorsqu'on en a besoin.

Puis, brusquement, tout a basculé. Un rugissement sourd, immensément puissant, les mains sur les oreilles, et là, juste devant nous, il a fait jour.

2

Le silence, comme une chape de plomb. À terre, sonné, les yeux clos, j'avais l'odeur humide des feuilles mortes dans les narines. Je ne sentais plus mes jambes ni mon bras gauche. Rien d'autre n'existait que ce parfum de feuilles.

L'explosion avait été d'une violence inouïe. Le tonnerre de la déflagration résonnait encore à mes oreilles assourdies. Pour le moment, je n'éprouvais aucune douleur. Sans doute le choc.

Ma première pensée cohérente fut pour Nathan. En faisant un effort considérable, je réussis à soulever un bras. J'avais la sensation d'être entier, mais dans le désordre. J'ouvris péniblement les yeux. La vision encore brouillée, je battis des paupières. Je ne reconnaissais rien. Sur un rayon de quinze mètres, tout avait été détruit, le grillage du golf arraché, les bosquets déracinés, la terre pulvérisée. Au beau milieu du chemin s'ouvrait un cratère impressionnant.

La charge ne devait pas avoir sauté depuis longtemps car il n'y avait encore personne dans les parages. Tout était étrangement calme, silencieux, irréel. Les débris jonchant le sol, mon sang qui s'infiltrait lentement dans la terre… Ça ne pouvait être qu'un rêve. Un cauchemar.

Mes tempes cognaient. Toujours aucun signe de Nathan. L'angoisse montait. J'essayai de me redresser. L'obscurité était presque complète, les premiers lumignons épargnés par le souffle se trouvaient si loin… Le temps s'étirait, déformé, incroyablement long ; mes pensées se télescopaient, confuses.

Je me laissai rouler sur le côté, puis me traînai jusqu'à un banc, ou plutôt ce qu'il en restait. Ces quelques mètres en rampant me demandèrent plus d'efforts que tous nos joggings réunis.

Le montant de fonte brisé fit un bon appui et, m'aidant de mon bras valide, je parvins à m'agenouiller. Nathan ne pouvait pas être loin, nous courions côte à côte quand tout avait sauté. Mais je ne voyais rien de mon ami. Ni vêtements ni corps. À ce stade, même un membre déchiqueté aurait été moins alarmant que l'absence.

Une sirène s'éleva au loin. La police, les pompiers ? Impossible à dire. Mon esprit s'engluait, j'avais de plus en plus de mal à réfléchir. Seules quelques images fortes transperçaient le chaos : Nathan, peut-être mort, le Groupe et les Frères, probablement déjà avertis…

Même si sur l'instant je n'en avais pas conscience, je n'avais déjà plus aucun doute sur la cause de cet attentat. Un brouillard blanc envahit peu à peu mon champ de vision et je m'écroulai, inconscient.

3

— Il revient à lui.

La voix m'était familière, tout comme le vacarme environnant, mais je n'arrivais pas à mettre le doigt dessus. J'étais allongé sur le dos, maintenu par des sangles. La silhouette floue d'un homme se pencha sur moi.

— Tu as eu de la chance de t'en sortir vivant.

Ce vrombissement régulier, ces vibrations, ce balancement… Un hélicoptère.

— Ce n'est pas humain une chance pareille, quatre kilos de plastic et tu n'as presque rien… Tu vas pouvoir verser une prime à ton ange gardien !

Ce timbre, ce léger accent britannique… C'était Derek. Plus de dix ans que nous nous connaissions lui et moi. Quelqu'un de fiable.

— Ne bouge pas, reste calme. Tu n'as apparemment rien de cassé, mais tu es loin d'être indemne.

Mon cerveau tournait au ralenti, nimbé d'une gangue de douleur sourde. Les questions s'évanouissaient avant que j'aie pu les formuler. Ma vision restait brouillée.

— On t'a injecté un antalgique et un décontractant. Tu vas dormir encore un peu, c'est préférable. Tu ne risques plus rien maintenant.

Il fit un geste vers quelqu'un que je ne voyais pas.

— Docteur, il ne faut pas qu'il se réveille trop.

Je sentis une aiguille pénétrer dans mon bras et sombrai aussitôt.

La compresse imbibée d'eau fraîche que l'on venait de me poser sur le front me tira de ma léthargie. L'hélico volait toujours. Une femme à l'expression soucieuse m'épongeait le visage.

— Ne te force pas à parler, me conseilla Derek, assis à mes côtés. On aura tout le temps à l'abbaye. On arrive dans quelques minutes.

La femme se mit à préparer une nouvelle seringue. Derek l'arrêta.

— Laissez, docteur. Il vaut mieux qu'il ait les idées claires maintenant.

Elle hésita, mais reposa l'instrument. Le ronflement de l'hélico se fit plus grave ; par les hublots, j'aperçus les cimes des arbres éclairées dans la nuit. Nous nous posions. Quelle heure pouvait-il bien être ?

Presque immédiatement après que les patins de l'engin eurent touché le sol, le panneau latéral coulissa avec fracas. La violente lumière des projecteurs envahit l'habitacle, je clignai des yeux. Je sentis ma civière glisser et me retrouvai dehors, toujours incapable de bouger, les paupières aux trois quarts closes pour me protéger de la forte luminosité.

La haute silhouette de Derek marchait à ma hauteur. Il ne me quittait pas des yeux. Quelqu'un d'autre vint le rejoindre.

— Salut, *old fellow* !

Fallait-il que je sois en piteux état pour qu'Andrew se croie obligé d'adopter ce ton faussement désinvolte… Lui aussi, je le connaissais de longue date. Nous avions suivi la même formation – il disait que nous étions « frères de souffrance ». De quelques mois mon cadet, il était anglais, comme Derek, et bilingue jusque dans les jeux de mots les plus tordus.

— Tu vas d'abord passer un maximum d'examens. Le Conseil au complet sera là d'ici quelques heures. C'est quand même un comble : toi, piégé par des explosifs !

Le bruit des rotors s'éloigna. J'avais froid. Nous avancions vite. Entre la nuit noire et les rampes éblouissantes, je ne distinguais toujours rien de précis, mais je devinais les arbres tout proches. Le murmure du vent dans les branches nues me remit brutalement en mémoire l'horreur que je venais de vivre.

Notre petit convoi franchit une porte gothique, une enfilade de corridors, puis une galerie à piliers ouverte sur l'extérieur – un cloître. Les roues de la civière résonnaient sur le dallage séculaire. Je ne voyais que la voûte de pierre qui défilait au-dessus de moi.

J'entendais Derek et Andrew discuter rapidement dans leur langue maternelle. Je ne comprenais pas ce qu'ils se disaient : dans l'état qui était le mien, rien qu'identifier la langue exigeait un effort.

Après un dernier virage, nous nous arrêtâmes devant un panneau métallique. Celui-ci coulissa et nous entrâmes dans ce qui devait être un ascenseur. Derek appuya sur plusieurs touches – probablement un code – et, lentement, nous descendîmes.

Impossible d'estimer le nombre d'étages que nous parcourûmes avant que la porte ne s'ouvre à nouveau. À en juger par les plafonds, le cadre n'était plus du tout le même. Les néons et les dalles de polystyrène évoquaient davantage un bâtiment administratif qu'une abbaye.

Quelques instants plus tard, toute une équipe médicale me prit en charge dans ce qui ressemblait à une salle d'opération parfaitement équipée. J'avais toujours l'esprit en veilleuse ; la totalité de mon maigre potentiel était accaparée par l'observation de ce qui m'entourait. Derek n'était plus là.

Pendant ce qui me parut des heures, on me fit passer des radios, des scanners, des échographies, des électrocardiogrammes, des électroencéphalogrammes et d'autres examens que je n'identifiai pas, puis la femme médecin de l'hélicoptère vint me dire que, hormis une profonde coupure au bras gauche qu'il avait fallu suturer, je ne souffrais que de brûlures superficielles et de contusions. J'étais globalement en bon état.

Andrew plaisanta sur ma chance et l'ironie de la situation, mais le cœur n'y était pas. Il resta un moment à me fixer, silencieux, puis me pressa doucement l'épaule avant de me quitter.

La femme s'approcha, me saisit fermement l'avant-bras et m'injecta un liquide translucide. Je plongeai instantanément dans le sommeil.

4

Lorsque Andrew pénétra dans ma chambre, il faisait tout juste jour mais j'étais déjà réveillé. Il me sourit, visiblement soulagé de me trouver conscient.

— Eh bien, je suis heureux de voir que tu as moins mauvaise mine qu'hier. Comment te sens-tu ?

— Comme si j'avais servi de punching-ball à Hulk en pleine crise.

C'étaient les premiers mots que je prononçais depuis l'explosion. Ma propre voix me parut étrange, trop rauque. Mon ami eut la bonté de sourire à ma pauvre blague.

— Essaie de te lever doucement, fais gaffe aux vertiges. Tout le monde t'attend. Tu crois que ça ira ?

Je me redressai et me mis debout avec prudence. Chaque muscle m'élançait douloureusement, mais je serrai les dents et m'habillai le plus rapidement possible en essayant de ménager mon bras blessé que couvrait un long bandage.

Andrew me précéda dans le dédale de la superbe bâtisse. J'étais déjà venu ici, deux fois. Nous nous trouvions en

Écosse, dans le nord-ouest de la région des Highlands. Le Groupe avait racheté cette abbaye du XIIIe siècle quelques années auparavant, permettant ainsi à la Confrérie d'y poursuivre ses activités monastiques. Je savais que d'importants travaux de restauration avaient été entrepris, mais j'ignorais qu'on y avait construit des sous-sols et un mini-hôpital.

Arrivé devant l'ancien réfectoire des frères convers qui faisait désormais office de salle du Conseil, Andrew se tourna vers moi.

— Ça va être dur, mais ne t'inquiète pas, personne ne te laissera tomber.

Il poussa la lourde porte et me fit entrer.

La lumière matinale pénétrait dans la vaste pièce par des ouvertures en ogive. Autour d'une table massive étaient assises huit personnes. Je m'avançai vers elles. Le Conseil du Groupe était désormais au complet.

Derek fut le premier à parler :

— Content de te revoir. Tu as l'air en forme pour quelqu'un qui vient d'échapper à un attentat…

Une voix féminine s'empressa d'ajouter :

— On est tous tellement heureux de te voir en vie !

À l'autre bout de la table, Kathleen me souriait avec chaleur. C'était une femme remarquable. Ses hautes responsabilités au sein du Groupe n'avaient altéré ni sa douceur ni sa bienveillance, et jamais je ne l'avais vue confondre détermination et dureté. Elle m'observait, attentive.

Je la remerciai d'un hochement de tête. Je n'avais à l'esprit qu'une seule question, que je posai avant même de prendre place. Cela faisait des heures que j'attendais la réponse.

— Que s'est-il passé ? Où est Nathan ? Est-il vivant ?

William éleva la voix en m'indiquant posément ma chaise :

— Assieds-toi.

J'obéis. Nous lui obéissions tous. Le charisme de notre supérieur et son autorité tranquille le rendaient plus impressionnant encore que sa stature.

— Nathan va bien. Il a eu presque autant de chance que toi. Il est à Paris, à l'hôpital du Val-de-Grâce. Deux de ses médecins sont des nôtres. Il devrait sortir d'ici quelques jours.

Je recommençai à respirer. J'avais de la peine à y croire : tellement d'images horribles m'avaient traversé l'esprit depuis l'attentat... Mais la confiance que j'avais en William – comme en tous ceux autour de cette table – était infiniment plus grande que mes doutes, et je me sentis soulagé. Rien d'irrémédiable ne s'était produit jusqu'à présent.

Antoine, l'autre Français du Conseil, prit la parole à son tour. Comme moi, il travaillait officiellement pour une multinationale du cinéma et de la communication. Les tournages de films occasionnent beaucoup de déplacements dans le monde ; ils justifient que l'on s'intéresse à des informations dans des domaines variés et que l'on ait besoin de matériel de toute sorte. C'était l'idéal pour nos activités.

— On ne sait pas d'où ils ont déclenché l'explosion, dit-il, mais étant donné la puissance de la charge, il n'y a aucun doute : ils voulaient ta peau.

Il me tendit des photos agrandies du lieu de l'attentat. À la lumière du jour, les clichés révélaient l'ampleur spectaculaire des dégâts.

— Vous ne devez votre vie qu'à cet arbre, précisa-t-il. Il a encaissé les projections et le souffle à votre place.

De l'index, il montrait un saule pleureur aux branches arrachées et au tronc lacéré, vrillé sur lui-même.

— Quelques foulées de plus et vous y restiez…

Pendant plus de trois heures, nous travaillâmes ensemble à assembler les pièces du puzzle. À nous tous, nous avions la presque totalité des réponses. Excepté celles qui concernaient l'avenir.

5

J'avais besoin de prendre un peu de recul pour réfléchir à la situation terrifiante qui était la mienne – et dans laquelle j'avais sans le vouloir plongé Nathan. Andrew me suggéra d'aller marcher un peu.

L'Écosse avait toujours été l'une de mes régions préférées, particulièrement la côte ouest des Highlands. Il y avait là-bas une force et une authenticité uniques. Le mauvais temps protégeait des vacanciers en quête de loisirs faciles, la rudesse des habitants préservait de l'hypocrisie. Les Écossais adoraient les Français – n'étions-nous pas les derniers à avoir vaincu les Anglais ? En vertu du vieux principe voulant que les ennemis de nos ennemis soient nos amis, nous étions toujours accueillis à bras ouverts au nom de l'*Auld Alliance*.

J'aimais les étendues de bruyère ondulant à l'infini pour tout à coup s'effondrer dans la mer, les troupeaux de moutons émaillant de blanc les collines sauvages aux nuances d'ocre, de brun et de vert, les silhouettes des rapaces haut dans le ciel, les cerfs à la robe cuivrée que l'on croisait au détour d'une vallée, et même les sangliers, fous pendant la saison des amours... Je me sentais toujours plus intensément vivant lorsque je respirais les parfums de terre et de bois ou contemplais les lochs allant du bleu outremer au gris acier. Tous les sens étaient captivés par ces endroits magiques, chargés d'histoire.

C'est dans ce genre de lieu qu'un homme peut réfléchir sans se tromper, et c'est justement ce dont j'avais besoin.

Selon nos règles, lorsqu'un élément du Groupe était visé, le plus simple et le plus efficace pour sa sécurité était de le faire mourir. Bien évidemment, il ne s'agissait pas d'un assassinat, mais d'une mort légale, administrative. On lui offrait une autre identité, une nouvelle vie, et les moyens de la mener confortablement. À cette opération s'ajoutait l'interdiction formelle de garder le moindre lien avec la vie d'avant. Ni famille, ni parents, ni amis. Personne. De ce prix impossible dépendaient la survie de l'individu menacé et celle du réseau.

Nous marchâmes jusqu'au sommet de la colline McLoess. De là où nous nous assîmes, nous dominions la lande jusqu'à la falaise et l'abbaye, presque invisible au creux de son vallon.

Andrew rompit le silence :

— Tu sais qu'aucune décision ne sera prise contre ton intérêt, dit-il gravement. Tu as toi-même réglé plusieurs fois ce genre de cas, et tout le monde s'en est toujours sorti. Ne t'inquiète pas. Le délai de réaction nous laisse encore trente-six heures, nous n'avons pas à nous précipiter.

Je prenais peu à peu conscience de ce qu'était mon vrai problème. J'avais subi un attentat ciblé, ce qui signifiait que j'étais découvert. L'espèce de respect tacite qui régnait d'ordinaire entre nos deux camps avait été rompu. En cherchant à m'éliminer, nos ennemis avaient voulu porter un coup destructeur à la tête du Groupe. J'étais gênant au plus haut point pour eux ; les dernières opérations que j'avais orchestrées contre leurs réseaux de vente d'armes avaient été si efficaces qu'ils n'avaient plus d'autre choix que d'attaquer. Et lorsque les structures sont imprenables, on vise les individus.

L'avenir du Groupe était en jeu et pourtant, ma seule et unique préoccupation était de savoir comment faire pour retrouver ceux qui faisaient ma vie.

Malgré la chaleur de sa voix, Andrew ne parvenait pas à apaiser mes craintes.

— N'oublie pas ce que la toubib t'a dit. Tout va bien, mais donne-toi le temps de surmonter le choc. Il te faut du repos, du repos et encore du repos !

Nous prîmes le chemin du retour, sans qu'aucun de nous ait d'illusion sur ce que pensait l'autre. Du repos, alors que j'avais moins de deux jours pour décider du reste de ma vie…

6

Avant de rejoindre les autres, je passai à l'infirmerie faire changer mes pansements.

— C'est bien, constata l'infirmière, satisfaite. Les points de suture sont propres. Il n'y a aucune trace d'infection. Vous vous en tirerez avec une belle cicatrice. Je pense que vous pouvez désormais faire vos soins vous-même. Surveillez la plaie, elle doit rester saine. Pour le reste, à ce que l'on m'a dit, vous avez l'habitude des brûlures…

Lorsque je me présentai en salle du Conseil, l'effervescence régnait. Kathleen, en grande discussion avec William, m'adressa un sourire de loin et reporta aussitôt son attention sur l'écran de son ordinateur portable. Andrew me fit signe – il était au téléphone et marchait de long en large au fond de la pièce, l'air tendu. Ce qui m'arrivait ne devait affecter notre fonctionnement en aucune manière, tous le savaient. Moi le premier.

Antoine vint à ma rencontre.

— Nous nous sommes réparti tes dossiers pour te laisser le temps de te retourner. Derek aura sans doute besoin de toi pour être vraiment au taquet sur deux ou trois trucs, notamment sur l'opération à Genève. C'est plutôt pointu…

J'opinai en silence. Il me questionna sur mes intentions. Je savais où j'en étais, et je n'avais pas beaucoup d'options.

— Je dois d'abord faire le point, seul. Prendre les décisions nécessaires au niveau du Groupe ne sera pas difficile, mais les accepter à titre personnel sera une autre paire de manches. Je connais trop bien nos mécanismes pour me mentir. D'ici vingt-quatre heures, soit je refais surface avec une pirouette du style « j'étais inconscient et un sans-abri m'a recueilli », soit on décide de me faire mourir, et ils retrouveront un corps dans la Seine, tellement abîmé par l'explosion et bouffi par la flotte que seuls mes vêtements permettront de l'identifier.

La lucidité de ma remarque réduisit à néant la belle humeur qu'Antoine s'efforçait d'afficher.

— Ne m'en veux pas, dis-je en lui posant la main sur l'épaule. Je sais que notre mission dépasse nos intérêts personnels, même maintenant j'en reste conscient. Il faut seulement que je réfléchisse à tout.

Sur ces mots, je quittai la pièce. Je m'en voulais sincèrement de le laisser comme ça. J'avais déjà fait l'expérience de sa situation. Il devait être empli de deux des sentiments que l'on supporte le moins quand on a notre caractère : l'impuissance et la tristesse.

Absorbé dans mes pensées, j'empruntai un Range Rover pour gagner une haute falaise à quelques kilomètres de l'abbaye, Sedgewick Head. Je me garai et pris le petit sentier que mon Maître et moi avions suivi dix ans auparavant. Cela me faisait drôle de revenir ici seul, confronté à un problème auquel j'avais été théoriquement préparé. La théorie ne valait plus rien et la pratique me paraissait insurmontable.

À l'époque, j'avais à peine vingt ans, de l'énergie et de l'espoir à revendre. Je suivais une formation d'artificier de cinéma et j'avais déjà travaillé sur quelques superproductions. Je vivais mon rêve, parmi les meilleurs professionnels. Le feu est l'élément le plus fascinant de la Création, il a la puissance, la pureté, l'indépendance. L'une de mes premières leçons m'avait appris à le considérer comme un être à part entière.

— Respecte-le et il te respectera, brave-le et il te détruira.

Mon Maître m'avait dit ces mots. Pas une fois ils ne se sont démentis.

J'alternais un apprentissage poussé de la chimie des explosifs avec des tournages. Nous avions fait exploser à peu près n'importe quoi, depuis des véhicules jusqu'à des gratte-ciel, et brûlé presque tout le gratin – si j'ose ce jeu de mots – du cinéma mondial. Durant ces années, mes professeurs me transmirent leur savoir, mes Maîtres m'enseignèrent la sagesse, et le feu m'apprit l'humilité.

En progressant dans le métier, je m'aperçus que tous les grands se connaissaient et travaillaient ensemble, mais surtout qu'ils avaient en commun un esprit, une philosophie, une chaleur et une sincérité qui n'avaient rien à voir avec l'image futile que le public se fait d'eux.

C'étaient pour beaucoup des gens simples, d'une profonde humanité. Loin des médias et des modes, tous s'investissaient activement au service de causes ou de fondations.

Un coup de vent m'apporta les effluves salés de l'océan. Le ciel se couvrait. C'était plus que fréquent, mais sous les nuages sombres et gonflés de pluie, le paysage dégageait une force qu'aucun soleil n'offrirait jamais. Le sentier longeait la lande, descendant vers la mer par paliers. Les vagues battaient le flanc de la falaise avec une régularité obstinée. Les innombrables siècles d'assaut des marées avaient à peine émoussé la roche ; quelques blocs noirs et luisants, tels des dos d'animaux marins redoutables, surgissaient brièvement entre les flots. Ces mêmes roches avaient préservé la région de bien des conquêtes.

Dix ans que je n'étais pas venu, et rien ne semblait avoir changé. Les mêmes cris d'oiseaux, le même tonnerre de la mer, le même vent chargé d'embruns, le même rocher moussu où nous nous étions assis.

L'une des choses qui m'avaient donné envie d'en savoir plus sur le Groupe, puis sur la Confrérie, était l'esprit des gens qui semblaient en faire partie. Je pensais avoir découvert seul l'existence de ce petit noyau ; je compris par la suite qu'il n'en était rien et que je n'avais fait que voir ce qui m'était montré.

Je me souvenais de tout.

— Le vrai pouvoir n'est pas aux mains de ceux qui prétendent diriger, m'avait expliqué mon Maître. Dire et promettre ne sert à rien, il faut agir. Une multinationale est plus à même de faire appliquer une idée que n'importe quel homme d'État.

Nous avions conversé longuement. À l'opposé de tous les principes totalitaires, personne n'essayait de m'inculquer de force une idéologie au profit d'un pouvoir. On me laissait suivre mon propre raisonnement, me poser mes propres questions. Ces gens ne faisaient que révéler en moi des idées qui m'étaient personnelles.

Ce jour-là, nous avions parlé du fait que les hommes sont en guerre les uns contre les autres depuis la nuit des temps. Certains se battent pour eux-mêmes, pour l'argent, pour ce qu'ils croient être le pouvoir. Face à ceux-là, d'autres pensent que la seule chose dont nous ayons tous besoin, c'est de vivre en paix et de ressentir. Entre les deux, il y a les gens ordinaires, ceux qui se disent que ça pourrait être pire, ceux qui subissent les combats et les injustices sans jamais pouvoir s'en sortir, ceux qui meurent de faim, de soif, de maladie, et de tant d'autres raisons…

Il n'y a dans ce schéma ni froideur, ni mépris, ni appel à la révolte – ça aussi, j'ai mis longtemps à l'admettre. Il n'est pas question de bons, de méchants, d'êtres élus ou de quoi que ce soit d'autre. Aucune place n'est la meilleure. Chacun agit selon ses convictions.

C'est presque de l'égoïsme de vouloir que les choses s'améliorent quand on se rend compte qu'elles vont mal et qu'on est incapable d'y rester indifférent.

Les premières gouttes heurtèrent mon front. Le célèbre crachin écossais faisait son entrée. La marée devait être descendante car je distinguais à présent le pied de la falaise. La mer est comme la vie : quand on la regarde de près, il n'y a que chaos et tempête, mais au loin, à l'horizon, tout est calme et immobile.

Pour ce qui était de ma propre existence, j'avais le nez dans une déferlante.

Le jour commençait à décliner, je devais regagner l'abbaye. Sur le trajet du retour, les fous de Bassan m'accompagnèrent en criant.

Depuis l'attaque, mon esprit était pour le moins désorganisé ; j'avais des pensées étranges, pas du tout comme à l'accoutumée. Sur ce plan-là, l'attentat était une réussite.

7

Lorsque je revins au domaine au volant du Range, la nuit était tombée. Aucune barrière n'en marquait l'entrée, rien qu'une large ouverture dans un mur bas de vieilles pierres empilées, et pourtant c'était l'un des lieux les mieux protégés du Groupe.

L'abbaye se révéla au détour du chemin. Sa façade couverte de vigne vierge rendue luisante par la pluie s'illumina dans les phares.

Andrew m'attendait en haut des marches, sous le porche.

— J'étais inquiet, tu n'as pas eu de problèmes ?
— Pas cette fois. Hier soir m'a suffi !

Il ne trouva pas ça drôle. Depuis mon arrivée, je n'avais pas beaucoup fait rire… Andrew était sans doute le plus touché par ce qui m'arrivait. Quelle que soit la décision prise, j'étais certain de le conserver comme allié. C'était déjà un réconfort. Je sentais son constant soutien, comme avant les tournages difficiles ou les opérations dangereuses. Nous avions partagé le pire et le meilleur de notre apprentissage. Il comprenait tout de ma façon de voir, et pour cause : nous avions la même.

Il savait déjà que je n'accepterais pas de disparaître.

Je secouai les gouttes de pluie tombées sur moi durant les quelques mètres qui séparaient la voiture du bâtiment et pénétrai à l'intérieur. Je n'avais pas eu de nouvelles de Nathan depuis la veille, j'entraînai donc Andrew vers la salle des transmissions – ici, nous n'utilisions que des lignes sécurisées et cryptées pour communiquer avec l'extérieur. Les smartphones, trop facilement traçables, étaient bannis. De toute façon, je ne pouvais me manifester auprès de personne tant que cette affaire ne serait pas réglée.

Les toubibs qui le suivaient affirmaient que Nathan allait bien, physiquement parlant. Mais il voulait savoir pourquoi j'étais introuvable, moi ou mon cadavre ; il insistait pour retourner sur les lieux de l'attentat. Il voulait me retrouver.

Dans les médias, l'explosion avait été présentée soit comme un accident inexpliqué, soit comme un règlement de comptes contre le programme immobilier du golf… La piste du terrorisme était bien sûr explorée, mais il n'y avait eu aucune revendication, et le lieu n'avait a priori aucun sens pour quelque cause ou idéologie que ce soit…

Il restait encore un peu de temps avant le dîner. Andrew retourna avancer avec l'équipe, mais puisque je ne pouvais pas être utile pour le moment, je décidai d'aller à la bibliothèque.

Celle qui avait été aménagée dans l'abbaye était toujours située là où les Cisterciens l'avaient créée huit siècles plus tôt. Elle s'étendait à présent également dans l'ancien scriptorium. J'avais toujours aimé les bibliothèques : elles sont l'expression de la richesse de la vie, du savoir, de la liberté d'apprendre, de la transmission de l'expérience par-delà la mort.

Sous les voûtes en ogive, des volumes s'alignaient à perte de vue, couvrant les murs. Sur de sobres tables de chêne placées dans les travées entre les piliers, des Frères en habit, tunique blanche et scapulaire noir, travaillaient en silence. Certains des ouvrages conservés et étudiés ici avaient plus de neuf cents ans. Ils avaient réchappé des folies de l'histoire, souvent grâce aux ordres religieux qui, les premiers, avaient constitué des archives écrites, consignant et protégeant le savoir.

Les moines qui étudiaient ici poursuivaient la mission que s'étaient fixée leurs frères plus d'un millénaire avant eux. L'esprit restait identique, même si l'informatique avait remplacé le parchemin et les plumes.

L'odeur du vieux papier et des reliures pluriséculaires, le poids d'un ancestral volume traitant de magies d'une autre époque, le côté désuet de savoirs simples aujourd'hui trop souvent oubliés, la douceur d'une couverture de cuir usée par des dizaines et des dizaines de mains respectueuses, tous ces grimoires, ces codex, ces comptes rendus d'expériences scientifiques, ces traités de médecine, d'arithmétique, d'architecture, de philosophie ou de géographie, ces ouvrages en provenance de tant de pays… Cet univers entier donnait envie de rester là, à apprendre les vies que d'autres avaient vécues.

J'allais de livre en livre comme une abeille à la recherche du pollen ; décidément, on n'a jamais assez de temps. Les Frères me regardaient faire, approuvant de loin ma curiosité et ma révérence pour les ouvrages que j'avais la chance de pouvoir ouvrir.

Je ne vis pas les heures passer, et fus surpris quand un garde vint m'informer que le dîner était servi. Je descendis de l'escabeau après avoir replacé sur son rayonnage le traité de chimie que j'étais en train de consulter. Depuis combien de temps n'avait-il pas été lu ? Quand quelqu'un le rouvrirait-il de nouveau ?

Je saluai les Frères en sortant. La vie me rappelait loin de cette paix si riche et si rassurante, hors du temps. Une pensée me traversa l'esprit : dans quelques heures, mon destin serait scellé.

8

Le réfectoire, uniquement éclairé par des chandelles, offrait une quiétude autre que celle de la bibliothèque. Les ombres des hautes voûtes gothiques vacillaient au rythme des souffles, la lumière dorée nimbait la vaste pièce d'une atmosphère d'un temps plus ancien.

Seule notre équipe occupait les longues tables de bois sombre – observant leur rythme millénaire, les Frères avaient mangé bien plus tôt que nous, après l'office des vêpres. Le repas démarra rapidement, sur tous les plans.

William semblait détendu, ce qui me rassura presque.

— As-tu eu le temps de réfléchir ? me demanda-t-il.

— Je crois, oui.

Ma réponse reflétait mes incertitudes. Il plissa les yeux et choisit ses mots avec soin :

— Cette action contre toi nous affecte comme jamais nous ne l'avions été. Nous ne sommes pas nombreux dans notre cercle et n'en sommes que plus proches. Le problème à régler n'est pas celui d'un collaborateur, mais d'un ami. Nos récents succès contre leurs cartels industriels les ont ébranlés. Ils ont dû se focaliser sur toi puisque tu en es en partie responsable. Cependant, tu comprendras que même si cet attentat est tout à fait inhabituel à notre niveau, nous devons réagir comme pour n'importe lequel de nos hommes.

— Vous êtes en train de m'expliquer que je vais mourir.

Sa réponse ne vint qu'après un long silence.

— Ce n'est pas facile à dire, surtout à toi, mais c'est la seule possibilité. Cela signifie aussi que tu ne pourras plus occuper tes fonctions – au moins dans un premier temps.

J'inspirai profondément.

— Donc, fis-je remarquer, d'ici quelques mois, quelques années peut-être, je pourrai retrouver mon niveau d'activité au sein du Groupe. Tout rentrera alors dans l'ordre – sauf sur le plan personnel.

Je sentais peser sur moi un poids terrible. Tous compatissaient, bien sûr, mais personne n'avait le choix.

William releva la tête.

— Tu dois comprendre notre position, dit-il doucement. Tu sais que nous ferons tout ce qui est en notre pouvoir pour vous aider, toi et les tiens. Nous y mettrons toute la puissance du Groupe.

— Il n'est pas question de puissance, William, je sais ce dont nous sommes capables partout dans le monde. C'est de cœur qu'il s'agit, d'affection. C'est pour ça que nous nous battons au fond, non ? Pourquoi l'un des éléments les plus fidèles et les plus actifs du Groupe se verrait-il privé brutalement, injustement, totalement de ce pour quoi il combat pour le reste de la terre ?

Kathleen me regardait avec tristesse. Elle tendit la main vers moi mais suspendit son geste, indécise.

— Pas totalement… objecta-t-elle. Nous sommes là. Tu sais ce que tu représentes pour nous. Tu n'es pas seul. Depuis le temps que nous nous connaissons… Songe au passé que nous partageons, aux espoirs, à l'esprit…

— Je tiens aussi à des gens qui ne sont pas des nôtres ! répliquai-je vivement. Si demain, on vous séparait des personnes que vous aimez, vous réagiriez comme moi. De toute façon, même s'ils ne savent presque rien de mes activités, mes proches auront des doutes. Au pire, la certitude d'une machination. Nathan surtout. Lui ne croira jamais à un accident.

Je me redressai et fixai William dans les yeux.

— Je regrette, je ne peux pas l'accepter. Le problème pour moi n'est plus de savoir si je dois disparaître ou non, mais de décider comment je vais faire pour rester aussi avec eux.

— Tu oublies de quoi sont capables nos adversaires ! protesta Antoine. Il y a encore deux jours, tu te battais contre des rats, maintenant, tu affrontes des hyènes. Elles ne te lâcheront pas. Si tu restes officiellement en vie, tous tes proches seront menacés.

— Je trouverai le moyen de les protéger. Plutôt mourir réellement que de vivre sans ceux que j'aime.

Le dîner se termina sans moi. J'avais besoin de réfléchir. Je ne gagnai pas directement ma chambre ; je fis une halte à l'église, m'asseyant au fond pour ne pas déranger les Frères en prière. Dieu ne résoudrait rien, mais sa maison m'apporterait la paix de l'esprit.

Je devais me débrouiller seul.

Je n'ai trouvé la solution ni dans l'église ni ailleurs. Cette soirée, j'aurais normalement dû la passer avec les miens. Mes engagements ne m'avaient guère laissé de temps pour construire quelque chose en dehors de notre organisation, et il ne me restait que peu de famille. Et pourtant, si rares soient nos rencontres, ils étaient le dernier lien avec ma vie d'avant, avec l'innocence. Bon sang, ce qu'ils me manquaient... On n'apprécie jamais le bonheur quand il est là. On ne l'évalue qu'après, à l'ampleur des regrets.

C'est cette nuit-là que j'ai pris la décision de t'écrire, d'écrire comme je t'aurais parlé, avec l'espoir que ce serait inutile parce que nous nous retrouverions, mais aussi avec la foi que si ce n'était pas le cas, personne ne mentirait à ceux que j'aime.

L'aube arriva trop vite. Dans la nuit, le capitaine d'une péniche avait signalé à la police un corps pris dans les racines des arbres bordant la Seine.

Le cadavre fut repêché à moins de trois kilomètres du lieu de l'explosion. Sexe masculin, taille moyenne, brun, pantalon de running gris, sweat-shirt bleu marine, Nike pointure 43... Le séjour dans l'eau et la chair déchiquetée ne permettaient pas d'identification plus précise.

J'étais officiellement décédé.

9

Je ne cessais de penser à ma famille, qui devait maintenant savoir. J'aurais tout donné pour tout arrêter, tout avouer, revenir en arrière. Mes activités m'avaient souvent contraint à mentir par le passé, au moins par omission, mais cette fois c'en était trop. J'aurais tellement voulu que personne n'y croie… L'affection des miens leur permettrait-elle un jour de me pardonner pareil mensonge ? Je n'étais plus sûr de rien.

Incapable de rester seul, je me mis à la recherche d'Andrew.

Je le trouvai assis sur un banc de pierre dans le cloître. Un rapport était ouvert sur ses genoux, mais il ne le lisait pas. Les yeux dans le vague, il ne m'avait pas remarqué. Lorsque j'arrivai près de lui, il cligna plusieurs fois des paupières.

— Ça va ? demanda-t-il machinalement.

Je m'assis face à lui, sur le mur bas qui entourait le jardin intérieur.

— À ton avis ?

Il soupira.

— Je comprends ce que tu ressens, mais dis-toi une chose : si tu étais vraiment mort, tes proches auraient de la peine de la même façon, sauf que tu ne serais pas là pour y penser. Réagis, tu as un avenir à construire et tu auras besoin de toute ton énergie. Ne te disperse pas. C'est terrible à dire, mais tu t'épuises sur une partie déjà jouée.

Je lui fis part de mes doutes et réaffirmai ma conviction que Nathan refuserait de croire à la version officielle. Il remuerait ciel et terre pour connaître la vérité, et cela même le mettrait en danger.

Je quittai Andrew un peu plus tard, incapable de faire autre chose qu'errer tel un zombie, épuisé physiquement et moralement, bouleversé, hanté par la souffrance imposée à ceux que j'aimais, encore incapable d'élaborer une stratégie.

Nous nous retrouvâmes tous une dernière fois avant d'avoir à nous séparer. Personne ne pouvait rester plus longtemps. Le climat était étrange, comme si tout le monde, moi inclus, considérait l'affaire comme réglée.

Avec le recul, je crois plutôt que tous, nous espérions que les choses allaient évoluer rapidement.

Plus motivé que jamais, Derek assurerait le suivi de mon cas. Il commença son compte rendu dès que William nous eut rejoints.

— D'après nos agents, le corps qui a été retrouvé n'a pas éveillé de soupçons. Le permis d'inhumer a été signé tout à l'heure, la cérémonie est prévue pour mardi. Nous n'avons rien dit ni rien fait à l'intention de tes proches. Tu es désengagé de tous les dossiers que tu suivais ; Antoine et moi avions déjà pris le relais comme tu le sais, et nous continuerons. Ça te laissera les mains libres, tu vas en avoir besoin.

William prit la parole à sa suite. Je lus sur son visage la détermination et la force d'âme qui lui valaient le respect de tous.

— Tu es assez intelligent pour comprendre toutes les implications du plan que tu échafaudes. Nous ne pouvons garantir ta protection que si nous contrôlons tout. Or tu vas être obligé de retourner dans une zone à très haut risque, et tu vas le faire sous ta seule et entière responsabilité. Si tu as besoin d'aide, dans la mesure du possible, nous serons présents. Davantage à titre privé qu'au nom du Groupe. Tu entames là un projet personnel qui n'entre pas dans notre mission. Tu restes l'un des meilleurs éléments que nous ayons comptés, et je préférerais personnellement te voir adopter une conduite moins dangereuse, pour toi en tant qu'ami, et pour le Groupe en tant que ton supérieur. Mais notre éthique n'a jamais voulu que nous imposions sans raison, et nous respecterons donc ta volonté.

J'opinai en silence, reconnaissant qu'ils ne s'opposent pas à ma décision, mais conscient de ce que cela impliquait. Comment allais-je garder un lien avec ma vie d'avant ? Qui prévenir ? Qui serait capable de savoir sans m'en vouloir ?

Nathan était le plus proche de moi, mon ami de toujours. C'était lui que je devais avertir, à lui que j'allais expliquer pourquoi j'avais disparu. Lui aussi avait failli y laisser la vie, il pouvait comprendre.

C'était avec lui que je pouvais refaire surface. Par lui, forcément. Je n'avais pas été aussi sûr de quoi que ce soit depuis l'explosion qui nous avait séparés.

Nathan, tu étais le seul à pouvoir m'aider à revenir sans rien détruire de plus.

10

J'avais décidé de quitter l'Écosse pour me rapprocher de Nathan. Vue de l'hélicoptère qui me ramenait vers la France, l'abbaye n'était plus qu'un point clair dans le paysage couleur ardoise.

Il existe plusieurs sortes d'amis. Ceux de l'enfance, que la vie pose à côté de votre berceau ou dans votre classe, avec qui l'on apprend tout, sur soi et sur le monde. Il y a les copains, ceux que l'on ne voit que pour rire sans jamais les connaître vraiment. Et il y a ceux avec qui l'on vit, sans forcément savoir pourquoi mais sans être capable de faire autrement. Nathan avait appartenu aux deux premières catégories avant de faire définitivement son entrée dans la troisième. Beaucoup d'humour et une franchise dénuée de tout tabou lui simplifiaient la vie. Il était optimiste, joueur, sérieux parfois, décidé toujours, voire obstiné. Un homme d'une loyauté rare.

Pour savoir ce qu'allait penser Nathan, je n'avais qu'à me demander ce que j'aurais moi-même pensé. Très peu de choses nous différenciaient : la couleur des yeux, la carrure, et un léger écart d'âge. J'étais de quelques jours son cadet – treize, exactement.

En écrivant les quelques lignes qu'un garde déposerait le soir même à son domicile, j'éprouvai la sensation que ce message serait une intrusion. Comme si j'étais un revenant que le monde n'accepte plus et renvoie à l'au-delà. En lisant mes mots, Nathan aurait sûrement l'impression d'entendre un fantôme.

Je lui donnais rendez-vous le surlendemain à Notre-Dame de Sous-Terre, l'une des chapelles de la crypte de la cathédrale de Chartres. Je la lui avais fait découvrir. L'endroit n'était pas trop loin de Paris, il pourrait s'y rendre sans attirer l'attention. Chartres était aussi une zone que nos ennemis n'oseraient pas profaner. Personne n'avait jamais réussi.

Si Nathan acceptait de venir, ce serait la première étape sur le chemin du retour.

11

Chartres était une ville truffée de points de chute potentiels. Près d'une centaine de personnes du Groupe y vivaient et y travaillaient. Nous n'utilisions ni listings ni organigrammes ; il n'y avait aucune trace de l'appartenance de chacun à notre réseau. Tout reposait sur des contacts personnels au sein d'un même échelon. Les gardes se connaissaient entre eux ; je n'étais, pour ma part, en relation qu'avec les dirigeants du Groupe et leur équivalent parmi les moines et les supérieurs de la Confrérie. Ce principe garantissait la sécurité et la réalité humaine du Groupe.

J'étais en lien avec les Frères résidant au presbytère de l'église Saint-André et étais certain d'y trouver l'hospitalité.

L'hélico me déposa à quelques kilomètres de la ville. Un garde m'attendait avec une voiture pour me conduire dans le centre.

Quelle que soit la direction d'où l'on arrive, le premier édifice que l'on aperçoit est forcément la cathédrale. Ses flèches inégales et sa toiture vert-de-gris semblent posées au milieu de nulle part, tant elles apparaissent bien avant la cité qui l'entoure. Pour les uns, Notre-Dame de Chartres est le joyau du gothique, pour les autres un ancien lieu druidique, un fief templier, un lieu de pèlerinage, ou même la porte vers un autre monde. Sa magnificence et son passé chargé d'histoire en font un lieu de prédilection pour les allumés de toutes sortes, les faux spirites et les vendeurs de secrets de Polichinelle.

La vieille ville a été construite autour de la cathédrale, sur une colline. Les quartiers anciens s'étendent sur les flancs, descendant à l'est jusqu'à l'Eure ; de l'autre côté, la limite est plus floue et le moderne jouxte l'ancien.

La voiture s'arrêta au bout de la rue de la Tannerie. Je descendis et continuai seul. Le gel de la nuit n'avait pas encore complètement disparu. La rue longeait joliment le fleuve ; les maisons à colombages avaient le cachet des cités médiévales. L'eau était limpide, le courant rapide. Des canards barbotaient de lavoir en lavoir. Les arbres centenaires complétaient ce tableau idyllique.

La demeure des Frères était située sur la berge opposée. Le temps était clair, l'air vif. Sur certaines façades et dans les jardins, des décorations annonçaient Noël. Deux femmes revenant visiblement des courses papotaient sur le trottoir. Une matinée d'hiver ordinaire en France.

J'enfilai l'étroit pont enjambant l'Eure et allai frapper à l'entrée du presbytère. Au bout de quelques instants, la porte s'entrebâilla sur une jeune fille en robe bleue. Elle avait les traits très fins, le regard pétillant et les joues rosies par le froid.

— Bonjour, la saluai-je, je viens voir Benoît. Pouvez-vous me dire s'il est là ?

— C'est à quel sujet ?

— Dites-lui que je viens de loin et qu'il est sur ma route.

La jeune fille referma le battant après m'avoir demandé de patienter. Il n'y avait dans ma réponse aucun code, seulement la vérité. Les formules magiques n'avaient jamais été une spécialité du Groupe – pas pour ces situations…

Cette fois, ce fut un homme qui vint m'ouvrir. Il me fit signe de lui emboîter le pas et me précéda dans les corridors de la vieille maison.

— Benoît est dans l'église, il va vous recevoir.

Nous passâmes devant plusieurs portes. Beaucoup étaient fermées mais certaines laissaient entrevoir des bureaux encombrés de livres et de documents.

Nous traversâmes un petit jardin à la luxuriance strictement maîtrisée, puis pénétrâmes dans l'église et débouchâmes dans la nef. Mon guide appela doucement et Benoît apparut. J'étais dans la pénombre, il ne me reconnut que lorsqu'il fut tout proche, dans la lumière diffuse des vitraux qui déposaient leurs couleurs sur mon visage.

— Quelle surprise, toi ici ! Quel bon vent t'amène ?

En serrant mes mains entre les siennes, il ajouta :

— C'est un bon vent, au moins ?

Benoît remercia l'homme qui m'avait introduit et m'entraîna au centre de l'édifice. Je retrouvais avec plaisir sa généreuse corpulence et le visage débonnaire et confiant de l'homme qui a vécu bien des choses mais a choisi de n'en retenir que le positif. À bien y regarder, ses sourcils en bataille, ses cheveux courts et son regard perçant correspondaient tout à fait à l'image que l'on se fait généralement des moines.

Nous nous assîmes. Je lui racontai ce que je pouvais, il comprit et n'en demanda pas davantage.

— Tu peux loger ici aussi longtemps que tu le souhaites, assura-t-il. Quant à ton rendez-vous, je te laisse l'organiser à ta guise, tu connais les passages et les souterrains aussi bien que moi. J'avertirai tout le monde. Si nous pouvons t'aider, il te suffit de demander.

12

Ma chambre se trouvait au deuxième étage du presbytère, sous les toits. Le vasistas donnait sur les flèches de la cathédrale. La pièce était mansardée, basse, et ses murs tordus par des siècles de lente déformation. Je l'aimais déjà.

Le déjeuner fut un régal, autant grâce à la cuisine qu'à nos échanges. Nous discutâmes longuement, nous remémorant l'époque où j'étais venu découvrir la cathédrale et y apprendre ses leçons. Benoît avait été l'un de mes Maîtres, il riait encore de ma jeunesse d'alors et de la quantité de questions que je lui posais du matin au soir. Il n'en pouvait plus de ce jeune homme qui voulait tout savoir sans pouvoir tout comprendre.

L'après-midi, nous nous rendîmes ensemble à la cathédrale, et il me montra les derniers travaux de restauration.

Le charme opérait dès le portail franchi. Le lieu s'emparait de chaque son, de chaque mot, dans un écho apaisant. Les imposantes colonnes s'élevaient pour s'unir sous la voûte. L'immensité du lieu vous emplissait d'humilité. On éprouvait un sentiment de sécurité, de sérénité. Les rayons du soleil filtrés par les vitraux projetaient dans tout l'édifice des taches de lumière multicolores.

Benoît me présenta le nouvel organiste, un jeune Irlandais arrivé depuis peu, et me proposa d'assister le soir même à sa répétition en prévision de la messe de minuit. Le chœur était éclairé par quelques projecteurs ; près du transept dansaient les lueurs des dizaines de cierges allumés par les fidèles dans l'espoir d'obtenir la grâce de Notre-Dame du Pilier. Chacune de ces flammes était un ultime recours. Je regrettais qu'aucune ne soit désintéressée.

Les hommes, par faiblesse davantage que par malice, n'attendent de Dieu et de ses représentants que des miracles, jamais de reproches. Ce sont souvent les mêmes qui voient dans cette cathédrale le symbole d'un pouvoir « magique » fascinant alors qu'elle n'est que la preuve que les humains peuvent tout lorsqu'ils s'unissent vers un même but. Chaque mur, chaque dalle, chaque pierre ouvragée, chaque vitrail est un morceau de la vie de ses créateurs, le résultat de l'expérience, un modèle de parfaite cohésion. Chacun pouvait venir puiser en ces lieux l'inspiration, beaucoup ne repartaient qu'avec des cartes postales. On ne trouve que ce que l'on cherche.

Nous fîmes le tour, parcourant le transept, le déambulatoire, le chœur et le maître-autel, défiguré au XVIIIe siècle par une énorme sculpture à la mode de l'époque, un amas de marbre de six mètres de haut et presque autant de large censé figurer l'Assomption. Cette lourdeur tranchait dans la sobre pureté qu'avaient voulue les créateurs du lieu. Dieu devait avoir de l'humour pour laisser faire tout cela... Je n'arrivais pas à comprendre ceux qui détruisaient la quiétude à coups de flashes, d'exclamations convenues ; celles qui martelaient le silence de leurs talons aiguilles en ignorant le recueillement des autres.

Et dehors il y avait les marchands, leurs bibelots hideux fabriqués en Chine et le commerce qu'ils faisaient d'une perfection qu'ils ne rencontreraient jamais en suivant cette voie. Notre époque confondait tout, l'argent et le bonheur, le pouvoir et la une des journaux, l'estime de soi et le regard jaloux des autres.

En redescendant vers Saint-André par les ruelles, Benoît me détailla ses projets, comme toujours nombreux. Il ne vivait que pour la passion du savoir, la connaissance de ce lieu essentiel et sa préservation.

À peine étions-nous rentrés qu'il m'entraîna dans son bureau. Pêle-mêle, livres anciens et ouvrages modernes recouvraient chaque meuble, s'empilant jusque dans les coins de la pièce et sous la fenêtre. Un ordinateur émergeait péniblement de cette accumulation. Benoît referma la porte derrière nous et me fit signe de m'asseoir. S'approchant de la bibliothèque, il écarta plusieurs volumes d'une encyclopédie pour faire apparaître un coffre-fort, qu'il ouvrit.

— Ce ne sont pas tant les voleurs qui me font peur, m'expliqua-t-il, ils n'y comprendraient rien. C'est le feu que je redoute. Tu en as l'habitude, toi, tu ne le crains pas, mais pour nous autres, il signifie la destruction du savoir, la fin des écrits.

Il en extirpa un objet enveloppé de velours pourpre et déplia l'étoffe avec précaution, révélant un petit livre usé, d'un format inhabituel pour l'époque dont il semblait dater. Benoît le posa devant moi et dit :

— Il date du XIIe siècle, c'est le journal d'un des Frères qui ont supervisé les travaux de construction de la cathédrale. On y apprend le pourquoi et le comment. Il doit exister d'autres tomes.

L'émotion faisait vibrer sa voix. Après une pause respectueuse, il reprit :

— Tu te rends compte ? Il a pensé à tout écrire, comme dans un manuel d'école, pour le futur, pour toi, pour moi. Ce Frère n'est plus, et pourtant il nous parle encore. Cette pratique n'était pas courante à l'époque. Qui sait si cet homme n'était pas un autre de Vinci…

Après avoir demandé sa permission, je tournai quelques pages du précieux ouvrage. Des textes, des croquis, des calculs… Le document était de toute évidence inestimable.

— On l'a trouvé le mois dernier en consolidant une paroi dans une annexe de la crypte, raconta Benoît. Il aurait pu rester là à tout jamais. Je passe la majeure partie de mon temps à le traduire, c'est un trésor. Tu te souviens des laboratoires médiévaux que nous avons vainement cherchés voilà quatre ans ?

— Comment pourrais-je oublier !

— Il en est question. L'auteur les mentionne à plusieurs reprises.

— Tu en as parlé à William ?

— Aussitôt, bien sûr. Il a lui-même suggéré d'organiser une nouvelle mission archéologique. Les quelques renseignements contenus dans ce volume seront peut-être suffisants pour combler nos lacunes…

—… Et nous permettre de les trouver enfin ! J'espère que tu me feras signe.

— Compte sur moi. Nous ne sommes que quelques survivants de la première expédition. Nous aurons forcément besoin de toi.

Tant de choses me revenaient en mémoire… Au cours des siècles passés, plusieurs ordres religieux avaient développé la recherche dans tous les domaines scientifiques alors connus : la médecine, l'astronomie, l'agronomie, la chimie… Il existait dans toutes les abbayes des moines ne se consacrant qu'à cette tâche, avec deux supériorités essentielles sur leurs confrères laïcs : l'absence d'intérêt personnel et une mise en commun des résultats d'un laboratoire à l'autre. Les Cisterciens étaient probablement les plus précurseurs. Leurs méthodes révolutionnaires pour l'époque leur valaient une réputation que jalousaient les puissants de leur temps. Même si aucun pouvoir n'avait osé affronter en face ceux qui connaissaient beaucoup trop de choses sur tout le monde, bon nombre d'attaques contre ces lieux d'étude furent menées par de mystérieux mercenaires. Il était donc devenu nécessaire de détruire ou de dissimuler ces laboratoires afin que leurs découvertes ne tombent pas entre des mains malintentionnées.

Beaucoup de ces endroits n'avaient jamais été retrouvés. La volonté de les localiser avait décidé le Groupe, quatre ans auparavant, à organiser une expédition de plusieurs mois à travers l'Europe. En France, Chartres, Vézelay, Montségur entre autres, avaient été passés au crible. Nous y avions trouvé de très nombreuses données, parfois même inconnues jusqu'alors. Essentiellement par principe, nos ennemis avaient épié chacune des étapes. Sans savoir ce que nous cherchions, ils observaient, essayant parfois d'anticiper nos activités, sans succès car ils avaient un handicap de taille : non seulement les politiciens corrompus et les trafiquants d'armes, de drogue ou de données sensibles font de très mauvais chercheurs, mais ils n'ont pas accès aux archives des ordres religieux…

Benoît me ramena au présent.

— Ça en réveille, des souvenirs, n'est-ce pas ?

Il ne se doutait pas à quel point.

13

Allongé sur mon lit après avoir changé mon pansement et inspecté mes hématomes qui viraient au violet, je songeais aux labos. À beaucoup trop de choses. Par le vasistas, le jour faiblissait lentement. Il me fallait faire beaucoup d'efforts pour m'empêcher de trop penser aux miens. Quel réveillon de Noël ils allaient passer… Mais Andrew avait raison, cela n'avançait à rien pour le moment. Épuisé, je finis par m'assoupir.

Benoît me réveilla quelques heures plus tard. Nous avions rendez-vous avec l'organiste rencontré l'après-midi. Nous décidâmes d'emprunter les passages qui reliaient en sous-sol l'église à la cathédrale.

Au fond de la sacristie, nous descendîmes les courtes marches d'un escalier étroit en colimaçon qui menait aux caves. Partout flottait le parfum caractéristique de pierre légèrement humide. Nous traversâmes un chapelet de salles voûtées ; chaque fois, Benoît prenait soin de refermer les lourdes grilles derrière nous. Tout un bric-à-brac d'objets étranges s'accumulait dans les recoins : d'anciens ornements, des nappes d'autel usées, des prie-Dieu, du mobilier liturgique, des tabourets, de vieux bancs d'église.

La dernière salle, plus vaste, était remplie de confessionnaux. C'était surréaliste : une bonne dizaine de ces énormes meubles où d'innombrables fidèles s'étaient allégés de leurs péchés se serraient côte à côte dans un drôle de désordre.

Benoît remarqua mon expression.

— Ça a changé, tu ne trouves pas ?
— C'est amusant, toutes ces boîtes à vérité.
— On en a bavé pour les installer ici, mais ça fait une belle entrée pour les souterrains.

De l'intérieur d'un confessionnal, Benoît tira deux lampes torches ; il revint sur ses pas et éteignit la lumière. Nous n'étions plus éclairés que par deux faisceaux blancs.

Se glissant dans un autre, Benoît actionna un taquet et repoussa le fond amovible.

Nous entrâmes dans les galeries qui quadrillaient tout le sous-sol du quartier. Le réseau de souterrains datait, pour les plus anciens, du début de la construction de la cathédrale. Ils avaient servi à établir un lien protégé et secret entre le chantier et ses concepteurs. Chartres avait en effet bénéficié de techniques et d'un esprit très en avance sur leur temps. Il n'était pas question qu'un légat du pape ou un notable puisse saisir toute l'avance spirituelle, intellectuelle et technique des bâtisseurs du lieu. Il ne faisait pas bon être plus doué que ceux qui se prenaient pour les chefs du monde. Rien n'a changé.

Le secret fut donc de rigueur dès le commencement. Les galeries furent ensuite utilisées pour se protéger des pillages, des attaques, des trois incendies qui avaient ravagé la cathédrale sans jamais atteindre ni ses supérieurs ni les précieuses archives.

Le plan complet des souterrains n'était connu que de quelques Frères, qui se l'enseignaient de génération en génération. Les « miracles » qu'avaient permis ces passages dérobés tenaient une large part dans les légendes qui hantaient les environs.

Benoît et moi avancions vite. On aurait pu sans difficulté marcher debout et à plusieurs de front, sauf aux abords des carrefours, où le tunnel se resserrait. Il fallait alors se baisser et passer en file indienne. Ces boyaux avaient pour fonction de freiner la progression d'éventuels envahisseurs. Quelques hommes peu armés auraient suffi pour stopper les assaillants, forcés par la configuration des lieux de se présenter un par un.

Il était pratiquement impossible d'évaluer la distance que l'on avait parcourue : les murs de pierre étaient tous identiques, sans aucun repère. C'était volontaire. En tuant la notion de distance, les architectes posaient un problème supplémentaire aux intrus. Chaque carrefour devenait un dilemme, une source d'erreur et d'égarement. Le secret de guidage était aussi simple que génial : à chaque bifurcation, des pierres ferreuses aimantées avaient été disposées systématiquement dans le mur de droite du passage menant à la cathédrale. Quiconque connaissait ce secret pouvait alors, sans jamais être venu auparavant, se repérer dans ce labyrinthe à l'aide d'une simple boussole réagissant au minerai magnétique. L'aller étant guidé par la droite, le retour se déduisait à l'évidence. Ceux qui s'aventuraient ici sans y être invités avaient toutes les chances de s'égarer dans l'une des nombreuses galeries sans issue.

Nous arrivâmes dans ce qui semblait être une salle en cul-de-sac. Benoît s'approcha sans hésiter d'une paroi. Des mains et du genou, il pressa aux endroits précis qui déclenchèrent un mécanisme de contrepoids vieux de plusieurs siècles. Tout était mû par un volume de sable qui actionnait en s'écoulant de puissants leviers. Ce procédé était connu en Europe depuis que les premiers Croisés l'avaient rapporté d'Égypte. Il avait été adapté et fabriqué à une époque où la mécanique n'existait pour ainsi dire pas et où seuls quelques rares moines pouvaient concevoir et exécuter un plan.

Le mur pivota lentement dans un raclement de pierre pour révéler un escalier. Nous grimpâmes l'équivalent de deux étages et arrivâmes devant un nouveau mur, que Benoît fit basculer par le même procédé.

Je reconnus immédiatement la crypte de la cathédrale. Elle s'étendait sous la presque totalité de l'édifice et était divisée en chapelles de taille variable suivant leur orientation.

Nous enfilâmes un large couloir circulaire qui passait devant l'alcôve arrondie dans le mur abritant le puits des Saints-Forts, puis devant l'entrée de la chapelle Notre-Dame de Sous-Terre.

Au début du XXe siècle, des fouilles avaient révélé un pilier qui était considéré comme le plus vieux des vestiges datant de l'époque gallo-romaine. Il était mis en valeur dans une salle étroite et tout en hauteur d'où partait également un escalier aboutissant au chœur. Benoît m'y précéda. Je ne savais pas combien de marches nous avions pu gravir depuis notre départ, mais je commençais à fatiguer. J'étais loin d'avoir récupéré.

Enfin, Benoît ouvrit la petite porte qui débouchait dans la cathédrale. Nous étions arrivés.

L'édifice était désert. En cette veille de Noël, les gens étaient rentrés chez eux réveillonner en famille, rendant la place à sa pure quiétude. La cathédrale s'emplirait à nouveau de vie pour la traditionnelle messe de minuit. En attendant, seuls les cierges offerts à Notre-Dame du Pilier faisaient ressortir les dorures des tuniques et des couronnes de la Vierge et de l'Enfant Jésus et apportaient encore une légère clarté à la partie nord, tandis qu'à l'entrée, la crèche dominée par l'ange Gabriel baignait dans la douce lumière des rangées de bougies votives rouges et blanches dont la lueur se perdait avant même d'atteindre les voûtes.

Benoît se dirigea vers une armoire électrique cachée derrière l'énorme statue blanche de l'autel. Le déclic d'un gros interrupteur résonna dans tout le chœur. Quelques projecteurs illuminèrent la voûte et les piliers, conférant à l'ensemble une allure et un mystère qui lui allaient à merveille.

— Hâtons-nous, notre jeune musicien doit attendre dehors.

Quelques instants plus tard, la petite porte de la sacristie s'ouvrait pour laisser entrer l'organiste. Le jeune homme me salua et disparut derrière les colonnes. Seul l'écho de ses pas nous renseignait sur sa progression dans la nef. Le grincement d'une porte nous parvint, encore quelques pas plus lointains, puis de nouveau le silence.

Je m'assis avec Benoît au centre du labyrinthe qui ornait le sol de la nef. Réputés dans le monde entier, ses quelques mètres de diamètre avaient posé autant de problèmes aux historiens que l'affaire du Masque de fer. Les uns voyaient dans ce motif symbolique un parcours initiatique, les autres une simple décoration, mais personne ne comprenait pourquoi le bouclier de bronze qui marquait son centre avait disparu le jour même où Philippe le Bel avait donné l'ordre d'arrêter les Templiers…

— C'est une bonne chose que tu sois ici ce soir, murmura mon compagnon. Tu as eu raison de venir nous voir. Cela te donnera de la force pour demain.

Les premières notes de l'orgue s'élevèrent.

— Écoute. Il a débuté sa formation à neuf ans. Cela s'entend.

Lentement, les accords emplirent la cathédrale. Le crescendo des notes, la perfection du jeu que les murs valorisaient d'un écho parfait rendaient l'alchimie infaillible.

Plus rien ne comptait désormais que la mélodie, tour à tour assez puissante pour guider le monde ou assez douce pour bercer un enfant. Les notes emplissaient l'espace, habillant les piliers, caressant les vitraux, courant sur les dalles et purifiant notre esprit. L'organiste jouait fabuleusement bien. Nul besoin d'être un spécialiste pour le comprendre, l'émotion faisait la différence.

Il possédait dans ses mains le génie de la musique, la vie des partitions.

Le concert dura trop peu de temps. Quand le jeune Irlandais redescendit, je l'attendais, infiniment reconnaissant de nous avoir permis de l'écouter. Il était heureux d'avoir donné, et son cadeau m'avait rendu plus douce l'absence des miens.

Benoît le remercia avec la bienveillante fierté d'un père pour son fils, puis il replongea la cathédrale dans le silence et l'obscurité, laissant la sublime matière attendre que l'esprit lui donne à nouveau vie.

Nous prîmes le chemin du retour. Même si j'étais loin de mon entourage, la nuit serait un peu plus sereine, pleine de l'émotion d'aujourd'hui et des espoirs de demain.

Je pensais à Nathan, à Andrew, au monde et à ses combats. Tout cela avait-il un but ? Bizarrement, j'étais presque heureux. J'avais souffert et c'était loin d'être fini, mais il me restait à vivre la plus fabuleuse aventure qu'un homme puisse rêver : renaître, en sachant pour qui.

Pour la seconde fois depuis l'attentat, j'éprouvai une certitude : je n'aurais échangé ma place avec personne.

14

Les rayons du soleil baignaient ma chambre depuis un moment déjà, mais j'hésitais à quitter mon lit. Il faisait froid et rien ne me poussait à me lever aux aurores en cet étrange jour de Noël, d'autant que mes contusions et ma blessure au bras étaient encore douloureuses. Si Nathan venait, ce que j'espérais de toutes mes forces, il serait dans le premier groupe de visite de l'après-midi. J'étais à la fois impatient de le revoir et inquiet de la manière dont cela se passerait.

Je finis par me résoudre à m'habiller, au prix de quelques difficultés, et je descendis.

En approchant du bureau de Benoît, je l'entendis parler anglais. Il était au téléphone, probablement avec quelqu'un du Groupe. Son accent et les mots qu'il employait pour s'exprimer dans cette langue m'avaient toujours beaucoup amusé, et ce matin-là, le manque de pratique ou peut-être l'importance du sujet le poussaient dans ses derniers retranchements. L'écouter se débattre ainsi serait suffisant pour me mettre de bonne humeur quelque temps.

Je passai la tête et lui fis un petit signe de la main. Son visage s'éclaira d'un large sourire. Peut-être était-il content de me voir, mais surtout, il allait pouvoir mettre fin à son exténuant dialogue. Il me tendit le combiné avec soulagement.

C'était William. Il m'interrogea sur mon état ; je demandai des nouvelles des dossiers que j'avais suivis avant l'attentat. Nous convînmes de nous rappeler le soir, quand j'aurais revu Nathan. Fonctionner sans portable compliquait un peu les choses, mais c'était encore la meilleure façon de ne pas être repérable.

Lorsque j'eus raccroché, Benoît me fixa de son regard le plus sévère pour les gens qu'il aimait.

— La situation ne doit pas être aussi simple que ce que tu m'as laissé entendre. Si William appelle en personne, ce doit être costaud.

— Ça l'est, mais vous ne risquez rien.

— Tu ne vas pas nous refaire la corrida d'il y a quatre ans, au moins ? Je n'y résisterais pas une deuxième fois... On a failli te perdre. J'ai cru devenir fou.

— Ça y ressemble quand même, à une différence près. À présent, ce n'est plus vous qui croyez m'avoir perdu.

La tristesse dans ma voix lui en apprit suffisamment. Espérant me changer les idées, il m'entraîna dans le jardin. Le froid restait supportable. Dans le ciel d'un gris si pâle qu'il en paraissait blanc, le soleil voilé était encore bas au-dessus des toits. Benoît m'installa sur un banc de pierre, puis s'éclipsa pour revenir avec une petite bouteille et deux gobelets d'étain. Tout en débouchant le flacon, il déclara avec malice :

— Cette fois, tu es fichu, j'ai concocté *la* boisson qui va faire de toi un vrai moine alcoolique ! Allez, joyeux Noël à toi quand même !

— À toi aussi. C'est sans doute le plus étrange de toute ma vie.

Je n'avais que le court trajet entre le goulot et le gobelet pour juger visuellement le liquide. Cette fois, je n'y échapperais pas. Benoît perpétuait la plupart des traditions séculaires de son ordre religieux, dont un goût immodéré pour la recherche de nouveaux breuvages élaborés à base de tout ce que la nature pouvait laisser traîner. Dans le meilleur des cas, ces aventuriers de la gnôle avaient inventé la chartreuse, l'hydromel ou la blanquette. Ici, j'aurais davantage penché pour un produit de substitution du pétrole ou un nouveau liquide vaisselle.

Dès la première gorgée, l'amertume me fit grimacer. Benoît prit un air affligé en constatant que je ne me délectais pas de ce qu'il avait dû préparer avec tant de minutie. Le léger arrière-goût que donnait l'étain n'était certainement pas étranger à l'horreur qu'éprouvaient mes papilles, mais le métal n'expliquait pas tout. J'aurais donné n'importe quoi pour une carafe d'eau.

— Ne dis rien, tu n'aimes pas. Tu es décidément trop difficile. Je croyais pourtant ne pas en être très loin… Selon toi, ça manque de quoi ?

— Je crois surtout qu'il y a trop de tout… répondis-je en m'étouffant.

L'expression dépitée de Benoît, le goût répugnant de cet apéritif sans nom, c'était effectivement trop. Je fus pris d'un irrépressible fou rire. Benoît finit par se joindre à moi.

Il faisait froid, j'étais décédé, assis dans un petit jardin à siroter du fuel. Nous en avions les larmes aux yeux. Un bref instant, je fus bien loin de mes soucis.

15

L'heure approchait, mon estomac se nouait. J'avais connu bien des situations stressantes avec à la clef d'énormes enjeux, mais jamais rien d'aussi personnel. Le sang-froid qui me permettait d'échafauder des opérations efficaces pour d'autres me faisait défaut pour moi-même.

J'allai prendre une douche dans l'espoir de me détendre. Je laissai l'eau ruisseler sur ma tête. Quelle réaction mon ami aurait-il ? Trouverais-je les mots pour le convaincre ? Serait-il là, au moins ?

Accepterais-tu ce que je m'apprêtais à te demander ?

Il fallut finalement se mettre en route.

Les galeries se succédaient, Benoît ouvrait la marche, nous ne parlions pas. Nous nous retrouvâmes bientôt face au mur pivotant. Comme la veille, mon compagnon déclencha le mécanisme.

— C'est ici que je te quitte, me dit-il. Maintenant, c'est à toi de jouer. Je ne connais pas toute l'histoire, mais je suis certain d'une chose : sois toi-même et tout ira bien.

J'avais la gorge sèche. Benoît me pressa les mains en signe d'encouragement et disparut derrière le mur, qui reprit lentement sa place.

Je gravis le grand escalier rapidement. Il restait à peine vingt minutes pour me cacher. Seuls mes pas résonnaient dans le silence. Je passai devant le puits des Saints-Forts, pris le passage vers Notre-Dame de Sous-Terre.

La porte s'ouvrit dans un long grincement. La chapelle était plongée dans la pénombre ; la seule lueur était celle de la veilleuse électrique marquant la présence du Très-Haut. Chacun voit ce qu'il veut dans les symboles...

Notre-Dame de Sous-Terre était une chapelle longue et étroite dont l'entrée, contrairement à l'habitude, était située du côté de l'autel. Des siècles d'éclairage à la chandelle et la fumée des cierges avaient noirci la voûte basse de la nef. Seul l'autel était relativement récent.

Au niveau des premiers rangs de chaises, sur la droite, une tenture masquait une porte en retrait dans le mur. La serrure ne me résista pas longtemps. Ce réduit devait servir à la fois de sacristie et de débarras pour les prêtres officiants. C'était parfait. De là, je pourrais guetter les visiteurs et voir Nathan quand il passerait dans l'allée.

Je retournai attendre près de l'autel. Les minutes suivantes parurent durer une éternité. Je me sentais fiévreux, terriblement tendu. Je me rendis compte que j'avais les poings serrés quand mes ongles me rentrèrent dans les paumes.

Au loin, la porte principale de la crypte s'ouvrit dans un grincement sonore. Presque aussitôt, une petite voix aiguë et impersonnelle emplit l'espace. Il ne pouvait s'agir que de la guide. Notre-Dame de Sous-Terre était le dernier temps fort de la visite de la cathédrale. L'écho des couloirs m'empêchait de comprendre distinctement les propos de la femme menant son troupeau, je percevais seulement un monologue atone, puis le piétinement des touristes qui suivaient, encore le monologue, puis les pas, le tout s'approchant pour devenir de plus en plus clair. Ce petit jeu allait bien durer un quart d'heure.

Accoté à la porte de la chapelle, je comprenais mieux à présent le discours de la guide. De sa voix haut perchée, elle récitait les faits et les dates à des gens qui n'en retiendraient probablement rien ou le savaient déjà. Une timide question venait parfois troubler son débit. Elle y répondait tant bien que mal, remplaçant ses lacunes par des sous-entendus sur lesquels personne n'osait demander plus de précisions.

— Nous sommes ici devant le puits des Saints-Forts, baptisé ainsi parce que des fidèles y furent jetés pour avoir refusé de renier le Christ. Vous remarquerez la petite lampe au-dessus qui rappelle que leur esprit demeure présent…

Le groupe n'était plus qu'à un virage de la chapelle, il était temps pour moi de gagner ma cache.

À peine avais-je remis la tenture en place que la lumière se fit. La voix de la guide invita son groupe à entrer. Au son, il semblait y avoir une vingtaine de personnes. De ma place, je ne voyais pour le moment qu'un couple de touristes allemands dont l'épouse retraduisait à voix basse les commentaires. D'autres passèrent, déambulant, un jeune routard, deux femmes d'un certain âge qui semblaient boire les paroles de l'accompagnatrice.

Les secondes s'égrenaient, toujours le commentaire de cette femme et pas de Nathan. Pour tous ceux qui étaient présents, il s'agissait d'une visite ordinaire. Ils n'avaient aucune idée de ce qui se jouait dans l'ombre. Sans même le savoir, ils en étaient les témoins, les acteurs.

Alors que mon impatience et mon inquiétude allaient me pousser à l'imprudence, Nathan me fit soudain face. Il regardait droit vers moi. Il avait dû fouiller tous les recoins depuis l'entrée et en conclure que je ne pouvais que me trouver là. Je l'attrapai par son blouson et l'attirai vivement derrière le rideau en priant le ciel qu'il n'ait aucune réaction bruyante.

La guide débitait toujours inlassablement son texte, les pas des touristes restaient réguliers. Personne n'avait rien remarqué.

Je me tournai vers Nathan, qui restait debout, stoïque comme jamais, et lui fis signe de garder le silence. Il me dévisageait. Je songeais à tout ce que nous avions à nous dire, à expliquer.

Au bout d'un temps interminable, les visiteurs ressortirent enfin et repassèrent devant le renfoncement de notre porte sans y prêter la moindre attention. La lumière s'éteignit et la porte se referma.

J'allumai ma torche.

— Qu'est-ce que tu as fichu ? lança aussitôt Nathan.

Je l'incitai à nouveau à se taire. Mieux valait être certain que le groupe était loin. Nous attendîmes les ultimes paroles de la guide et le claquement de la porte principale.

Nous étions seuls, enfin réunis. Les minutes qui allaient suivre seraient cruciales, pour Nathan comme pour moi.

— J'étais sûr que tu étais vivant, affirma mon ami. Pourquoi n'as-tu pas donné signe de vie plus tôt ?

— Je vais t'expliquer. Toi, comment te sens-tu ?

— Bien mieux depuis que j'ai eu ton message. Quand je me suis réveillé à l'hôpital, je ne me souvenais de rien, j'avais juste la vague impression qu'on avait eu un accident. J'étais surtout désorienté. Je te croyais dans la chambre voisine. Puis ils m'ont expliqué que tu étais introuvable, mais je n'arrivais pas à croire que tu y sois resté. Même quand ils ont parlé du corps repêché dans la Seine, je doutais encore.

Nous prîmes deux chaises et pendant plus d'une heure, dans le silence de la chapelle, je lui racontai ce qui s'était passé depuis l'attentat. J'avais la sensation de me purifier, de me confesser. Pour la première fois, je ne me sentais plus seul.

Comme toujours, Nathan se montrait attentif, bienveillant. Aucun des monstrueux événements des derniers jours n'avait entamé sa confiance. Mon vieil ami l'était toujours.

— C'est curieux, quand j'y pense, dit-il enfin, je n'ai jamais parlé de toi au passé. Pas une seule fois. Bon, et maintenant, qu'est-ce qu'on fait ?

— Je suis sûr que tu es sous surveillance. Sois très prudent.

Il eut un grand sourire : ce conseil l'avait toujours amusé. Malgré l'étrangeté des circonstances, il y avait dans l'air un je-ne-sais-quoi de normal, un parfum d'habitude, comme chaque fois que nous discutions, et ce qui avait semblé un problème insurmontable devenait une affaire à notre portée.

— Quand est-ce que je te revois ?

— Je ne sais pas. Il vaut mieux te tenir à l'écart pendant quelque temps. Ils ne se sont pas souciés de savoir si tu allais survivre quand ils ont posé leur bombe... Reste en dehors de tout ça. Quand j'en saurai plus, je te ferai signe.

Il était déjà quatre heures passées, la prochaine visite allait arriver. Nous retournâmes dans la cachette en attendant les nouveaux visiteurs auxquels se mêlerait Nathan pour sortir.

— Désolé de te poser autant de problèmes, murmurai-je.

— Ne t'inquiète pas, rétorqua-t-il, moqueur. On a les amis qu'on mérite. Je vais mettre un panneau sur ta tombe : « Je reviens tout de suite. » De toute façon, j'aurais tout retourné jusqu'à connaître la vérité, alors... Au fait, joyeux Noël, mon pote !

Il m'asséna une bonne bourrade qui me fit grimacer de douleur. Au même instant, nous entendîmes la porte de la chapelle s'ouvrir, puis la voix aiguë de la guide. Elle s'interrompit au milieu d'une phrase – peut-être les chaises déplacées. La miraculeuse magie de Chartres avait encore frappé...

Il était temps pour Nathan de rejoindre les touristes. Il franchit le rideau en regardant le plafond comme si de rien n'était, esquissa une pirouette maladroite à mon intention – il boitait encore légèrement – puis disparut avec les autres.

Je restai dans la sacristie bien après que la lumière fut éteinte et le groupe reparti.

Enfin, je repris le chemin de l'église. En parcourant les souterrains, je me remémorai notre conversation. Deux évidences se dégageaient. La première : je pouvais compter sur Nathan. La seconde : il n'était absolument pas conscient de ce qui se passait.

En débouchant dans l'église Saint-André, je découvris Benoît lisant au premier rang. Il releva la tête et sourit.

— Te voilà ! Tu as l'air serein. Tout s'est bien passé ?

Je pris place à ses côtés et lui résumai notre rencontre.

La fin de la journée se partagea entre les appels à William, Antoine, Kathleen et aux autres. J'avais beau être officiellement mort, les affaires continuaient, et même si je n'étais plus directement chargé des dossiers, je restais utile à ceux qui les reprenaient pour moi.

Je n'avais aucune envie de dormir. Benoît en profita pour me faire part de son avancée dans la traduction et la retranscription de son précieux ouvrage.

Ce n'est que bien plus tard dans la nuit que j'eus enfin le temps de continuer à t'écrire. Raconter notre histoire n'avait plus le même sens depuis notre entrevue. Il n'y aurait plus jamais de doute entre nous sur ce qui s'était réellement passé après l'explosion, et pourtant, je ressentais l'impérieuse nécessité de tout sceller par des mots, pour clarifier mon esprit, mais aussi pour t'aider quand nous en aurions tous besoin.

J'ignorais alors à quel point mon intuition était juste.

16

Le brouillard monté de l'Eure opacifiait la ville, et ce matin-là, je distinguais à peine les flèches de la cathédrale par le vasistas de ma chambre. La fatigue engourdissait encore mes membres quand je descendis l'escalier. Je venais de m'engager dans le couloir menant chez Benoît lorsque j'eus la surprise d'entendre une voix familière. Derek, que je croyais parti pour la Suisse, s'entretenait avec celui-ci dans son bureau.

Dès qu'il m'aperçut sur le seuil, Derek se leva et m'accueillit à bras ouverts.

— Ne me dis pas que tu n'es pas surpris !

— Surpris, et heureux !

— Tu sembles en bien meilleure forme. Benoît m'a confié que tu reprenais « du poil de la bête ». Vous autres Français avez de ces expressions !

— Je me retape. Mais dis-moi, tu n'as pas fait le trajet juste pour me saluer. Avec la surcharge de travail, je doute que tu en aies le temps.

— Tu as raison, il y a du nouveau. Il faut que je fasse un saut à Genève, mais je devais absolument te tenir au courant de ce qui se trame, et je préfère de loin que ce soit de vive voix.

Benoît sentit que nous avions des choses importantes à nous dire et prétexta une occupation pour nous laisser seuls. Derek referma la porte derrière lui et consulta sa montre avant de poursuivre :

— Nous avons rendez-vous dans dix minutes avec Andrew. Par téléphone, pas par visio – tu connais notre Benoît. Nous allons peut-être avoir besoin de tes compétences plus tôt que nous ne l'aurions souhaité.

Ponctuel, Andrew appela à l'heure dite. Après avoir rapidement échangé de nos nouvelles, je le mis sur haut-parleur. Derek commença en s'adressant à lui :

— Je n'ai pas eu le temps de lui expliquer, Andrew. Raconte depuis le début.

Andrew toussota et se lança :

— Ce que j'ai découvert dépasse largement tout ce que nous avons eu à affronter jusqu'ici. Depuis deux ans, nos succès répétés les ont poussés dans leurs derniers retranchements. Ils sont extrêmement fragilisés et semblent avoir décidé de lancer une sérieuse offensive sur notre terrain. En recoupant les résultats de surveillances que nous exerçons en Europe, mais aussi en Asie et en Amérique, nous avons réussi à reconstituer le mécanisme de leur stratégie. À travers tous les groupes industriels qu'ils contrôlent, en Allemagne, en Italie, au Japon, en Corée et aussi en Afrique du Sud, ils amassent une réserve de capitaux insensée.

Je l'entendis prendre une profonde inspiration, puis il lâcha :

— Je suis certain qu'ils ne vont plus se contenter de suivre nos campagnes de recherche des laboratoires. Ils accumulent les moyens nécessaires pour nous précéder.

Un frisson glacé me parcourut l'échine.

— Même si les connaissances leur manquent, reprit Andrew, même si la puissance financière ne peut pas tout compenser, il y a un domaine où ils peuvent nous devancer. Imagine qu'ils soient les premiers à localiser un ou plusieurs des labos que nous cherchons toujours. Imagine qu'ils trouvent avant nous l'une des fabuleuses découvertes que les Frères ont cachées. C'est la roulette russe… On peut toujours espérer qu'ils tombent sur des résultats sans importance ou dépassés – on ne sait pas nous-mêmes précisément ce qu'il y a à trouver –, mais songe à ce qui se passerait s'ils mettaient la main sur un seul des comptes rendus des travaux sur la structure de la matière que nous avons déjà découverts…

Derek guettait ma réaction. Je fixais le haut-parleur du téléphone, incrédule. Andrew pouvait effectivement avoir l'air tendu et épuisé…

— Tu es certain de tes conclusions ?

— Depuis trois jours, nous recoupons toutes les informations ; les mouvements financiers, humains, leurs opérations politiques, les échanges de mails, les arborescences des contacts. Si tu ajoutes à cela les derniers rachats qu'ils ont conduits en Bourse… Même si nous ne sommes pas absolument sûrs de leur but précis aujourd'hui, nous ne pouvons pas courir le risque d'être à la traîne. Il faut anticiper. Pourquoi penses-tu qu'ils ont essayé de t'éliminer la semaine dernière ? N'es-tu pas l'un des derniers survivants de notre précédente expédition, et probablement le plus à même de la reprendre ? Tout se tient.

William, Andrew et les autres membres du Conseil m'avaient dissimulé la gravité de la situation, espérant ne pas avoir à m'impliquer. Mais les choses allaient maintenant trop loin. La dernière fois qu'un combat de cette envergure avait eu lieu, tout s'était terminé par un massacre, celui des Frères, sur un bûcher à Montségur, en 1244...

Je n'avais pas le choix. L'attentat était loin d'être une simple vengeance. À la lumière de ce qu'avaient découvert Andrew et nos équipes, une foule d'événements jusque-là inexpliqués prenaient tout leur sens.

J'aurais cherché de la sérénité n'importe où. De la sérénité, une dernière fois.

17

Cela faisait des heures que j'essayais de joindre Nathan. La détermination de nos ennemis ne faisait plus aucun doute et, comme lorsque nous courions sur les berges de la Seine, il risquait d'être l'innocente victime d'un combat qui ne le concernait pas. Si, pour m'écarter, nos adversaires étaient prêts à tuer, je n'osais imaginer ce qu'ils pouvaient lui faire, sachant ce qu'il représentait pour moi.

Deux gardes étaient partis depuis près d'une heure à son domicile. J'allais d'une pièce à l'autre, incapable de me concentrer sur les nouveaux éléments que m'avait communiqués Andrew, obsédé par l'idée qu'il ait pu être enlevé. Benoît essayait de m'intéresser, sans succès, à sa traduction.

Ce n'est que bien plus tard dans la soirée que j'eus enfin des nouvelles. L'un des Frères travaillant à la cathédrale vint avertir Benoît que malgré la fermeture imminente, un homme désirait retourner à la crypte pour, selon ses dires, « tenter d'y retrouver un ami ». Sa description correspondait à Nathan.

Moins d'une demi-heure plus tard, encadré de deux gardes, mon ami d'enfance, très agité, pénétrait dans le presbytère.

Je lui serrai la main avec chaleur et lui demandai immédiatement :

— Que s'est-il passé, Nathan ? Qu'est-ce que tu fais ici ?

— Quand je suis rentré chez moi hier soir, des types m'attendaient. Ils étaient trois. Je les ai aperçus depuis le coin de la rue. Lorsqu'ils m'ont vu, ils se sont lancés à ma poursuite. Un des mecs a carrément dégainé ! Heureusement, il n'a pas tiré, mais ça m'a fichu une sacrée trouille. Je ne sais pas ce qu'ils voulaient exactement, j'ai réussi à leur échapper, j'ai eu du bol. C'était chaud ! J'ai repensé à ce que tu m'as dit hier...

Sa voix tremblait. Nathan découvrait l'angoisse dans laquelle nous autres vivions. J'eus du mal à maîtriser la rage qui montait en moi. Au chapitre des motifs possibles pour justifier une tentative d'enlèvement, il n'y avait que l'embarras du choix.

— Mais pourquoi m'enlever, puisque tu es censé être mort ?

— Peut-être savent-ils que leur attentat a échoué.

— Qu'est-ce qu'on va faire ?

— Il faut te mettre à l'abri, au moins pour quelque temps.

Nathan inspira profondément et me fixa d'un regard que je ne lui avais jamais vu.

— Bon Dieu, dit-il, très pâle, comment peux-tu raisonner aussi froidement ? Comment peux-tu rester aussi maître de toi ?

— Calme-toi. Ce sont ceux qui gardent la tête froide qui gagnent. Si tu paniques, tu as perdu. Je connais les risques. J'ai conscience du danger que je te fais courir. Tu veux que je me mette à hurler, que j'aille porter plainte chez les flics, que j'ameute l'opinion publique ? La seule chance de nous en tirer, c'est de ne pas laisser les émotions mener le jeu.

Il secoua la tête.

— Excuse-moi. C'est tellement…

— C'est moi qui devrais m'excuser. Tu es dedans jusqu'au cou par ma faute. Je n'aurais peut-être pas dû revenir vers toi.

— Tu sais bien que si ! Je m'en serais mêlé de toute façon, alors quelle différence ? Si on ne peut plus compter l'un sur l'autre…

— À présent, occupons-nous de toi.

Benoît accueillit Nathan avec un plaisir visible. Il lui souhaita la bienvenue et l'installa lui-même dans une chambre du haut, puis nous nous joignîmes aux gardes et aux Frères pour le dîner. C'était étrange de voir mon ami parmi eux… Mes deux vies, réunies. Nathan était confronté pour la première fois à l'univers du Groupe et de la Confrérie. Jusqu'ici, étant tenu au secret, je ne lui avais presque rien révélé de mes activités, mais à présent c'était différent. Il posait de nombreuses questions auxquelles tout le monde répondait – non sans avoir au préalable cherché mon autorisation du regard.

La soirée était presque agréable. Nathan semblait se sentir en sécurité. Pour ma part, je restais plongé dans mes pensées.

Après le repas, je sortis dans le jardin contempler les rares étoiles que les nuages ne masquaient pas. Nathan ne tarda pas à me rejoindre. Il s'assit et, après quelques instants de silence, demanda :

— Comment vois-tu la suite ?

— Beaucoup de choses se jouent en ce moment. Ce qui importe pour toi, c'est de reprendre au plus vite une vie normale. Le reste est mon affaire.

— Une vie normale ? Alors qu'on a failli crever tous les deux et qu'on a essayé de me kidnapper ? Que tu le veuilles ou non, je suis impliqué dans ce qui t'arrive. On a toujours fait nos conneries ensemble, je ne vois pas pourquoi ça changerait. Je reste avec toi.

— Ce n'est pas si simple. Ce qui se passe est trop grave. Et ton job ?

— Hé, j'ai échappé de peu à un attentat, je peux bien prendre quelques jours pour me retaper !

Il ne lâcherait pas, je le savais, en dépit des risques. Je pris une longue inspiration et lui proposai de faire quelques pas.

— Nathan, je t'avais raconté qu'en Écosse, une de nos équipes avait mis au jour, presque par hasard, les caves d'une abbaye détruite.

Il acquiesça. Je poursuivis :

— Tu te souviens peut-être que nous y avions trouvé, dans des caches enfouies sous plus d'un mètre de tourbe, des objets de verre moulé, des tubes à essais et des ustensiles permettant la condensation de gaz et l'isolation d'éléments chimiques rares. Ce que je n'avais pas pu te dire, c'est que ces instruments étaient quasiment identiques à ceux que les chimistes modernes ont mis au point au début du XIXe siècle, alors que leur datation au carbone 14 a révélé que ces outils de pointe dataient du XIIIe siècle, soit près de sept cents ans avant leur invention officielle.

— Qu'est-ce que ça a à voir avec nous ?

— Pas grand-chose directement ; cependant, permets-moi de continuer. Nous avons déjà localisé plusieurs laboratoires de ce type, mais il y en a d'autres. On ne sait pas exactement combien ni où, mais c'est une certitude. Chacun de ces labos est un peu comme une pochette-surprise : personne ne sait ce que l'on va y trouver. Dans la majorité des cas, rien d'essentiel, mais il est déjà arrivé que l'on exhume des découvertes liées à la radioactivité, la médecine ou la chimie. Des trucs incroyables, même de nos jours…

— Mais pourquoi tu me parles de ça ce soir ? Tu m'avais dit que tu étais dégagé de tous tes dossiers…

— Nous avons un problème dont j'ai été averti seulement ce matin : nous ne sommes plus les seuls à chercher ces labos. Ceux qui ont tenté de nous tuer sont vraisemblablement en train de se mettre en ordre de bataille pour les découvrir avant nous. S'ils y parviennent, ils n'y verront qu'une source supplémentaire de profit, ou pire, ils peuvent mettre la main sur un procédé ou une arme à même de leur donner une suprématie impossible à évaluer. Nous devons aller plus vite qu'eux. Je suis un des seuls survivants de la première campagne de recherches. Je peux les devancer. Ils le savent, et c'est pour ça que nous avons failli mourir l'autre soir.

Nathan comprenait peu à peu. Il hocha la tête, pensif.

— Tu es vraiment obligé de t'en occuper toi-même ?

— On en saura plus dans les heures qui viennent.

— Je ne saisis toujours pas comment une petite invention peut donner une telle avance à l'un des deux camps.

— Demande-toi simplement comment les Égyptiens ont pu concevoir les pyramides, comment les bâtisseurs de cathédrales ont su calculer des structures assez complexes pour résister à toutes les épreuves du temps alors que le moindre de nos stades high-tech s'effondre par morceaux au bout de quinze ans. Demande-toi comment les Incas s'éclairaient au plus profond de leurs temples alors qu'on ne trouve nulle trace de suie ou de combustion sur les murs des salles sans fenêtres. Demande-toi pourquoi les moines tibétains sont si souvent représentés flottant dans les airs un mètre au-dessus du sol. Imagine le pouvoir que pourrait tirer un criminel de la réponse à ces questions.

Je marquai une pause. Nathan, les sourcils froncés, se taisait.

— Crois-moi, depuis une semaine, j'ai eu mon compte d'émotions pour un bon moment, mais je n'ai pas le choix. La vie n'attend jamais que tu sois disponible pour te demander ton maximum.

Mon ami sourit doucement. C'était étrange. Nathan riait souvent, mais il ne souriait presque jamais. Son esprit devait ressembler à une fête foraine qui se serait emballée. Ses traits trahissaient un épuisement bien explicable.

Notre haleine se condensait en buée, le gel avait commencé à tout figer. Le froid nous fit battre en retraite. Nous regagnâmes l'intérieur.

Même si je venais de tout te dire de vive voix, je me mis à écrire...

Peut-être comprendras-tu les absences dans mon regard lorsqu'un jour tu reliras ces mots.

Trop de choses à faire, trop de choses à t'écrire. Ces lignes figent ma mémoire, elles sont la trace d'un temps, la raison d'une vie.

La situation se complique d'heure en heure, j'ai vécu le pire au cours des jours précédents, et pourtant je n'ai pas la sensation d'être dépassé. Pas encore.

Le jour pointait timidement lorsque j'ai refermé le cahier. J'étais fourbu. Je m'étendis sur le lit. Mon cerveau tournait vite. Pour la première fois depuis l'attentat, j'avais récupéré la totalité de mes facultés. Il le fallait, j'allais avoir besoin de tout.

18

Après quelques rares heures de sommeil, je commençai la journée en étudiant les derniers éléments qu'avait envoyés Andrew. Des mouvements de fonds atypiques noyés dans les flux ordinaires, des investissements inédits de la part de certaines des entreprises de nos adversaires, des photos de sites stratégiques qui montraient la présence de véhicules inhabituels, un regain d'activité sur le *deep* et le *dark web*... Cela se confirmait : l'opération adverse se mettait en place avec des moyens dépassant le cadre d'une simple campagne de recherches archéologiques.

La situation n'avait visiblement pas coupé l'appétit à Nathan, qui, au grand étonnement de Benoît, dévorait à lui seul une bonne part des victuailles du petit déjeuner quand je le rejoignis. Il s'adaptait à merveille.

— Ça se passe toujours comme ça avec ceux que vous appelez « les autres » ? me demanda-t-il en remuant son café. Qu'est-ce qu'ils veulent au juste ?

— Leur cartel cherche le profit et le pouvoir matériel, répondis-je en m'asseyant face à lui. Ils accaparent tout ce qui peut rapporter de l'argent de façon plus ou moins légale dans le monde. Le problème, c'est qu'en général, plus une opération est illégale, plus elle est lucrative. Ils se sont donc naturellement spécialisés dans tout ce qui est illicite et sont passés maîtres dans le domaine du crime. Leurs caïds contrôlent une bonne partie du trafic d'armes et de déchets toxiques, de la production et de la vente de stupéfiants, du jeu et de la prostitution, sans compter la vente de données stratégiques, le trafic d'êtres humains et de technologies, le vol de cryptomonnaies… Leur cupidité les a simplement conduits sur une voie dangereuse et extrêmement nocive.

» Pour notre part, poursuivis-je en piochant un morceau de pain, nous ne faisons que réagir à leurs agissements. Nous sommes leurs ennemis parce que nous les gênons, parce que nous entravons leurs projets. Nous les combattons parce qu'ils se servent de leurs semblables en les exploitant de toutes les façons possibles. Nous n'existerions pas s'ils n'existaient pas – c'est essentiel à comprendre. S'ils cessent leur business criminel, nous n'aurons plus de raison d'être. Nous sommes la réaction du monde face à eux – une des réactions.

» Chaque personne qui se bat pour la liberté et la justice est notre alliée. Elle ne fait peut-être pas partie du Groupe, mais va dans le même sens. Par contre, chaque fois qu'un individu vole ou exploite quelqu'un, il va certes dans leur sens, mais en leur prenant une part du marché sur lequel ils règnent : ce n'est donc pas leur allié, mais une source d'affaiblissement. Cela les oblige à avoir des structures bien plus hiérarchisées que nous, plus rigides – sans la terreur, la pression, le chantage, ils ne peuvent plus fonctionner. Comme des vautours, chacun arrachera une partie de la bête et ce sera l'anarchie.

Nathan ne perdait pas un mot.

— De notre côté, précisai-je, ce n'est pas l'intérêt financier qui prévaut mais une éthique de vie, une soif de bonheur et de paix. Au fond, on pourrait voir cette aspiration comme une certaine forme d'égoïsme, car chacun d'entre nous cherche avant tout la paix pour lui-même. Cependant, l'on se rend vite compte que cette paix à laquelle on aspire dépend de celle des autres, de nos proches, et on en vient rapidement à s'en préoccuper.

— Pourquoi les appelez-vous toujours « nos ennemis » ou « les autres », sans jamais les nommer directement ?

— Ils sont multiples, ils n'ont pas réellement de nom. Ce sont des groupes industriels, des individus, des cartels, des éminences grises... La seule valeur qui compte pour eux est un rapport de force. Quand un combat nous oppose à une personne ou à une entreprise précise, on la nomme, mais quand leurs troupes sont diffuses, seulement liées par l'intérêt, il ne peut pas y avoir de nom pour les désigner. Dire qu'ils sont le mal serait aussi stupide que dire que nous sommes le bien. Ils sont juste nos adversaires, c'est ainsi.

Nathan opina, l'air grave. J'ajoutai :

— S'ils ne faisaient que s'entretuer, personne n'y trouverait à redire, mais ils impliquent des innocents dans leurs exactions, tu en sais quelque chose. Notre but est de contrer leurs actes, mais aussi de leur offrir, lorsque c'est possible, une porte vers la rédemption.

— Tu veux dire que vous essayez de les récupérer ? Des gens pareils ? C'est dément ! Et… vous avez déjà réussi ?

— Pas assez, mais on a eu de beaux résultats. Derek, par exemple.

Nathan écarquilla les yeux.

— Eh oui. Je t'ai déjà parlé de lui, mais ce que tu ignores, c'est que c'était un joueur invétéré. Pour effacer ses dettes, ils voulaient qu'il tue quelqu'un. Il se trouve que le type qu'il devait abattre était mon prédécesseur. Nous l'avons pris, il s'est expliqué. Il lui a fallu deux ans pour retrouver un équilibre, et peu à peu, il est devenu celui que tu rencontreras bientôt.

— Vous n'avez jamais redouté une trahison ?

— Ce serait lui faire offense. Pourrais-tu trahir ceux qui t'ont aidé sans rien te demander en retour ? Nous lui avons proposé du travail, une chance de recommencer à zéro, sans aucune arrière-pensée. Il était libre de partir, il a choisi de rester. Nous ne savions pas qu'il ferait partie du Groupe à un si haut niveau quand il a été capturé, personne ne pouvait le prévoir. C'est la magie de la vie. Son expérience de l'autre côté lui a appris le vrai sens du mot « angoisse ». Il est l'un des plus humains d'entre nous.

Songeur, Nathan secouait la tête.

— C'est quand même compliqué.

— Pas tellement, finalement. Chaque individu est mû par des raisons et des motivations qui lui sont propres. Il agit tantôt bien, tantôt mal, ce n'est jamais ni tout noir ni tout blanc. Le pire des salauds peut aussi être le meilleur des pères de famille. Le problème, c'est qu'être un bon père de famille ne concerne que trois ou quatre personnes, alors qu'être le pire des salauds peut avoir des répercussions sur la moitié de la planète. Regarde Heinrich Himmler… On ne retient d'eux que ce qu'ils ont fait de plus marquant, et c'est là-dessus que l'histoire juge si untel est un saint ou un monstre. Tout est dans la proportion de bien et de mal. S'il y a association d'individus, tu crées déjà un groupe, pour le « plutôt bien » ou pour le « plutôt mal ». Quelques siècles plus tard, tu obtiens ce que nous vivons, un tissu de pouvoirs obscurs qui agissent dans l'ombre d'un système officiellement clair.

— Pourquoi ne pas en parler, dire au monde la vérité ? Ce serait logique, selon votre philosophie…

— Il faudrait se justifier, et le temps que tu passes à expliquer, tu ne le passes plus à agir. C'est risqué. Ton devoir est aussi de ne pas déranger les gens avec des problèmes que tu peux résoudre seul. L'avenir te dira vite si tu as bien agi ou si t'es trompé. Tu deviens alors responsable devant ta conscience d'abord, et devant les autres ensuite.

» En définitive, les deux camps ne sont pas si tranchés que cela. On se bat tous, on en souffre tous, on a sensiblement le même pouvoir. C'est une question de choix personnel. Pour ma part, je suis convaincu que le bonheur et l'affection sont plus précieux que tout l'or du monde. Dans l'autre camp, ils doivent nous prendre pour de doux connards sentimentaux parce qu'au fond, qu'est-ce qu'il y a de plus beau qu'une grosse voiture, des filles et des liasses de billets ? Nous avons cependant un petit avantage : l'amour n'a jamais empêché de devenir riche honnêtement, alors que l'argent interdit souvent les sentiments sincères...

Tout ce que je venais de dire trouvait un écho chez Nathan ; je le voyais hocher la tête, approbateur. J'étais heureux de pouvoir aborder enfin frontalement ce qui faisait le fondement de ma vie. J'étais certain qu'il reliait en son for intérieur beaucoup de points restés obscurs, tous ces silences que je n'avais pu briser jusqu'ici. C'était, pour moi aussi, un soulagement.

Mais le temps manquait, il fallait que je lui apprenne ce qui m'attendait.

— Nathan, je vais être obligé de partir. Je dois trouver les laboratoires.

19

Le Conseil devait se réunir de toute urgence pour préparer notre riposte. Nous décidâmes de nous retrouver à Chartres. Une douzaine de personnes étaient attendues dans un des bâtiments attenants au presbytère.

Andrew arriva le premier, en fin d'après-midi, et nous profitâmes de son avance pour faire le point.

— Je souhaitais te parler de plusieurs choses avant que tout le monde soit là, attaqua-t-il alors que nous faisions quelques pas dans le jardin. Les choses se précipitent et ce coup-ci, c'est nous qui courons derrière.

Il attrapa la mallette qui ne l'avait pas quitté, composa un code et en extirpa un dossier.

— Voici la liste de leurs mouvements en hommes et en matériel, et celle de leurs principaux échanges financiers depuis une semaine.

Je parcourus les feuilles, qui complétaient et confirmaient ce que j'avais déjà pu voir. Les lignes se succédaient, égrenant les chiffres et les localisations. Je fixai un long moment, éberlué, la synthèse de la dernière page : il y avait suffisamment de moyens pour envahir une ville.

Andrew gardait le silence, me laissant réfléchir. Seul le vent agitait les haies de buis. Je levai les yeux vers lui et il hocha la tête.

— J'ai ressenti la même chose que toi quand j'ai découvert l'ampleur de ce dispositif, dit-il.

— Où veulent-ils en venir ?

— J'en ai une petite idée, ou plutôt une crainte. Je crois qu'ils visent Montségur.

— Montségur… Possible, oui. Nous serons vite fixés.

Andrew replaça le dossier dans la mallette.

— Que penses-tu faire de ton ami ?

Je secouai la tête.

— Je ne sais pas encore. Il faut que je le sorte de là, mais je ne vois pas comment il pourrait reprendre une vie ordinaire pour l'instant. Il est trop exposé. Ça m'obsède.

— Tu t'en fais trop. Tu n'es pas responsable de ce qui se passe. Je ne connais pas encore Nathan, mais je suis convaincu qu'il a assez de caractère pour te dire ce qu'il a sur le cœur.

— Tout est allé si vite…

— Demande-toi ce qu'il aurait fait si tu ne l'avais pas recontacté. Tu verras que tu n'as pas forcément choisi la mauvaise option. Il en savait assez pour chercher.

Nous nous assîmes sur un banc de pierre adossé au mur du jardin. Andrew leva les yeux vers les nuages et reprit :
— Tu as eu le temps de lui expliquer la situation ?
— Pas complètement, mais il comprend vite.
Des pas s'approchaient rapidement. Un Frère était à notre recherche : il venait nous prévenir que tout le monde était arrivé.

20

Le soleil se couchait lorsque nous rejoignîmes le bâtiment situé derrière l'église, à l'opposé du presbytère. Les derniers rayons de lumière projetaient sa silhouette sur le flanc de la collégiale Saint-André.

Derek nous attendait à l'entrée. Des gardes étaient postés aux alentours. La réunion se tenait dans le cellier. Je fus frappé par le contraste entre la pièce et ce qu'elle contenait. La grande table au plateau de bois noir et au piètement d'acier, les fauteuils de cuir design, les écrans interactifs, les paperboards numériques et tout le nécessaire pour mener une réunion de cette importance contrastaient avec le sol de terre battue et les murs couverts de salpêtre se terminant en une voûte d'un dépouillement absolu. Un imposant pressoir trônait dans un angle.

Onze personnes étaient déjà présentes. Il y avait là William, quelques-uns de nos principaux chercheurs appartenant à la Confrérie ou au Groupe, ainsi que notre responsable de la sécurité, un ancien colonel de l'armée de terre du nom d'Isvoran. Deux autres scientifiques, trop éloignés pour nous rejoindre en un délai aussi court, participeraient en visioconférence.

Les retrouvailles furent chaleureuses mais brèves, et nous prîmes place autour de la table. William et un de nos chercheurs présidaient.

— Mes amis, commença William, l'urgence ne nous permet pas les formes habituelles de communication. Le temps nous manque pour réfléchir dans la quiétude. Beaucoup d'entre vous ignorent pourquoi ils sont ici. Certains n'ont jamais travaillé ailleurs que dans nos propres centres de recherche. Je vais essayer de résumer.

» Voilà maintenant quatre ans, nous avons entamé un important programme de recherches concernant les lieux dans lesquels, il y a plusieurs siècles, des hommes – et particulièrement certains religieux – ont conduit des expérimentations scientifiques. Nous avions alors l'ambition de découvrir, et de faire découvrir au monde moderne, les leçons que ces précurseurs avaient dissimulées de crainte de les voir employées à des fins guerrières. Dans notre orgueil, nous avons pris l'engagement de comprendre tout ce que nous risquions de découvrir, mais aussi d'en garantir la saine et juste utilisation.

Il régnait un silence total. William poursuivit :

— Nous avions sous-estimé l'avance scientifique de ces chercheurs d'un autre temps ; nous avions aussi mésestimé leur sagesse. Bien que n'ayant pas tout découvert de leurs travaux, ceux dont nous avons pu juger sont encore trop dangereux à ce jour pour être rendus publics. Nous risquons de déséquilibrer le monde en y introduisant des forces capables d'assurer la suprématie d'un camp au péril de tous. Quel homme responsable aurait pris sur lui d'annoncer la découverte du nucléaire s'il avait eu connaissance de l'utilisation qui en serait faite et des millions de morts qui en découleraient ? Nous avons découvert grâce aux travaux des Frères, puis aux nôtres, des puissances bien plus grandes que l'atome…

Des murmures bruissèrent autour de la table, accompagnés de hochements de tête. William reprit :

— La campagne d'alors permit de mettre au jour dix-sept de ces centres de recherche. D'après certains textes, cisterciens notamment, on estime leur nombre total à plus de deux cents, répartis dans toute l'Europe. Notre expédition scientifique avait terminé ses travaux à Montségur.

Sur les écrans, des photos illustraient ses propos. Je reconnus certains des lieux dans lesquels j'avais moi-même travaillé. La dernière montrait Montségur : les vestiges d'un impressionnant château fort édifié au sommet d'un pic rocheux, telle une sentinelle de pierre veillant depuis plus de huit cents ans.

— À l'époque, continuait William, nos ennemis nous suivaient davantage pour se tenir informés que pour nous concurrencer – ils n'avaient aucun moyen de connaître l'objet de nos travaux. Nous avons clos le programme parce que les éléments recueillis à ce stade avaient de quoi nous occuper longtemps. Il aurait été difficile de garantir le secret sur un nombre plus important de découvertes.

Il fit une pause et regarda tour à tour chacun des participants pour donner plus de poids encore à ce qui allait suivre.

— Mais aujourd'hui, nos adversaires ont décidé de se battre sur notre propre terrain. Ils vont tenter de retrouver d'autres laboratoires, d'en extraire le savoir et de s'en servir pour asseoir leur puissance.

Dans l'assistance, nous ne devions être que trois pour qui ce qu'il venait de dire n'était pas une surprise. Andrew, Derek et moi lisions la stupéfaction sur les visages de nos voisins. Isvoran prit la parole, sceptique :

— Mais ils ne savent pas quoi chercher… Ils ne peuvent rien faire, ils n'ont pas accès aux archives monastiques et n'ont aucun moyen de retrouver ces caches…

— Ils n'y ont en effet pas accès, mais ils ont suivi notre première expédition et peuvent faire un second passage à une ou plusieurs des étapes que nous avions couvertes.

Une voix profonde s'éleva :

— Avec des chances réduites, mais pas nulles, de trouver les laboratoires que nous n'avions pas pu localiser à l'époque. Le hasard et l'appât du gain peuvent leur apporter le pouvoir que nous procurent le savoir et la foi.

L'homme qui venait de parler avait été un de mes Maîtres. Ermite, philosophe, c'était l'un des hommes les plus étranges et les plus impressionnants que j'aie jamais rencontrés. Personne ne connaissait son nom. Nous l'appelions le Sage en sa présence, et par toute une série de surnoms trahissant le mélange de respect et de fascination qu'il nous inspirait quand il n'était pas là. À la fois noble et simple, il ne paraissait pas avoir d'âge ; il avait les traits d'un sexagénaire, la vivacité d'un jeune homme et le regard clair d'un enfant.

J'avais fait sa connaissance alors que j'apprenais les sciences du feu au monastère de Vigo, en Espagne. J'étudiais là toutes les formes de la flamme, depuis la foudre jusqu'à l'allumette. Un soir, alors que je me rendais au réfectoire, l'un de mes professeurs m'envoya voir « Yoda » sur le clocher. Je crus d'abord à une plaisanterie, mais les yeux de mon professeur disaient autre chose. Je sortis ; il faisait nuit et un orage grondait au loin, comme souvent au début de l'été sur les côtes de Galice. Je longeai le cloître, les yeux levés vers le clocher et là, sous les arcades, juste devant les cloches, je vis sa silhouette à la faveur d'un éclair.

Assez méfiant, je gravis l'escalier de bois menant au carillon. Un autre éclair claqua, le tonnerre roulait de plus en plus fort : l'orage approchait. L'homme était là, à me fixer dans le noir sans rien dire. Il me fit asseoir près de lui, puis demanda :

— As-tu déjà vu la lumière ?

La question me parut idiote. Pas un mot n'était sorti de ma bouche, et pourtant il m'asséna aussitôt :

— Dis-toi toujours que celui qui te pose une question n'est pas forcément le plus stupide des deux. C'est peut-être toi qui ne la comprends pas. Je te le redemande : as-tu déjà vu la lumière ?

Dans le même temps, il montra le ciel d'un geste presque détaché. Quelques fractions de seconde plus tard, un éclair zébra l'obscurité à l'endroit exact qu'il avait désigné.

« Fabuleux hasard ! » me dis-je.

Sans attendre ma réponse, il commença à me parler de choses que je ne compris que bien plus tard, mais qu'étrangement ma mémoire enregistra parfaitement. De temps à autre, il désignait une direction, et immanquablement, un éclair venait y briller. Cet homme pressentait les éclairs… Il me parla plusieurs heures durant puis, comme à la fin d'un cours, me permit doucement de partir.

Cela s'était passé plus de dix ans auparavant. Je ne devais le revoir et découvrir son visage au grand jour que six ans plus tard, lorsque je pris part à l'organisation de cette fameuse première campagne. Le Sage y avait alors pour fonction d'analyser nos découvertes. Il n'était pas homme à fraterniser. Il dégageait une titanesque impression de puissance étroitement associée à un incommensurable savoir qui le plaçait à part. C'était le genre d'homme que tous les peuples de la terre s'accordent à appeler un sorcier.

Le Sage avait coupé la parole à William. Il était peut-être le seul à en être capable – non que nous eussions peur de William, mais il était probablement l'unique personne à cette table à en savoir davantage que tous les autres réunis sur les pouvoirs de l'esprit.

William l'écouta respectueusement avant de reprendre :

— Andrew a découvert le complot que trament nos ennemis pour mener cette croisade. Ils n'auront pour chercher que les indices qu'ils ont tirés en nous observant lors de notre première expédition. Ils n'ont probablement pas idée de ce après quoi ils courent, mais ils ont une certitude : ce peut être profitable pour eux et dangereux pour nous. C'est ce qui leur importe. Nous devrons aller plus vite qu'eux, et assumer la charge que nous avons volontairement choisi de perpétuer.

Tous les membres réunis dans la pièce possédaient une compétence susceptible de servir le projet. Andrew afficha à l'écran le rapport qu'il m'avait montré plus tôt.

— Ce document synthétise les moyens que nous allons devoir combattre. Nous avons la quasi-certitude du lieu où nos ennemis vont entamer leurs recherches. Leurs forces se concentrent actuellement dans le sud-ouest de la France, entre les Pyrénées, l'Aude et les Corbières. Nous avions fait de cette région la dernière étape de notre campagne parce qu'elle promettait d'être la plus riche – l'endroit regorge d'anciennes commanderies, d'abbayes, et donc probablement de laboratoires – et parce qu'elle exigerait toute l'expérience acquise sur les précédentes. Nous n'avons cependant pas trouvé grand-chose. Nous avons pu réunir depuis de nouvelles informations, dont celles que Frère Benoît a découvertes dans une annexe de la crypte de Chartres. Elles confirment nos présomptions : le pic de Montségur ne nous a pas tout livré. Et c'est à cet endroit que leur cartel semble vouloir entamer la course.

D'autres intervenants nous détaillèrent les ressources dont nous allions disposer. Il allait falloir ruser, observer nos ennemis comme ils l'avaient fait, les entraver

– et, seulement s'il n'y avait pas d'autre alternative, les affronter.

William s'adressa au Sage :

— Acceptez-vous à nouveau la lourde tâche de comprendre ce que nous sommes susceptibles de trouver ?

Le Sage opina de la tête, le regard brillant. William se tourna vers moi :

— Te sens-tu la force de reprendre la direction sur le terrain ?

— Il le faut. Je serai là.

Il continua son tour de table, assignant à chacun sa mission. Andrew coordonnerait le tout depuis Londres, ce qui lui permettrait aussi de se tenir informé des actions du reste du camp adverse. Derek assurerait la logistique, le Sage et Benoît allaient installer leurs quartiers dans une abbaye des Pyrénées.

Avant de donner le signal du départ, William prit la parole une dernière fois :

— Je crois inutile de vous rappeler les enjeux de cette course. Ils sont prêts à tout, nous avons pu nous en rendre compte avec l'attentat. Ne prenez pas de risques inutiles, mais aucun sacrifice ne doit être épargné si cela peut garantir la protection de ces laboratoires. Soyez Parfaits.

Nous sortîmes les uns après les autres. Andrew, Derek, Isvoran et moi avions encore beaucoup à voir. Au moment où je franchissais la porte, le Sage me retint doucement par le bras.

— J'aimerais te dire un mot, si tu le veux bien.

Je fis signe aux autres d'avancer sans moi. Il me fit face et me regarda droit dans les yeux.

— Je vais m'établir à l'abbaye Saint-Martin ; elle est en hauteur et proche du pic de Montségur, ce qui facilitera la tâche de nos protecteurs. J'attendrai comme la première fois que tu m'apportes les découvertes enfouies dans les laboratoires. Je souhaitais te parler car j'ai su ce qui t'est arrivé, et je sens ce que tu vas affronter.

J'éprouvais la même sensation qu'autrefois sur le clocher du monastère de Vigo. Aucune peur, juste la certitude d'entendre la vérité. Il lisait en moi comme dans ses grimoires.

— Ce que nous avons découvert la première fois n'était rien en comparaison de ce qui nous attend. Je le subodore. Mais ce que tu vas découvrir en toi sera tout aussi important. Tu as changé. Il n'est plus temps pour toi d'apprendre ce que les autres veulent t'enseigner. Tu dois choisir tes propres leçons. Tu trouveras les réponses dans le monde. La connaissance n'est rien, c'est la compréhension qui compte. Tu vas vivre ce que peu d'hommes ont vécu. Aime tes proches et suis ta conscience, seulement elle, à l'exclusion de toute autre loi. J'ai confiance. Je suis heureux de repartir en quête à tes côtés.

Après un silence, il reprit :

— Tu vas devoir apprendre beaucoup à ton ami, et dans la précipitation. Tu prends la responsabilité de le protéger.

— Je ne souhaite pas l'impliquer davantage.

— Toi, tu ne le souhaites pas, mais lui ? Dieu seul sait ce que réserve l'avenir. Votre amitié vous aidera.

Il prit mes mains dans les siennes.

— Nous nous reverrons bientôt. Prends soin de toi et des tiens.

Le Sage fit mine de s'éloigner puis se retourna. Je crus alors apercevoir une lueur amusée dans son regard.

— Peut-être vas-tu pouvoir répondre à une question ?

Que pouvais-je lui apprendre qu'il ne savait déjà ?

— Sais-tu qui, le premier, m'a donné le surnom de Yoda ?

Je m'attendais à tout sauf à ça. L'image d'Andrew surgit dans mon esprit. Je la chassai en bafouillant.

— C'est étrange comme même les hommes les plus mûrs peuvent parfois avoir des réactions de collégien... Je ne vais pas te gronder. Tu diras donc à Andrew que ça ne me gêne pas, d'ailleurs je trouve ce surnom-là plutôt amusant. Mais qu'il ne m'appelle plus Ramsès...

Il s'éloigna. Même de dos, il restait très impressionnant.

21

La réunion terminée, chacun repartit s'organiser pour le début des opérations. Pendant que les Frères et Derek préparaient leur installation dans les Pyrénées, la sécurité m'avait trouvé une petite maison à quelques kilomètres de Montségur. De là, je pourrais me rendre compte *de visu* des activités de nos adversaires.

Nous avions pris la route vers le sud-ouest. Deux gardes m'escortaient, ainsi que Nathan, qui cette fois ne s'était pas laissé convaincre de rester seul à Chartres. Nous étions partis tôt le matin, nous relayant au volant, ne nous arrêtant que pour faire le plein. Ceux qui ne conduisaient pas somnolaient sur la banquette arrière.

Après presque une journée de route, nous avions atteint les contreforts des Pyrénées. À mesure que le relief s'accentuait, les routes devenaient de plus en plus tortueuses, serpentant entre villages et forêts de chênes, de hêtres et de pins. Il y avait même un peu de neige.

Nous roulions au cœur de la région où, au Moyen Âge, avaient vécu les cathares. Cette communauté avait développé une philosophie de vie, une forme de religion concrète basée sur la dualité du bien et du mal qui leur avait permis de prospérer modestement, mais dans la paix. Adeptes du partage et du respect d'autrui, ils refusaient la religion officielle et la féodalité, synonymes d'asservissement et d'impôts. Ils rejetaient le matérialisme au profit de l'esprit.

Le pape et les seigneurs du Midi ne tolérèrent que peu de temps ceux qui osaient vivre sans leur Dieu et leurs taxes. Les cathares furent déclarés hérétiques. Réfractaires à revenir au sein de l'Église catholique, ils furent accusés de tous les maux, puis pourchassés – le tout bien évidemment au nom de l'amour du Très-Haut. La seule institution qui s'éleva pour les défendre fut l'ordre des Templiers. Les moines-soldats avaient servi la Couronne et la Croix : ils n'en connaissaient que mieux les limites. Eux aussi avaient développé un mode de vie propre, à l'écart des valeurs de l'époque. Leur pouvoir financier et l'homogénéité de leur présence en Europe leur garantissaient la puissance et le meilleur réseau d'informateurs connu. Dans chaque ville, dans chaque bourgade, il existait une commanderie ou un relais. Les Templiers avaient créé presque autant de routes et de villages que les Romains. Ils tiraient leur force d'un réseau humain lié par des idéaux puissants et profonds. Ils avaient été le premier groupe structuré à se battre pour autre chose que lui-même. Les cathares, pacifistes, trouvèrent en eux les alliés qui leur permirent d'avancer encore dans l'élaboration d'une société idéale.

L'histoire ne leur laissa pas le temps d'aller beaucoup plus loin. Le trône et le Saint-Siège virent dans cette alliance un pouvoir naissant qui risquait de leur faire ombrage. Ceux qui prônaient la paix furent accusés de conspiration contre l'Église, ceux qui avaient protégé les pèlerins sur les routes de Jérusalem finirent par être condamnés pour hérésie. La croisade des albigeois, lancée en 1209 par le pape Innocent III, fut la première croisade à se dérouler sur le territoire de la chrétienté occidentale : une gigantesque opération de purification du Sud au nom de la vraie religion qui se transforma en guerre de conquête pour le roi de France. Par la suite, dans le sud-ouest du pays, puis presque partout en Europe, l'Inquisition, envoyée par le pape pour veiller à la santé spirituelle des fidèles, commença à allumer des bûchers sur lesquels, très souvent, se retrouvaient cathares et Templiers. Des villes furent détruites, des centaines d'hommes, de femmes et d'enfants furent massacrés par des mercenaires. Les cathares ne renièrent jamais leur foi, les Templiers ne cédèrent le terrain qu'après avoir protégé et sauvé ce qui devait l'être... Le château de Montségur tomba après un siège de dix longs mois. Sa chute marqua officiellement la fin du catharisme et préfigura celle de l'ordre du Temple.

La voiture s'arrêta devant une maison à l'écart du village de Fougax, nichée dans la vallée au pied du château. Isolée, la bâtisse était entourée d'un terrain découvert blanchi par la neige, planté de quelques chênes et d'un bouquet de sapins malingres.

Dans la remise attendaient de puissants VTT électriques et une voiture, un modèle courant qui affichait au compteur plusieurs dizaines de milliers de kilomètres, avec des plaques de la région. Les gardes changèrent de véhicule, troquant notre confortable SUV pour celui-ci, plus passe-partout, afin d'aller faire une première visite au château avant la tombée de la nuit.

Pendant ce temps, Nathan et moi préparâmes la maison et ce qu'il serait exagéré d'appeler un dîner. J'allumai un feu dans la cheminée qui tiédit peu à peu la pièce principale. Dehors, le vent soufflait en rafales, soulevant des tourbillons de neige que la nuit ne tarderait pas à geler.

Les gardes revinrent un peu plus tard. Quand ils entrèrent, le sifflement du vent et une poignée de flocons les accompagnèrent.

— Il n'y a personne au château, annoncèrent-ils en secouant la neige de leurs chaussures, et rien que les habitants au village.

— Ce n'est pas possible, ils sont forcément dans le coin…

— C'est aussi ce qu'on s'est dit, alors on est montés au sommet du pic, et c'est de là qu'on les a vus. Ils ne se sont pas installés au château même, mais à trois endroits autour.

Ils déplièrent une carte sur la table et désignèrent les emplacements, au nord, au sud et au nord-est du pic sur lequel se dressaient les ruines du château de Montségur.

— Ils démarrent exactement là où nous avions terminé, constatai-je. Vous avez pu voir ce qu'ils trament ?

— Non. Nous avons seulement aperçu des véhicules, du matériel et des tentes.

Nathan lut l'inquiétude sur mon visage.

— Que peuvent-ils faire ?

— Ils sont sur nos anciennes positions. Espérons qu'ils n'ont pas trouvé les passages…

Je n'en dis pas davantage ; ce n'était pas utile. Le repas fut vite avalé, chacun s'occupant ensuite en jouant aux cartes ou en lisant. Pour ma part, je compulsai les documents qu'Andrew avait rassemblés à mon intention, attendant patiemment que mes compagnons succombent au sommeil.

22

Pour moi, la nuit ne faisait que commencer. Je voulais me faire une idée exacte de la situation et pour cela, il fallait aller vérifier par en dessous ce que tramaient nos ennemis. Or, pour le moment, moins les gardes et Nathan en sauraient, mieux cela vaudrait pour eux. J'irais seul.

Je me glissai dehors, choisis un des mountain bikes – un moyen de transport plus lent que la voiture, mais plus silencieux et permettant de passer à travers champs et bois – et me mis en route.

Je roulais à présent en pleine forêt en direction de la montagne de la Frau, qui faisait face au flanc sud du pic de Montségur. L'une des entrées des souterrains se situait sur le flanc ouest de la montagne. Ma lampe frontale n'éclairait qu'à quelques mètres devant moi, sautillant au rythme des cailloux et des racines. Chaque soubresaut du chemin se répercutait dans mon bras blessé, me faisant serrer les dents.

Il gelait à pierre fendre, le chemin enneigé montait fort. La morsure du froid dans mes poumons me rappela, en plus aigu, notre course et l'attentat. Je chassai de mon esprit ces souvenirs pénibles, me concentrant sur ma progression.

Je pédalais depuis un bon quart d'heure quand je débouchai sur le versant faisant face au château. C'est beau d'avoir la vocation : on se bat pour la liberté, on cherche un labo enterré que des crapules risquent de profaner, et on se retrouve à faire du vélo dans les bois en pleine nuit alors qu'il fait plusieurs degrés en dessous de zéro...

Seuls les cliquetis de la mécanique et ma respiration meublaient le silence ouaté. Mon sac à dos martelait mes vertèbres. Je devais être au premier tiers de la montagne lorsque je loupai de quelques mètres la bifurcation du sentier.

Je reprenais la bonne voie quand, soudain, j'entendis au loin le vrombissement d'un hélicoptère. J'éteignis aussitôt ma lampe et m'immobilisai, scrutant le ciel. L'écho des turbines résonnait dans la vallée, empêchant de savoir à quelle distance se trouvait l'engin. Il passa finalement assez près pour que je puisse voir ses feux clignotants au travers des arbres sans feuilles. Il se dirigeait vers le nord, vers le château.

Il ne pouvait s'agir que d'une de leurs navettes. Je donnai un coup de pédale pour repartir. Quelques minutes plus tard, la clairière espérée s'ouvrit devant moi. Je posai mon vélo et me massai le bras avec soulagement. Le décathlon se poursuivrait désormais à pied, après une épreuve de cache-cache et de levage.

L'espace herbu entre les arbres était jonché de blocs de pierre taillée ; un peu en contrebas, je retrouvai enfin les vestiges que je cherchais. Il fallait savoir qu'une chapelle romane s'était un jour dressée à cet endroit ; depuis, le temps et la végétation avaient fait leur besogne. Il n'en subsistait que deux pans de mur en angle, le maître-autel, et le pignon en grande partie effondré. Le dallage était disjoint, envahi de terre, d'humus et de neige. Sous l'une de ces grandes pierres se cachait l'entrée d'une crypte.

À l'aide d'un long et solide bâton – il en traînait plusieurs alentour – je me mis en devoir de frapper comme une brute les dalles les unes après les autres. Même si, de prime abord, cette situation pouvait paraître ridicule, c'était la solution la plus rapide pour localiser celle qui masquait un trou. Si le sol est plein, la vibration du choc résonne dans le poignet ; dans le cas contraire, il se peut qu'il y ait un vide dessous. Il y avait une quarantaine de dalles, certaines de plus d'un mètre carré. Le sentier qui m'avait conduit ici était jadis l'une des routes principales reliant l'Espagne à Toulouse. Des chapelles le jalonnaient, qui servaient alors de refuge, mais aussi de postes de surveillance et de points de rendez-vous.

Je cognais de toutes mes forces. J'en avais martelé plus de la moitié lorsque, enfin, l'une des dalles sonna creux. Je frottai mes poignets endoloris puis grattai la terre gelée tout autour. À l'aide de branches utilisées comme bras de levier, je parvins à la faire bouger.

Ahanant sous la charge, il me fallut presque vingt minutes pour dégager l'entrée. Quand j'y fus parvenu, je levai les yeux vers les étoiles. La nuit semblait s'être épaissie. Je sortis une corde de mon sac, l'attachai autour de la dalle puis me glissai dans le trou obscur. Je ne pus m'empêcher de me demander quand j'en ressortirais.

Je descendis à la force des bras, ma lampe balayant les murs, et environ trois mètres plus bas, je posai le pied dans une pièce exiguë. Un couloir se profilait, dans lequel je m'engageai. Les parois étaient couvertes de moisissures et de lichens. L'humidité ambiante rendait le froid encore plus pénétrant qu'à l'extérieur.

Je débouchai dans une seconde pièce plus vaste. Les murs y étaient plus délabrés ; à deux endroits, la terre les avait éventrés. Je n'avais pas fini de parcourir la salle du regard que j'entendis un choc sourd derrière moi. Je fis volte-face, manquant de perdre l'équilibre dans les décombres.

Ce que je vis me pétrifia de terreur : quelqu'un venait de sauter par l'ouverture béante et m'aveuglait de sa lampe. Et je n'avais pas d'arme.

— Alors, c'est ça, les souterrains ?
— Bon sang, Nathan !

Inconscient de la frousse qu'il venait de me coller, Nathan inspectait les recoins de la crypte. Il s'approcha nonchalamment et éclaira mon visage.

— Tu ne m'as pas l'air en grande forme, toi, dis donc. C'est le vélo, ou le matraquage à coups de gourdin ?
— T'es vraiment barge ! Qu'est-ce que tu fais là, tu m'as suivi ?
— J'étais sûr que tu aurais besoin de moi. Et puis la dernière fois que je t'ai laissé, tu es mort.
— C'est de l'inconscience pure et simple.

Il haussa les épaules et répondit sans même me regarder, occupé à étudier le plafond :

— On attend que tout ça nous dégringole dessus ou on continue la visite ?

— Fais demi-tour tant qu'il en est encore temps.

— À ma place, tu t'en irais ?

Je soupirai, vaincu.

— Tête de lard !

Le Sage avait vu juste. Nathan ne renoncerait pas, même s'il n'avait aucune idée de ce dans quoi il se fourrait. N'ayant pas d'autre solution, je me résolus à sortir ma boussole, que je promenai le long des murs.

— Qu'est-ce que tu fais ?

— Je cherche la porte.

Nathan me suivait pas à pas. L'aiguille indiquait le nord avec constance. Jusqu'à ce qu'elle change brusquement de direction.

— C'est ici.

— T'es sûr ?

Je lui expliquai le principe des blocs magnétiques dissimulés dans les murs qui permettaient le guidage.

— C'est fantastique ! Ça veut dire qu'ils connaissaient certaines propriétés des minéraux ferreux ?

— Exactement. Et tiens-toi bien, autre révélation : on doit défoncer ce mur.

— Mais on n'a aucun outil, on va y passer la semaine !

— C'est du toc. On l'a construit il y a quatre ans pour cacher l'entrée. On devrait y arriver. Je te rappelle qu'à l'origine, j'avais prévu d'être seul pour le faire…

Pour toute réponse, Nathan se jeta contre la paroi de tout son poids. Je l'imitai. Après quelques essais infructueux, alors que nos épaules commençaient probablement à bleuir, je me sentis contraint de lui fournir quelques explications.

— On était obligés de ne pas le faire trop fragile, il fallait quand même que ça ait l'air vrai...

Sa lampe frontale m'éblouissait, m'empêchant de lire son expression. Lui ne devait pas voir mes yeux non plus, juste le grand sourire qui me barrait la figure...

23

Sous la pression de nos efforts et de nos hématomes, le mur céda enfin. Les carreaux de plâtre apparurent sous leur couche de camouflage tombée par plaques. Quelques assauts encore, et la chute des derniers débris résonna par-delà la structure enfoncée, annonçant un espace bien plus vaste.

J'enlevai ma lampe et la posai, braquée vers le plafond. Nathan me regarda faire. Je m'approchai et lui retirai la sienne.

— Qu'est-ce que tu as, s'inquiéta-t-il. Tu es blessé ?

— Non. J'ai une ou deux choses à te dire avant de franchir ce mur.

Il s'accroupit à contrecœur, visiblement impatient d'aller de l'avant, mais il lui faudrait encore un peu de patience.

— Nous allons passer dans un autre monde, commençai-je. Au propre comme au figuré. Tout ce que tu vas découvrir, tu ne l'as jamais vu, probablement même jamais rêvé. Je ne pensais pas te voir ici, mais tu ne me laisses pas le choix.

Je fis quelques pas pour ordonner mes idées.

— Pendant des siècles, des visionnaires ont donné le meilleur d'eux-mêmes pour bâtir ces lieux. Tu ne dois jamais oublier qu'ils ont mis la même application, le même génie dans la construction des structures elles-mêmes que dans l'élaboration des pièges qui les protègent. Tu devras rester sur tes gardes en permanence. J'insiste : tu n'as aucune idée de ce qui t'attend.

Je le fixai pour donner plus de poids à mes paroles. Je voyais ses yeux luire, attentifs, dans la pénombre.

— Il y a encore autre chose, Nathan : souviens-toi toujours que nous ne pénétrons pas ici comme des pilleurs, mais comme des protecteurs. Nous devons être à l'image de l'endroit : intelligents, harmonieux et sains. C'est à ce prix que nous ressortirons vivants.

— Tu ne crois pas que tu en fais un peu trop ?

— Tu serais le premier à pénétrer ici sans éprouver de l'admiration, de la terreur, et sans ressortir différent de l'homme que tu étais quand tu y es entré.

Nathan cilla et me signifia d'un bref signe de tête qu'il avait reçu le message. Déjà tendu vers la suite, mon ami se releva.

J'étais ému de revenir sous Montségur. Bien que loin d'en avoir parcouru tous les recoins, je ne connaissais aucun ensemble souterrain plus impressionnant ni plus vaste.

Nous entrâmes. Passé le mur écroulé, je reconnus aussitôt le parfum de pierre sèche, la constante fraîcheur qui marquaient le lieu. Nous ajustâmes nos lampes frontales. Je posai la main sur l'épaule de Nathan et le poussai doucement vers son inconnu.

— À toi l'honneur. Puisque tu as voulu découvrir, découvre...

24

Nous suivions un boyau taillé dans le roc. L'atmosphère n'avait plus rien à voir avec celle de la crypte dans laquelle nous nous trouvions quelques minutes plus tôt. Plus de débris sur le sol, ni d'odeur de moisi. La lueur de nos lampes frontales éclairait le couloir sur quelques mètres avant d'être avalée par l'obscurité. La roche paraissait avoir été martelée, sans presque aucune aspérité ; plus nous avancions, plus les parois étaient lisses. Il n'y avait que peu d'infiltrations, quelques rares traces de moisissure. Le sol n'était ni humide ni glissant, juste poussiéreux.

L'étonnante salubrité du lieu était due aux systèmes d'aération passive que les savants cisterciens maîtrisaient comme personne. En répartissant des bouches d'aération tout au long du parcours, ils sculptaient littéralement les courants d'air afin de n'épargner aucune partie des galeries. Le système de ventilation reposait sur de simples conduits remontant à la surface ou débouchant sur les parois de la montagne. Les creuser avait cependant nécessité presque autant de travail que les galeries elles-mêmes.

C'est sur une de ces prises d'air que nos ennemis étaient installés, au nord-est du château. Les plus fragiles s'étaient éboulées ou avaient été obstruées par des débris naturels au fil du temps, mais notre première campagne avait démontré que plus des deux tiers de ce fabuleux système de régulation de l'atmosphère fonctionnaient encore après plusieurs siècles d'abandon. Comme dans les pyramides ou les temples incas.

Sans doute un peu oppressé par l'obscurité et le silence, Nathan avait le souffle court. Même sans être claustrophobe, se retrouver dans un tunnel profondément enfoui sous terre avait de quoi déstabiliser n'importe qui. Je me souvins de ce que j'avais éprouvé la première fois. J'espérais qu'il s'y accoutumerait lui aussi. Je savais qu'il ferait tout pour.

Je le vis redresser les épaules, et il se retourna pour demander :

— Où allons-nous ? Qui a construit ces passages ?

— Le fossé à combler entre ce que tu sais pour vivre maintenant et ce que tu dois savoir pour survivre demain est trop grand, nous n'avons pas le temps de faire dans le détail. Je vais parer au plus pressé.

» Tu te souviens que les Templiers et les Cisterciens sont des ordres différents mais créés par les membres d'une même famille. Bernard de Clairvaux fonda les Cisterciens, et son parent Hugues de Payns établit quelque temps après l'ordre qui allait devenir celui des Templiers, une association de chevaliers dont la première mission fut d'assurer la sécurité des pèlerins en

Terre sainte. C'est également cette mission qui leur valut la reconnaissance du pape. Les Cisterciens étaient pour leur part un ordre refermé sur lui-même, méditant et étudiant dans la pénombre des abbayes pendant que les Templiers se battaient sous le soleil du Moyen-Orient pour défendre l'Église catholique. L'histoire est longue, mais pour résumer, quelques décennies plus tard, les Templiers avaient acquis au cours de leurs missions des connaissances géographiques et militaires qui en faisaient l'une des armées les plus efficaces que le Moyen Âge ait connues. Leur courage devint légendaire.

» Leur puissance militaire ne fut pas la seule à croître ; leur pouvoir financier se renforça également. En plus des biens que chaque membre abandonnait au profit de l'Ordre, leurs commanderies formèrent le premier réseau commercial jamais créé en Europe. Ils devinrent une puissance aussi incontournable que discrète, de la Belgique à l'Italie et de l'Allemagne à l'Espagne.

» Les Cisterciens, de leur côté, progressaient sur le chemin de la connaissance. Les heures de méditation ouvrirent les esprits de certains Frères, qui eurent l'idée de faire de la recherche pure. Les premiers laboratoires naquirent. Les Templiers rapportèrent des croisades des découvertes qu'ils confièrent naturellement aux Cisterciens afin qu'ils les étudient. À une époque où tous les monarques d'Europe se battaient pour des terres et des frontières, Cisterciens et Templiers, chacun avec leurs caractéristiques mais en parfaite complémentarité, préfiguraient déjà un modèle de société largement en avance sur son temps. En schématisant à l'extrême, les Templiers étaient le corps et les Cisterciens l'esprit.

Nathan marchait devant moi, écoutant sans m'interrompre. La tension dans son dos me disait qu'il absorbait le moindre mot.

— Jusque-là, poursuivis-je, les deux ordres n'avaient fait que croître à l'écart du monde. Ils existaient, progressaient et vivaient en marge de ce qui les entourait. Les Templiers prenaient de l'autonomie par rapport au Saint-Siège, allant même jusqu'à refuser de massacrer au nom de Dieu ; les Cisterciens quant à eux maintenaient les portes de leurs abbayes de plus en plus closes pour n'avoir de comptes à rendre à personne sur leurs recherches.

L'écho de ma voix résonnait, renvoyé par la roche.

— La situation a commencé à se gâter lorsque l'Église et la Couronne ont compris que les Templiers étaient devenus assez puissants matériellement et spirituellement pour, un jour, les supplanter. Les armes politiques de l'époque étaient identiques à celles d'aujourd'hui : la désinformation, la calomnie, mentir à l'opinion publique dans le but d'isoler et de marginaliser l'adversaire. Les Templiers n'ont pu se contenter plus longtemps d'exister en paix, il leur a fallu combattre ceux qui voulaient les détruire.

» L'Ordre s'est alors reconfiguré pour se montrer plus à même de s'informer des velléités de ses adversaires. La puissance financière devint une arme économique, les commanderies n'étant plus seulement des relais pour les pèlerins et les commerçants mais de redoutables ambassades partout en Europe. Les Cisterciens se faisaient les plus discrets possible, résistant avec constance aux tentatives de déstabilisation de leur ordre.

» Les aléas de l'histoire ont voulu que les cathares existent au même moment. Leur association était logique. Les cathares étaient des pacifistes convaincus, tout le monde s'accorde là-dessus, mais on leur a tout de même attribué la construction des forteresses les plus évoluées de l'époque médiévale – ne parle-t-on pas des « châteaux cathares » ? Par le plus grand des hasards sans doute, ces châteaux présentent les mêmes caractéristiques que d'autres, construits ailleurs et ceux-là officiellement attribués aux Templiers. Mais les historiens sont formels : il n'y a jamais eu de lien entre eux...

— Et c'est pour se préserver qu'ils se sont cachés dans ces souterrains ?

— Exactement. Lorsque cathares et Templiers contrôlaient la région, les Cisterciens s'y sont naturellement implantés en confiance, et ont construit bon nombre d'abbayes. Une possible invasion, soit par l'Espagne, soit par le nord, exigeait pour les lieux de recherche une sécurité maximale. La région est riche en grottes et en cavités naturelles ; le « pog », le piton rocheux sur lequel est bâti le château de Montségur, ne fait pas exception. De nombreuses cavités y existaient avant sa construction. La situation géographique, à égale distance des deux façades maritimes, et un climat clément météorologiquement et spirituellement ont vite fait de ce fief une rare concentration de lieux essentiels. Montségur étant lui-même une place de premier ordre, il était naturel qu'ils installent des réserves financières et des labos directement sous sa protection. Tous les châteaux du monde ont des souterrains. La différence entre ceux dans lesquels nous nous trouvons et les autres se joue au niveau de leur contenu. Ailleurs, les souterrains n'étaient que des lieux de passage ou de fuite, ici ils étaient en plus des lieux de vie.

— Il y a pourtant eu des recherches, les fouilles archéologiques ont été nombreuses dans le coin, non ?

— C'est vrai. Des chercheurs sont venus, ils ont creusé des trous d'un mètre autour du château et n'ont rien trouvé, sinon quelques poteries et des ossements – ils en ont conclu qu'il n'y avait pas de souterrains. Ce sont peut-être leurs ancêtres qui, quelques siècles plus tôt, réduisaient au silence tous ceux qui osaient dire que la Terre était ronde alors qu'eux savaient bien qu'elle était plate...

» Le programme de restauration des années cinquante a officiellement démontré qu'il n'y avait aucune entrée dérobée. Les sondages géologiques ont conclu qu'il n'existait sous le château ni souterrain ni grotte – ces recherches avaient surtout pour but de mettre fin aux fouilles sauvages... Le mythe d'un prétendu trésor des cathares a toujours échauffé les esprits, il y a même eu des chasseurs de trésors pour pratiquer des fouilles à l'explosif au XIXe siècle... sans rien trouver non plus.

» Des investigations scientifiques ont bien eu lieu entre la fin des années soixante-dix et le début des années quatre-vingt, mais uniquement à l'intérieur de l'enceinte. De nouveaux sondages ont été concentrés sur les portes sud et nord en 1998.

» Tous ces travaux ont été entrepris à proximité du château, aucun n'est allé chercher plus loin et plus profond... En définitive, il n'y a que deux façons de savoir réellement ce qui se trouve sous le château : soit on démonte la montagne et on regarde ce qu'il y a dedans, soit on dispose du témoignage de ceux qui ont construit ces souterrains et on vérifie. Les gens qui ont conduit ces multiples fouilles ne disposaient d'aucune de ces alternatives. Ils en ont été réduits à se draper dans leurs certitudes. Tu te rendras très bientôt compte par toi-même s'ils ont eu raison ou non d'affirmer qu'il n'y a rien sous Montségur...

Nathan resta songeur un bon moment, avant de demander sur un ton plus léger :

— On va marcher longtemps comme ça ? En plus, avant d'arriver sous le pic du château, nous devrons redescendre pour passer sous la vallée, non ?

— On est à un peu moins de deux kilomètres du pic ; nous le dépasserons pour nous placer le plus près possible sous le camp adverse. C'est le seul moyen que nous ayons pour réellement nous rendre compte de ce qu'ils font sur ces galeries.

— Tu crois qu'ils ont trouvé une entrée ?

— J'espère que non.

De temps à autre, la paroi rocheuse se prolongeait par un mur bâti – nous devions approcher de la surface de la montagne et la galerie traversait des veines de terre meuble que retenaient les maçonneries. Seuls les joints des pierres parfaitement ajustées tranchaient avec les pans taillés dans le roc.

Un premier carrefour se présenta – cinq galeries disposées en étoile. Nathan s'engagea naturellement dans le tunnel qui continuait droit devant lui.

— Dans deux cents mètres, tu vas mourir.

Ma voix résonna dans les galeries, le stoppant net. Il revint sur ses pas, inquiet.

— Pourquoi dis-tu ça ?

— Parce que c'est vrai.

— La direction du château, c'est bien par là ?

— La direction, oui, mais pas le chemin à suivre.

Je lui montrai ma boussole.

— Tu vois, elle n'est pas d'accord avec toi.

Je passai en revue tous les angles des couloirs. Le deuxième sur la gauche affola l'aiguille.

— Tous les novices en ce lieu auraient fait comme toi, et les assaillants pareil. Deux cents mètres plus loin, le sol glisse et le boyau devient brusquement vertical : c'est une oubliette. Moi aussi, j'ai failli y tomber la première fois que je suis venu.

Le Sage me guidait alors, il ne cessait de me répéter les principes du lieu. J'avais encore ses paroles en mémoire.

— Les gens génèrent souvent eux-mêmes ce qui les détruit. Si tu avais été seul, Nathan, tu serais probablement au fond de ce trou, les jambes brisées par ta chute, échoué parmi des vestiges de squelettes, la panique au ventre. Sans aucun espoir de secours. Tout ici a été conçu à partir des réflexions et de l'expérience acquise durant des siècles au sein de plusieurs civilisations. Il serait vaniteux de croire que tu peux traverser ces lieux sans utiliser autre chose que ton instinct. Il faut y mettre ce que tu as de plus fort en toi, ton savoir, ton intuition, ta réflexion, tout ton esprit. Ici, la vanité est mortelle.

Le couloir décrivait une large courbe tout en descendant progressivement. Le sol devenait plus glissant au fur et à mesure que la pente s'accentuait. Plus bas, il se transformait en un escalier étroit encadré de deux pentes lisses.

— Attends, je vais te montrer autre chose.

Devant moi, Nathan s'arrêta et trébucha en voulant se retourner. Je le retins par son blouson.

— Ils auraient pu faire l'escalier plus large, s'exclama-t-il, ça glisse !

— Regarde les murs.

Il observa attentivement, palpa les blocs les plus hauts et ramena sa main.

— C'est mouillé, constata-t-il en faisant glisser ses doigts contre son pouce.

— Ce n'est pas la même pierre partout. En hauteur, la plupart des blocs sont faits de calcaire et sont plus fragiles que ceux du bas. Ils alternent avec des blocs de granit qui compensent leur fragilité et assurent la solidité de la galerie.

Nathan touchait les pierres du haut, puis celles du bas, enfonçant ses ongles dans certaines et constatant le contact plus froid des autres.

— En haut, le calcaire est poreux et laisse filtrer l'eau – ici tout est humide, alors que depuis que nous avons quitté la crypte, c'était sec. L'eau qui suinte de ces blocs humidifie l'air et les parois, ce qui permet le développement permanent de micro-bactéries, de champignons et de moisissures sur les murs et le sol.

Je m'accroupis pour lui montrer. Au toucher, la pierre noircie était très glissante.

— C'est pour faire tomber les gens ?

— Pas seulement. L'humidité provoque également l'apparition de salpêtre sur les murs, et surtout sur le plafond.

— Comme dans les caves humides ?

Je hochai la tête.

— C'est ça, l'espèce de dépôt fibreux blanc qu'on s'amuse à chauffer pour l'enflammer quand on est gosse.

— Attends, attends... À cette époque-là, ils s'éclairaient avec des torches. Ils devaient les tenir plutôt en hauteur pour mieux voir, donc lorsqu'ils passaient ici, le salpêtre s'enflammait ! Ils devaient avoir une trouille bleue et probablement se casser la figure sur le sol glissant. C'est ça ?

— Exact. Le seul moyen de franchir ce couloir sans problème était d'avancer dans le noir, parfaitement au milieu, et donc en file indienne pour rester sur l'escalier étroit. Celui qui transgressait ces règles était sûr de s'offrir la peur de sa vie, puis la gamelle du siècle, en finissant... tu vas voir où. Tu t'imagines, avançant dans un lieu inconnu, habité par les terreurs de l'époque, hanté par les légendes qui courent sur les gens chez qui tu pénètres ? Et là, le plafond prend feu dans un souffle de flammes, tu t'écroules, et au revoir ! Ceux qui s'en sortaient faisaient demi-tour en hurlant qu'ils avaient vu l'enfer.

Nathan regardait, rêveur, le sol glissant et le salpêtre qui, depuis des siècles, attendaient les envahisseurs avec patience.

— Avec les lampes électriques, ça ne sert plus à rien…

— … Mais d'autres pièges fonctionnent encore. Je me permets de te rappeler que même avec ta lampe, tu serais mort au premier carrefour.

La pente ne cessait de s'accentuer. Le couloir se scindait maintenant en deux : obliquant sur la droite, il continuait, plus large et sans escalier, alors que tout droit, une sorte de toboggan plongeait à la verticale dans un puits noir.

— Et tu finis aux oubliettes ! s'exclama Nathan.

Je cherchai une pièce de monnaie dans la poche de mon blouson et la jetai dans le puits. On n'entendit son tintement que de longues secondes plus tard.

— Tu fais toujours des dons quand tu passes ici ?

— Je me débarrasse de ce qui compte le moins dans ce monde-ci : l'argent. Allez, viens, on continue.

25

Nous arrivâmes bientôt à un nouveau carrefour. Cette fois, six possibilités s'offraient à nous. Je tendis la boussole à Nathan, qui trouva lui-même le chemin à suivre. Nous tournâmes encore sur la droite mais cette fois, les changements de direction se faisaient par angles successifs et non plus par courbes régulières.

La galerie reprit de plus amples dimensions. La pente devint si forte que le sol se transforma peu à peu en escalier qui s'enfonçait tout droit, aussi loin que nos lampes nous permettaient de voir.

— Ils ont dû mettre énormément de temps pour creuser tout ceci…

— On l'évalue à un demi-siècle, mais on ne sait pas exactement combien d'hommes ont travaillé à ces constructions. La foi et le nombre raccourcissent le temps.

— Ça va bien faire un quart d'heure qu'on n'a pas failli mourir, je m'inquiète !

Nous ne perdions rien pour attendre : au bas de l'escalier veillait le Concierge…

— On aurait dû compter les marches, reprit Nathan. Dans le genre, ça doit être un record !

— Six cent soixante-six, du haut en bas de cet escalier.

— Ce n'est pas le chiffre du diable, ça ?

— Effectivement, pour certains, les trois six sont le symbole du démon.

Nathan observait minutieusement, non sans y mettre une part de jeu à présent, les marches et les parois, guettant toute anomalie comme le signe d'un danger. Il réapprenait à regarder. À ce rythme-là, dans quelque temps, il n'aurait plus besoin de voir, il aurait appris à sentir.

Les murs étaient maintenant gravés de symboles. Des lettres, des croix. Plus nous descendions, plus leur densité augmentait.

— Que veulent dire tous ces signes ?

— Il y a de tout, des lettres, des chiffres, des idéogrammes, des hiéroglyphes. Cela vient de l'hébreu, de l'égyptien, du latin, et même de la Bible.

— À quoi ça sert ?

— À se poser des questions.

Au fur et à mesure de la descente, les signes faisaient place à des bas-reliefs figuratifs : des hommes au combat, des femmes portant des enfants, des animaux. Les parois racontaient une histoire : celle de la souffrance des hommes à travers les âges. Les représentations télescopaient les époques, les religions.

Il ne s'agissait plus maintenant de scènes isolées mais de véritables fresques. Des templiers combattant les « infidèles », des personnages brisés, suppliciés, des corps amputés, des hommes sur des bûchers, des cadavres… Un catalogue exhaustif de toutes les tortures et des sévices possibles à l'époque. Parfois, le haut ou le bas de l'infernale fresque portait une inscription, qui figurait en de nombreuses langues.

— Ça fait froid dans le dos… Et ces mots, là, qu'est-ce qu'ils signifient ?

— Un peu plus bas, c'est écrit en latin, tu vas peut-être mieux comprendre.

— C'est toujours la même phrase ?

— Oui, en trente-neuf langues.

— Ils parlaient presque quarante langues ?

— Un autre savoir rapporté des voyages.

Nathan s'arrêta devant l'inscription que je lui désignai. La scène gravée au-dessous dans le roc représentait un champ d'hommes empalés. La précision de la sculpture rendait parfaitement l'atroce douleur sur le visage des suppliciés. Tout cela devait avoir l'air encore plus effrayant à la lumière vacillante des torches.

Nathan égrenait les mots les uns après les autres.

— *Quem hactenus contra Satanam Dei tuitus est spiritus vertere oportet, quia inferius incipit regnum tenebrarum.*

Il avança plus loin dans le texte :

— *Revertere in lucem, iurare sacro ordine et secreto locorum servire…* Je ne comprends rien, mon latin est bien trop rouillé.

Je pointai les mots l'un après l'autre et traduisis :

— « Celui que l'esprit de Dieu a défendu jusqu'ici contre Satan doit rebrousser chemin, car plus bas commence le royaume des ténèbres. Il doit revenir vers la lumière, faire le serment de servir l'ordre sacré et garder le secret de ces lieux. »

Nathan remuait les lèvres, prononçant les mots tout bas à mesure qu'il les découvrait. Il se tourna vers l'autre mur. Là aussi s'étalaient des visages tourmentés, des châtiments horribles si bien représentés qu'on entendait presque les victimes hurler. Après une courte hésitation, Nathan reprit la descente, plus lentement.

— Souviens-toi que nous sommes ici pour protéger ce lieu, lui rappelai-je, nous y venons en alliés et la conscience en paix.

La fin de l'escalier s'annonça bientôt dans le faisceau de nos lampes. Au bas des marches s'étendait un palier que le plafond très bas empêchait de voir en entier. Les dalles du sol étaient de tailles et de hauteurs différentes, comme posées les unes à côté des autres sans ordre apparent. Nathan se retourna, perplexe :

— Je continue ?

— Qu'est-ce que je réponds à ça ? Tu veux renoncer maintenant ? Monsieur a les foies ? Tu te souviens, c'est toi qui as voulu venir…

— D'accord, je continue.

Il descendit avec une extrême prudence les dernières marches presque aussi verticales qu'une échelle, scrutant chaque recoin sombre, cherchant à percer les ténèbres plus avant.

Intégralement visible à présent, le palier était large de trois ou quatre mètres et long d'un peu plus. Le parfum de pierres sèches et poussiéreuses flottait de nouveau. En face, un nouvel escalier montait, tout aussi raide. Impossible de voir au-delà des premières marches.

Le sol inégal obligeait Nathan à regarder ses pieds à chaque pas. Sa réaction allait être capitale. S'il surmontait ce qui allait suivre, le reste serait beaucoup plus simple. Tous mes doutes quant au risque que je lui faisais prendre ressurgissaient. J'avais une furieuse envie de l'avertir de ce qui l'attendait, mais l'apprentissage passe nécessairement par l'épreuve, surtout ici. Il ne trouverait finalement que ce qu'il y amènerait.

Nathan s'était immobilisé et scrutait les parois. Le plafond bas lui masquait encore la vue. Il se doutait que quelque chose allait lui arriver. Je le sentais en alerte.

Il continua prudemment sur le dallage inégal, les jambes fléchies, cherchant son équilibre à chaque pas. Il dépassa la pointe du plafond qui marquait le centre du palier.

Nathan releva lentement la tête, le faisceau de sa lampe remontant les premières marches de l'escalier d'en face.

Soudain, il hurla et, se rejetant instinctivement en arrière, bascula sans pouvoir se rattraper.

Il l'avait vu. Probablement pas en entier, mais juste assez pour ne plus jamais oublier ses yeux qui luisaient dans les ténèbres et ses longues griffes tendues pour le déchiqueter.

26

Je tendis la main à Nathan pour l'aider à se relever.
— Ça va ? Tu n'es pas blessé ?
— C'était quoi ce truc ? Merde, t'aurais pas pu me prévenir ?

Encore sous le choc, partagé entre frayeur et colère, il ramassa sa lampe et me suivit prudemment vers ce qui l'avait tant épouvanté.

— Ne t'énerve pas, tu t'es seulement fait peur tout seul. Cette statue n'est là que pour donner corps aux fantasmes et aux visions infernales que les fresques et les avertissements t'ont mis dans la tête.

— Mais tu as dit toi-même que nous étions ici en alliés, que nous venions l'esprit en paix et l'âme saine ou je ne sais plus quoi !

— Il faut croire que tu n'as pas laissé toutes tes craintes dehors… Cette statue ne bouge pas, elle ne fait que te renvoyer à tes propres terreurs. C'est toi qui lui accordes sa puissance. Toutes les fresques cauchemardesques que tu as vues, les formules gravées, t'ont mis progressivement en condition. Tu t'enfonces sous terre depuis déjà un moment, tu t'es imprégné de toutes ces images, et quand tu arrives au bas de l'escalier, tu te crois en enfer. Alors dès que tu vois quelque chose qui peut ressembler au diable, tu marches à fond ! Si en plus le monstre a les yeux qui brillent et des griffes prêtes à t'attraper, c'est complet. Ses yeux sont faits de mercure dans des billes de verre, c'est ta propre lumière qui les fait briller. Tout un symbole, non ?

Nathan restait obstinément silencieux. Il lui faudrait encore un moment avant de me pardonner de ne pas l'avoir averti.

— Je t'ai laissé passer le premier pour que tu fasses l'expérience de ce que l'absence de réflexion permet à la peur. Si tu avais réfléchi suffisamment, tu aurais été seulement étonné. Ceux qui ont conçu ce piège psychologique n'ont fait qu'exploiter les superstitions des gens, et tu vois, ça marche encore. On a tous peur du noir, on croit tous un peu à l'enfer. Retiens cette leçon, ne te laisse pas intimider sans avoir tout analysé. Tu ne courais aucun danger.

Nathan s'approcha de l'impressionnante statue qui paraissait tomber du plafond pour fondre sur ceux qui la découvraient depuis le pied de l'escalier.

— Elle a tout ce qu'il faut pour traumatiser n'importe qui, fit-il remarquer.

Je hochai la tête.

— Tu as devant toi la synthèse parfaite des représentations du démon. Rien n'y manque, ni la queue, ni les trois rangées de crocs, ni les écailles.

— Les petits yeux qui luisent, c'est quand même du sadisme !

— Allez, ne sois pas rancunier, il a juste fait son boulot. Il est temps que je vous présente. Nathan – le Concierge ; le Concierge – Nathan.

— Pourquoi le Concierge ?

— Parce qu'il garde l'entrée, qu'il voit passer tout le monde et qu'il est dans l'escalier.

— C'est bien ton humour, ça.

— Il ne monte pas le courrier, mais il a sorti pas mal d'ordures…

Nathan leva les yeux au ciel, et nous entamâmes l'ascension du second escalier, longeant le corps de la monstrueuse bête de pierre.

— La première fois que tu l'as vu, tu as eu aussi peur que moi ?

Je redescendis quelques marches.

— Tu vois les deux impacts de balle, là et là ? C'est moi. J'ai crié et je lui ai tiré dessus en me couchant à plat ventre. J'ai cru qu'il allait me cracher du feu à la tête. Déformation professionnelle…

Nathan me sourit et rajusta sa lampe frontale. Nous avions encore du chemin à faire.

— Beaucoup d'assaillants ont franchi cette étape ?

— Pas suffisamment pour être une menace. Les écrits laissés par les Frères qui vivaient ici décrivent les rares intrus ayant dépassé le Concierge comme perturbés et incapables de se battre.

— Il n'existait aucune entrée plus proche du point où nous devons nous rendre ? Ça fait un sacré bout de chemin…

— Je ne voulais pas risquer de tomber sur un de nos ennemis en train de rôder autour du château. Ce passage-ci était appelé l'« entrée des novices ». D'abord parce qu'il donne une idée du savoir-faire des bâtisseurs, et ensuite, parce que les épreuves qu'il impose sont aussi une sorte d'initiation à ce qui existe sous le château. Ceux qui arrivaient par ici apprenaient un peu à connaître les membres de la Confrérie, voire à les craindre. Les plus simples ressortaient impressionnés et effrayés par tant de tours, les autres, plus riches d'un savoir et d'une technique.

— Il existe d'autres sortes de pièges ?

— Tu pourras bientôt répondre toi-même à ta question.

Nathan fit la grimace.

— Je ne suis pas sûr d'en avoir envie... Je vais encore faire des bonds ?

— Si tu ne réfléchis pas, probablement.

— On dirait un maître qui parle à son élève.

Je secouai la tête et le fixai dans les yeux.

— Il n'y a ni maître ni élève, rien que deux amis dont l'un sait des choses qu'il doit apprendre d'urgence à l'autre afin qu'il puisse comprendre et se protéger. Je t'apprends ce que je sais comme on me l'a enseigné. Jamais plus tu ne te laisseras berner par une statue ou une image, c'est déjà une force rare.

— Ça me fait drôle de t'entendre parler comme ça. J'ai l'impression d'entendre un sage centenaire qui connaîtrait les secrets du monde...

— Hé là, de nous deux, c'est toi le plus vieux !

Ma plaisanterie ne le fit pas dévier de sa réflexion.

— Tu sais, tout ça n'est pas évident pour moi. Au jour le jour, la vie t'oblige à penser en gros plan, au ras des choses. Découvrir tout cela, tout ce savoir, cet esprit, ces pans entiers d'histoire que je ne connaissais pas, m'efforcer de prendre assez de recul pour tout englober et tout comprendre, cela donne le vertige. Il faut réfléchir à ce pour quoi nous sommes là, à toutes ces choses que je n'ai jamais vues et dont il y a quelques jours encore je n'avais même pas idée. Ça fait beaucoup…
— Trop ?
— Non, il me faut juste un peu de temps. J'en sais déjà plus que tout à l'heure. Et voilà que je me mets à parler comme toi, maintenant !

Nathan sourit, il redressa les épaules et son pas s'affermit. J'étais certain qu'intérieurement, il souhaitait déjà la prochaine épreuve, pour se prouver qu'il progressait.

— La vallée et le village sont déjà derrière nous, annonçai-je quelques minutes plus tard. Nous arrivons à l'aplomb du château.

Nos pas résonnaient toujours dans les galeries obscures et désertes. Nous dûmes franchir encore deux carrefours avant de nous retrouver sous le pic proprement dit.

Nous débouchâmes alors dans une immense salle, étonnamment haute sous plafond après les kilomètres de tunnels que nous avions parcourus.

— C'est gigantesque, c'est encore plus grand qu'une église ! s'exclama Nathan, les yeux écarquillés.

Sa voix résonnait sous la coupole ouvragée.

— Cette salle servait d'échangeur entre une dizaine de galeries. Le château est à un peu plus de trois cents mètres au-dessus de nous. De ce grand carrefour-ci, et d'une salle presque identique à l'étage supérieur, partent les couloirs qui desservent la cité souterraine.

— La cité souterraine ?

— Il y a sous le pic tout ce qu'il faut pour vivre en complète autonomie : des salles de repos, des réfectoires, des bibliothèques... Ils ont même réussi à construire un moulin à eau sur une rivière souterraine.

— C'est dément... siffla Nathan, admiratif. Ils étaient nombreux à vivre sous la terre ?

— Un peu plus de deux cents.

— C'est quand même incroyable que personne n'en ait jamais parlé. C'est fantastique !

— Rien n'est fantastique, puisque tout ceci n'existe pas. Les chercheurs et les historiens sont formels.

Tout en parlant, je déchiffrais les inscriptions gravées dans les pierres d'angle, essuyant la poussière qui s'y était accumulée pour mieux lire.

— Tu n'utilises plus la boussole ?

— Le guidage par blocs magnétiques sert uniquement à conduire jusqu'au cœur d'un labyrinthe. Pour se guider dans le centre même, là où nous sommes, ils utilisaient d'autres codes. Allez, viens.

Nathan me suivit dans un nouveau couloir, plus large que les précédents.

— On s'éloigne à présent de la ville souterraine, c'est bien ça ?

— Exact. Nous nous dirigeons vers le campement de nos adversaires. La bouche qu'ils surveillent donne près de l'extrémité de cette galerie-ci.

— Chaque passage avait une utilité précise ?

— Oui. Celui par lequel nous sommes arrivés était destiné aux novices et aux visiteurs étrangers ; celui que nous prenons actuellement mène au cœur de la forêt de Serrelongue et servait pour la livraison de toutes les marchandises nécessaires à la vie sous terre. D'autres galeries reliaient Montségur aux autres châteaux, aux abbayes environnantes, à des gisements de minéraux. Je te montrerai.

Nous avancions plus vite, la conversation nous évitait de trop penser à la fatigue.

Nathan continua à m'interroger longuement sur la vie que les Frères avaient menée dans les souterrains. La découverte de ce monde si riche et porteur de tellement d'espoirs l'enthousiasmait.

J'étais heureux. Je partageais un secret avec mon meilleur ami et nous allions nous battre ensemble pour le défendre. C'était peut-être pour moi la plus proche définition du bonheur.

27

Nous avions laissé derrière nous le centre de la ville souterraine et remontions maintenant en direction d'une des entrées, celle de Serrelongue. Du coup, la plupart des pièges destinés à des envahisseurs venus de l'extérieur se présentaient à revers. Nathan ne cachait pas son soulagement.

— Si mes souvenirs sont exacts, annonçai-je, encore un carrefour et nous y sommes.

— C'est fou le travail que représentent toutes ces galeries, les milliers de mètres cubes de terre et de résidus de roche qu'il a fallu transporter, les fresques, les pièges à concevoir, à mettre en œuvre... C'est aussi pharaonique que les pyramides !

— À quelques différences fondamentales près.

— Lesquelles ?

— Les pyramides ont été construites par des milliers d'individus pour la gloire d'un seul, et sous la menace. Si on avait laissé les hommes libres de leurs choix et de leurs souffrances, elles auraient mesuré deux mètres de haut... Alors qu'ici, les travaux ont été effectués par des volontaires. Personne n'a eu la langue coupée après, personne n'a été enseveli pour préserver le secret de ces murs. Ce n'est pas du tout la même chose.

— On n'est plus capable de pareils projets aujourd'hui.

— De nos jours, chacun d'entre nous accomplit des choses bien plus spectaculaires et plus complexes qu'au temps de cette cité. Ce qui nous manque, c'est un but commun et un esprit de groupe. Pense à tout ce qui était nécessaire pour bâtir cet endroit : une conception pointue et précise assurée par quelques savants, des milliers de bras accomplissant ensuite des tâches intrinsèquement simples mais répétées à l'infini. Sortir une charge de terre, sculpter un bloc de pierre, tailler une marche, ce n'est pas compliqué en soi, des milliers de gens savaient le faire, mais le répéter des millions de fois pour construire ces galeries et tout ce qu'elles contiennent, c'est une autre affaire. La seule supériorité des Frères était de savoir imaginer, motiver et coordonner.

» À présent, chacun travaille pour soi, les États se substituent aux volontés collectives et l'individualisme est roi. Plus personne ne prend un an de sa vie pour aller aider à la construction de ce qui le passionne, que ce soit une cathédrale ou un stade. Chacun paie et considère avoir fait ainsi sa part de travail. À force de déléguer toutes les tâches de la vie collective, et même celles de la vie domestique, les individus ont perdu la capacité de se débrouiller par eux-mêmes et sont devenus dépendants de l'argent. Avant, les grandes causes unissaient des bras et des esprits, maintenant elles empilent des chèques. Qui, de nos jours, quitterait tout pour aller accomplir ce que lui dicte sa conscience, avec pour seul salaire une assiette pleine, un toit et sa fierté ? Les rares qui le font sont présentés comme des héros, alors qu'à l'époque de cette cité, c'était naturel. Aujourd'hui, pour bâtir un ouvrage comme celui-ci, on prendrait des promoteurs rabotant sur les coûts pour mieux remporter l'appel d'offres et on irait chercher des populations étrangères sous-payées, méprisées et haïes dès que redevenues inutiles pour faire le travail manuel. On ne connaît même plus les bases de notre civilisation. On a perdu tout contact avec ce que nous sommes vraiment. La vie ne se résume pas à courir après le meilleur forfait téléphonique ou à hésiter entre quinze variétés de café. Pour partir à l'étranger l'été et au ski l'hiver, regarder des centaines de chaînes de télé, surfer sur Internet, passer des heures à échanger sur les réseaux sociaux ou rouler dans une hybride, il faut d'abord être vivant et libre. On l'a oublié. Ça va nous coûter cher.

» Ici, ce n'est pas un ministère ou l'ONU qui a décidé des travaux, ce sont des humains, guidés par un rêve, par la foi. Ils l'ont fait d'eux-mêmes, chacun y apportant ce qu'il pouvait – toujours leur force, parfois leur savoir, souvent leur vie. C'est l'addition des volontés qui a donné sa puissance à ce lieu. Aujourd'hui, on décide de créer un mouvement et on y astreint les volontés, c'est tout l'inverse et cela donne notre siècle : seule la forme compte, au mépris du fond. On ne croit plus en rien, on tourne en rond. La solution est dans les rêves de chacun, une fois qu'on aura surmonté le superflu qui nous entoure.

» En attendant ce temps, que nous ne verrons probablement pas dans cette vie, il faut des gens comme nous pour empêcher les escrocs planétaires, les asservisseurs de l'esprit et les pourvoyeurs de désirs artificiels de faire de l'humanité un tas de moutons. On s'efforce de contenir les salauds en attendant que les endormis se réveillent. Et la nuit blanche dure depuis des siècles… On se bat autant pour eux que pour nous, et même si on avait tout faux, on aura quand même accompli de belles choses. Ça aide à y croire les soirs de défaite.

Nathan me regardait, une expression grave sur le visage. Je m'arrêtai.

— Tu fatigues, tu veux faire une pause ?

— Certainement pas ! rétorqua-t-il. Quand je t'entends parler comme ça, j'ai envie de m'y mettre tout de suite et de ne plus jamais arrêter !

Je hochai la tête. Nous reprîmes notre marche et passâmes encore une bifurcation.

— Ici, c'est l'embranchement qui permet de rejoindre les magasins, expliquai-je. Quand tu venais de l'extérieur, soit tu prenais ce couloir que tu vois vers le haut pour gagner la cité et les entrepôts de denrées et de matières premières, soit tu prenais vers le bas pour rejoindre le grand carrefour que nous avons traversé tout à l'heure.

— Le carrefour du haut ne dessert pas les mêmes endroits que celui du bas ?

— Celui où nous sommes passés est le point de jonction entre toutes les galeries « longues », celles qui mènent loin du château, alors que celui du dessus relie les différents quartiers de la cité. Le carrefour du haut grouillait toujours de monde alors que seuls les Frères partant en mission à l'extérieur ou en revenant empruntaient celui du bas.

Nathan hocha la tête. Je le voyais emmagasiner toutes les informations que je lui délivrais. Un drôle de travail de mémorisation, sur beaucoup de plans.

— Il reste probablement une part de ces souterrains que nous n'avons pas encore découverte, repris-je. Des pièces murées à la hâte au moment de la prise du château, des galeries éboulées conduisant à d'autres salles. C'est pour toutes ces raisons que nous n'avons pas trouvé tous les laboratoires. Quand le château a été considéré comme définitivement perdu, tout ce qui était précieux en a été évacué par les passages secrets dans lesquels nous nous trouvons. Ce qui n'a pu être enlevé à temps a été caché sur place, dans des pièces scellées, peut-être dissimulées derrière des passages effondrés. D'après les écrits auxquels nous avons eu accès, le laboratoire principal n'a pu être déménagé à temps : c'est celui-là que nous recherchions lors de notre première expédition – et que nous devons trouver aujourd'hui.

— Je comprends mieux. On ne connaît donc pas tous les pièges qui nous guettent ?

— Non. Avec de la chance, ils peuvent ressembler à d'autres, vus ici ou ailleurs…

Il leva la main pour m'arrêter.

— Ne cherche pas à me rassurer. Tu peux être franc, je t'ai dit que j'irais jusqu'au bout et je le ferai – pour toi, pour moi, et parce que je pense que les idées que vous défendez sont bonnes.

— Bien, alors voilà où on en est : on ne sait pas ce qu'on peut découvrir, on ne sait même pas s'il y a encore quelque chose à trouver, et on va devoir se battre à la fois contre ceux qui sont venus fouiner et contre les pièges que nos prédécesseurs ont tendus.

Nathan émit un long sifflement.

— Une chance que je n'aie rien de prévu pour le 31 !

Sa remarque me rappela qu'il ne restait que trois jours avant la fin de l'année. Avec ce qui se passait, je l'avais oublié. Le reste du monde devait préparer la fête. Tout cela semblait tellement loin…

Une sensation bizarre me ramena à l'instant présent.

— Tu ne trouves pas que l'odeur est différente ? demandai-je à Nathan, humant l'air par petites inspirations.

Nathan renifla à son tour et secoua la tête.

— Non, je ne sens rien.

— On dirait que l'air est plus humide par ici. Pourtant les pierres sont sèches, il n'y a pas de traces d'infiltrations.

— Peut-être un piège ?

— Pas si près de l'entrée. Je m'en souviendrais.

— Regarde, il y a quelque chose qui brille !

Par terre, des objets indistincts accrochaient la lumière de nos lampes. Je balayai de ma torche les parois, les plafonds et le sol tandis que Nathan avançait devant moi. Il n'aurait plus manqué qu'un piège oublié... Nathan s'accroupit pour mieux voir.

— Ce sont des débris métalliques, constata-t-il. On dirait du matériel électronique, mais quoi que ça ait pu être, c'est salement tordu.

— N'y touche surtout pas. Ça a l'air récent, et ce n'est pas nous qui avons laissé ça ici. Ça doit venir de chez eux. Nous sommes tout près de la zone située sous la base adverse.

— Ils ont peut-être voulu passer des trucs télécommandés dans le conduit et leur matos est tombé ?

— Le métal a l'air un peu trop torturé pour n'avoir fait que chuter, même d'assez haut.

En inspectant le sol, je découvris un peu plus loin l'objectif de ce qui avait dû être une caméra miniature. Il y avait aussi des roues, des composants électroniques de circuits imprimés épars. Et des traces de terre fraîche. Mais aucune empreinte de pas.

— Tu crois qu'ils ont introduit un petit robot pour filmer l'intérieur et découvrir la porte ?

— Possible.

— Leur jouet est peut-être tombé dans un piège...

— La destruction paraît trop violente. Qu'est-ce qu'ils peuvent bien fabriquer avec du matériel pareil – et dans cet état ?

Comme une réponse à ma question, le sol trembla. La terre sembla s'ébrouer sous nos pieds ; nous eûmes du mal à rester debout. Un grondement sourd fit vibrer les parois et de la terre pleura des fissures entre les dalles du plafond. Des blocs de pierre se détachèrent et s'écrasèrent à quelques mètres de nous.

— Demi-tour, vite !

Le son assourdi semblait venir de partout à la fois pour remonter dans nos organes. La galerie donnait l'impression d'être à la limite de la rupture. On se serait cru en plein tremblement de terre. Partout, des éclats de roche tombaient en rebondissant sur le sol.

Devant moi, Nathan courait pour échapper au cataclysme, traversant des nuages de poussière.

— Ils ont sûrement essayé de trouver un accès avec leur foutu gadget ! criai-je. Ils ont échoué, mais ils ont repéré la galerie. Ces enfoirés sont en train de creuser leur propre entrée à coups d'explosifs !

Le grondement parut décroître, mais nous courions toujours. Les faisceaux de nos lampes valsaient sur les parois du tunnel. Arrivé au grand carrefour du bas, je m'arrêtai, essoufflé, tendis l'oreille…

Rien. C'était fini. Je m'adossai contre le mur, les mains sur les genoux, cherchant ma respiration. Nathan récupérait déjà, mais il était très pâle.

— Ils percent à l'explosif pour accéder à la galerie, c'est bien ce que tu m'as dit ?

— C'est certain, et ce n'est pas la première charge qu'ils font péter : c'est pour ça que l'air est humide, le tunnel doit être endommagé plus loin vers la sortie, la terre a dû s'ébouler. Je dois prévenir Derek, ces dingues vont tout détruire.

— On aurait dû prendre des talkies-walkies…

— Ne regrette rien. Ici, avec la terre et la roche, rien ne porte à plus de dix mètres.

— Tu ne veux pas retourner voir les dégâts ?

— Trop dangereux. On n'a pas de matériel. Les salopards, ils font ça la nuit, comme ça ni les autorités locales ni les habitants ne peuvent savoir comment ils pratiquent leurs fouilles…

Nous prîmes le chemin du retour à grands pas. Je réfléchissais déjà à ce que nous pouvions faire pour protéger la cité.

Quand nous dévalâmes l'escalier longeant le Concierge, Nathan lui fit une gratouille derrière ses hideuses oreilles. En moins d'une demi-heure, nous étions revenus à la crypte, hors d'haleine.

— Comment se fait-il que personne n'ait remarqué ces bouches d'aération avant que vous ne veniez faire des études dessus ?

— Elles sont bien camouflées. Le conduit émergeant à l'air libre est le plus souvent couvert d'un roc dont les fissures naturelles forment l'arrivée d'air. Qui irait s'intéresser à un rocher posé là depuis des millénaires, avec quelques entailles et des trous qui ne peuvent abriter que des petits animaux ? De nombreuses légendes locales doivent leur origine à ces conduits. Il arrivait que les paysans entendent des voix venues d'on ne sait où dans les endroits les plus incroyables. On parlait même de pleurs d'enfants ou de hennissements de chevaux. Ils se racontaient ça à la veillée, en en rajoutant chaque fois un peu, et quelques siècles plus tard, ça donne des lutins et des mondes magiques…

Je réussis à me hisser hors de la crypte. Avant même que j'aie pu me retourner pour lui offrir mon aide, Nathan avait bondi au-dehors.

Nous replaçâmes la dalle pour masquer le trou. Au moment où elle retombait, il nous sembla entendre un nouveau grondement souterrain lointain. Cela ne nous poussait que davantage à faire vite. Nathan alla chercher nos VTT pendant que je maquillais les contours de la dalle avec de la neige. Il se frotta les paumes l'une contre l'autre pour se réchauffer et ajusta sa lampe frontale. Je jetai un coup d'œil à ma montre : il était un peu plus de trois heures du matin. Il faisait toujours aussi froid, le vent s'était même levé. Nathan dévalait déjà la pente, glissant légèrement sur la neige gelée, lorsque je démarrai à mon tour.

La descente fut plus mouvementée que l'ascension, nos bras et nos cuisses encaissant douloureusement les irrégularités des sentiers défoncés. La fatigue rendait chaque mouvement imprécis, les faisceaux de nos lampes oscillaient entre nos guidons et le ciel, n'éclairant le chemin que par instants.

Nous regagnâmes la route. Les souterrains étaient loin de nous maintenant, mais pas pour longtemps. Nous allions poursuivre un combat commencé huit siècles plus tôt, au même endroit, et pour les mêmes enjeux.

28

Pour gagner du temps, Derek vint nous chercher en hélico dès l'aube le lendemain. Nous avions dormi trois heures à peine lorsque l'engin arriva au-dessus de notre tanière, le tourbillon des pales faisant tout voler alentour.

À peine l'appareil posé, Derek sauta par le panneau ouvert et vint à notre rencontre. Après m'avoir serré vigoureusement la main, il salua les gardes et se tourna vers mon ami.

— Tu dois être Nathan. Content de te connaître !

Le vacarme des turbines empêcha ce dernier de répondre autrement que par un signe de tête.

— Tu as l'air crevé, constatai-je en voyant les traits creusés de Derek.

— Depuis que tu nous as prévenus, on n'arrête pas !

Nous grimpâmes à bord, chacun enfila son casque et ajusta son micro. Ainsi équipés, le ronflement des rotors était plus tolérable.

Nous décollâmes en direction de l'abbaye Saint-Martin, près du pic du Canigou. C'est là, sur ce bastion monastique perché à plus de mille mètres d'altitude, que Derek avait fait transporter le nécessaire à notre campagne. Les chercheurs, les chargés de la sécurité et les spécialistes de l'information avaient trouvé chez les Frères un refuge idéal et sûr.

Le soleil à peine levé faisait scintiller la neige des sommets d'une lumière franche annonçant une belle journée d'hiver. Avec Nathan, pour la première fois, quelqu'un d'extérieur au Groupe assistait à une opération. S'il y avait une chose que je craignais par-dessus tout, c'était qu'il ne me regarde plus comme un ami. C'était aussi pour cela que je ne m'étais jamais étendu sur mes activités et mes responsabilités. Je savais pourquoi je prenais certaines décisions, je savais ce qui motivait chacun de mes actes, j'étais prêt à faire ce qu'il fallait pour défendre ce en quoi je croyais et je l'assumais. Cela ne voulait pas dire que tout le monde était à même de le comprendre. Certains combats, même les plus justes, exigent parfois des stratégies qui vous entraînent plus loin que vous ne l'auriez souhaité.

Plongé dans mes pensées, je contemplais les reliefs montagneux de l'interminable et magnifique travelling dans lequel nous emportait notre engin. L'image du cahier dans lequel je racontais tout me revint à l'esprit. La partie se resserrait, plus que jamais je devais le tenir à jour.

L'hélico franchit une dernière crête et plongea dans un défilé titanesque. L'ombre de la montagne nous engloutit. On aurait cru pouvoir toucher la neige de la main tellement nous volions bas. L'abbaye apparut au loin, nichée entre deux sommets. Véritable nid d'aigle, ses bâtiments aux toits enneigés cernaient le cloître et une tour à peine plus haute que l'ensemble. Impossible d'accéder là-haut en voiture dans des conditions normales.

Nathan avait le nez collé à la vitre. Derek nous tendit des harnais.

— Tenez, enfilez ça, on ne peut pas se poser facilement, on va se faire descendre par le treuil.

J'aimais bien les séances de « jambon » : descendre ou monter comme par magie, accroché à un filin. Les sourcils froncés, Nathan regarda Derek enfiler son harnais et l'imita ; j'ajustai ses sangles.

Le pilote se plaça en vol stationnaire au-dessus de l'abbaye et nous fit signe. Derek saisit le treuil et nous attacha à la longe. Au second signal, il ouvrit le panneau latéral. Le vent s'engouffra, nous infligeant une sévère secousse. Derek poussa le bras du treuil au-dessus du vide. Le vacarme était à la limite du supportable. Nathan n'avait pas l'air à l'aise – sa formation de terrain était plutôt intensive. Je lui hurlai à l'oreille :

— Tu as intérêt à te tenir à nous, sinon c'est le grand choc !

Il m'agrippa les bras comme j'empoignais ceux de Derek, je donnai une légère impulsion et nous nous retrouvâmes tous les trois suspendus dans le vide. Le pilote nous fit descendre. Les toits étaient encore à une trentaine de mètres, nous avions le temps d'apprécier le manège. Je lâchai Derek, Nathan se cramponnait à nous. Nous tournions, suspendus comme des jambons dans un saloir, attendant de toucher le sol pour nous comporter de nouveau en humains dignes de ce nom.

Le vent froid nous cinglait. Au-dessus de nous, l'hélico avait l'air d'un gros insecte s'amenuisant, tandis que les bâtiments de l'abbaye s'approchaient de plus en plus vite. Je sentis l'engin se déporter pour éviter les toits et nous déposer devant la porte.

Nous posâmes enfin pied à terre. Je détachai nos mousquetons, nous enlevâmes nos harnais, que je rattachai à l'extrémité du filin. Derek fit signe au pilote qu'il pouvait enrouler, puis l'appareil disparut rapidement dans la vallée. L'écho que renvoyaient les pentes rocheuses ne fut bientôt plus qu'un bruissement lointain. Nos yeux pleuraient encore à cause du vent. Il faisait un froid sec et vivifiant, la lumière était éblouissante – un de ces petits matins d'hiver où l'air semble si pur que le ciel en paraît deux fois plus haut.

— Pourquoi ne nous a-t-il pas treuillés directement dans l'abbaye ? demanda Nathan. Il y avait la place…

— Il n'y a que les barbares et les envahisseurs pour arriver dans ce genre de lieu par les toits – et le plus souvent ça leur a coûté la vie. Tous les autres, sans distinction de rang ou de puissance, passent par la porte… quand on la leur ouvre.

Ce fut le cas lorsque nous approchâmes de l'enceinte. Un Frère d'âge mûr nous accueillit avec le sourire sincère des hommes de bonne volonté.

— Bienvenue, mes enfants. Entrez dans notre maison et soyez-y chez vous.

— Merci, mon père. Pardon de venir troubler votre quiétude et celle des Frères, mais nous n'avons pas d'autre choix.

L'abbé m'étreignit, puis fit de même avec Nathan, visiblement très surpris de cette nouvelle façon de dire bonjour. Le brave homme lui arrivait au menton et le serra contre lui comme l'un des nôtres. Son regard effaré manqua de me faire éclater de rire.

— Il faut être fort pour affronter le bruit que font ces machines volantes, fit notre hôte. Nous autres n'en avons vu de près qu'à deux reprises, et c'était toujours pour annoncer votre arrivée. C'est la seule raison qui nous les fait aimer.

Le moine nous entraîna dans les couloirs de Saint-Martin, nous faisant passer près de la chapelle, d'où s'élevaient des chants grégoriens. Le vent qui sifflait dans les colonnades du cloître voisin, les magnifiques voix graves des Frères : toute la musique du lieu était une perfection.

— Nous vous avons installés dans l'aile ouest, la plus chaude. C'est mieux pour vos appareils.

Nathan regardait autour de lui, manifestement lui aussi sous le charme. Les chœurs nous parvinrent une dernière fois avant que nous ne changions de bâtiment. Nous traversâmes le réfectoire désert. Les tables étaient déjà dressées, austères. Rien d'inutile n'existait en ces lieux.

L'abbé poussa une épaisse porte cintrée. Tranchant avec tout ce que nous venions de voir et d'entendre, le bourdonnement des imprimantes et les voix de nos équipes nous frappèrent aussitôt.

— Vous êtes ici chez vous, fit-il, aussi longtemps que vous le souhaiterez.

Il se pencha vers moi et ajouta :

— Nous avons quelques jeunes, ils ne manqueront pas de venir vous voir, vous savez ce que c'est que la jeunesse… Ne vous laissez pas envahir, n'hésitez pas à les mettre à contribution.

Il réalisa soudain que j'étais probablement à peine plus âgé qu'eux et parut embarrassé.

— Ne vous en faites pas, mon père, nous avons nous aussi des jeunes dans l'équipe, et ils seront tout aussi heureux de découvrir les rigueurs des travaux monastiques.

Il eut un petit rire complice, s'excusa d'avoir à nous laisser et ressortit aussi silencieusement qu'un souffle.

Derek m'entraîna à sa suite ; Nathan resta en arrière, épiant les curieuses machines qui encombraient la pièce.

— On a souffert pour tout monter ici, ça en fait des caisses… L'électricité reste un problème, on manque de puissance.

S'alignaient là des postes de travail surmontés de multiples écrans, des tours d'ordinateurs et des portables, des boîtes d'archives et des tablettes graphiques, des rétroprojecteurs et des lits de camp… Un véritable bureau d'études en campagne.

— Nous sommes en train de réactualiser les données recueillies lors de la première expédition, précisa Derek. Nous restons en liaison constante avec tous les informateurs surveillant le camp adverse. Je ne pense pas qu'ils sachent déjà que nous sommes ici. De toute manière, on les verra arriver, viens voir…

Je le suivis jusqu'à l'une des fenêtres : la pièce donnait sur le ravin, un à-pic de plusieurs centaines de mètres. Impossible d'approcher sans se faire repérer.

— Yoda n'est pas encore arrivé ? m'informai-je.
— Il s'organise dans une cellule voisine.

Un ingénieur vint chercher Derek pour l'essai des canaux de transmission. Les paraboles satellites avaient été fixées sur le clocher de l'abbaye.

Nathan, qui m'avait rejoint, demanda à voix basse :
— Qui est « Yoda » ?

Il avait l'air aussi perplexe que lorsque le père supérieur l'avait étreint.

— C'est le surnom d'un type exceptionnel, tu verras.

Je déambulai, observant les appareils et saluant les chercheurs. Géophysiciens, chimistes, informaticiens, analystes, archéologues… Les spécialités étaient nombreuses mais la fatigue se lisait sur tous les visages. J'avais toujours aimé les périodes surchargées, voir des hommes et des femmes vivre et agir dans un même but. L'ambiance devenait alors chaleureuse en dépit de la tension, studieuse malgré l'apparent désordre, authentique malgré l'époque. L'heure matinale accentuait encore l'impression d'urgence, de situation exceptionnelle. Chacun mettait toute son énergie à combattre le sommeil, à effectuer le moindre geste avec application, sans jamais perdre la notion du dessein que même le plus infime des actes contribuait à accomplir. C'est dans ce genre de moment que les humains se dépassent, pensent plus, dorment moins et se rattachent aux choses essentielles.

Derek ne tarda pas à redescendre des toits. Il lança à la cantonade :
— On est connectés ! Transmettez les urgences d'abord.

Puis il ajouta à mon intention :

— On va pouvoir joindre Andrew et William tout à l'heure.

Je parcourus la pièce des yeux, regardant les caisses encore fermées et comptant hommes et femmes.

— Dis-moi, il manque du monde ?

— Ici, il n'y a que la recherche et la logistique. La sécurité est dans une autre salle. Les gardes ont besoin de repos. Viens, allons voir Yoda, nous devons tout décider ce matin. L'après-midi ne sera pas de trop pour la mise en place.

Je fis signe à Nathan. En trois enjambées, il fut à nos côtés.

— Ça va, lui demandai-je, pas trop déphasé ?

Il secoua la tête.

— Il faut que je règle certaines choses, ajoutai-je. Mieux vaut que tu restes ici pour le moment.

Conscient qu'il fallait aller à l'essentiel, il ne posa aucune question. Ce serait pour plus tard.

29

D'épais câbles noirs couraient sur le sol dans les couloirs de l'abbaye – on aurait pu se croire sur un tournage. Derek dut lire ce que je pensais sur mon visage, car il précisa :

— On a installé des groupes électrogènes supplémentaires dans les cachots, c'est pour ça qu'il y a des lignes partout.

Sur la terrasse, la neige avait tout recouvert, excepté un étroit chemin qui avait été dégagé pour pouvoir traverser. Nous l'empruntâmes et pénétrâmes dans une autre section de l'abbaye. Le couloir était percé tout du long d'une enfilade de portes en bois à ferrures très anciennes, toutes semblables.

Derek frappa à l'une d'elles, et nous entrâmes dans une cellule de belles dimensions. Le Sage, Benoît et deux Frères étaient assis autour d'une table couverte de documents et de parchemins. L'unique fenêtre avait été masquée et seuls quelques chandeliers éclairaient la pièce, contrastant avec la lueur bleutée d'un écran d'ordinateur portable posé parmi les écrits millénaires.

Le Sage releva la tête, et si le bonjour qu'il nous adressa fut bref, son attitude trahissait la satisfaction de nous voir sains et saufs. Benoît, qui nous tournait le dos et avait le nez sur ce qui paraissait être un croquis, pivota sur son tabouret en nous souhaitant la bienvenue.

— Alors, quelles sont les nouvelles de la cité ? Vous n'avez pas eu trop de problèmes, là-bas en dessous ? Vous avez quand même dû être bien secoués…

— Il faut croire que je suis condamné à approcher toutes sortes d'explosifs d'un peu trop près, ces temps-ci. Et pour une fois, sans être à la manœuvre…

Je grimaçai et ajoutai :

— Ça va. Mais on pourrait bien en avoir, des problèmes. Et des gros.

— Nous n'avons que peu de temps, me pressa le Sage. Je t'écoute.

Sa brusquerie naissait de son sentiment d'urgence, j'obtempérai donc et allai droit au but :

— Les souterrains sont en bon état. L'une de leurs bases est installée sur une bouche d'aération donnant dans la galerie de Serrelongue. Ils sont parvenus à introduire dans le goulot du matériel permettant de voir le tunnel. Comme ils n'ont pas réussi malgré tout à découvrir la position de l'entrée, ils creusent leur propre accès à coups d'explosifs. Les charges explosent la nuit, nous en avons vu une de près, et peut-être entendu une seconde. J'ignore quelle distance ils doivent encore percer avant d'atteindre la galerie – tout dépend du sous-sol qu'il leur faut traverser – mais je suis sûr qu'ils n'avaient pas abouti cette nuit, car l'explosion résonnait encore énormément dans les structures et nous n'avons ressenti aucun souffle.

Les Frères se regardèrent, inquiets. Benoît se mordait les lèvres, mais le Sage restait imperturbable.

— Je suis convaincu que cette affaire doit se traiter de la manière la plus discrète possible, affirmai-je. Je ne souhaite pas entrer en guerre ouverte avec eux, les seules victimes seraient la cité souterraine et les habitants des environs. Plus nous réagirons avec vigueur, plus ils seront convaincus d'avoir mis le doigt sur une zone sensible, et ce sera l'escalade. Rappelez-vous qu'ils ont une idée encore plus vague que nous de ce qu'ils cherchent. Nous aurions davantage intérêt à les contenir, à les épuiser.

Les Frères prenaient des notes. Benoît, anxieux, consulta le Sage du regard avant de prendre la parole :

— Le vieux manuel retrouvé sous Chartres recoupe d'autres textes. Nous avons tout vérifié et il n'y a désormais plus aucun doute : il est absolument certain qu'il existe un laboratoire dans la cité souterraine.

— Très bien. Et vous avez une idée de ce qu'il peut contenir ?

— Pas la moindre. Nous savons seulement que ce labo a été l'un des derniers aménagés sous Montségur, et qu'il se trouve vraisemblablement dans une ancienne réserve du moulin de la cité.

— Donc, pas très loin de la rivière.

— Logiquement.

— Il n'y a aucune indication plus précise sur l'emplacement ?

— Hélas non. Nous avons tiré tout ce que l'on pouvait des textes. À nous de remplacer les pièces manquantes du puzzle. Et il en manque beaucoup.

Le Sage n'avait encore rien dit. Il écoutait, feuilletant d'une main précise les documents qui s'étalaient sur la table.

— J'ai beaucoup réfléchi cette nuit, repris-je, et la meilleure solution me paraît être de nous établir dans la cité souterraine même afin d'y maintenir une présence permanente. Deux équipes feraient l'affaire : une de chercheurs, concentrée sur le labo et placée sous votre conduite, Maître, et l'autre chargée de stopper – ou au moins de ralentir – l'avancée de nos ennemis. Qu'en pensez-vous ?

Derek songeait déjà aux problèmes logistiques que ce nouveau déménagement n'allait pas manquer d'occasionner. Benoît et moi gardions les yeux fixés sur le Sage. De sa voix posée, celui-ci répondit enfin :

— Ce n'est pas la solution la plus simple, mais elle me semble la plus adaptée. Nous chercherons dans la cité pendant que vous la protégerez.

— Il faudra être prêts au pire. Nous serons peut-être amenés à obstruer des galeries pour les empêcher d'entrer, précisai-je.

— Qu'entends-tu par là ?

— En dernière extrémité, il faut envisager d'ébouler certains tunnels. L'explosif serait le moyen le plus efficace.

« Mais cette fois, ce serait selon *mes* règles… », me dis-je intérieurement.

Un léger sourire flotta sur les lèvres du Sage.

— Le feu, toujours le feu... Je reconnais bien là le spécialiste.

— Nous n'aurons pas forcément d'autre choix.

— C'est juste.

— D'autre part, il est hors de question de vous exposer personnellement. Vous et les chercheurs ne pourrez effectuer votre travail que dans les parties les moins vulnérables de la cité. Nous devons vous préserver de tout danger.

Le Sage opina en silence. La partie commençait pour de bon.

30

Le reste de la matinée fut dédié aux réglages des détails de cette nouvelle phase, avant de retrouver l'équipe au réfectoire pour le déjeuner. Nous étions une vingtaine autour de la même table. Nous mangions les premiers pour ne pas troubler les Frères dans leur repas. Le déjeuner était pour nous une occasion de détente, de dialogue, une pause privilégiée qui occasionnait souvent de nombreux fous rires et beaucoup de bruit. Le contraste aurait été saisissant avec les Frères, pour qui ce même moment était l'aboutissement d'un travail, la récompense d'un labeur nécessaire pour que la terre leur procure de quoi vivre. Faire deux services était préférable.

Le repas se déroula dans la bonne humeur, la cuisine était simple mais délicieuse et tout le monde avait besoin de décompresser. Nathan se détendait peu à peu et, s'il participait encore peu aux conversations, il écoutait et souriait volontiers aux plaisanteries des autres. Il trouvait lentement sa place et j'en étais heureux.

Chacun retourna ensuite à ses occupations. Pendant que j'organisais la nouvelle phase et préparais une note à l'intention de William et Kathleen, Nathan s'endormit dans un fauteuil près de la fenêtre, face au ravin du sud. Il avait raison de prendre un acompte de sommeil, les prochaines nuits risquaient d'être courtes.

Peu avant l'office de none, les plans et les listes étaient finalisés. J'avais un peu plus de trois heures avant que l'hélico ne nous ramène à la maison de Fougax. Je ne résistai pas à l'envie d'aller écouter les Frères chanter dans l'église.

J'aimais ces harmonies d'un autre temps, ces textes sacrés dont les mots n'étaient plus que notes. J'entrai par la porte latérale et m'assis en retrait dans l'ombre. Ils étaient une vingtaine à chanter, à vivre leurs voix comme aucune autre communion. Tout entiers à leur chant, ils étaient heureux. Cette magie existait depuis plus d'un millénaire, simplement, sans artifices, avec la force et la beauté des choses que pas même le temps n'ose atteindre.

J'ouvris le petit cahier et commençai à te raconter, à combler le temps écoulé depuis les dernières lignes que j'y avais couchées.

Le chant tourne dans l'air, lancinante et rassurante mélopée ; la lumière doucement colorée des vitraux se mêle à celle, dorée, des cierges pour me permettre de t'écrire.

Les mots viennent sans peine. Je sais maintenant pourquoi, depuis le début, j'ai ressenti le besoin de t'écrire. Non par vanité, non parce que je risque de disparaître sans avoir eu le temps de dire la vérité, mais parce que je vais être dépassé et que je n'y arriverai pas seul.

Sans toi, je serais resté mort aux yeux de tous. Nous sommes trop novices encore pour nous parler sans nous voir ; ce cahier sera donc ma voix, il accompagnera ta conscience, comblera ce que tu n'auras pas pu découvrir avant les prochaines heures, décisives. Je n'aurai pas assez de temps pour tout t'apprendre, ni dans ces pages, ni cette nuit quand nous retournerons dans les souterrains ; lis ces lignes comme notre histoire, et nous serons deux à vaincre. Les faits ne sont rien, le raisonnement est tout. Chaque épreuve recèle sa propre logique, seuls nos esprits et nos expériences pourront en venir à bout. Ce cahier comblera le fossé entre nos deux vécus. Tu as eu raison de me suivre cette nuit-là.

Les voix des Frères m'aident, elles dictent le rythme de mes mots. Tu dors pendant que j'écris ces lignes. Je pense à tous ceux que je rêve de revoir un jour. Dieu que ce monde est compliqué, mais qu'il est généreux quand on se donne la peine de chercher à le comprendre... Dans des moments pareils, je me sentirais la force de soulager toutes les peines, d'alléger tous les cœurs, de pardonner aux plus durs de nos ennemis, de les aider à réparer.

Je fermai un instant les yeux et inspirai profondément. Je savais, en écrivant, que la seule chose que je désirais pour moi-même, et que pas un dieu ne pourrait m'interdire, c'était de vivre cette vie et les autres avec tous les miens, sans jamais être loin ni des yeux ni des cœurs.

Les chants résonnaient toujours. Pour la première fois de ma vie, j'avais prié.

31

L'heure tardive du retour à Fougax ne laissa que peu de temps pour rassembler nos affaires et donner les consignes aux gardes. Tous deux resteraient dans la maison – un point d'observation extérieur supplémentaire, et éventuellement de repli.

Aussitôt que ce fut fait, Nathan et moi enfourchâmes nos VTT pour rejoindre la Frau.

La nuit était un peu moins froide que la veille, mais plus humide. Je préférais le froid sec à cette atmosphère vaguement brouillardeuse qui pénétrait les vêtements. Quelques flocons descendaient paresseusement entre les arbres.

Nathan dissimula les vélos en contrebas des ruines. Comme la nuit précédente, nous pénétrâmes dans la galerie des novices par la crypte. La marche ne tarderait pas à nous réchauffer.

Nathan était beaucoup plus assuré cette fois et avançait à grands pas.

— Par où les Frères et les chercheurs arriveront-ils ? m'interrogea-t-il, curieux.

— Par les ruines de l'abbaye de Montferrier, au nord-ouest du château. Ils prendront le tunnel aux chevaux.

— Le tunnel aux chevaux ?

— Il était assez haut pour qu'un cheval au galop puisse y passer. Alors qu'en surface, hommes et cavaliers devaient franchir le relief, en sous-sol, les Frères filaient. Ce tunnel qui relie l'abbaye au château offre le double avantage de se situer à l'opposé du campement adverse et d'être assez large pour qu'on puisse y transporter tout le matériel autrement qu'à dos d'homme.

— Nous serons les seuls à entrer par ici ?

— Oui. C'est notre entrée privée !

Nathan hocha la tête, amusé, et passa à côté du Concierge sans même y prêter attention.

Lorsque nous arrivâmes au grand carrefour, point de rendez-vous avec l'équipe, je le sentis impatient d'aller vers la cité. Nous fîmes halte, profitant une dernière fois du silence de la ville sous terre avant qu'elle ne soit tirée de son sommeil. Le calme avant la tempête.

Un étrange écho vint bientôt troubler ce moment suspendu. Des voix lointaines ; d'autres sons, moins identifiables : nos compagnons arrivaient. J'observais les hautes voûtes tandis que Nathan tendait l'oreille.

— Ne fais pas confiance aux sons, l'avertis-je, avec l'écho et la résonance, c'est trompeur.

— Tu as raison, maintenant on dirait qu'ils s'éloignent. On ne peut se fier à rien ici, tout n'est qu'illusion !

— Comme dans la vie…

Brusquement, la lumière des lampes de l'équipe, Derek en tête, pénétra dans la salle. Nathan et moi étions si habitués à être seuls dans le silence et l'obscurité que ce vacarme et cette clarté nous parurent incongrus.

Je me résolus à me lever et invitai le petit groupe à nous suivre dans la galerie de Serrelongue. Il était temps d'évaluer les dégâts.

32

Dans le tunnel, l'air semblait plus humide et froid encore que la veille. Il y avait davantage de pierres sur le sol. Il restait encore une vingtaine de mètres avant l'endroit où nous avions découvert les fragments de mécanique et d'électronique et déjà, nos faisceaux éclairaient des blocs de roche plus volumineux.

— Ceux-là n'étaient pas là hier, constatai-je. Cela confirme ce que je craignais : ils ont fait exploser d'autres charges.

À l'endroit où nous nous étions trouvés, le sol était littéralement couvert de gravats et de terre. Un des hommes de notre petite équipe laissa échapper un long sifflement en constatant les dégâts. De larges crevasses fissuraient les blocs taillés de la voûte et des parois. Quelques langues de terre avaient traversé les murs pour venir se répandre dans le passage. Et il y avait d'autres vestiges d'appareils.

Les dégâts étaient sérieux, mais nos ennemis n'avaient pas encore réussi à pénétrer dans le tunnel. Nos lampes balayaient chaque zone du couloir, mais je ne pouvais même pas déterminer dans quel axe ils attaquaient leur percement tant les débris étaient répartis uniformément. Le souffle des explosions devait rebondir sur la roche et se transmettre à toute la masse, la faisant suffisamment vibrer pour provoquer des dégâts mais sans pour autant la traverser.

Au retour, je m'arrêtai à l'endroit où le tunnel se scindait en deux, conduisant soit aux entrepôts et à la cité par la galerie haute, soit au grand carrefour par celle du bas.

— Ils ne doivent pas arriver à cette bifurcation une fois qu'ils auront percé, sinon nous nous retrouverons avec deux fronts au lieu d'un. Il faudrait obstruer la galerie juste avant cet embranchement. On va devoir l'ébouler, même si c'est extrêmement risqué. À moins que...

Je m'interrompis : une idée, un embryon d'idée du moins, m'avait traversé l'esprit, mais j'avais encore besoin d'y réfléchir.

— Bon, repris-je, si jamais on doit les bloquer dans l'urgence, ce sera ici. Si nous n'avons pas d'autre choix, nous effondrerons ce carrefour. Je vais revenir le piéger.

Nos compagnons échangèrent des regards préoccupés. Nathan, songeur, éclairait tour à tour les plafonds, celui de la galerie haute et celui de la basse. Il s'attarda quelques secondes avant de nous suivre.

Nous prîmes la galerie haute : nous nous dirigions à présent vers le cœur de la cité souterraine. Les tunnels étaient moins larges, les carrefours plus nombreux, et le bruit d'une intense activité s'entendait de plus en plus distinctement. L'itinéraire montait en pente douce. Derek ouvrait la marche, sa boussole à la main, suivi de Nathan, puis de nos compagnons. Je venais en dernier, préférant rester en arrière pour mûrir mon idée.

Quelques minutes plus tard, nous débouchâmes dans une vaste salle cylindrique, large d'une trentaine de mètres et haute d'environ quatre étages : la « place du marché » était le dernier point de rencontre avant de pénétrer dans la cité proprement dite.

Des projecteurs placés à la hâte éclairaient l'immense échangeur de souterrains. Bouche bée, Nathan tournait sur lui-même en contemplant les escaliers reliant les différents niveaux qui tapissaient les parois.

Certains couloirs étaient éclairés par des torches, d'autres par des rampes ou des projecteurs à LED. Partout, des hommes allaient et venaient, transportant du matériel électronique ou tirant des câbles pour amener le courant dans les salles que les différentes équipes allaient occuper.

Lors de notre première campagne de recherches, seule une dizaine d'entre nous avait pénétré ici ; aujourd'hui nous devions être au moins cinquante. La rumeur des voix courait dans les galeries, la lumière repoussait l'obscurité, et tous ces Frères qui allaient défendre ce lieu contre ses ennemis… La cité reprenait vie et s'activait comme huit siècles auparavant. J'étais ému à la perspective de vivre dans les mêmes lieux que ceux dont nous partagions l'esprit, d'y éprouver les mêmes espoirs, les mêmes peurs face à des assiégeants qui n'avaient pas de meilleures intentions que leurs prédécesseurs.

Laissant le reste du groupe procéder à l'installation, je m'engageai avec Derek dans une sorte de rue souterraine. Nathan ne savait plus où porter le regard : de chaque côté de l'allée centrale s'ouvraient des portes et des fenêtres, creusées directement dans des veines de roche ou faites de pierre taillée, de terre et de bois. On aurait dit l'une de ces ruelles bordées d'échoppes des villes médiévales.

Certaines pièces étaient déjà éclairées. L'une d'elles avait même été équipée de tables, et du matériel de mesure y était en place. Passant devant la porte, Nathan me glissa à l'oreille :

— C'est féerique, on dirait un décor ! On se croirait dans un roman de Jules Verne !

Caressant un chambranle, il ajouta :

— Tu as vu les fenêtres, les portes ? Tout est d'origine ?

— Oui. Elles n'ont jamais eu à affronter ni les intempéries ni la pollution. Ici, il n'y a pas de pluie, donc pas de moisissure ni de champignons. La température et l'hygrométrie sont constantes. Le bois a été choisi de façon idéale, il sera encore là dans cinq cents ans.

Nous croisions des ingénieurs, des chercheurs, hommes et femmes, moines et laïcs mêlés, et des gardes qui transportaient les objets les plus hétéroclites – des ordinateurs, des géoradars, des magnétomètres, des verreries de laboratoire ou des rouleaux de cartes. Un jeune Frère accrochait des panneaux indicateurs fabriqués dans l'urgence pour faciliter l'orientation.

Derek nous mena à l'une des pièces les plus éloignées. Les fenêtres avaient été obstruées et la porte était close. Il frappa et attendit qu'on l'y autorise avant d'entrer.

Dans la petite pièce basse de plafond, Benoît, le Sage et un Frère, en grande discussion, consultaient des plans déroulés devant eux.

— Vous voilà enfin ! s'exclama Benoît.

Derek referma derrière nous et je démarrai sans attendre :

— Nous revenons de la galerie de Serrelongue. Elle est plus endommagée qu'hier, ils poursuivent leur percement. Mais sur place, j'ai songé à quelque chose : nous pouvons peut-être les stopper sans avoir à les affronter.

Toutes les têtes se tournèrent vers moi.

— Il suffirait de leur faire croire qu'ils ont débouché non pas dans un couloir, mais dans une cache isolée. Un cul-de-sac. Je ne sais pas encore exactement comment, mais au lieu d'écrouler la galerie, il faudrait bâtir un mur en travers. Une paroi qui aurait la même apparence et semblerait dater de la même époque que les murs authentiques.

Derek réfléchit :

— Ainsi trompés, persuadés d'être tombés dans une impasse, ils n'iraient pas chercher plus loin…

Pensif, le Sage hocha la tête.

— L'idée est audacieuse… C'est peut-être réalisable, et ce serait plus efficace et moins risqué que d'ébouler le passage. On doit pouvoir récupérer des blocs de pierre un peu partout dans la cité. Mais il va falloir faire vite.

— Pour les pierres, intervint Derek, j'ai peut-être une solution…

— Très bien, dis-je. Il faut que tout le monde, sauf les chercheurs, transporte les pierres jusqu'au lieu de construction. Par sécurité, je préfère quand même piéger la bifurcation pendant que les gardes monteront le mur.

Puis, à l'intention du Sage, j'ajoutai :

— Vous me semblez en sécurité ici. Même si nos ennemis trouvaient les galeries, nous aurions le temps de vous évacuer par l'ouest.

— Je ne suis pas ici pour m'enfuir, répliqua le Sage, mais pour trouver le laboratoire.

Il avait parlé d'une voix calme mais qui ne souffrait aucune contradiction. Nathan se figea. Benoît, lui, opina en silence. Je me tournai vers Derek :

— Tu es certain que vous n'avez pas été repérés en faisant entrer le matériel par Montferrier ?

— Nous avons envoyé des drones et un hélico faire diversion au-dessus d'eux, en étant volontairement peu discrets. On en a profité pour faire des photos plus détaillées.

— Parfait, ils croiront que nous préparons seulement notre arrivée. Ça va nous donner un peu d'avance, c'est appréciable. Des nouvelles d'Andrew ?

— Oui, je l'ai eu en visio juste avant que nous ne quittions l'abbaye. À Londres, plus rien ne semble bouger. William, Kathleen et d'autres ont appelé, les messages sont sur ta table, dans ton bureau.

Ce que Derek appelait « mon bureau » était une des petites pièces donnant sur la ruelle souterraine par une porte ronde et basse et une fenêtre sans vitre. Elle jouxtait celle du Sage. C'était le genre de lieu dont rêvent tous les enfants : souterrain, secret, un endroit au parfum de mystère et de sortilège. Dans la réalité, ces modestes échoppes avaient servi d'ateliers pour la fabrication d'objets à l'usage des ordres. On créait ici des ornements, des armes, des sceaux, des vêtements ; on copiait des manuscrits. Nous étions probablement dans la plus ancienne cité industrielle d'Europe.

Le choc de la tête de Nathan heurtant une poutre trop basse me ramena à notre sujet. Je n'entendis que la dernière phrase de Derek.

— Un rassemblement général est fixé à vingt-deux heures sur la place du marché.

La place du marché… Entendre dans la bouche de Derek cette expression si étroitement rattachée à la notion d'espace et de lumière alors que nous nous trouvions en un lieu qui n'avait jamais vu un rayon de soleil me fit un drôle d'effet. Mais il s'agissait bel et bien d'une ville souterraine.

Je demandai à Benoît de faire découvrir à Nathan les quartiers voisins – je pourrais ainsi me concentrer un peu avant d'avoir à m'adresser à l'ensemble de l'équipe.

Je m'apprêtais à suivre Derek vers ma pièce lorsque le Sage m'interpella.

— Nous n'avons pas eu le temps de parler de ton ami.
— Souhaitez-vous le voir maintenant ?
— C'est inutile.
— Votre opinion est faite ?

Pour toute réponse, le Sage hocha la tête. J'hésitai avant de risquer une question. Il savait que j'allais solliciter son verdict, mais il attendit que je le lui demande pour répondre.

— Est-il vraiment nécessaire de te donner mon point de vue ? Vous avez choisi tous les deux. Lui a refusé de se plier aux consignes, et toi tu as décidé qu'il pouvait nous rejoindre, unir ses forces aux nôtres. Ou plutôt unir ses forces aux tiennes, car ai-je tort de dire que dans ton esprit, Nathan ne fait pas partie de la Confrérie, pas encore, mais qu'il fait partie de toi comme tu fais partie de lui ?

Je n'avais rien à répondre : il avait raison.

— Tu souhaites connaître mon avis, alors le voici : tu as eu raison d'enfreindre nos règles en l'amenant ici, il servira son esprit et le nôtre comme tu l'aurais fait si tu avais pu être deux. Je vous envie, car peu d'humains peuvent goûter au bonheur de la vraie fraternité. Allez, va, nous nous reverrons au rassemblement.

Je hochai la tête, le cœur battant, reconnaissant de son assentiment. Même à la lueur des torches, je devais être pâle.

33

Derek se joignit à moi pour vérifier les progrès de notre installation. Le poste chargé de la sécurité était désormais opérationnel, avec un effectif minimum – le reste des gardes était occupé à aider les Frères et les chercheurs à répartir les caisses des archives et à connecter les derniers équipements.

Nous croisâmes Benoît deux carrefours plus loin, Nathan sur les talons : il lui expliquait comment tout avait été construit. J'agrippai discrètement mon ami au passage et lui soufflai à l'oreille :

— S'il veut te faire boire quoi que ce soit, refuse ! Prétexte un traitement médical, n'importe quoi, mais surtout n'avale rien venant de lui !

Nathan me regarda, perplexe, et fila rejoindre son guide. Il se retourna pour me jeter un dernier coup d'œil. Le pauvre ignorait tout du péril qui guettait ses papilles…

Moins d'une heure plus tard, les premières pierres arrivaient. Les hommes acheminaient les blocs vers la galerie de Serrelongue en chariot ou à bras.

— Derek, où diable as-tu trouvé des pierres en telle quantité ?

— Hé, chacun son job !

On pouvait toujours compter sur lui pour obtenir l'impossible, mais il avait l'air soucieux et les traits creusés. Quand il remarqua que je l'observais, il changea de sujet.

— Tu sais ce que tu vas dire aux équipes ?

— Je vais m'efforcer de les rassurer. Toi, tu vas prendre du repos cette nuit, tu ne tiendras pas longtemps à ce rythme.

Il acquiesça sans conviction. Je savais déjà qu'il n'en ferait rien.

Sur la place où tout le monde devait se retrouver, quelques Frères et des gardes attendaient déjà, profitant de ce répit pour avaler un en-cas. Certains étaient en bras de chemise ou en tee-shirt, déjà sales d'un dur travail qui n'allait pas ralentir avant l'aube.

Lentement, je gravis l'escalier qui s'enroulait sur les parois de l'immense salle cylindrique. Des hommes débouchaient de temps à autre d'un palier pour venir grossir l'attroupement. Le jeune moine repassa devant nous, continuant d'accrocher ses panneaux indicateurs en vérifiant son plan. Il nous adressa un sourire chaleureux. Pour lui aussi, il fallait réussir à préserver les secrets de cette cité. Son avenir, sa vie en dépendaient.

Benoît entra sur la place, Nathan sur ses talons. Celui-ci avait sur le visage une grimace que je connaissais bien.

— Regarde, dis-je à Derek, Benoît a encore fait une innocente victime avec son divin breuvage !

Derek fit une moue écœurée – le seul souvenir de l'élixir suffisait à donner la nausée.

— Je l'avais pourtant prévenu... Benoît a été empoisonneur dans une vie précédente, c'est certain !

— Pas seulement dans une vie précédente...

Nathan ne nous avait pas vus. S'il avait levé les yeux, il nous aurait surpris, effondrés de rire sur les marches.

L'heure venue, le Sage entra. Il fut le dernier à nous rejoindre. Cet attroupement d'hommes et de femmes à nos pieds était impressionnant. Qu'avaient-ils tous en commun ? Un rêve, un idéal, le sens de la mission. Un parcours différent devait avoir conduit chacun ici ce soir. D'ordinaire, lorsqu'un groupe se réunit, les cadres vont d'instinct avec les cadres, les chefs avec les chefs, les assistants avec les assistants. Mais ici, gardes, ingénieurs, chercheurs, supérieurs et Frères s'étaient mélangés naturellement. Ils n'avaient pas cherché à se rassembler selon leur caste ou leur sexe. Nous aurions au moins réussi cela, abolir le fossé des apparences sociales en le rendant inutile. Nous avions tous le même but : vivre libres et comprendre.

Je croisai le regard de Nathan, attentif aux paroles de Derek, qui comptait les présents et répartissait les tâches. Sa voix résonnait dans la grande salle, on aurait cru une réunion de conjurés dans les catacombes...

Derek pivota finalement vers moi.

— Nous sommes tous là : trente-deux gardes, vingt-quatre Frères et douze membres du Groupe.

— Dans quelle catégorie as-tu placé Nathan ?

— Avec nous, dans les effectifs du Groupe.

Nathan était le douzième, comme pour les apôtres. J'espérais qu'aucun de nous ne reprendrait le rôle de Judas.

C'était à moi de parler. Je les embrassai tous du regard et me lançai :

— Mes amis, nous sommes ici pour défendre ce lieu. Nos adversaires tentent un percement de la galerie nord-est à coups d'explosifs. Nous allons construire un mur pour empêcher qu'ils ne découvrent cette cité. Lorsqu'ils déboucheront, cet ouvrage devra être suffisamment ancien d'apparence pour les convaincre qu'il s'agit d'une cache isolée, sans intérêt, et qu'il n'y a rien de plus à chercher.

» La plupart d'entre vous ne connaissent pas la cité. Je dois vous avertir : bien que nous y soyons entrés en amis, cet endroit recèle des pièges qui ne nous épargneront pas si nous n'y prenons pas garde. Ne restez jamais seuls, ne déplacez rien sans demander à un Frère. Personne d'extérieur à la Confrérie n'a jamais foulé ce sol sans y être invité, et c'est à nous de faire en sorte que cela continue. Nous défendons une place que beaucoup ont convoitée sans jamais en connaître ni l'ampleur ni le contenu.

Pas un bruit ne montait de l'assemblée. Tous les visages levés vers moi étaient concentrés et résolus.

— Nos ennemis ne devront pas soupçonner notre présence derrière leurs illusions. Si, pour notre malheur, le mur ne les persuadait pas de renoncer, nous devrons les repousser par la force. Nous risquons tous beaucoup, mais les enjeux sont trop importants pour envisager un échec. Ils risquent de mettre au jour un savoir qui, entre leurs mains, deviendrait vite une arme.

» Chacun de vous est compétent et complémentaire des autres. Si l'un de vous est touché ou capturé, c'est l'équipe tout entière qui s'affaiblit. Prenez soin de vous, entraidez-vous. Je nous souhaite la victoire, puisqu'il n'est plus temps de nous souhaiter la paix. Que ce lieu nous donne sa force et celle de ceux qui l'ont bâti. Que la mémoire de tous ceux qui ont combattu pour le monde dont nous rêvons vous soutienne.

Hommes et femmes demeuraient immobiles, tournés vers moi, portés par la même flamme. Il me restait à leur parler comme un Frère.

— Vous le savez, les causes justes ne triomphent pas toujours. Elles font parfois reculer le mal, mais ne l'anéantissent jamais. La victoire ne nous est pas acquise, nous avons tous à la construire ensemble. N'oubliez jamais que les causes sont immortelles, mais pas les individus qui les défendent. Je ne suis pas capable de vous dire ce qui va se passer ; quand je pense à ce qui risque d'arriver, j'ai peur, peur pour vous et pour moi, je tremble pour tous ceux qui vivent dans ce monde sans avoir aucune notion de ce qui se joue ici. Imaginez le poids qu'avaient sur les épaules les hommes chargés de protéger le Saint Graal... Eux avaient au moins le privilège de savoir ce qu'ils défendaient.

» Nous connaissons l'Histoire, elle nous montre des héros et des lâches, des vainqueurs et des vaincus. Elle ment. L'histoire de ce monde n'est faite que des milliards d'actions de milliards d'hommes et de femmes, avec leurs grandeurs, leurs bassesses, leurs peurs, leur courage. Ils et elles sont à la fois les héros et les lâches, les grands et les médiocres, chacun à leur heure. N'essayez pas d'écrire l'Histoire, elle serait fausse. Soyez vous-mêmes, soyez fidèles à votre conscience, et elle s'écrira encore plus fidèlement et dans notre sens. N'ayez pas peur d'avoir mal, n'ayez pas honte de craindre, renoncez si vous touchez votre ultime limite. Ne gâchez pas votre mission au nom de votre amour-propre ou de l'obstination. Les héros sont soit des fous, soit les jouets de la chance. Nous avons besoin de cœur et d'esprit ; laissez le reste en dehors. Je compte sur vous comme vous pouvez compter sur moi. Bonne chance.

Je descendis les marches et me retrouvai parmi ces hommes et ces femmes valeureux au regard brillant de détermination, qui s'encourageaient mutuellement par des cris et des étreintes et me tapaient dans le dos. Cela me faisait chaud au cœur, mais je me sentais vidé, un peu hébété.

Nathan se planta devant moi.

— Ça va ? Tu n'as pas l'air dans ton assiette. Allez bouge, on a du boulot. Bravo pour ton speech, encore vingt ans comme ça et tu seras élu délégué du personnel !

Derek, qui nous avait rejoints, ouvrait la bouche pour me dire quelque chose quand le sol trembla. Le grondement se propagea à tous les tunnels. Un peu de terre tomba du plafond.

— Ils remettent ça ! s'inquiéta-t-il. Si on n'avait pas été tous ici au rassemblement...

— Le manège des drones et de l'hélico a dû les exciter, ils accélèrent leurs foutues fouilles. Dis aux hommes de se méfier. Si leurs explosions sont déclenchées par radio, on pourra les détecter et anticiper. Sinon, on porte des casques et on croise les doigts…

Derek acquiesça et partit en hurlant ses instructions.

34

La cité souterraine était le théâtre d'un incroyable ballet : d'une part, les scientifiques qui cherchaient le labo, sondant les murs, effectuant des mesures, et de l'autre, les Frères et les gardes transportant les pierres nécessaires à l'obstruction de la galerie.

J'avais chargé Nathan de récupérer les explosifs que je stockais dans notre pièce pour aller miner la galerie ; pour ma part, je m'étais occupé des amorces, du détecteur radio, des fils et du détonateur.

Dès qu'il avait été question de tous nous installer dans la ville sous terre, avant même que j'envisage de faire sauter une galerie, j'avais pris soin de lister précisément ce dont nous pourrions avoir besoin, et Derek, comme toujours, avait veillé à l'approvisionnement. Se procurer des explosifs n'est pas aussi aisé que d'aller acheter son pain à la boulangerie du coin, mais, étant toujours officiellement artificier pour le cinéma, j'avais mes filières…

Nous nous faufilions au milieu de toute cette activité, et je remarquai que mon ami commençait à se repérer dans les couloirs. En arrivant dans le tunnel de Serrelongue, nous croisâmes Derek, qui m'interpella :

— Viens voir où les maçons pensent construire le mur.

Je lui emboîtai le pas. Nathan suivait toujours, avec ses six kilos de pentrite dans les bras.

Même si elle s'était fait sentir jusqu'au cœur de la cité, la dernière explosion ne semblait pas avoir causé de dégâts significatifs. À présent éclairée par des projecteurs, la galerie n'avait plus grand-chose d'un mystérieux passage secret.

Quelques dizaines de mètres après la bifurcation, des blocs de pierre s'empilaient déjà. Derek s'arrêta près d'un homme accroupi qui dessinait un schéma dans la poussière devant trois coéquipiers. Il releva la tête vers moi.

— Si nous montons le mur ici, non seulement il pourra donner l'illusion que la galerie ne va pas plus loin, mais sans doute aussi stopper la plus grande partie des vibrations qui abîment les structures.

Le maçon avait une quarantaine d'années, une barbe aussi rousse que ses cheveux, et un accent du Midi. Il posa la main sur le flanc du tunnel et reprit :

— À cet endroit, les parois sont taillées dans la masse – le tunnel traverse la roche. Si on relie ces deux masses rocheuses par le mur, on reconstitue à peu près le bouclier naturel qui existait avant le percement du boyau. L'onde de choc des explosions rebondira vers son point de départ au lieu de courir le long du tunnel.

— Très bien. Mais il ne faut pas qu'ils puissent souffler le mur. Pensez aussi à camoufler une caméra miniature. On doit pouvoir continuer à surveiller l'autre côté.

Il me sourit de toutes ses dents et me tapota le bras.

— Comptez sur nous, ce n'est pas ici qu'on a envie de faire du mauvais boulot !

L'apparente anarchie fit peu à peu place à une chaîne humaine efficace. Les blocs de pierre arrivaient régulièrement désormais. Les maçons les sélectionnaient et les empilaient soigneusement avant de les sceller avec un ciment teint. Les bouches d'aération de la zone de travail avaient été colmatées afin que le bruit de nos activités ne remonte pas à la surface. Pas de chance : étant destinée à la livraison des marchandises, cette galerie était l'une des plus imposantes. Elle devait bien faire trois mètres de haut sur cinq de large. Il faudrait de nombreux blocs pour la boucher et faire en plus des contreforts...

J'interrogeai Derek :

— Vas-tu te décider à avouer où tu t'es procuré tout le matériel ?

Il soupira.

— Quelques blocs viennent du fond de la cité, de constructions inachevées.

— Et le reste ?

— D'une grange abandonnée, non loin de l'entrée de Montferrier. Elle a été construite dans le même calcaire que la cité. Nous avons presque complètement pillé ses murs. On s'arrangera plus tard avec le propriétaire...

Il était gêné, honteux. Je souris de voir sa pauvre mine. Il eut même le droit à une vanne de la part de

Nathan. La fatigue et l'inquiétude m'empêchèrent d'en rire.

Je mettais en place l'antenne du détecteur radio que j'allais installer près du chantier quand un Frère se présenta à moi.

— Je coordonne ce secteur, vous m'avez fait demander ?

— Oui. Je vais vous montrer à quoi sert cet engin. Il est probable qu'ils fassent exploser d'autres charges pendant que vous travaillerez ici. Il y a de fortes chances que leurs détonateurs soient télécommandés. Cette petite merveille détecte les impulsions émises pour déclencher tous les détonateurs professionnels existants. En temps normal, on s'en sert pour vérifier que l'ensemble des détonateurs d'un site ou d'un décor ont bien reçu leur signal. Avec la temporisation, nous aurons au maximum cinq, peut-être six secondes entre le moment où le voyant s'allumera en émettant un bip continu et l'explosion proprement dite. Qu'un de vos hommes surveille cet appareil et donne l'alarme dès qu'il entendra le signal. C'est tout ce que l'on peut faire pour nous protéger. Méfiez-vous des éboulements, il se peut que la prochaine explosion perce la galerie. Si c'était le cas, dégagez la zone et rabattez-vous vers la place du marché. On fera exploser la bifurcation pour les stopper.

À quelques pas de là, les deux premiers rangs du futur mur étaient déjà terminés. Nathan et moi aidâmes à transporter quelques pierres de plus avant d'aller enfin miner la bifurcation.

Nathan me laissa examiner les lieux en silence. J'observai minutieusement du sol au plafond la galerie menant aux entrepôts, puis la nôtre sur plusieurs mètres. Je sondai la roche du plat de la main en différents endroits, puis expliquai :

— Nous placerons une série de petites charges en chapelet tout autour de chaque galerie, puis une plus grosse sur leur séparation. Te sens-tu capable de passer les fils pendant que je prépare les explosifs ?

— J'ai toujours adoré bricoler !

Je m'agenouillai sur le dallage du tunnel haut pour découper les pains de pentrite pendant que Nathan posait les fils en se servant des anfractuosités, des fissures et de colle silicone. Tous les fils devaient suivre les plafonds pour ne pas risquer d'être arrachés par l'incessant passage des hommes qui continuaient d'acheminer les matériaux vers le mur. Des brancards chargés de sacs de ciment et une deuxième citerne d'eau s'ajoutèrent à la liste du matériel convergeant vers le fond de la galerie. Le brouhaha du chantier nous parvenait – les parois guidaient le son jusqu'à nous. J'avais le nez dans ma caisse, et Nathan était en équilibre sur une échelle de fortune, câblant le chapelet de la galerie basse, quand il demanda :

— Ils ne paniquent jamais ?

— Qui ça ?

— Les gens qui sont sur ce genre d'opérations.

— Ceux du Groupe, très rarement. Les gardes sont formés pour ça. Pour les Frères, je ne sais pas. Leur foi les motive et les porte, mais c'est quand même une situation très particulière. Le danger est grand.

— Tu ne vas pas regretter de leur avoir dit qu'ils ne devaient pas hésiter à renoncer ?

— Je leur ai dit de le faire uniquement s'ils avaient atteint leur ultime limite. Les gardes ne renonceront pas, je crois que les Frères non plus, et je n'ai aucun doute sur nous. Nous avons tous des raisons différentes de tenir et d'aller jusqu'au bout.

— Alors pourquoi leur avoir dit cela, si tu es si sûr d'eux ?

— Il faut s'efforcer de tout prévoir. Tant qu'ils seront en pleine possession de leurs moyens, ils ne reculeront pas, mais qui peut dire à quoi nous allons être confrontés ? S'ils se sentent disjoncter, alors ils se souviendront peut-être de mes paroles et se retireront plus facilement. Ce n'est pas une porte vers la désertion, c'est juste une sécurité en cas de surprise.

Nathan avait presque fini ; des fils pendaient, dénudés, tous les cinquante centimètres. Je continuais à répartir les pains en petites masses semblables à de la pâte à modeler. La pentrite sentait d'ailleurs presque pareil, des effluves de terre avec un je-ne-sais-quoi de confiserie douce qui donnait presque envie d'en manger.

— Ça te va comme ça ?

Nathan était debout sous son œuvre. Je me dressai pour mieux voir. Si un jour on m'avait dit que je me retrouverais à miner les souterrains de Montségur avec mon meilleur ami…

Je fouillais dans la caisse de matériel pour trouver la pince à sertir quand un hurlement retentit soudain :

— Explosion ! Explosion !

35

La secousse fut puissante, bien plus que les précédentes. Nathan eut juste eu le temps de sauter à bas de son échelle pour se plaquer contre la paroi. D'instinct, je me couchai sur les charges pour les préserver de tout choc. Le grondement sourd avala les cris en provenance du site où nos compagnons bâtissaient le mur.

La terre et la poussière pleuvaient encore du plafond quand je me précipitai vers eux. Certains gisaient sur le sol. Tombé à genoux, un garde toussait à s'en déchirer les poumons. Quelques mètres après le mur en construction, la paroi éventrée vomissait une large langue de terre noire mêlée de cailloux. L'homme qui avait donné l'alerte aidait ceux qui étaient tombés à se relever. Un garde soutenait un Frère chancelant qui se tenait le visage entre les mains.

— Il saigne pas mal, me dit-il, mais ça n'a pas l'air trop grave. Je l'emmène se faire soigner.

J'écartai doucement les mains du Frère. Celui-ci, hébété, gémit mais se laissa faire. Son visage était maculé de sang, il avait une entaille profonde sur le côté droit de la mâchoire.

— Il a pris un éclat de pierre ?

— Je crois, oui.

— Où était-il ?

— Par là-bas, tout près de l'endroit où la paroi a cédé.

— Donnez-moi de ses nouvelles.

Le garde opina et ils s'éloignèrent. S'il y avait eu projection de débris, cela signifiait que l'épicentre de l'explosion n'était plus très loin. Notre mur n'en était qu'à son quatrième rang, il en faudrait encore une quinzaine avant qu'il ne soit achevé. Nathan aida les gardes à relever les projecteurs et tout le monde reprit peu à peu le travail.

Au-delà du mur, dans la section du tunnel bientôt perdue pour nous, deux ou trois mètres cubes de terre et de remblai étaient passés par la brèche ouverte dans la paroi et se répandaient sur le sol. Il flottait une odeur de silex, un parfum de pierre broyée. La charge avait creusé très près.

— Il faut accélérer, lançai-je au maçon roux, la prochaine leur ouvrira probablement l'accès. Il leur faut le temps d'analyser les résultats et de poser les charges. On peut seulement espérer qu'il y aura le même délai entre l'explosion entendue au rassemblement et celle-ci, soit trois heures.

— Très bien. On fera notre maximum.

Nathan et moi retournâmes achever notre travail.

— Tu crois vraiment que la prochaine va ouvrir la galerie ? demanda-t-il dès que nous fûmes à l'écart.

— S'ils ont de la chance, oui. S'ils tombent sur une arête rocheuse, il en faudra deux, peut-être trois au maximum. Dès que nous aurons terminé ici, nous irons aider à la construction du mur.

Nathan se remit à câbler et moi à sertir. Chacun de nous devait penser à ce que nous réserverait la suite. Dire que la veille, nous étions seuls ici, dans un calme et un silence absolus…

Moins d'une heure plus tard, nous amorcions les dernières charges. J'avais montré à Nathan comment faire. À deux, tout était allé très vite.

— Si on est obligés de faire sauter tout ça, fit remarquer Nathan, les autres vont entendre et se douter que ça ne s'est pas effondré tout seul. Ça ne fera que les motiver davantage à continuer leurs fouilles, non ?

— Le bruit sera amorti par la couche de roche et de terre, ils peuvent prendre la déflagration pour un effondrement naturel suite à leurs explosions. Mais c'est effectivement un risque. Pourtant, même s'ils découvrent que nous sommes derrière cet éboulement, plus personne ne passera jamais par là. Il faudrait trop de temps et trop de moyens pour déblayer les dégâts.

Nathan approuva mon raisonnement et ajouta :

— Tu ne trouves pas que ça sent bon, la pentrite ? Tu n'as jamais eu envie d'y goûter ?

Les charges étaient prêtes. Sur les voûtes des galeries, on remarquait à peine le chapelet de boules de substance explosive.

— On va connecter deux détonateurs. Un pour toi, un pour moi. Tu t'en sers quand tu le juges nécessaire.

Nathan fronça les sourcils, décontenancé.

— Eh oui, mon vieux, tu ne crois pas que je vais tout assumer ! Tu relèves le petit capot, et tu enfonces ensemble les trois boutons. Rien de plus simple.

Je glissai mon petit boîtier dans ma chaussette et lui tendis le sien. Il le prit sans enthousiasme.

— Le déto est protégé contre les chocs. Avant de choisir si tu fais tout exploser ou non, vérifie qu'on n'a plus personne dans les parages. Tiens-toi au minimum à deux carrefours de la déflagration. Tu m'écoutes ?

Nathan me regardait, inquiet.

— Bien sûr que je t'écoute, mais tu seras là pour les faire exploser ?

— Logiquement oui, mais cette nuit, elle n'a pas l'air d'être avec nous, la logique. Et puis ne panique pas. Quand tu auras surmonté tes a priori sur toi-même, tu te rendras compte que tu es autant apte à décider que moi.

Il n'avait pas l'air convaincu, mais j'avais confiance. S'il le fallait, il serait à la hauteur.

Une moitié de mur était déjà érigée, la cadence était rapide. Tout le monde avait pris le rythme ; la galerie résonnait du tintement des lames métalliques des truelles, du choc des marteaux sur les ciseaux de maçon dont se servaient les Frères pour façonner certains blocs comme à l'époque, et du raclement des pierres que les gardes mettaient en place sur les couches de ciment brun préparé par les Frères. La sueur coulait sur les fronts. Un Frère plaçait de la poussière et des débris dans les trous du côté que verraient nos adversaires pour donner l'illusion de vétusté. Les joints couleur terre et quelques toiles d'araignées finiraient l'ensemble. Il fallait à peu près vingt minutes par rang ; trois heures de travail environ seraient encore nécessaires pour terminer l'ouvrage.

Derek vint nous trouver. À son cou pendait un rouleau de câbles connectiques. Il me tendit deux mallettes.

— Tiens, je t'ai trouvé ça, ce sont des vidéoscopes tactiques haute résolution à vision infrarouge. Chaque caméra ne fait que quelques millimètres de diamètre. Des petits bijoux qui servent d'ordinaire pour des opérations de sécurité, la recherche de stupéfiants ou de contrebande...

J'ouvris une des mallettes. Dans un nid de mousse antichoc se nichait une poignée munie d'un joystick et une longueur de câble vidéo gainé de tungstène tressé reliée à une tête de vision orientable. Je fixai Derek avec sévérité.

— Tu ne les as pas volés, j'espère ?

— Ah c'est malin ! Si tu crois que c'est simple, *you bloody fool...*

La fin de sa phrase se perdit en marmonnements. J'adorais entendre Derek râler : il avait un superbe accent...

36

Je m'étais glissé par-delà le mur pour placer les caméras. Derek contrôlait l'angle de vision sur son PC portable et Nathan posait les câbles – il allait falloir fonctionner en filaire uniquement, les batteries de caméras sans fil n'auraient jamais tenu le coup suffisamment longtemps, sans parler de la difficulté de la transmission des ondes à travers la roche... Seuls les minuscules objectifs affleureraient pour surveiller la galerie. Nous aurions ainsi une vue sur la zone adverse et la brèche dans la paroi. Un Frère activait la prise du ciment en le chauffant à l'aide d'une lampe à souder. Un coup de spray opacifiant sur les objectifs empêcherait un éventuel reflet de les faire repérer.

Le mur montait vite ; il ne restait que quelques rangs et moins de dix minutes avant l'expiration du délai estimé pour la prochaine explosion.

Nous n'étions plus que trois sur le côté « adverse » du mur : deux Frères le maquillant pour le vieillir, et moi qui camouflais les objectifs. Il était devenu presque impossible de distinguer les minuscules lentilles, noyées dans le renfoncement des joints et la poussière.

Je vérifiais l'heure de plus en plus fréquemment. Je ne comptais pas vraiment sur la précision de mon estimation et j'étais conscient que même si le Frère qui surveillait le détecteur hurlait « Explosion ! », nous n'aurions pas le temps de repasser de l'autre côté. La tension montait. Je renvoyai un des deux Frères : j'allais le remplacer. Nathan passa la tête par-dessus le mur presque terminé.

— Mais enfin, qu'est-ce que vous fabriquez ? me pressa-t-il. Reviens, ça va sauter d'une seconde à l'autre.

— On finit de salir et on arrive. Fais-nous passer une plaque de contreplaqué, ça peut être utile.

Nathan nous tendit quelques instants plus tard ce que je lui avais demandé. Je me retournai vers le Frère qui continuait imperturbablement à frotter les pierres avec de la terre pour qu'elles prennent la patine de plusieurs siècles en moins d'un quart d'heure. J'avais souvent vu les décorateurs faire de même sur les plateaux de cinéma, mais là, ce n'était pas l'œil d'une caméra que l'on devait tromper...

— Au signal, lui dis-je, on se réfugie derrière ce bouclier de fortune, il nous évitera peut-être d'en prendre plein la figure.

Il hocha la tête sans s'interrompre.

Je demandai deux lampes frontales avant de rapatrier le dernier projecteur. Dans la pénombre, seuls les faisceaux de nos lampes et la lumière passant par l'interstice laissé libre pour notre retour nous éclairaient encore.

Je ruisselais tellement j'avais chaud. Entièrement absorbé par sa tâche, mon compagnon haletait, répétant les mêmes gestes pierre après pierre, joint après joint, avec la régularité d'un robot. De l'autre côté du mur, le tintamarre des travaux pour préparer les contreforts continuait. Si une autre explosion survenait, ce serait probablement la dernière de la nuit. L'aube ne leur laisserait pas le délai nécessaire pour en préparer une de plus. Il fallait que la galerie tienne encore une fois, une seule, pour que l'on puisse finir. Sinon…

J'entendis le bip continu avant que le Frère ne donne l'alarme. Je me souviens de tout comme si je l'avais enregistré au ralenti : les appels frénétiques des hommes de l'autre côté du mur, le hurlement de Nathan. Mon voisin semblait n'avoir aucune conscience du danger, il persistait à maquiller son mur malgré l'alerte. Je l'empoignai par les épaules et me jetai de tout mon poids sur lui. Nous basculâmes et je rabattis le contreplaqué sur nous.

Il dut se passer une ou deux secondes avant que le souffle de l'explosion ne déferle, m'arrachant les tympans. Le sol trembla et parut se soulever sous nos corps.

La puissance de la déflagration nous écrasa littéralement contre le mur, me coupant le souffle. Une pluie de débris martela violemment notre maigre protection. Le bombardement semblait ne jamais devoir s'arrêter. Tout vibrait autour de nous.

Le grondement diminua enfin, comme le râle d'un monstre qui recule après l'attaque. J'avais la tête pleine de terre et sous moi, le Frère ne bougeait plus.

Avec difficulté, je repoussai la plaque. La chute sur mon bras blessé avait réveillé la douleur. Je me laissai rouler sur le côté. Seule ma lampe fonctionnait encore. Je respirais de la poussière.

Dans une sorte de brouillard, je vis Nathan penché sur moi. Sa bouche formait des mots mais je n'entendais rien. Quelque chose de chaud me coulait dans le cou.

Les images se succédaient dans ma tête. Les quais de la Seine, l'attentat, Montségur sous le soleil… et puis la nuit, la nuit noire et vide.

37

La voix de Nathan me parvenait, indistincte, un murmure lointain mais pressant. Et celle de Derek, peut-être. Mais je ne comprenais pas un traître mot.

Que s'était-il passé ? Mes idées commencèrent lentement à s'éclaircir. À présent, je me souvenais de l'explosion, du Frère immobile, de Nathan me soutenant. J'avais dû perdre conscience.

— Ne bouge pas, reste calme, tu saignes. Le toubib va arriver.

— Comment va le Frère ? A-t-il été touché ? Est-ce qu'ils ont percé ? marmonnai-je.

L'angoisse de découvrir un trou béant dans le plafond de la galerie me donna la force de me redresser. Du coin de l'œil, j'aperçus la plaque, constellée d'impacts. Plusieurs éclats s'étaient même fichés dedans.

— Aide-moi à me relever, dis-je, la voix plus assurée. N'interrompez pas les travaux !

Nathan passa son bras autour de moi, et je m'appuyai sur lui et Derek pour me remettre péniblement debout. Nous faisions du bruit, bien trop de bruit. Si les autres avaient réussi à percer, ils allaient nous entendre. Il fallait que j'aille voir.

J'avançai vers le fond de la galerie. L'air était saturé de poussière et le faisceau de ma frontale donnait l'impression d'être un cône jaune dans de l'eau. Je me tenais debout presque sans appui à présent. Nathan scrutait l'ombre. Aucun courant d'air n'était perceptible, ce qui était plutôt bon signe.

Je butai sur quelque chose de mou et baissai les yeux. La langue de terre était devenue énorme, la faille dans la paroi était désormais suffisamment large pour s'y tenir debout. Le remblai était tassé, en équilibre vertical. J'escaladai la coulée avec difficulté, assuré par Nathan.

— Ils sont peut-être juste derrière.

J'envoyai un coup de poing dans la terre, qui parut tenir bon. Je recommençai. Elle était dure et compacte. On avait eu de la chance pour cette fois. Soulagé, je me laissai tomber sur l'amas fraîchement éboulé.

— Tu vas bien ? s'inquiéta Nathan.

— Ça va aller maintenant, merci. Ils n'auront pas le temps de poser une troisième charge avant le lever du jour, donc on a jusqu'à la nuit prochaine pour finir. Viens, on n'a plus rien à faire ici.

Je descendis en trébuchant. Derek m'éblouissait de sa lampe torche. Je levai les yeux vers notre mur. On s'était donné beaucoup de mal à le salir pour pas grand-chose : l'explosion s'en était chargée bien mieux que nous.

Aidé par mes deux compagnons, je me hissai douloureusement au sommet de l'ouvrage presque terminé.

De l'autre côté, Frères et gardes nous guettaient, l'inquiétude sur leurs visages.

Essoufflé, je les interpellai :

— Eh bien, on ne peut pas tourner le dos cinq minutes sans que vous en profitiez pour faire une pause ? Allez, je vous le dis quand même : ce n'est pas celle-là qui leur ouvrira la galerie. Ils ont encore manqué leur coup !

Des cris de joie fusèrent. Même les Frères, pourtant d'habitude adeptes de la réserve et de la maîtrise de soi, se joignirent au concert. Nathan se glissa en haut à mes côtés pour contempler ce joyeux spectacle.

Un énorme grondement, un roulement grave et long, nous interrompit. Cela venait du côté adverse de la galerie. Nathan se retourna, j'allumai ma lampe. Un énorme nuage de poussière arrivait sur nous en volutes épaisses ; il engloutit Derek resté en bas.

— La voûte s'est effondrée ! s'écria celui-ci.

La poussière retomba, révélant peu à peu l'énorme masse de pierres qui obstruait la galerie. Je redescendis du mur et m'avançai lentement, éclairant le plafond éventré.

— La galerie ne résistera pas à d'autres explosions, c'est certain. On a intérêt à consolider le mur autant qu'on le pourra.

Derek et moi repassâmes enfin de notre côté. Je secouai la tête comme un chien qui s'ébroue.

Nous regardâmes l'autre face du mur sur l'écran du portable. Les maçons scellaient les derniers blocs ; de moins en moins de lumière passait par l'interstice.

L'image s'assombrit, puis vira au noir et blanc. On ne distinguait presque plus rien.

— L'image infrarouge sera suffisante quand le mur sera terminé ? demanda Nathan.

— De toute manière, s'ils arrivent jusque-là, ils apporteront avec eux toute la lumière dont on aura besoin pour bien les observer.

On entendit des pas : quelqu'un arrivait en courant. C'était Benoît, hors d'haleine et les vêtements en bataille. J'allai au-devant de lui.

— Que t'arrive-t-il ? Vous avez trouvé le labo ?

Il s'appuya sur moi, aspirant l'air à grandes goulées, et lâcha d'une traite :

— Non, j'étais au grand carrefour et j'ai entendu vos cris...

— Eh bien si tu n'as entendu que ça, c'est que le mur arrête efficacement les ondes de choc, parce qu'il y a eu aussi une sacrée explosion ! Mais ça fait bien cinq minutes que nous avons cessé de hurler, il t'a fallu tout ce temps pour venir ?

Benoît ne répondit pas, alarmé, cherchant parmi nous d'éventuels blessés.

— Tu m'as l'air bien pâle, fit Derek, s'approchant avec un large sourire aux lèvres. J'y suis : tu as croisé saint Martini blanc ou rouge, le saint patron des inventeurs d'apéritifs, et il est furieux contre toi...

À en juger par le nombre de Frères qui éclatèrent de rire, nous étions plusieurs à avoir eu l'amer honneur de goûter au breuvage de Frère Benoît. Un peu vexé, celui-ci fit la moue et haussa les épaules.

Se retournant, il regarda le mur avec circonspection.

— Mais il n'était pas là, ce mur ?

Il en fut quitte pour affronter un second fou rire général...

— Alors vous avez pu le construire ? s'exclama-t-il, gagné par la joie collective. Dieu soit loué, ils n'ont pas accédé au tunnel !

L'épuisement, le manque de sommeil et la satisfaction d'avoir terminé à temps avaient sur beaucoup d'entre nous le même effet : tout nous paraissait drôle, les choses les plus anodines nous faisaient glousser comme des gamins.

Il fallait à présent renforcer l'édifice par des contreforts, après quoi nous aurions tous droit à un repos bien mérité. Derek repartit en même temps que Benoît : il voulait passer aux transmissions, savoir où en étaient ses – enfin, nos – autres dossiers en cours. Je restai avec Nathan donner un coup de main. Nous disposions de suffisamment de pierres, on n'avait plus besoin de faire dans le « style d'époque » de ce côté-ci du mur, aussi ne nous privâmes-nous pas d'utiliser des poutrelles et tout ce que Derek avait pu trouver comme matériaux.

Notre chef maçon continua à diriger les hommes avec ordre et précision. Il avait les yeux cernés. Depuis plus de sept heures, toute l'équipe travaillait sans relâche.

Nathan s'employa à prolonger les câbles pour transmettre les images jusqu'aux moniteurs installés dans nos quartiers. Étant donné la distance à parcourir, Derek voulait rapporter des câbles coaxiaux longue distance. Comment diable faisait-il pour se procurer un tel matériel dans ces conditions ? Ses ressources ne cessaient de m'étonner.

Lorsque le mur fut enfin achevé, il avait doublé d'épaisseur. Les caméras fonctionnaient ; le côté adverse du tunnel restait obscur. Les plus fatigués d'entre nous étaient déjà repartis vers les dortoirs pour grappiller quelques heures de sommeil avant l'aube imminente. Les autres finissaient de ranger et empilaient les derniers blocs de roche avec les restes de ciment un peu partout le long de la construction. Il y avait dans l'air comme une odeur de fin de fête, une atmosphère de petit matin après un mariage. On est épuisé, on a tout sali, les événements restent globalement assez flous mais on sait déjà que ce sera un bon souvenir. Plus tard…

Nathan rassemblait les outils pendant que je couvrais les câbles avec un fond de ciment. Notre chef maçon contemplait son mur avec satisfaction – une fierté insuffisante cependant à redonner bonne mine à son visage exténué.

Nous finîmes par éteindre les lumières, abandonnant cet empilement de pierres aux futurs assauts de nos adversaires. Nathan et moi soulevâmes les deux derniers projecteurs, le grand maçon roux prit le chemin du retour, portant sa caisse de compagnon en traînant les pieds.

Le chantier était désormais désert et silencieux. Nous n'avions plus qu'à espérer que le mur soit un obstacle suffisant pour stopper les autres.

Je me retournai une dernière fois. Le halo de ma lampe dessina un rond presque parfait sur l'épaisse muraille.

— Nathan, tu réalises à quoi tiennent notre réussite, la mémoire des bâtisseurs de ce lieu, et la paix ? À ce gros tas de cailloux. Tout dépend de lui. C'est à ce genre de détail qu'on mesure si on se bat pour des choses importantes ou non... Plus les enjeux sont élevés, plus ce qui décide de l'issue du combat est infime et fragile. C'est quand on lutte pour du vent qu'on est obligé de faire des trucs énormes. Quelques gouttes de poison dans un verre, les seins d'une femme, une lettre qui n'arrive jamais, le hasard d'un rendez-vous manqué... Des détails de ce genre ont probablement eu plus d'influence sur l'histoire du monde que toutes les batailles et les grands discours.

Nous restâmes un moment seuls avec ce mur qui représentait tellement d'espoirs. Je n'avais pas sommeil. Sur l'instant, j'eus très envie de demander à Nathan s'il ne regrettait pas d'avoir choisi de venir, mais je m'en empêchai. Lui m'avoua bien plus tard qu'à cette même minute, il avait songé à me demander si je ne lui en voulais pas d'avoir fait ce choix.

Nous regagnâmes le grand carrefour à la seule lumière de ma lampe frontale, en sifflotant la chanson des sept nains revenant de la mine.

— Heigh ho, heigh ho, on rentre du boulot...

Derek m'attendait devant notre pièce avec une grande enveloppe à la main et une expression qui ne disait rien de bon. On n'allait pas tarder à y retourner, au boulot.

38

Derek avait l'air tendu et mal à l'aise, comme quelqu'un qui ne sait pas comment annoncer une mauvaise nouvelle.

— Je t'ai apporté les tirages des images prises par les drones hier.

— Qu'y voit-on de si terrible pour que tu fasses cette tête ?

— Entrons dans ton bureau.

Sans attendre, Derek étala sur la table les photos que contenait l'enveloppe. Du matériel de chantier, des tentes, des véhicules de type militaire, des camions groupes électrogènes… Une petite armée en campagne.

Et des hommes. Nombreux.

— Tu le reconnais, celui-là ? demanda Derek. Horst Abermeyer, un des chefs de leur cartel. Il contrôle la moitié des réseaux de blanchiment d'argent en Europe. Il est là avec toute sa clique. Même son fils est de la fête.

Sur le cliché suivant, un homme brun, le menton levé et la main en visière pour se protéger de l'éclat du soleil, regardait droit vers l'objectif.

— Luciano Merisi, un mercenaire italien, spécialiste en explosifs. Nous pensons qu'il dirige le carnage de la galerie.

Il passa en revue tous les visages des forces adverses que nos équipes avaient pu identifier. Pris séparément, ils n'étaient pas grand-chose – des mercenaires, d'anciens légionnaires, des mafieux plus ou moins influents. C'était ensemble qu'ils devenaient une réelle menace.

Le dernier cliché, celui d'un homme aux traits aigus et au regard froid, attira mon attention. Je fronçai les sourcils. Derek confirma aussitôt ce que je savais déjà.

— C'est Karl Zielermann. On a appris par Andrew qu'il s'occupe de la « sécurité » chez eux. Nous pensons qu'il est mêlé à l'attentat qui te visait. La tentative d'enlèvement de Nathan il y a cinq jours prouve qu'il sait qu'il t'a manqué. Il va faire preuve d'un zèle d'autant plus grand qu'il se doute que c'est à toi qu'il est opposé dans son projet de recherche.

Nathan s'approcha pour mieux dévisager celui qui avait failli nous tuer.

— Il a une tête de premier de la classe, ce mec. Et du goût pour ses costards !

— Si tout se passe comme on le souhaite, fis-je remarquer, il ne saura jamais que je suis là. Ils repartiront comme ils sont venus quand ils seront persuadés qu'il n'y a rien à trouver.

— Nos drones retourneront régulièrement prendre des photos et filmer pour suivre l'évolution de leur camp.

— Parfait, tu me tiens au courant. Quel trombinoscope de salopards ! Alors c'était ça, tes mauvaises nouvelles ? Ne t'inquiète pas, on garde la main. Et maintenant, en tant que responsable de cette mission, je vais te donner un ordre : va dormir !

Derek sourit malgré son épuisement.

— Ne te lève que si moi ou Nathan venons te réveiller. Tu fais l'impossible depuis quelques jours et je suis sûr que malgré tes vols avec préméditation, même Benoît t'accorderait le repos. Merci, Derek.

Il nous fit un dernier signe de la main et referma la porte derrière lui. Nous le vîmes passer devant la fenêtre.

— Prends ton duvet, Nathan, on découche. Je t'emmène voir le soleil se lever. On va dormir en haut, au solarium.

— Je croyais qu'on n'avait pas le droit de sortir de la cité ?

— Qui t'a dit que nous sortions ?

39

Dans la ruelle, seules quelques échoppes étaient encore éclairées. Quelque part, une imprimante ronronnait en crachant ses feuilles de papier. Il n'y avait plus guère que les gardes de faction pour nous voir passer. À l'inverse de tous ceux qui se levaient pour vivre l'avant-dernier jour de l'année, Nathan et moi allions nous coucher. Pour le réveillon, on avait eu de l'avance, et avec une sacrée bombe surprise...

Malgré la nuit blanche plus que mouvementée, j'étais heureux de pouvoir révéler davantage de la cité à mon ami. La lassitude se percevait dans sa démarche, mais il était toujours aussi volontaire.

— Qu'est-ce que c'est, le solarium ?

— Une pièce dans laquelle les Frères devaient séjourner régulièrement durant quelques heures pour éviter à leur métabolisme et leur psychisme de trop souffrir de la vie sous terre. Ils s'y rendaient tous les deux jours au minimum pour ne pas être coupés de l'élément vital qu'est la lumière solaire. Ils y lisaient ou y conversaient.

— Ils n'avaient donc plus besoin de sortir de la cité ?

— Non. J'ai lu des textes qui parlent de Frères restés ici plus de six ans. Cela aurait même pu durer plus longtemps si le château n'avait pas été pris.

Après avoir dépassé la place du marché, nous attaquâmes une série d'escaliers en colimaçon.

— Économise ton souffle, on a l'équivalent d'une dizaine d'étages à monter. Ils n'étaient pas réputés pour leurs ascenseurs, au XIIIe siècle…

Sur le trajet, nous croisâmes quelques gardes. Certains des paliers que nous passâmes étaient fléchés et éclairés, d'autres gardaient tous leurs mystères. Les murs courbes de pierre taillée étaient parfaitement lisses et régulièrement percés de meurtrières.

Nathan s'approcha de l'une des fentes étroites.

— C'est curieux, on ne voit rien derrière…

— En fait, ces meurtrières sont dirigées vers nous. Il existe un deuxième escalier qui s'enroule autour de celui-ci. Il permettait de se défendre contre une intrusion menaçant les quartiers hauts. Nous montons en effet vers les zones d'habitation, les dortoirs et les cellules.

Mes cuisses et mes mollets protestaient de plus en plus, et c'est avec soulagement que j'atteignis enfin le bon palier. Il n'y avait aucun projecteur sur celui-ci. J'allumai ma torche et vérifiai les signes gravés sur l'angle du mur. Nous n'étions plus très loin.

Je m'engageai dans un couloir bas.

— Il n'y a pas de piège par ici ? s'inquiéta Nathan.

— Nous sommes au cœur de la cité, dans les quartiers de repos. Si l'ennemi était parvenu jusque-là, cela aurait signifié qu'il s'était déjà emparé du reste. Ne t'impatiente pas : tu reverras des pièges tout à l'heure, au fond de la cité.

— Tu sais, je ne suis pas si pressé que ça…

— Avant d'aller au moulin, il faut qu'on dorme un peu.

Je consultai ma montre : le soleil devait être tout juste levé. Si le temps était dégagé, le spectacle serait magnifique.

Nous pénétrâmes dans une salle triangulaire. Étroite au niveau de la porte d'entrée, elle s'évasait vers le fond, où elle mesurait bien dix mètres de large. Elle contenait quelques bancs inclinés et des tabourets.

— On dirait que cette pièce était encore occupée il y a à peine quelques jours… s'étonna Nathan. Tout semble en parfait état, c'est seulement poussiéreux.

— Les derniers locataires sont partis fin février 1244. Le ménage n'a pas été fait depuis pas loin de huit siècles.

Nathan souleva un banc pour tester sa solidité. Sur le mur du fond, une grande plaque de métal rouillé était bloquée par de longues barres transversales calées dans des ergots de pierre. Ce gigantesque volet était suspendu par des chaînes à une impressionnante potence pivotante munie d'un contrepoids. Ce système permettait de manœuvrer l'énorme plaque sans avoir à en supporter la charge.

L'ensemble était en bon état, mais il fallut forcer un peu. Nous ne fûmes pas trop de deux pour déloger les premières barres dans des grincements métalliques. La dernière résista davantage. Nathan saisit fermement l'une des poignées de fer forgé, moi l'autre... mais quand nous l'eûmes ôtée, le volet ne bougea pas d'un pouce. Nathan se frotta le menton.

— Ce doit être collé par de la terre ou de la glace, supposai-je.

Nous tirâmes de toutes nos forces et, dans un dernier grincement, le volet s'arracha enfin à son logement.

La lumière du jour pénétra aussitôt par l'ouverture. Le volet se balançait au bout de ses chaînes qui tintaient, la potence de bois craqua légèrement.

— C'est incroyable, s'exclama Nathan. Ils ont fixé des pierres sur toute la face extérieure du volet !

— Avec ce camouflage, il est invisible d'en bas. Ce sont des plaques de roche et des pierres serties de pattes de fer recouvert d'or pour empêcher la rouille.

— Ça doit peser une tonne !

Le lierre et les buissons accrochés à flanc de falaise avaient presque complètement obstrué cette grande baie ouverte vers l'est. Le soleil apparaissait au loin, sur une mer de collines blanches de neige et nimbées de la brume pâle du petit matin. Au creux de la vallée, se nichait le village de Fougax, et plus loin Bélesta, sur la route du château de Puivert, dont les maisons semblaient se serrer les unes contre les autres pour se réchauffer. À notre gauche, on apercevait les faubourgs de Villeneuve-d'Olmes. Et à droite, bienveillante et sereine, immuable, la montagne de la Frau.

— C'est splendide. C'est comme si on découvrait un nouveau monde...

— Nous sommes à un peu plus d'une centaine de mètres sous le château. Les salles ont été taillées dans la falaise. Toutes sont exposées vers l'est ou le nord, les deux autres côtés du pic n'étant pas assez abrupts. Ces ouvertures ne devaient pas pouvoir être utilisées comme accès en cas d'invasion.

Le soleil levant qui baignait cette pièce jusque-là si sombre, les rayons qui transperçaient les ténèbres après tant de siècles... On ressentait presque physiquement le combat de la lumière contre l'obscurité, l'impression d'un flux puissant.

À nos pieds, fouillant des yeux la distance, je repérai, noyé dans l'ombre d'un repli montagneux, le camp de nos ennemis. Pour eux aussi, la nuit avait été longue.

Je laissai Nathan regarder l'horizon à s'en user les yeux et allai m'improviser un lit avec l'un des bancs, que je plaçai face à la baie. Son inclinaison était idéale pour s'allonger en étant exposé à la lumière.

Nathan m'imita, plaçant un banc près du mien. Je roulai mon blouson sous ma tête en guise d'oreiller, réglai ma montre pour qu'elle sonne quatre heures plus tard, et me détendis enfin.

Je sentais mes muscles se relâcher les uns après les autres. Nathan cherchait encore une position idéale, puis il finit également par ne plus bouger.

De notre place, nous ne voyions plus qu'un grand rectangle de ciel d'un bleu de plus en plus soutenu, qu'un oiseau traversait parfois en criant. Je fis peu à peu le vide pour ne laisser la place qu'à cette part de ciel qui, malgré la fatigue, me tenait les yeux ouverts.

Je me forçai à me concentrer sur l'instant présent, sur le sentiment de sécurité du moment.

Je me tournai vers Nathan.

— Comment te sens-tu ?

— Bien, je crois, même si j'en ai davantage vécu en deux jours que dans toute ma vie.

Nous restâmes sans rien dire, à regarder le ciel d'une pureté absolue. Le vent passait devant l'ouverture sans s'y engouffrer, la rumeur de la vie souterraine ne parvenait pas jusqu'à nous. Un calme d'un autre temps.

J'étais serein, enfin. Les secondes s'égrenaient, douces comme les sucreries de l'enfance. Dans ces moments-là, on n'a plus d'âge, on est un peu un nouveau-né, un peu un grand-père sage, c'est bon comme les grains de sucre dans les crêpes de froment, doux comme le dessus des oreilles de mon chien quand j'étais enfant, fort comme la sensation d'avoir un frère. Aussi fragiles que nécessaires, aussi insaisissables que grands, ces instants de quiétude peuvent tout réparer, tout refaire.

Je ne me souviens pas qui de nous deux s'est endormi le premier.

40

— Tu as bronzé ou c'est l'éclairage ?

Je jetai un coup d'œil à mes avant-bras. Quatre heures au soleil, même hivernal, avec une peau qui bronzerait sous un plaid... Derek avait peut-être raison.

Nous finissions de régler les derniers détails sur les suites de l'opération à Genève quand Nathan entra, s'efforçant de se coiffer avec les doigts. Le résultat était saisissant.

— L'eau est un poil froide, lança-t-il en guise de salut, mais les lavabos taillés à même la roche, ça en jette !

Derek sourit et enchaîna en disposant des photos sur la table.

— Je vous ai apporté les clichés pris par drone ce matin. À première vue, ils se regroupent au-dessus de la galerie de Serrelongue. Le matériel des sites nord et sud se déplace pour venir renforcer celui du nord-est. Ils misent tout sur leur percement à l'explosif.

— Logique, fis-je remarquer, il n'y a que cette base-là qui leur ait donné un espoir. On a d'autant plus intérêt à ce que notre mur tienne. Et du côté des recherches ?

— Rien de neuf. Tôt ce matin, Benoît a prévenu Yoda qu'il avait trouvé quelque chose du côté du moulin, mais ce n'est qu'une cache contenant du matériel de distillation et de cuisson.

— C'est plutôt bon signe, non ?

— Plutôt, oui. À propos de cuisson, le repas sera servi dans deux heures au grand réfectoire. Vous y serez ?

— On vous rejoindra.

Derek opina et repartit vers ses occupations. J'écrivis rapidement la date sur les dernières photos tout en m'adressant à Nathan :

— Tu te sens prêt pour une petite visite de la partie la plus secrète de cette fourmilière ?

Pour toute réponse, il s'inclina en désignant la sortie, m'invitant à lui montrer le chemin. Nous allions cette fois descendre, descendre au plus profond de la cité.

— Des marches, encore des marches… Je vais finir par regretter les joggings à Rueil !

— Eh bien, pas moi… fis-je en grimaçant. Mourir une fois, ça m'a suffi.

Quelques volées de marches plus bas, nous empruntâmes une galerie dont le sol n'était plus dallé, mais fait de terre battue. Aucun projecteur n'avait été descendu jusqu'ici. Nathan portait une lampe frontale, j'avais fixé la mienne à ma ceinture. On avait l'impression d'être dans une grotte et non plus, comme quelques étages plus haut, dans un réseau structuré de tunnels. Creusé en suivant une veine de terre qui serpentait entre les masses de roche, le boyau était aménagé sommairement. Par endroits, le roc était creusé de profondes entailles à hauteur d'homme.

— À quoi servent ces enclaves ? demanda Nathan.

— À passer les pièces de bois trop longues. Le chemin est sinueux, la construction du moulin a nécessité des poutres et des madriers qui ne pouvaient être amenés que par ici, aussi a-t-il fallu découper ces encoches pour passer les virages.

Nous croisâmes un Frère et deux chercheurs revenant du moulin. L'un d'eux était trempé. Quelques instants plus tard, nous arrivâmes dans une cavité naturelle dont partaient plusieurs boyaux. J'examinai les signes gravés dans les murs et promenai ma boussole à ras de terre pour choisir le bon.

Quelques courbes plus loin, le boyau se retransforma en galerie classique. Les dalles remplacèrent la terre battue et la roche brute céda la place aux parois lisses de pierre taillée. Plus nous descendions, plus la pente s'accentuait, et plus l'assemblage des blocs se modifiait.

À présent, les pierres n'étaient plus rectangulaires mais prenaient la forme étrange de triangles dont on aurait tronqué une pointe.

— Tout a l'air d'être en biais, fit remarquer Nathan en effleurant les blocs, et pourtant les joints sont parfaitement ajustés.

— Cela ne te fait penser à rien ?

Il haussa un sourcil :

— Si, à *Tintin et le Temple du Soleil*, ou à des monuments précolombiens.

— C'est la même technique d'assemblage. Les premiers temples d'Amérique du Sud ont été bâtis à flanc de montagne, mais pas simplement posés : ils étaient littéralement encastrés dans la paroi. Les architectes précolombiens avaient mis au point un procédé qui décuple la résistance des murs assemblés face à la pression de la terre qu'ils retiennent. Tailler les pierres en trapèze permet une meilleure répartition des forces contre la maçonnerie et les empêche de jouer les unes par rapport aux autres. Dans un assemblage de blocs par empilement, tu peux, avec quelques efforts, enlever un bloc sans tout démonter. Avec ce système, c'est impossible. Le mur est comme tressé, maintenu par les forces d'inertie et de pression dans un équilibre que même nos ordinateurs ont du mal à comprendre.

Nathan observait les pierres taillées aussi loin que nos lampes pouvaient les éclairer.

— Chacun de ces blocs a été calculé pour résister à la pression de la terre qui entoure cette galerie ?

— C'est ça. Mais songe à autre chose : ces galeries ont été construites entre 1150 et 1200, or l'Amérique n'a officiellement été découverte par Christophe Colomb que presque trois siècles plus tard... Maintenant, je vais te raconter une histoire que tu croiras si tu veux.

— Pourquoi « si je veux » ?

— Parce que ce que tu as appris depuis quelques jours est seulement un savoir supplémentaire qui vient s'ajouter à ce que tu sais déjà. Alors que ce que je vais te dire maintenant va fondamentalement remettre en cause tes certitudes. L'histoire que je vais te raconter est la vraie version d'un mensonge historique que tu tiens pour une vérité absolue – comme quasiment tout le monde.

Nathan s'appuya contre les pierres.

— Vas-y, je suis prêt, balance !

— Bon. Tu sais que le port de La Rochelle existe depuis le début du XIIe siècle. Les Templiers ont poussé son développement pour accroître leurs liens avec leurs implantations sur les îles anglo-saxonnes. C'est probablement de cet endroit que sont partis les navires qui, après une escale à Cork, en Irlande, ont réussi les premiers à rallier les côtes américaines à la hauteur de l'actuel Mexique. Les hommes qui étaient à bord étaient soit des moines, soit des membres de l'Ordre. Ils n'étaient pas venus pour conquérir, seulement pour s'implanter. Ils ont apporté leurs connaissances et sont repartis avec d'autres en échange. Ils avaient la science de la défense et de l'esprit ; les peuples indigènes, eux, avaient une très importante avance dans la médecine et possédaient de l'or à profusion. Une partie de la puissance financière de l'ordre du Temple provenait probablement de l'or rapporté des Amériques.

Nathan hocha la tête. Il ne perdait pas un mot.

— Pendant plus d'un siècle, cette découverte resta secrète. Mais réfléchis : les habitants de ces côtes lointaines ont brusquement fait usage de la fourchette alors qu'il n'y avait jusque-là aucune trace de cet ustensile sur le continent, ils ont « inventé » la culture intensive, de nouvelles formes d'écriture, et ont conçu l'organisation de cités qui leur valent aujourd'hui l'admiration du monde entier. Or tous ces changements fondamentaux sont intervenus dans un laps de temps très court et sans faire suite de façon cohérente à d'autres inventions qui auraient pu en être les prémices... De plus, on retrouve souvent dans les ornements de leurs édifices la représentation d'un homme, barbu et de type européen, armé mais que les autochtones entourent pacifiquement, habillé d'une tunique portant parfois une croix. Les Templiers revenaient de ce continent plus riches par l'or, mais aussi par les savoirs qui leur ont permis de construire ce mur ou de résister à des épidémies dont personne ne réchappait, grâce à la médecine des plantes.

Nathan considéra la paroi de pierres taillées avec un autre regard.

— Après que Philippe le Bel eut donné l'ordre d'arrêter les Templiers le vendredi 13 octobre 1307, ses espions trouvèrent trace de la relation d'échange qui liait les Templiers aux civilisations sud-américaines. Il nous manque alors des éléments, mais toujours est-il que dans le premier quart du XVe siècle, probablement grâce aux sbires de l'Inquisition, le projet d'une expédition vers l'Amérique prit forme. Pour préserver le secret du projet, tout fut mis en place afin de faire croire à une découverte fortuite, guidée par une exploration censée rallier l'autre face du continent asiatique pour y faire commerce.

» C'est bien sûr une pure coïncidence si Christophe Colomb a suivi la même route que les navires templiers, c'est un simple hasard si les voiles de ses trois navires arboraient la croix templière la plus grande qu'on ait jamais vue, c'est aussi par chance que les indigènes l'ont accueilli sans surprise, « presque par habitude » comme l'a consigné un homme d'équipage de la *Santa María*... En parant ses navires de cette croix qui, sur ces rives, inspirait confiance, Colomb a pu accoster en ami et y prendre pied. La suite, on la connaît. Les pillages ont succédé aux massacres, le tout au nom de la volonté des monarques et de l'amour de Dieu.

Nathan contempla à nouveau le mur silencieusement en caressant les pierres.

— Allez viens, on n'a pas fini la visite.

— Mais pourquoi ne pas dire la vérité ? Pourquoi personne ne sait ?

— Demande-toi s'il est utile de rétablir une vérité après tant de siècles. Va convaincre tout un peuple que les héros qu'il vénère depuis des générations sont de petits magouilleurs à la solde de mégalomanes égoïstes. Le jour où ils te croiront, ils foutront tout en l'air, et toi avec. On a déjà assez de travail à essayer de préparer l'avenir sans se compliquer avec le passé. Un mensonge vieux de cinq siècles, ce n'est plus un mensonge, c'est l'histoire.

Nous nous remîmes à marcher.

— Notre monde repose sur ces convictions. Au fil des âges, l'humanité a construit sa propre mémoire, pas seulement par ses actes, mais surtout par le témoignage qu'elle en a laissé. C'est l'histoire écrite qui fait notre vision des hommes, pas l'histoire vécue. Et les combats sordides entre des châteaux voisins parce qu'un seigneur convoitait la fille d'un autre deviennent une noble lutte de clans, les attaques sournoises à base d'otages et de traîtrise se transforment en morceaux de bravoure. Pense à tous les temps forts de l'histoire et à la façon dont on les présente, remets-les dans leur contexte et regarde ce que cela devient quand tu imagines des humains dans les rôles principaux. Je ne pense pas qu'un homme en armure ait l'air majestueux en montant sur son cheval, je ne crois pas qu'un humain puisse sacrifier sa femme et ses enfants à une nation et en être heureux, je doute que les croisades aient seulement eu pour but d'apporter la parole du Christ, il me paraît improbable que l'engagement des armées dans un conflit, quel qu'il soit, ait pour ambition la seule défense de la liberté. Trois moteurs font fonctionner le monde : l'intérêt, la peur et le sexe. Ceux qui ne marchent pas à ça sont rares et fous. Toute ta vie, on te chante la pureté de tes ancêtres, l'époque bénie d'avant la tienne où tout était forcément mieux. Nous sommes les meilleurs, notre armée est invincible, il y a une justice, les hommes de loi sont intègres : autant de principes que l'on nous apprend et que la vie dément à chaque seconde. Nous sommes tous les mêmes. Chaque guerre a démontré l'écart entre les stratégies et les résultats, un simple voleur à la tire a plus de chances de se retrouver en prison qu'un ex-nazi – de toute façon, aussi coupable ce dernier soit-il, un avocat acceptera toujours de le défendre au nom de l'équité et d'un gros chèque. La réalité n'est pas belle. Une seule chose me fait garder espoir : si les hommes se croient obligés de maquiller l'histoire pour masquer leurs bassesses aux yeux de leurs descendants, c'est peut-être parce qu'ils en ont honte. De la honte au repentir, le chemin n'est pas forcément long. Cette évolution prendra peut-être des siècles, mais il faut bien l'entamer, ou la poursuivre. Pas pour Dieu, pas pour l'État, seulement pour chacun d'entre nous, et c'est beaucoup plus important. Si tous ces mensonges historiques sont le seul fruit de la vanité, alors la civilisation est perdue. L'égoïsme est notre seul prédateur sur terre.

Je m'arrêtai et regardai mon ami dans les yeux.

— Regarde ce monde avec un esprit critique, n'accepte jamais une information sans lui avoir fait passer tous les examens que permet ton raisonnement. Tu en tireras une vérité qui ne pourra jamais être universelle, mais qui, au moins, t'éclairera toi. Ne méprise pas ceux qui ne la verront pas comme toi, ils n'ont pas toujours tort. Explique-leur ta vision, éloigne-toi d'eux si aucun dialogue n'est possible. Ce sont des principes : tu y dérogeras autant que tout le monde, mais plus ils seront présents en toi, plus tu seras pur.

Ébranlé, Nathan approuva en silence. Je repris la marche, le laissant assimiler à son rythme ce que je venais de lui dire. C'était essentiel.

Au bout de la galerie aux murs si anachroniques, la pente devint plus faible et les pierres reprirent progressivement la forme cubique qu'on leur connaissait.

À présent, les parois du tunnel se resserraient. Soupçonneux, Nathan promenait le faisceau de sa lampe du sol au plafond, à la recherche d'un élément qui lui permettrait de comprendre vers quel nouveau piège il se dirigeait. Je m'arrêtai pour l'observer. Seuls ses pas, de plus en plus lents, résonnaient. Il réalisa que je le fixais sans bouger.

— Tu n'avances plus ? Il faut que je passe devant ?
— Vas-y. Tu ne risques pas grand-chose.

Nathan serra les dents – il devait penser à tous les gouffres et les pentes glissantes qu'il avait croisés depuis quarante-huit heures. Il se méfiait probablement beaucoup plus depuis que je lui avais dit qu'il ne courait pas grand risque…

41

Les parois rapprochées ne permettaient plus le passage que d'une seule personne à la fois. Devant moi, Nathan éclairait le plafond, appréhendant ce qui allait surgir ou tomber.

— Tu ne veux rien me dire ? demanda-t-il sans se retourner. Pas moyen de savoir à quelle sauce je vais être mangé ?

Je m'arrêtai et restai muet. Il me jeta un rapide coup d'œil pour vérifier si j'étais toujours là.

— Ça t'amuse de me voir me jeter dans la gueule du loup, hein ?

Il parlait plus pour se rassurer que pour réellement poser des questions auxquelles il savait pertinemment devoir répondre lui-même.

Dans l'étranglement, il pouvait à peine écarter les coudes. Seul l'écho de nos pas troublait le silence, accompagné d'un léger tintement qui allait croissant. Entre les mains de Nathan, la lampe eut brusquement un soubresaut, puis un autre. Le faisceau lumineux tressautait. Son sac à dos se mit à s'agiter, comme pris de spasmes. Mon ami tremblait ; il avançait désormais en se tenant aux murs. Je devinais la terreur sourde qui montait en lui. Son sac remuait de plus en plus, j'entendais ses clefs et sa monnaie s'entrechoquer à l'intérieur.

À présent, il arrivait à peine à maintenir sa lampe. Tout son corps semblait bousculé par d'invisibles assaillants. Il esquissa un geste pour revenir vers moi.

— Non, ne recule pas, réfléchis ! Je suis à quelques mètres derrière toi et là où je me trouve, tout est normal. Lâche le mur et avance.

— Qu'est-ce qui m'arrive ? J'ai l'impression qu'on me fouille, je sens mon sac bouger tout seul, et ma lampe fait ce qu'elle veut !

Sa voix chevrotait. Dans un mouvement qui tenait autant de la danse que de la démarche d'un ivrogne, il reprit son avancée, bringuebalé d'un côté à l'autre. Des dizaines de mains invisibles le tiraillaient en tous sens. Son faisceau de lumière virevoltait, les bretelles de son sac à dos étaient tendues dans un va-et-vient saccadé. Je l'entendais marmonner un mélange de mots plus ou moins corrects et de bribes de raisonnement. Et il n'était même pas encore à la moitié du passage.

J'avais le pouvoir de lui épargner tout cela, mais là encore, son chemin vers la confiance passait par le doute et la peur. Je détestais voir mon ami ainsi, seul face à ses craintes.

— Ma lampe, les clefs… Qu'est-ce que j'ai dans mon sac ?

Soudain, il se retourna vers moi.

— Ça y est, j'ai compris ! s'exclama-t-il, triomphant. Tout ce qui bouge est métallique ! Il doit y avoir un champ électromagnétique ou quelque chose dans ce goût-là ?

Je souris. Soulagé d'avoir éclairci le mystère, il s'exclama :

— Je suis dans un champ magnétique ! C'est pour ça que tout ce qui est fait en métal réagit !

— Derrière chacun de ces murs ont été placées des tonnes de pyrite magnétique, dont les blocs sont orientés dans un sens précis. Tu as forcément joué avec des aimants quand tu étais gosse : si tu mets les plus face aux plus ou les moins face aux moins, ils se repoussent. On s'amuse à déplacer de petits objets sur ce principe dans certains jeux pour les enfants. Rien de tangible ne les touche, c'est une force invisible qui les met en mouvement. Ici c'est la même chose : le champ magnétique agit sur tout ce qui passe entre les murs.

Nathan regardait autour de lui en riant.

— Maintenant, je te conseille d'avancer, parce que si tu restes entre ces aimants géants, tu vas t'offrir un joli mal de tête.

Nathan reprit sa progression ; il avait sorti ses clefs de sa poche et les regardait tournoyer au bout de ses doigts. En quelques instants, je le rejoignis à la sortie du passage.

À l'étranglement succédait une passerelle étroite qui enjambait une vaste oubliette au fond tapissé de pieux. Je les montrai à mon ami.

— Si tu cours parce que tu es terrifié, les aimants te font perdre l'équilibre, et c'est terminé.

Nathan baissa sa lampe vers les pointes en frémissant.

— Vicieux, mais probablement très efficace.

— C'est neuf.

— Comment ça, neuf ?

— Ce piège n'a jamais servi.

Nathan sourit et s'éloigna un peu de la passerelle. Il lança une pièce de monnaie entre les deux murs magnétiques. Elle commença son vol en une trajectoire rectiligne avant de partir en zigzag, ricochant entre les deux parois dans un tintement sonore. Nathan souriait, heureux d'avoir triomphé du piège et de lui-même.

— Songe qu'à l'époque, ils ne se baladaient pas en sweat-shirt et en jean, ils avaient des casques, des cottes de mailles et des épées. Rien que de la ferraille… Ce n'étaient pas des tintements de clefs qu'ils auraient entendus, ils auraient été littéralement projetés d'un mur à l'autre comme des sacs. Après les épreuves qu'ils avaient endurées pour parvenir jusqu'ici, il y avait de quoi achever les plus tenaces.

— Personne n'est jamais arrivé jusque-là ?

— Jamais. Pas un humain étranger à la Confrérie n'a foulé ce sol.

— Il devait pourtant y avoir des visiteurs dans cette cité ?

— Mais ils ne traversaient les souterrains que pour se rendre au château ou pour livrer des marchandises. Quelques-uns, plutôt rares, sont allés dans les quartiers d'habitation, mais aucun n'est venu ici.

Le bruit de nos pas se doubla bientôt d'une lointaine rumeur, un mugissement sourd qui s'installait insidieusement. Le son croissait à chaque intersection : nous approchions du moulin. Après avoir passé deux imposantes grilles de fer forgé, nous arrivâmes à une troisième, elle aussi ouverte. Le tunnel s'arrêtait là.

Cette dernière grille protégeait une sorte de vestibule au plafond voûté décoré de motifs sculptés, donnant sur une monumentale porte en bois renforcée de ferrures. Le grondement venait de derrière cette porte.

— Heureusement que les grilles étaient ouvertes, fit remarquer Nathan, sinon on était bons pour la scie à métaux pendant des heures.

— Les Frères ont les clefs.

— Ils les ont gardées depuis des siècles ?

— Ce n'était pas nécessaire.

Je lui indiquai les petites marques gravées sur le pourtour de la serrure. Le fer était à peine piqué par la rouille.

— Il suffit de connaître le code pour redessiner la clef qui ouvre la grille. C'est comme la combinaison d'un coffre.

Nathan hocha la tête, admiratif devant l'astuce du procédé, puis il se tourna vers la grande porte.

— Il n'y a pas de poignée ? Ni aucune serrure ?

L'imposante porte à deux vantaux se présentait comme un bouclier. On la devinait massive, lourde, et l'absence de prise ou d'ouverture la rendait plus impressionnante encore.

Sur la droite, une des pierres taillées du mur était percée d'une cinquantaine de trous. Au-dessous était gravée une phrase dans une langue aussi ancienne qu'incompréhensible. Nathan rapprocha sa lampe.

— Ce ne serait pas ça, la serrure ? Qu'est-ce qui est écrit ?

— « Celui qui est y sera » – à peu de chose près. Cherche sur ta droite, tu vas trouver une niche contenant des tiges.

Nathan en sortit un fagot d'étranges baguettes de fer aux têtes ouvragées représentant des diables ou des anges. Semblables à des clous de menuisier, elles étaient de longueur variable, de six ou sept à une quinzaine de centimètres. J'en saisis une et la glissai doucement dans un des trous. Ils étaient juste assez larges.

— Tu dois les placer ainsi, de façon que les têtes forment un motif.

— Et le motif est la combinaison qui ouvre la porte. Il faut mettre les bonnes tiges dans les bons trous, c'est ça ?

— C'est même plus simple : tu bouches certains trous, et en appuyant, un jeu de contrepoids actionne la porte.

— On est obligé d'utiliser toutes les tiges ?

— Non. Un même ornement de tête correspond à une même longueur. Prends-les identiques, sinon tu ne pourras pas les maintenir enfoncées en exerçant une pression égale sur chacune.

— Reste à trouver le motif. J'imagine que la phrase est un indice ?

J'acquiesçai. Nathan réfléchit, répétant machinalement la formule gravée, jouant avec les fines barres de métal.

— « Celui qui est y sera »… Bon, « sera » doit avoir un rapport avec le fait de passer la porte. Celui qui est sera de l'autre côté, franchira le seuil. Mais celui qui est quoi ?…

— Seuls ceux qui appartenaient à la Confrérie avaient ce droit.

Il hocha la tête sans quitter des yeux la pierre trouée.

— Pour passer de l'autre côté, l'aiguillai-je, il fallait être soit un Frère, soit un Templier. Quel est le seul symbole représentant à la fois les deux ordres ?

Il réfléchit un court instant et releva la tête en éclairant la clef de voûte.

— La croix, la croix templière, celle qui est sculptée là-haut.

Il se retourna vers la pierre trouée et glissa les premières tiges. Lorsqu'il eut fini, une vingtaine de têtes d'anges dépassaient de la pierre.

— Tu dois appuyer dessus.

Nathan chercha un objet plan susceptible de recouvrir toutes les têtes. N'en trouvant aucun, il s'adossa dessus et commença à pousser avec son dos.

— Bien joué. Tu vois les deux trous dans le mur face à toi ? Ce sont des sorties d'arbalètes. Quand tu appuies sur les têtes, soit la porte s'ouvre, soit tu prends deux flèches en pleine poitrine.

Nathan se figea, le regard rivé sur les deux ouvertures.

— Et tu me laissais faire sans rien dire ?

— Demande-toi plutôt si tu as confiance dans ton raisonnement. Pour autant que je m'en souvienne, ce dessin doit être le bon... Enfin, je crois. On va vite le savoir.

Nathan comprit que je plaisantais et finit d'enfoncer les tiges en appuyant de tout son poids. Une série de cliquetis résonna. Il se jeta sur le côté, redoutant que les sons ne proviennent des arbalètes.

— Ne t'en fais pas, fis-je en haussant la voix pour couvrir les bruits métalliques, si tu t'étais trompé, tu n'aurais jamais eu le temps d'esquiver !

Je riais de voir sa méfiance à l'égard des deux petits trous noirs qui gardaient la serrure.

Un ultime déclic se fit entendre et la porte s'entrebâilla. Nathan ajusta sa lampe frontale avant de pousser le battant.

Le grondement d'une chute d'eau assaillit nos oreilles dès que nous entrâmes. Quand la porte se referma derrière nous, nous entendîmes les tiges s'éjecter et tomber par terre.

Ma lampe accrocha un reflet de métal peint : les groupes électrogènes posés par les équipes de chercheurs. Je démarrai les machines qui, après avoir toussoté, prirent leur régime normal. Leur ronflement était amplement couvert par la chute d'eau. En suivant les câbles, j'arrivai à un tableau équipé de voyants et d'interrupteurs. Je poussai tous ceux qui portaient la mention « Lumière ».

De puissants projecteurs s'allumèrent les uns après les autres, inondant d'une lumière blanche l'endroit le plus impressionnant, le plus insensé et le plus fabuleux qu'il m'ait été donné de voir.

Nathan était debout, immobile, bouche bée devant ce lieu tiré tout droit d'un rêve insensé conjuguant mystère et aventure : le moulin.

42

La rivière souterraine jaillissait de la paroi rocheuse de l'immense salle en une cascade puissante qui produisait un grondement assourdissant. Le tonnerre se répercutait sous le dôme de roc de cette caverne vaste comme une cathédrale située à plus de soixante-dix mètres sous le pic de Montségur.

Un large canal en hauteur captait l'eau avant qu'elle ait touché le sol pour la conduire jusqu'à une imposante roue à aubes qui tournait en rythmant sa chute d'éclaboussures sonores. Non loin de là, plusieurs meules de pierre semblaient s'être tout juste arrêtées en attendant le prochain arrivage de blé à moudre. Le flot cheminait ensuite à travers une série de bassins dont le premier était aussi grand qu'une piscine. Deux ponts enjambaient ces bacs aménagés entre autres pour le bain et la lessive. Après quoi, la rivière poursuivait son cours par un canal incliné et rétréci dans lequel elle reprenait toute sa vitesse avant de disparaître dans les entrailles de la terre.

Juste devant nous, autour d'une placette rappelant celle d'un village, s'élevaient trois bâtisses de pierre et de bois hautes de deux étages, semblables aux maisons moyenâgeuses cossues des villes prospères de la région.

Comme quatre ans auparavant, l'absence de ciel me rappela les décors construits en studio. Je jetai un coup d'œil à mon ami. Subjugué par la magie du lieu, il n'avait toujours pas dit un mot. Je dus presque crier pour qu'il m'entende.

— C'est fantastique, tu ne trouves pas ?

— J'ai du mal à trouver les mots ! Le moulin tourne depuis huit siècles ?

— Non, l'axe de la roue est monté sur rail, on peut la ranger sous le canal.

Nous nous approchâmes. La rotation de la roue projetait une fine bruine aux alentours.

— Cette rivière souterraine desservait des puits. Les Frères l'ont captée par en dessous. La cité avait ainsi sa propre alimentation en eau pure. De plus, comme beaucoup de cours d'eau dans la région, elle est aurifère. Elle charrie parfois des pépites d'or arrachées aux filons qu'elle traverse dans son périple souterrain. Ça payait au moins les livraisons.

— C'est gigantesque. Comment ont-ils fait pour bâtir une salle pareille ?

— C'est une cavité naturelle à l'origine, qu'ils ont agrandie. Le plafond entier est une seule et unique dalle de calcaire. Une partie de la terre qui était dessous s'est éboulée lors de la construction, ensevelissant plusieurs Frères au travail. Mais maintenant, il faudrait un tremblement de terre pour que cela bouge à nouveau.

— Alors c'est ici, l'endroit le plus secret de la cité ?

— Pour ce que nous en connaissons à ce jour, oui. L'eau était une denrée vitale, tout comme le grain qui y était entreposé ; dans ces maisons se trouvent les fours à pain. Le moulin entraîne également un système de ventilation qui assurait l'évacuation des fumées. La forêt située au-dessus tire son nom d'une légende née de ces fumées. On l'appelle la *fòrest del fornièr* – la forêt du boulanger en occitan. Souvent, la nuit ou au petit matin, une odeur de pain chaud flottait dans les bois. Les gens du coin disaient à l'époque que les géants qui vivaient par-delà les Pyrénées avaient leur fournil ici. Le nom est resté. Personne n'expliquera jamais d'où vient la légende…

Tout était dans un parfait état de conservation. Les gonds des portes des maisons avaient peut-être besoin d'un graissage, mais la mécanique en bois du moulin et des machines qu'il entraînait fonctionnait toujours.

— La majorité des systèmes qui sont ici étaient en avance d'au moins un siècle par rapport à ce qui se faisait de mieux à l'époque. De la protection de cette salle jusqu'à l'exploitation de l'eau, tu as autour de toi un florilège de ce que l'esprit humain avait pu mettre au point.

— S'il y a un labo, ce serait logique qu'il soit assez proche : il y a de l'eau, c'est à l'écart des autres quartiers, bien protégé…

— C'est aussi ce que nous avons pensé la première fois. Nous avons cherché, nous avons sondé un peu partout, sans résultat. Ni porte dérobée ni mécanisme détectable, rien. Il aura fallu attendre le livre que

Benoît a découvert pour trouver d'autres indices qui, étrangement, nous ramènent ici.

J'invitai Nathan à entrer dans la plus grande des trois bâtisses. À l'étage supérieur, le mobilier de bois était encore en place. Nathan s'accouda à une fenêtre pour regarder vers la roue à aubes. Il était fasciné par tout ce qui s'étalait sous nos yeux. Qui ne l'aurait pas été ? La roue tournait sans à-coup, relâchant ses paquets d'eau avec régularité dans un grand bruit d'éclaboussures. On imaginait aisément l'endroit au plus fort de son activité. Une trentaine de Frères devaient travailler ici, se relayant en permanence pour alimenter la cité en eau, moudre le grain, préparer le pain, chercher les pépites dans la rivière, se laver et nettoyer le linge. À l'époque, ce lieu devait être le plus vivant de tout le complexe souterrain.

Je savais maintenant pourquoi j'avais gardé un sentiment de malaise en achevant la première expédition. La voix qui, en moi, ne cessait de répéter que le laboratoire ne pouvait qu'être tout près du moulin n'avait pas trouvé de réponse. Pire, les instruments avaient indiqué qu'il n'y avait rien à trouver. Cette même voix s'élevait de nouveau, plus forte que jamais – peut-être en raison de l'urgence, peut-être à cause des textes retrouvés par Benoît, plus sûrement parce que Nathan l'entendait aussi.

Nous explorâmes, traversâmes les ponts, goûtâmes à l'eau cristalline de la rivière. Le temps n'avait plus d'importance, nous visitions un autre monde, où tout avait la couleur du bois sec et de la roche, l'odeur de la pierre. Je transmis à Nathan tout ce que je savais de cet endroit si fort. Nous cherchâmes une porte, davantage par un goût du jeu qui nous ramenait à l'enfance que comme les hommes que nous étions, ici plus encore qu'ailleurs.

Je me souvenais de la première fois où j'étais venu au moulin, contenant ma joie et réfrénant mon envie de fureter partout et de toucher à tout parce que j'étais novice et que j'accompagnais mon Maître. Peu à peu, avec Nathan, le sentiment de découvrir ce lieu pour la première fois et en toute liberté prit le pas sur tout autre. Chaque pièce de bois mue par la roue à aubes nous fascinait. La transmission d'une énergie si simple et pourtant si puissante à tous ces éléments qui, dans un enchaînement parfait, prenaient vie, avait de quoi ravir les instincts de bâtisseur de tous les corps de métier.

Nous fîmes tourner les meules, observâmes les bassins pour en déduire l'usage. Une pente douce avait peut-être servi à savonner les étoffes ; les bacs à faible profondeur devaient avoir été utilisés pour filtrer ou teindre. L'eau était glacée. Elle était restée l'unique visiteur de ce lieu pendant près de huit siècles. Personne d'autre qu'elle n'était passé ici.

Le sourire de Nathan ne le quittait pas. Ces instants se graveraient probablement dans notre mémoire de manière indélébile, comme le font les plus fabuleux souvenirs d'enfance. L'espace de quelques instants, nous retrouvâmes l'innocence, la joie que procure la découverte d'un secret, et l'illusion que le monde aurait toujours des mystères aussi beaux que celui-ci à offrir.

Nous ne trouvâmes aucun laboratoire dissimulé, mais je redécouvris une part de moi-même que je croyais perdue à jamais.

Comment décrire ces minutes où l'existence n'a plus de poids, où rien ne peut entamer la foi que l'on a dans la vie ? Ces instants si rares sont au-delà de l'explicable, on les ressent, on les reconnaît, on les recherche, mais personne n'a le pouvoir de les provoquer volontairement. Je suis convaincu que les lieux gardent un peu du bonheur ou des souffrances que l'on y dépose. Ce moulin sous la terre porterait à jamais la force de ce que nous y avions ressenti.

Intrigué par les fours à pain, je réussis à me glisser dans l'un d'eux. L'intérieur était tapissé de noir de fumée. J'observai l'assemblage en dôme des briquettes. La régularité de leurs dimensions et de la pose était remarquable. Le conduit de cheminée devait encore être en état de fonctionner car en approchant la main, je sentis l'appel d'air. Et si l'entrée du labo était dans un des fours ? Les radars de sol, les détecteurs à induction pulsée et les scanners 3D n'avaient rien donné la première fois, mais les recherches dans un tel environnement étaient malaisées. Je ressortis, couvert de suie et de poussière, et me mis en devoir de visiter les autres fours. J'observai leur intérieur avec minutie. Mes mains étaient noires, je respirais de la suie et j'avais mal au dos à force de contorsions.

J'entamais la visite de l'avant-dernier lorsque j'entendis la voix de Nathan, couverte par le bruit de l'eau. Je tendis l'oreille. Aucun doute, il m'appelait. Je me précipitai. Sa voix venait du fond de la salle, de la rivière. Il se tenait debout au milieu d'un bassin peu profond et gesticulait.

— J'ai trouvé ! J'ai trouvé ! Viens !

Je stoppai au milieu du pont, au-dessus du bassin dans lequel il piétinait.

Il s'approcha en marchant dans l'eau et me tendit son poing levé. Il ouvrit doucement la main, révélant une pépite d'un superbe jaune, de la taille d'une petite noix.

— De l'or ! Je l'ai vue briller au fond.

La masse irrégulière aux formes polies par l'eau luisait sur sa paume mouillée.

— On partage, dit-il. Ce sera notre souvenir, un porte-bonheur.

Il regarda son trésor dans le creux de sa main. Je lui tendis mon couteau, il s'agenouilla dans l'eau et posa la pépite sur le rebord du bassin. Après quelques efforts, le précieux métal accepta de se diviser et il m'en donna une moitié.

Il était ému, moi tout autant. Je n'avais jamais eu l'occasion de prêter serment en signant de mon sang comme le font parfois les enfants au fond d'une cabane, avec l'ami qu'ils souhaitent garder toute leur vie. Jamais je n'avais connu l'innocente ferveur de ces rites, mais j'en mesurais toute la force. Nathan et moi nous jurâmes sans le dire de ne jamais égarer ou mépriser ce symbole. Nous enfouîmes chacun notre part dans notre poche.

Nathan était trempé et moi noir de suie. Nous avions déjà trois quarts d'heure de retard pour le déjeuner, et il allait falloir nous changer avant de nous présenter au réfectoire.

Nous regagnâmes la sortie en regardant tout autour de nous pour ne rien oublier, comme si nous avions le pressentiment que plus jamais nous ne pourrions prendre le temps de revenir ainsi goûter aux illusions de ce monde magique. J'éteignis les projecteurs les uns après les autres. Nathan attendit le noir complet pour allumer sa lampe. Je tirai la porte derrière nous, rendant le moulin à sa nuit séculaire.

Le mécanisme du verrouillage s'enclencha, la porte redevint une surface lisse. L'épais panneau de bois atténuait le bruit de l'eau. En silence, chacun de nous rangeait déjà dans sa mémoire ce que nous venions de vivre.

En refermant la porte du moulin, nous avions rompu le charme. Le temps avait de nouveau prise sur nous, nous étions redevenus adultes, responsables et réalistes. Mais Nathan et moi avions désormais une chose de plus en commun, un souvenir incroyable et des sentiments rares. J'avais moi-même du mal à croire à cet état d'esprit qui avait été le nôtre quelques minutes auparavant. Heureusement, chacun de nous le rappellerait à l'autre, et la pépite serait là pour nous prouver que tout ceci n'avait pas été un rêve. Et tant mieux si elle nous portait bonheur : la nuit allait tomber dans moins de six heures, et elle n'aurait rien de paisible.

43

Seuls les gardes de faction occupaient la ruelle ; le reste des équipes déjeunait au réfectoire. Je passai au PC sécurité jeter un coup d'œil aux moniteurs vidéo : tout semblait normal du côté adverse du mur, l'écran était toujours noir.

Le réfectoire était fléché, mais la clameur des voix rendait ce guidage inutile.

Les formidables portes étaient grandes ouvertes. Les longues tables de bois alignées bout à bout accueillaient Frères, chercheurs, maçons, informaticiens, ingénieurs, personnel de la sécurité, hommes et femmes mêlés dans un brouhaha varié et vivant qui faisait plaisir à voir. Une vraie cantine de studio pour l'ambiance, dans un décor imaginé par un chef décorateur amoureux de l'époque médiévale. Ici aussi les projecteurs avaient remplacé les torches, et des radiateurs soufflants avaient pris le relais des braseros d'autrefois…

Notre entrée fut marquée par un bref silence et des saluts, puis les discussions reprirent avec animation. Le Sage, Derek, Benoît et quelques Frères étaient assis au fond de la vaste salle. Derek était en grande conversation avec le Sage, qui souriait – probablement à l'écoute du récit de la vie du Groupe à laquelle il n'avait pas été mêlé. Benoît expliquait les propos des gardes à un jeune Frère.

— Pardon, m'excusai-je, nous n'avons pas vu le temps passer au moulin.

— Ne t'en fais pas, personne n'était vraiment à l'heure, fit remarquer Derek.

— Il y a du neuf ?

— William est au courant de l'avancée des choses, comme Kathleen, qui te fait ses amitiés. Rien de particulier du côté de nos adversaires, tu verras les dernières photos tout à l'heure. Les maçons ont encore renforcé le mur. D'après eux, il est indestructible !

— J'appellerai William un peu plus tard, j'ai deux ou trois choses à lui dire. Je vais faire le tour des équipes, je reviens. Ne m'attendez pas.

Nathan s'installa face à Derek, à côté du Sage. Celui-ci lui tendit une miche de pain et un couteau.

— Prends, il a été cuit à l'abbaye, dans les mêmes fours que ceux du moulin.

J'allai de table en table. Depuis notre arrivée, je n'avais pas eu l'occasion de beaucoup échanger avec mes compagnons. Je reconnus quelques Frères qui avaient suivi la première expédition, une géophysicienne, cinq ou six gardes. De temps à autre, je jetais un coup d'œil en direction de Nathan. Il discutait avec Derek sous le regard du Sage. Je terminai mon tour la gorge sèche de toutes ces discussions mais heureux d'être entouré par des gens bien. L'esprit y était, le cœur aussi. Je regagnai ma place.

Derek se tourna vers moi :

— J'expliquais à Nathan ce que nos ennemis avaient transféré sur leur camp de Serrelongue et ce que nous pensions qu'ils allaient en faire.

Au-delà des informations en elles-mêmes, ces mots révélaient une chose essentielle : Derek t'avait parlé comme il l'aurait fait avec moi. Tu n'étais plus seulement mon ami à ses yeux, mais l'un des nôtres. J'en étais heureux pour toi, pour moi, pour tous ceux que notre amitié renforçait.

Le Sage me dévisageait. Lui seul avait compris ce que les mots de Derek signifiaient pour moi.

Nathan me versa de l'eau. Derek continua à détailler ses observations.

— Leurs autres lieux de fouilles sont clos. Je ne sais pas combien de temps les autorités vont croire à leur alibi archéologique, parce que la concentration et le type de moyens tiennent davantage de l'opération commando que de l'expédition scientifique.

— Sans appuis haut placés, ils n'auraient jamais obtenu les autorisations.

Le Sage restait silencieux. Il nous observait à tour de rôle. Benoît écoutait les gardes expliquer les techniques de protection rapprochée, il était aussi question de piratage informatique. Il n'y avait plus qu'à souhaiter qu'aucune de ces disciplines ne devienne sa nouvelle passion…

Le Sage fixa Nathan et attendit patiemment que celui-ci croise son regard. Il ne pouvait pas ne pas se sentir observé.

— Alors, le questionna le Sage, que penses-tu de tout ce que tu découvres depuis quelques jours ?

Nathan me regarda furtivement : le Sage le testait, il le sentait. Je connaissais le ton anodin de ses questions. Il allait non pas tenter de découvrir ce que comprenait Nathan – cela, il le savait depuis longtemps – mais mesurer l'écart entre sa pensée et ses paroles. En d'autres termes, sa franchise et son degré de confiance en lui-même.

— C'est riche, se lança Nathan. J'ai beaucoup appris. Cet endroit est fascinant, les pièges y sont dangereux, je sais poser des explosifs, je suis écœuré des mensonges historiques. Il y a beaucoup à dire.

Il avait lâché tout cela d'un trait, à la fois volontaire et légèrement anxieux de la réaction de son interlocuteur.

— Est-ce là tout ce que tu as découvert ?

— J'ai aussi acquis quelques certitudes.

Nathan souriait, de ce petit sourire que je connaissais trop bien.

— Je suis maintenant absolument certain que je déteste me laver à l'eau froide et qu'il faut se méfier quand on vous propose un apéritif « maison ».

S'en sortir par une pirouette, c'était sa façon à lui de dire qu'il ne souhaitait pas en parler. Le Sage lui adressa un sourire bienveillant et but une gorgée d'eau. Nathan baissa les yeux sur son assiette et observa un long silence, avant d'ajouter sur un ton bien plus grave :

— J'ai aussi appris que la peur est en nous mais qu'on peut la vaincre, que les seules limites d'un esprit sont celles qu'il se fixe. J'aime encore plus cette vie, sa liberté. Je crois que j'aime les miens encore davantage.

Il marqua une nouvelle pause. Derek le dévisageait ; le Sage, approbateur, reposa son verre. Le brouhaha ambiant nous paraissait soudain plus lointain. Nathan se tourna vers le Sage et, d'une voix posée que je ne lui avais encore jamais entendue, il ajouta :

— Je sais la force que donne un ami, et la peur de le perdre.

Il piqua une bouchée de viande et la porta à sa bouche. Benoît nous regardait. Yoda avait l'expression satisfaite de l'ermite qui réalise que ses semblables sont finalement peut-être fréquentables.

Nous poursuivîmes le repas en envisageant le futur, proche et lointain. Nathan posa des questions au Sage, qui y répondit avec patience et précision.

Le dessert arriva. J'ignore avec quoi les Frères avaient confectionné l'énorme gâteau qui trônait sur une plaque de tôle portée par quatre gardes, mais l'odeur – il ne pouvait être question de parfum – n'engageait pas à la gourmandise. On aurait dit un mélange de caoutchouc chaud saturé de senteurs d'épices, avec peut-être un je-ne-sais-quoi de framboise tiède. Nos regards convergèrent d'instinct vers Benoît. Il se penchait justement vers Derek pour lui souffler :

— C'est un de mes élèves qui a retrouvé la recette de cette ancestrale pâtisserie. Rien que des bonnes choses !

Le service commença heureusement à l'autre bout de la table – avec un peu de chance, il n'en resterait plus une fois notre tour arrivé. C'était compter cependant sans la tradition de partage des membres de la Confrérie…

Les quatre gardes porteurs du pestilentiel dessert commençaient à virer au vert.

— On devrait peut-être les relayer ? Ça a l'air lourd…

Benoît était certainement le seul à penser que le malaise de ces pauvres gars pouvait être dû à la charge. Derek réprimait difficilement un fou rire. Nathan regardait fixement son assiette en essayant de ne penser à rien. Le Sage, lui, paraissait n'avoir rien senti – magnifique maîtrise !

— Tu sais ce qu'on a oublié ? glissai-je à Derek.

Il me fit « non » de la tête en se mordant les lèvres.

— Une meute de chiens pour nous débarrasser de tout ce qui va rester !

Nathan eut un soubresaut, Derek était sur le point de craquer. Le Sage affichait toujours l'imperturbabilité d'un homme qui a perdu l'odorat.

Le gâteau approchait, on aurait dit la grande scène d'un film d'horreur. Le suspense était insoutenable : échapperions-nous au dessert diabolique ?

— Je crois qu'il y a trop de cannelle, souffla Benoît en plissant le nez. Les autres n'ont pas l'air de l'avoir remarqué, ne leur gâchons pas leur bonheur.

C'était à notre tour d'être servis. Toute la question était là : aimions-nous assez Frère Benoît pour accepter d'ingurgiter de son dessert qui rongeait le nez ? Je me pris même à espérer un instant qu'une explosion retentisse pour faire diversion…

Ce fut la réponse du Sage qui déclencha tout.

— Non merci, dit-il sobrement, je n'ai que modérément droit au plaisir des gâteaux.

Derek fut le premier à craquer, suivi de Nathan ; j'arrivai en troisième position. Nos larmes coulaient, Derek s'étouffait. Je vis alors une chose que je croyais impossible : le Sage pouffait de rire.

Benoît se rembrunit : il n'avait plus de doute sur la cause du fou rire qui ravageait maintenant toute la table. Seules deux personnes mangeaient : lui-même, et le pâtissier qui avait eu la faiblesse de suivre sa recette...

— Pardonne-nous, Benoît, mais reconnais que le sort s'acharne contre toi. Pourquoi ne te limites-tu pas aux domaines où tu excelles ?

Derek avait raison, nous lui devions des excuses.

— C'est vrai, ce n'est pas très poli de notre part. Mais avoue que tu n'avais pas prévu cet arôme !

Benoît eut un petit haussement d'épaules, suivi d'un léger sourire. Sans même attendre que tout le monde ait goûté, les Frères se mirent à débarrasser.

— Dis donc, tu es sûr que ton élève ne s'est pas trompé en traduisant les proportions ?

— C'est-à-dire qu'il a fallu adapter certains ingrédients... Peut-être avons-nous été mal inspirés dans nos choix ?

Le pâtissier avait rejoint depuis longtemps le fou rire général, Benoît se mit à hoqueter avec nous et repoussa son assiette.

Un étrange bruit résonnait dans les galeries de la cité : le rire de plusieurs dizaines d'hommes et de femmes, quelques heures avant ce qui serait à coup sûr le combat de leur vie...

44

Après avoir aidé au rangement, notre petite troupe reprit le chemin de la ruelle. Les couloirs grouillaient à nouveau, les gardes ne se déplaçaient plus qu'en groupe, les Frères annotaient des plans. Partout, on sentait l'état d'urgence s'intensifier. En voyant toute cette activité, Nathan me glissa :

— Nous ne pouvons rien faire d'autre qu'attendre qu'ils débouchent pour voir s'ils arrêtent leurs recherches ou s'ils tentent autre chose – auquel cas nous devrons improviser...

Il jouait négligemment avec le détonateur qu'il avait sorti de sa chaussette. Je l'arrêtai :

— Il a survécu à l'eau glacée de la rivière, je ne suis pas du tout sûr qu'il ait été conçu pour te résister. Range-le avant de tout faire sauter.

Puis j'ajoutai à l'attention de Derek :

— Je fais un saut à la salle des communications appeler William, puis Nathan et moi retournerons au moulin. On y passera le reste de la journée.

William me suivait complètement sur ma gestion de cette crise, mais il tenait surtout à se rendre compte par lui-même de mon état après l'attentat et de ma capacité d'action.

Lorsque je regagnai notre pièce, Nathan avait vérifié son matériel et était en train de changer les piles des lampes. Je glissai deux duvets dans un sac.

L'environnement souterrain nous paraissait maintenant complètement normal. En quelques jours, j'avais oublié à quoi pouvait ressembler un feu rouge ou un supermarché. Rien de tout ce qui faisait le monde contemporain ne me manquait. J'avais l'impression de vivre ici depuis des mois. Nathan semblait maintenant habitué à toutes ces choses qui le stupéfiaient encore il n'y a pas si longtemps. Les gardes, les chercheurs – laïcs ou Frères en habit noir et blanc –, la juxtaposition du matériel ultrasophistiqué et de ce dédale enfoui depuis des siècles, tous ces anachronismes et ces associations décalées formaient un ensemble aussi inédit que spectaculaire. Tout paraissait pourtant être à sa place, comme si le choc des deux mondes était dans l'ordre des choses, naturel au sens le plus profond du terme.

En passant entre les aimants géants sur le chemin du moulin, nous fîmes le bruit de deux camelots de foire trimballant toutes sortes d'étranges bibelots. Des gardes étaient postés aux grilles jalonnant l'accès au moulin et deux chercheuses sondaient les murs, l'une armée d'un détecteur de métaux à cadre et l'autre d'un scanner 3D muni d'une sonde en forme de T qu'elle promenait sur la paroi. Sur leurs écrans s'affichaient des formes ondulantes vertes mouchetées de bleu. La géophysicienne que j'avais reconnue au réfectoire me salua et précisa qu'elles n'avaient encore trouvé ni métal ni cavité. Nous les regardâmes travailler quelques instants avant de poursuivre notre route.

Le vestibule précédant l'entrée du moulin était maintenant encombré de matériel. La porte-bouclier était grande ouverte, et deux gardes se tenaient debout, prêts à la refermer à la moindre alerte. Les projecteurs étaient allumés et des hommes s'affairaient en tous sens. Certains étaient même suspendus aux parois et passaient sur les parties hautes les sondes de radars électromagnétiques pour mesurer l'épaisseur de la roche, à la recherche d'éventuels vides, couloirs, cavités ou caches...

Je me dirigeai vers un chef d'équipe qui tenait un plan déroulé et indiquait à ses collaborateurs les secteurs à sonder. J'attendis qu'il ait terminé. Les hommes avec qui il s'entretenait étaient vêtus comme dans un film de science-fiction, harnachés pour s'accrocher à des filins, portant leur matériel sur le dos et d'étranges tubes et perches à la main. Ils venaient de sonder le dessus de la plus petite des trois bâtisses, sans résultat.

Une fois leur nouvelle zone de recherches définie, ils s'éloignèrent en plaisantant.

— Tout a l'air de bien se passer...

L'homme au plan termina de rentrer les résultats sur sa tablette et m'adressa un large sourire.

— C'est souvent la première fois qu'ils ont l'occasion d'appliquer sur le terrain ce qu'on leur enseigne dans nos centres. Le site est exceptionnel et on peut potentiellement découvrir des trésors scientifiques et archéologiques. Que demander de plus ?

— Nous cherchons un endroit calme, où nous ne dérangerons pas vos recherches.

— Les deux maisons de gauche ont été passées au peigne fin, vous pouvez y aller. De toute façon, les fouilles seront finies d'ici une heure tout au plus. Ensuite, nous retournerons à nos quartiers pour décider quoi faire si nous n'avons rien trouvé. Vous aurez tout loisir de vous installer où vous voudrez.

Le sourire franc de cet homme ne m'était pas inconnu. Nathan se dirigeait déjà vers le premier édifice mais je restai sur place à le dévisager. Je n'arrivais pas à le resituer. Nathan revint sur ses pas et me prit doucement le sac des mains avant de s'éloigner à nouveau.

— Pardonnez-moi, mais j'ai la sensation que nous nous connaissons…

— Pas nous directement, mais mon frère a travaillé sous vos ordres lors de la première expédition. J'étais trop jeune à l'époque. Tout le monde dit qu'on se ressemble beaucoup.

— Il n'est pas avec nous ?

— Il est attaché depuis plus de six mois au projet de restauration des temples khmers. Je le remplace.

À l'entendre parler et diriger les recherches, on lui aurait donné une quarantaine d'années, mais à la lumière de ce qu'il venait de me dire, je le considérai d'un autre œil. Il devait avoir à peine plus de vingt-cinq ans.

Je le laissai à sa tâche et rejoignis la maison où Nathan avait choisi de s'installer. Le rez-de-chaussée devait avoir servi de séchoir : des cordes tendues reliaient des poteaux sur toute la longueur de l'unique pièce. J'empruntai l'escalier ; les marches étaient polies par l'usure et les siècles, les veines du bois s'étaient par endroits légèrement fendues, mais le travail et la tenue dans le temps étaient remarquables.

Le premier étage avait sans doute été un atelier de confection. Il y avait encore de nombreux outils nécessaires au filage et aux travaux de couture : lames, battoirs, peignes, racloirs, fuseaux, quenouilles, rouets. Je savais que le lin, utilisé pour les chemises et les frocs des moines, ou le chanvre, pour le papier et les cordes, devaient macérer plusieurs jours dans l'eau avant d'être filés ; l'un des bassins au moins avait dû remplir cet usage.

Le deuxième étage avait certainement été quant à lui une fabrique de sandales et de chaussures ; il restait encore des pièces de cuir et ce qui m'avait l'air d'être du feutre.

J'y retrouvai Nathan, occupé à traîner deux tables pour les placer face aux fenêtres.

— De là nous verrons tout, ce sera mieux pour réfléchir.

— Quel âge donnes-tu au chercheur que nous venons de voir ?

— Je ne sais pas. Trente, trente-cinq ?

— Tu peux enlever dix ans.

— Mince, vous recrutez au berceau !

— D'après certains, parfois même dans la vie d'avant.
— Ça c'est de la formation continue !
Je dépliai nos duvets pour rappeler discrètement à Nathan qu'il devait aussi se reposer. Nous prîmes place chacun à notre table devant les fenêtres. Nous surplombions l'entrée, la place et l'espace qui s'étendait jusqu'à la rivière. Je posai mon sac à dos sur la table et en sortis un bloc et deux stylos.
— Comme à l'école ? plaisanta Nathan.
— Exactement. Ce que j'écris, c'est ça de moins à retenir pour la mémoire, et ces jours-ci, elle a bien besoin d'un petit coup de main, parce que ça chauffe pas mal.
— Je vais descendre fureter un peu.
Il me tapota amicalement l'épaule et dévala les escaliers. Je le vis passer sous ma fenêtre. Ces gens qui s'affairaient, les voix qui s'interpellaient et parvenaient parfois à couvrir le son des tonnes d'eau qui se déversaient sans arrêt, la lumière trop blanche des projecteurs... Tout cela me rappelait les tournages. On ressentait la même effervescence teintée d'un apparent manque de cohésion. Les techniciens suspendus aux filins mettaient la dernière main à la peinture des fonds des décors, le chef menuisier dirigeait ses équipes, les gardes protégeaient le plateau des intrus. J'avais du mal à croire que tout ceci n'était pas un rêve. Peut-être en raison des similitudes avec les studios de cinéma, mais surtout à cause du poids infernal de la réalité. Mon esprit cherchait à se distraire un moment du fardeau des vérités et des risques qu'impliquait ce lieu en

s'accordant un dérivatif. Nous étions entre copains, sur le tournage d'un film, et nous ne risquions rien... Cette illusion ne dura pas longtemps, juste assez pour laisser aux idées le temps de reprendre leur place sans subir la pression.

Je sortis une calculatrice de mon sac. En la prenant, j'aperçus le cahier sur lequel il me fallait absolument écrire avant ce soir. Je commençai à tracer sur mon bloc un schéma du moulin, me remémorant comment il avait été construit pour essayer de deviner où les Frères auraient pu cacher le lieu où ils pratiquaient leurs expériences. Je tentai de me mettre à la place de ceux qui avaient créé cet endroit, avec les idées et les croyances de leur époque. Il était évident que le laboratoire ne pouvait être que près d'ici. J'imaginai les choses les plus insensées. Peut-être suffisait-il de pousser un levier pour que les machines entraînées par le moulin se transforment en un autre mécanisme ? Impossible. Ou alors peut-être ne trouvions-nous rien parce qu'il n'y avait rien à trouver ? Impensable. Trop d'ouvrages affirmaient que tout n'avait pu être déménagé à temps lors de la prise du château. Il devait forcément rester quelque chose quelque part, mais les raisonnements ou les outils employés n'étaient pas les bons.

J'avais noirci plus d'une dizaine de pages lorsque Nathan remonta. Il me trouva au milieu de schémas, de calculs, de citations, le tout apparemment aussi anarchique que disparate. Mais comme avec le cheminement d'une pensée – il était trop tôt pour parler de raisonnement – les éléments le composant pouvaient être très divers et sans lien évident.

— Alors ? demanda Nathan. Tu as découvert qui de la poule ou de l'œuf est arrivé le premier ? Ou tu as seulement calculé le prix de revente des pépites qu'on pourrait trouver ? J'ai fait le tour de toutes les ouvertures que comporte cet endroit : il y a en tout quarante-neuf fenêtres, dix-huit bassins, cent neuf niches ou placards, seize trappes…

— … Vingt-deux bouches d'aération et quatorze portes. J'ai compté aussi. Rien de nouveau ?

— Les chercheurs disent qu'il n'y a rien dans les murs. Ils sont en train de remballer leurs appareils. Il y a des engins carrément incroyables, je ne savais même pas que ça existait ! Des radars à pénétration de sol, des sondes à résonance magnétique protonique et tout un tas de trucs… C'est de la science-fiction !

— Ce sont surtout des techniques très pointues utilisées dans des secteurs de niche. Nos chercheurs les ont customisées, voire carrément développées exprès.

— En tout cas, c'est très impressionnant.

Nathan s'assit et commença à griffonner à son tour. Le temps passait lentement, comme si nous tournions tous au ralenti. Après l'urgence de la nuit précédente et dans l'attente de ce qui nous guettait très prochainement, ces quelques heures constituaient un répit, un havre de paix où chacun pouvait se concentrer et rassembler ses forces. J'oscillais entre l'envie de voir les événements s'accélérer et la crainte de ne pas être capable de les suivre.

Par la fenêtre, je vis les chercheurs sortir du moulin en petits groupes. Bientôt, la porte se referma.

La fatigue se faisait sentir et moins d'une heure plus tard, Nathan s'était allongé sur une table, recroquevillé dans son duvet. Je sortis le petit cahier. Étrangement, il ne contenait plus que quelques pages vierges, comme si le hasard et le temps s'étaient entendus pour que le premier tome finisse ce soir-là. Les mots vinrent vite.

Le but n'est plus pour moi seulement de préciser le passé, mais surtout de te donner les dernières indications comme avant un départ, de te transmettre un message qui, en mon absence, te permettra d'avoir confiance en toi pour me remplacer.

Tu dors paisiblement. Il est difficile d'envisager le pire quand règne la sérénité. J'ai pourtant le pressentiment que je vais devoir bientôt partir, seul. J'ignore encore quand, comment. Je sais qu'en mon absence, tout le monde s'adressera maintenant à toi comme à moi, pour trouver les mêmes valeurs, les mêmes forces.

Tu peux compter sur le Sage comme sur tous les autres. Je n'arrive pas à écrire tout ce que j'ai à te dire aussi clairement que je le voudrais. Peut-être est-ce simplement parce que je n'ai pour me guider que des intuitions. Ces pages m'ont suivi depuis l'attentat, en Écosse, à Chartres – autant d'expériences où j'ai appris à ressentir plus fort, à tenir à la vie avec plus que de la rage. Depuis ces dernières semaines, j'ai atteint de nouvelles frontières. Je n'avais jamais eu aussi peur, je n'avais jamais eu aussi mal, mais je n'ai jamais été aussi heureux de vivre. La vie n'est qu'équilibre, les joies y sont aussi fortes que les peines, les plaisirs aussi violents que les douleurs, les doutes aussi puissants que les certitudes.

À l'heure qu'il est, je n'ai peur que d'une chose. Je suis convaincu que nous allons gagner, je suis sûr que nous allons trouver le laboratoire et repousser les fous qui menacent la cité, mais à quel prix ? Quand j'écris que la victoire nous est promise, c'est au Groupe que je pense, mais il se peut très bien que ma vie ou la tienne fassent partie du prix à payer.

Nous avons vécu une amitié comme la vie n'en permet que rarement. La contrepartie doit-elle être la séparation ? J'ai peur de perdre ce que nous vivons, mon ami, mon frère ; je suis terrorisé à l'idée d'en être privé. Tu es le seul être qui me rattache à la normalité, tu es devenu le trait d'union entre ce que j'étais et ce que je suis. Tu es ma preuve que j'ai été innocent. Je saisis mieux maintenant quel lien invisible unit les jumeaux, la souffrance de l'un quand l'autre est blessé, le poids des absences, l'intolérable silence du cœur lorsque la voix intérieure répétant sans cesse qu'on n'est pas seul s'est tue.

L'ironie de la vie, c'est que nous devons ces fabuleux moments à nos pires ennemis. Jamais tu ne serais venu ici s'ils ne nous y avaient pas acculés. À force de comploter, ils nous auront offert un bonheur sans égal. Quelle que soit la raison de mon départ, agis uniquement avec ton esprit, ne mêle à tes actes ni haine ni désir de revanche. Trouve le labo si nous n'avons pas encore réussi, défends-toi et défends les autres, tiens ta place et reste un élément du tout. Une fois le danger écarté, règle tes comptes sans rien oublier. Si tu t'y prends trop tôt, il ne s'agira que de vengeance, mais si tu attends d'avoir accompli ta mission, cela deviendra la justice. Ne compte que sur toi pour affronter tes doutes, demande-toi ce que j'aurais fait à ta place. Je t'aiderai autant que possible. Tu m'as aidé, comme Andrew, comme mes parents, sans même jamais t'en rendre compte.

La nuit doit être tombée maintenant, je vais te réveiller et nous allons regagner les quartiers hauts. Aussi étrange que cela puisse paraître, ce ne sont pas nos ennemis que je redoute. C'est pour toi que j'ai peur, pour tous ceux que j'aime trop fort. Sans aller jusqu'à dire que je suis heureux de me colleter avec les truands qui campent au-dessus, je peux au moins avouer que je n'ai pas peur d'eux. J'en suis presque fier – on se rassure comme on peut. Ce qui me terrorise par-dessus tout, c'est que l'on puisse vous faire souffrir ou m'éloigner de vous. En cet instant, je préférerais être seul et ne pas vous connaître ; j'aurais probablement moins de force pour aller me battre, mais certainement moins de faiblesses aussi. L'équilibre est en toute chose.

Maintenant, je dois te laisser. Tu es à la hauteur. Lorsque tu liras ces lignes, Dieu seul sait où je serai. Ce cahier t'aidera. Garde la foi…

45

— Un messager est arrivé de Saint-Martin, m'informa Derek. Tu as le bonjour d'Andrew. Il a rejoint l'abbaye au cas où le ton monterait. Voilà les dernières photos. Regarde, ils ont des patrouilles de chiens.

J'examinai les clichés. Nathan avait du mal à suivre, je l'avais tiré d'un profond sommeil et il bâillait encore.

— La nuit est tombée depuis plus de deux heures, dis-je. Je crois que nous n'allons pas tarder à avoir de leurs nouvelles. Je veux passer chez le Sage avant.

Celui-ci s'était retiré dans sa pièce et lisait, concentré, les coudes posés sur sa table, penché sur les pages enluminées d'un épais volume relié. Face à lui, Benoît faisait de même, mais son attitude légèrement avachie donnait l'impression d'un étudiant s'écroulant de sommeil sur ses devoirs…

— Vos études ont-elles permis de trouver le laboratoire ? demanda le Sage de but en blanc quand nous entrâmes.

— Toujours pas. Les appareils retournent dans leurs caisses.

Il nous invita à prendre place autour de la table avant de poursuivre :

— Jusqu'à présent, nous n'avons rien appris de plus que lors de la première expédition. Nos sources ne sont pas assez précises, elles mentionnent le laboratoire seulement de façon allusive. J'ai pourtant relevé plusieurs passages évoquant des travaux sur la matière et sa transmutation.

La transmutation de la matière ? Il pouvait s'agir aussi bien du graal de l'alchimie que de physique nucléaire... Nathan, qui avait dû se faire la même réflexion, lâcha un petit sifflement.

— Bien que les appareils ne nous aient rien révélé, continua Yoda sans sourciller, nos déductions nous incitent à continuer à chercher à proximité du moulin. Vous n'avez détecté aucune cavité, aucune porte murée. Depuis hier, vous avez sondé à nouveau les murs. Sans résultat. Seule l'étude des couloirs menant au moulin a permis de mettre au jour trois caches contenant du matériel, mais ce ne sont rien d'autre que des entrepôts.

Le Sage se redressa sur son siège.

— La science a montré ses limites, la technologie ne nous aidera pas davantage. Nous ne pouvons plus nous en remettre qu'à notre esprit. Il va falloir faire vite, et ensemble.

— S'il n'y a aucun mécanisme, intervint Nathan, aucune porte cachée, comment croyez-vous que l'on puisse accéder au laboratoire ?

— Il faut trouver un autre angle d'approche. Une nouvelle manière de penser.

— C'est exactement ça ! m'exclamai-je. L'expérience de la première campagne nous a appris à tout envisager. Les Frères étaient assez en avance pour imaginer des solutions dont nous n'avons même pas idée aujourd'hui. Mais à présent, je pencherais plutôt pour une astuce, un truc très simple et très efficace.

— Pourquoi ? demanda Benoît.

— Parce que la cité a été construite avant qu'ils y installent leur labo, vous êtes tous d'accord ? Donc ils n'ont pas pu utiliser une de leurs découvertes pour en masquer l'entrée – ou alors l'ancien système serait encore détectable. Ils ont forcément utilisé leur savoir des tout premiers temps pour dissimuler ce labo. Et leur spécialité avant la recherche pure, c'était le système D, le génie d'utiliser des idées simples pour faire des choses complexes. Le salpêtre au plafond, les pentes glissantes, effrayer avec des statues, le magnétisme… Je pense que c'est plutôt dans ce goût-là.

Benoît fronça les sourcils.

— Nous devons trouver, renchérit le Sage. Il n'y a pas d'alternative. Le temps ne semble pas de notre côté. Il va falloir chercher plus fort. Les Frères qui vivaient ici nous enseignent encore une nouvelle leçon. La science d'aujourd'hui ne voit que la surface des choses. Et par voie de conséquence, nous aussi, puisque nous nous reposons sur elle. Nous devons aller chercher la réponse ailleurs, au plus profond de nous-mêmes. Seule la mise en commun de nos esprits parviendra à triompher de l'énigme que nos prédécesseurs nous posent.

Espérons que le mur et la crédulité de nos adversaires nous en laisseront le délai…

Nathan était aussi perplexe que Benoît.

— Je vais descendre au moulin pour tenter de ressentir à nouveau, précisa le Sage. Peut-être l'urgence va-t-elle me conférer la puissance nécessaire…

— Derek, Nathan et moi resterons près des gardes, indiquai-je. L'heure de la prochaine tentative de nos adversaires est trop proche pour s'éloigner l'esprit libre.

Aidé par Benoît, le Sage enfouit quelques grimoires dans un sac de toile. Nous sortîmes ensemble et nous séparâmes devant le PC sécurité.

Avec Nathan, nous observions Benoît et le Sage s'éloigner. La démarche débonnaire de notre moine empoisonneur contrastait avec la noble silhouette du Sage, qui semblait glisser sans que la matière ait de prise sur lui.

Ils ne devaient pas être arrivés au moulin lorsque cela se produisit. La secousse fut terrible. Un tremblement colossal, que nous ressentîmes dans tout le corps davantage que nous ne l'entendîmes. Je posai un genou au sol, Nathan s'appuya contre la paroi. Le coup d'envoi était donné, l'attente terminée.

Le temps s'accéléra brutalement. Les hommes couraient en tous sens, les gardes se ruèrent au grand carrefour, armes au poing. Nathan se précipita pour suivre ce qui se passait sur les écrans, je pris la direction du mur.

Quelques instants plus tard, la vibration cessa.

Je traversai la place du marché et enfilai la section de la galerie de Serrelongue en direction du mur. Je passai en courant la bifurcation : le minage semblait toujours en place.

Le maçon se tenait debout devant la construction, l'air relativement calme.

— Ils ont mis la dose ! me lança-t-il.

— Je vous avais bien dit qu'on ne savait pas de quoi ils étaient capables. On dirait que votre mur a tenu.

— Je n'étais pas vraiment inquiet, il doit y avoir plus de cinq tonnes de pierres scellées. Ce qui m'ennuie le plus, c'est la façon dont le sol a vibré.

Il s'agenouilla pour inspecter le sol.

— Regardez ces fissures dans les dalles. Elles n'y étaient pas...

Je me tournai vers l'un des gardes.

— Faites évacuer tout le monde. Balisez la zone, je ne veux plus personne dans ce secteur.

Le maçon se mit à quatre pattes sur une fissure et baissa la tête jusqu'à promener sa joue au ras du sol.

— Pas de courant d'air. Je ne sens rien. Ce doit être superficiel.

— Ça peut s'effondrer ?

— Possible. Ce n'est pas uniquement de la roche pleine ; plus loin dans la galerie, il y a des veines moins dures.

— Et le mur lui-même ?

— Il est construit sur un passage taillé dans le roc, comme sur un pont. S'il s'écroule, c'est que les vingt mètres de galerie situés de part et d'autre se seront effondrés avant.

J'entendis résonner des pas. Le faisceau d'une lampe apparut. Nathan arrivait des quartiers hauts, hors d'haleine.

— Ils ont débouché ! Les caméras ont enregistré le flash de l'explosion !

— Donc, dans peu de temps, ils seront de l'autre côté et on sera fixés sur la réussite de notre plan. Nous n'avons plus rien à faire ici. On risque soit l'éboulement, soit l'invasion. Partons.

46

Le maçon resta en arrière avec les Frères pour placer la ligne de balisage. Nathan et moi allâmes retrouver Derek dans la salle de surveillance. Il visionnait la vidéo de l'explosion en compagnie d'Isvoran, le chef de la sécurité, et de plusieurs gardes.

— Regarde bien, parce que ça va très vite.

L'écran resta obscur durant un moment puis soudain, une lueur prit naissance dans le coin supérieur de l'écran et gagna l'ensemble du champ visuel des deux caméras. Visiblement, tout avait tremblé. La tache de lumière persista deux ou trois secondes, puis tout redevint noir.

Nathan était dubitatif.

— C'est difficile de se rendre compte de la puissance sans le son.

— À première vue, il ne leur restait pas beaucoup d'épaisseur de sol à percer. Ils n'y sont pas allés de main morte. J'espère que les éclats n'ont pas endommagé les objectifs. Peut-on revoir ça image par image ?

Le garde qui était à l'ordinateur cliqua. Le deuxième visionnage nous renseigna sur l'angle d'attaque et la puissance de l'explosion. Je précisai :

— J'ai demandé que l'on filme en haute définition à cinquante images par seconde pour mieux décomposer. Il faut six images à la lueur pour remplir tout l'écran, ça donne une idée de la fulgurance.

Nathan regardait l'étrange nébuleuse blanche envahir les écrans en boucle.

— Cette vidéo ne nous apprendra pas grand-chose de plus.

Je vérifiai l'heure. L'explosion avait eu lieu vingt-six minutes plus tôt exactement.

— S'ils décident de pénétrer, ils ne devraient plus tarder. Ils doivent être impatients d'aller voir ce qu'ils ont découvert. Le Sage n'est toujours pas remonté du moulin ?

— Non. Peut-être n'a-t-il même pas entendu l'explosion.

— Dommage qu'on ne puisse pas écouter ce qu'ils vont dire ! fit remarquer Nathan.

— L'explosion aurait bousillé n'importe quel micro.

Nous restâmes de longues minutes anxieuses les yeux fixés sur les écrans noirs, à attendre qu'ils fassent leur entrée. Brusquement, le temps d'une fraction de seconde, un pinceau de lumière balaya l'angle d'un écran.

— Les voilà !

L'explosion n'avait pas endommagé les caméras. Un deuxième faisceau de lumière traversa l'image. Même si la clarté fut brève, elle permit de voir que la galerie avait été éventrée du sol au plafond.

Une lampe pénétra dans le tunnel. Impossible de voir le visage de l'homme qui la tenait : la caméra était éblouie. Quelques instants plus tard apparut un deuxième faisceau. Nous assistâmes à l'étrange valse de deux, puis de trois cônes de lumière tournoyant dans le noir.

— En voilà un quatrième.

Les intrus s'éclairaient parfois les uns les autres au hasard de leurs mouvements, trop rarement malheureusement pour qu'on puisse les identifier à coup sûr.

— Derek, il va falloir repasser la vidéo pour essayer de savoir à qui on a affaire. Tu peux t'en charger ? Vous autres, continuez à enregistrer pendant que Derek visionne les images déjà en stock.

Ce dernier s'installa devant un second poste de surveillance pour s'atteler à la tâche.

Sur les écrans, les faisceaux continuaient à danser dans l'ombre. Les envahisseurs n'avaient pas l'air d'accorder plus d'attention à notre mur qu'aux autres – c'était bon signe. Il y avait maintenant une vingtaine de minutes que nous les regardions jouer leur drôle de ballet lumineux dans la galerie de Serrelongue. Je demandai à être averti s'il y avait du changement et si Derek réussissait à mettre un nom sur le visage des envahisseurs. Puis je sortis, imité par Nathan.

La ruelle était déserte, il était à peine vingt-trois heures. Nous la remontâmes en regardant par les fenêtres des autres échoppes. Arrivés à la nôtre, Nathan referma la porte derrière nous et se laissa tomber assis sur le sol.

— Je n'arrive pas à nous sentir menacés par leur percée dans la galerie. C'est bizarre, non ?

Je fouillais dans la caisse pour faire un rapide inventaire de ce qui nous restait en explosifs. Nathan me regardait faire sans broncher, attendant que je lui réponde.

— Nous nous attendions à ce qu'ils débouchent. Nous n'en sommes pas encore aux surprises.

Je laissai retomber le couvercle de la caisse puis m'assis à la table pour faire le ménage dans mon sac à dos.

— Et si on ne trouve pas le labo ?

— Nous devons tout faire pour réussir. Accepter l'hypothèse d'un échec, c'est déjà renoncer.

— Tu as l'air tendu. Y a-t-il quelque chose que tu ne me dis pas ?

Le contenu de mon sac était éparpillé sur la table. Au milieu des piles, du fil et des outils reposait le cahier. J'étendis la main sur la couverture.

— Non, tu sais tout. Je suis peut-être davantage conscient des risques que toi, ou plus fragile, je ne sais pas. Je n'aime pas attendre, surtout quand ce sont des crapules qui ont l'initiative.

À cet instant, Derek poussa la porte.

— Venez voir, je les ai identifiés.

47

Dans la salle de surveillance, les gardes et Isvoran observaient attentivement en direct les mouvements de nos adversaires.

— Ils sont cinq maintenant, nous informa ce dernier. Ils ont l'air de s'intéresser aux parois.

Sur le second poste informatique, Derek stoppa l'image de la vidéo sur le visage d'un homme éclairé de profil par la lampe de son voisin.

— Luciano Merisi, leur spécialiste en explosifs.

Il recula le curseur et figea l'image à nouveau.

— Lui, c'est Mark, le fils d'Abermeyer. Derrière, on distingue un de leurs habitués des opérations spéciales, et plus à gauche, c'est un scientifique de l'université de Bucarest connu pour traquer les trésors. Mais le dernier va particulièrement te plaire.

L'image s'arrêta sur le visage d'un homme éclairé par-dessous. Le fort contraste rendait ses traits particulièrement acérés. Je poussai un juron.

— Eh oui, confirma Derek. Ton pote Karl Zielermann est descendu voir en personne sur quoi ils sont tombés. Il s'investit vraiment de très près. À croire qu'il a flairé ta piste…

— Au moins, ce n'est sûrement pas lui qui se rendra compte que le mur n'a que quelques heures. Il est redoutable, mais pas sur ce plan-là.

Un garde nous appela aux écrans reliés en temps réel.

— Regardez, ils observent la base des murs de plus près.

— Soit ils soupçonnent quelque chose…

—… Soit ils cherchent où placer leur prochaine charge.

Leur comportement semblait confirmer la seconde hypothèse.

— Bon sang, ils n'ont pas l'air de vouloir en rester là ! Trouvez-moi le chef maçon, il faut retourner au mur, je veux revoir les fissures du sol avec lui.

Quelques instants plus tard, nous étions au mur. Nos adversaires se trouvaient de l'autre côté, à quelques petits mètres de nous, sans se douter le moins du monde de notre présence. C'était une impression bizarre.

Le maçon inspecta les joints et les contreforts. Il s'agenouilla ensuite pour observer les étroites fissures dans le dallage. J'avais déjà le visage tout près du sol.

— Je suis certain que celle-ci s'est élargie, dis-je à voix basse.

Il se pencha, approchant sa joue à son tour.

— Il n'y a pas d'appel d'air, mais je crois que vous avez raison.

Nathan regardait les autres petites crevasses.

— Vous pensez que ça peut être creux en dessous ?

— Creux, peut-être pas, mais plus meuble ou plus fragile, oui. Le mur est très lourd et les explosions n'ont pas dû faire vibrer que les parois.

— S'il s'effondre, c'est l'entrée avec un tapis rouge pour eux.

— On sera aux premières loges grâce aux caméras. Si ça s'écroule, on le saura immédiatement, et on a toujours la possibilité de détruire la bifurcation. Si on réagit assez vite, ils peuvent même prendre le bruit de l'explosion pour une conséquence de l'éboulement.

— On va laisser un détonateur à la salle de surveillance, près des écrans.

Le maçon se releva et caressa son mur.

— Il vaut mieux ne pas rester dans les parages, dit-il, les fissures se creusent et ça va faire très mal si ça tombe.

Il tapota la construction comme l'épaule d'un ami.

— Cette fois, je crois qu'on ne reviendra pas.

Durant tout le trajet de retour, je ne cessai de réfléchir aux méthodes employées pour la recherche du labo. Elles avaient toutes en commun la logique et le rationnel. Pourquoi n'avaient-elles rien donné ? Nous avions étudié toutes les entrées existantes, considéré toutes celles qui pouvaient être dissimulées, sans résultat.

Quelque chose clochait.

48

Derek nous attendait devant les écrans de contrôle. Isvoran et les gardes étaient sur le qui-vive.
— Savez-vous où sont les Frères ? demandai-je. Il n'y en a plus un seul dans les parages.
— Le Sage est revenu du moulin. Il les a réunis au réfectoire pour songer.

Je n'avais jamais assisté à l'une de ces réunions. Il fallait avoir suivi une formation spirituelle des plus complètes pour être en mesure d'y participer. Je me souvenais de ces assemblées dont le Sage sortait parfois avec les réponses à nos questions. La seule fois où j'avais osé lui demander ce qui s'y passait, il m'avait expliqué qu'au cours de ces communions de réflexion, les esprits de chaque Frère présent s'additionnaient pour augmenter le savoir et l'intuition. Il avait parlé de courant de pensée, d'un fluide presque tangible qui passait par tous les participants, prenant en chacun la mémoire et l'esprit nécessaires à la découverte de la solution pour aller ensuite se déposer dans le cerveau d'un seul, qui devenait le messager de la réponse. Il nous restait beaucoup à apprendre des arcanes de l'esprit.

Souvent, lors de recherches ou de rencontres, j'avais croisé des êtres qui eux aussi faisaient appel à cette mise en commun des esprits pour surmonter leurs propres limites. Cette notion était naturelle dans la Confrérie, la seule différence entre les Frères et nous étant qu'ils la maîtrisaient mieux et pouvaient la provoquer. Il n'y avait plus qu'à espérer que leur union serait suffisante pour percer le secret du laboratoire.

Nathan était lui aussi perdu dans ses pensées.

— Regardez, nous alerta Isvoran, on dirait qu'ils essayent de poser une nouvelle charge.

Je ne parvenais pas à fixer mon attention sur les écrans. L'idée d'une solution évidente qui nous avait échappé au moulin m'obsédait. Je sentais un embryon de quelque chose, comme un frémissement à la périphérie du conscient. Je pivotai vers Nathan. Nos regards se croisèrent. Il y eut dans ses yeux comme une étincelle ; au même moment, une évidence me frappa.

Je me ruai hors de la pièce, Nathan sur les talons. J'avais déjà presque atteint l'angle de la ruelle lorsque je l'entendis hurler :

— Je prépare le matériel !

Derek sortit à son tour.

— Que se passe-t-il ? s'inquiéta-t-il. Vous faites déjà sauter la bifurcation ?

Sans même ralentir, Nathan lui lança :

— Non, non ! Je crois qu'on a trouvé le labo !

49

J'enfilai les couloirs les uns après les autres, croisant les gardes embusqués qui me regardaient passer en courant avec inquiétude. J'arrivai enfin devant les grandes portes du réfectoire. Elles étaient closes et un garde en barrait l'accès. Me reconnaissant, il s'écarta.

Je poussai le grand battant, qui s'ouvrit en grinçant. La salle était plongée dans la pénombre ; seules quelques torches placées au centre du cercle formé par les Frères étiraient leurs ombres sur les murs. La voix du Sage s'éleva dans le silence absolu.

— Entre, ne crains pas de nous troubler.

— Je crois qu'on a trouvé l'entrée du laboratoire !

Ma voix essoufflée résonna dans la grande salle. Tous les regards convergèrent vers moi.

— On n'a pas encore vérifié, mais tout se tient.

— D'autant plus que vous avez été deux à avoir la même pensée. N'est-ce pas ?

C'était exact. Dans notre précipitation, je n'avais pas réalisé que sans nous être concertés, Nathan et moi avions réagi précisément au même instant.

— Qu'attends-tu de nous ? reprit le Sage.
— Préparez-vous. Rejoignez-nous au moulin.
— Soit.

Je faisais déjà demi-tour pour regagner la ruelle lorsque le Sage m'interpella. Je m'arrêtai dans mon élan.

— Ne laisse personne y pénétrer avant toi. L'innocence et l'honnêteté ne sont pas une protection suffisante pour entrer dans les lieux où tu risques d'aller…

Je lui adressai un sourire rassurant par-dessus mon épaule et repartis à toute allure.

Nathan m'attendait au grand carrefour avec nos sacs à dos et une corde. Nous prîmes la direction du moulin sans ralentir.

— Toi aussi, tu t'es rendu compte qu'on n'avait pas étudié toutes les entrées ?
— C'était évident !
— Et si on se plantait ?
— Tu as un doute ?
— Pour moi, ça ne peut être que ça.
— On est au moins deux à le penser.

Les couloirs et les centaines de marches à descendre ne furent pas un problème. Ni le souffle ni les jambes ne nous manquèrent.

Il faisait bon dans les galeries. Je crois que nous savourions notre découverte avant même d'être sûrs qu'elle était réelle. Je pense aussi que nous étions portés par l'idée d'avoir pu nous comprendre sans nous parler. Avions-nous été aiguillonnés par l'esprit commun des Frères, ou s'agissait-il seulement d'une coïncidence ? Le temps manquait pour s'appesantir sur la question.

Nous franchîmes les aimants géants et la passerelle qui enjambait la fosse aux pieux en ralentissant à peine.

En arrivant devant la porte du moulin, Nathan attrapa les tiges de fer et les plaça sans hésiter dans la pierre percée. Il vérifia les positions, appuya son dos sur les têtes et la lourde porte s'entrouvrit. Un garde apparut aussitôt, arme au poing. Il s'écarta pour nous laisser le champ libre. Dans l'immense salle de roche ne restaient que quelques projecteurs.

Nathan se dirigeait déjà vers la rivière. Je fis signe à deux des gardes de nous suivre. Je posai mon sac près du grand bassin et en sortis une lampe torche. Le bruit de l'eau était assourdissant. Nathan déroula la corde et l'attacha à un pilier du pont le plus proche. Les gardes nous regardaient faire sans comprendre. Je hurlai pour qu'ils m'entendent malgré l'eau :

— On a peut-être la solution pour l'entrée du labo ! On a étudié toutes les possibilités, sauf une !

Je leur désignai la bouche par laquelle sortait la rivière souterraine après avoir traversé la salle. Le volume d'eau emplissait tout le conduit, la violence du courant accentuée par l'étranglement du canal qui l'y conduisait.

— Je vais me laisser entraîner dans le boyau, attaché à la corde.

Nathan était à quelques mètres de nous et enlevait son sweat et ses chaussures. Je m'approchai de lui et l'arrêtai.

— C'est à moi d'y aller. On aura besoin de toi ici et tu risques trop une fois de l'autre côté.

— Non, j'y vais. S'il y a un danger, il vaut mieux que ce soit moi qui l'affronte. J'ai peur de ce qui m'attend, surtout après les saloperies qu'on a trouvées sur notre route depuis qu'on est entrés ici, mais il vaut mieux que ce soit toi qui restes aux manettes.

— Ce serait du suicide, tu n'as pas encore assez d'expérience. Seul, tu n'iras pas loin. Ne discute pas. S'il le faut, j'ordonne aux gardes de te neutraliser.

Nathan tourna la tête vers les deux hommes qui nous observaient sans nous entendre – il jaugeait ses chances d'avoir le dessus pour y aller quand même. C'était tout lui. Je lui pressai doucement l'épaule. Il me fixa, le regard vif et l'esprit en alerte.

— Alors c'est la scène où les deux amis se battent, chacun pour sauver l'autre ? On n'est pas dans un film, Nathan. Que tu sois perdu d'avance en te jetant là-dedans, c'est peut-être faux, mais j'ai raison quand je dis que mes chances de m'en tirer sont plus grandes. Je vais avoir besoin de ta force pour me retenir dans ce déluge de flotte. Aide-moi.

Il hésita un moment puis obtempéra et renfila son sweat à contrecœur. Il me désigna le pilier.

— Vérifie le nœud.

Je trempai la main dans l'eau du bassin et grimaçai :

— Elle doit être à six degrés maximum. Ça va être vivifiant…

— D'après les relevés, elle est à quatre degrés, précisa l'un des gardes avec une moue d'empathie.

Nathan sourit de toutes ses dents.

— C'est toi qui tiens à y aller, je te rappelle !

Il me fit un clin d'œil et sortit un couteau de son sac. Les gardes se mirent à découper une autre corde pour confectionner un semblant de harnais.

— Tu as une idée de la façon dont le cours d'eau se raccorde à l'entrée du labo ?

— Pas la moindre.

J'enfilai le harnais, qui me maintenait aux cuisses et à la taille avec une bonne répartition de la tension. Ça semblait pouvoir tenir. Je pénétrai dans le bassin jusqu'à mi-cuisses – le froid faillit me couper le souffle – et avançai vers le trou dans lequel s'engouffrait l'eau glacée. Nathan marchait à ma hauteur sur le bord. Il me fixait avec une expression étrange.

Le courant appuyait si fort contre mes cuisses que j'avais du mal à tenir debout. Je m'efforçai de rester droit en attendant de trouver le courage de me jeter tout entier au bouillon. Comme un nageur qui s'apprête à plonger pour une compétition, je me passai de l'eau sur l'abdomen et la nuque. Les gouttes glaciales qui coulèrent le long de ma colonne vertébrale provoquèrent d'incontrôlables frissons.

— Tendez la corde, laissez-moi glisser dans le courant. Si dans une minute trente je suis encore là-dedans, remontez-moi. Évitez les à-coups, c'est vous qui tenez ma vie.

Les gardes se mirent en position de rappel pour contrôler la tension de la corde. Je vérifiai une dernière fois le nœud qui unissait les deux longueurs. J'avais mon couteau dans la poche et une torche électrique étanche allumée autour du cou.

— Une minute trente, ce n'est pas un peu long ? Surtout par cette température…

Nathan ne plaisantait pas.

— Ne t'inquiète pas. J'ai une marge de sécurité.

Il regarda le canal dans lequel l'eau accélérait pour se jeter dans l'ouverture.

— Fais attention.

— Ça, c'est la scène qui vient après que les amis se sont battus. Normalement on se serre virilement la main…

L'air sérieux, mon ami me tendit la sienne, puis il m'attrapa par les épaules pour me donner l'accolade.

Je fis signe aux gardes et m'assis doucement dans l'eau glacée. Le froid envahit un à un chaque centimètre de ma peau. J'avais de l'eau jusqu'à la poitrine. Je respirais vite, j'étais frigorifié. Je plongeai la tête pour m'habituer. Le courant m'arrachait peu à peu à mon assise. La corde se tendit. Je fis signe à Nathan de s'approcher.

— Tu sais, pour tout à l'heure, tu as bien fait de laisser tomber.

Il me regarda, perplexe.

— T'aurais jamais réussi à avoir le dessus sur les gardes, faut pas rêver !

Je lui envoyai une gerbe d'eau à la tête avec un grand sourire, fis signe aux gardes de donner un peu de mou et me laissai glisser.

Je crus que la corde avait lâché tellement je démarrai vite. Le flot me happa et j'entrai dans la bouche comme catapulté, les pieds en avant.

Le visage de Nathan disparut dans un tourbillon d'eau. Mon cerveau était en alerte comme il l'avait rarement été. Je fermai les yeux. J'avais oublié de lui donner le cahier, et pourtant je partais.

La respiration bloquée, j'étais aveugle, englouti dans un boyau d'à peine un mètre de diamètre et entraîné à toute allure. Une part de mon esprit cédait à la panique, à la claustrophobie, je résistais contre une terreur animale, la conviction que je ne pourrais jamais sortir de là vivant. La corde tiendrait-elle ? Parviendrais-je à retenir mon souffle ? Les secondes semblaient des siècles. Comment savoir si, les yeux clos, je n'avais pas manqué la sortie ?

Mon esprit s'embrouillait, je luttais de toutes mes forces contre l'affolement. Les parois étaient lisses et le boyau avait légèrement dévié. À cette vitesse, je devais avoir parcouru au moins dix mètres. La corde me sciait les cuisses, je ne sentais plus ma lampe. L'eau tirait mes vêtements. Ça ne devait pas faire loin de soixante secondes que j'étais plongé dans ce déluge. Je glissais au rythme de la corde que Nathan et les gardes laissaient filer.

J'étais en pleine accélération lorsque mes pieds s'écrasèrent sur quelque chose. Je crus que mon cœur allait lâcher.

50

J'étais allongé dans le torrent, compressé par le courant, bloqué par un obstacle inconnu. La corde n'était plus tendue. J'ouvris les yeux dans l'eau, mais je ne voyais rien. Mes tempes résonnaient, le manque d'oxygène n'allait pas tarder à devenir critique et chaque mouvement que je faisais en accélérait encore la consommation.

Je me contorsionnai en tendant le bras, cherchant à palper ce qu'avaient heurté mes pieds... quand soudain, ma main sortit de l'eau. Je mis quelques instants à comprendre comment cela était possible. Les secondes s'égrenaient. Je levai l'autre bras. Je sentais l'air libre ! Il y avait une ouverture dans le boyau, qui donnait juste au-dessus de ma poitrine.

Je cherchai à tâtons une prise, et ma main agrippa une poignée. Je me repliai pour passer le buste dans l'ouverture. J'avais à peine sorti la tête de l'eau quand je sentis la corde m'attirer à nouveau brutalement dans le courant, sans avoir eu le temps de reprendre mon souffle. La minute trente devait être écoulée, mes compagnons tentaient de me ramener.

Je me cabrai pour les en empêcher, parvins à extraire le couteau de ma poche et, sans trop réfléchir aux conséquences, sectionnai la corde pour me libérer. Le courant me repoussa contre l'obstacle. Je rattrapai la poignée et tirai pour me dégager de l'eau.

Je pris aussitôt une grande inspiration. Mon cœur battait la chamade. Il fallait maintenant que je m'extirpe du boyau. Je bandai mes muscles et me retrouvai debout, le bas du corps toujours dans l'eau. L'ouverture se présentait comme une bouche d'égout sur un conduit. L'obscurité était totale. Je me hissai à la force des bras et restai assis quelques secondes sur le bord, les pieds ballants dans le courant, ma lampe suspendue dans le dos.

Quand j'eus un peu récupéré, j'empoignai ma lampe, me penchai en avant et tentai d'éclairer ce qui m'avait arrêté.

Une grille de fer forgé empêchait d'aller plus loin dans le boyau. Il suffisait de se laisser glisser dans le flot comme sur un toboggan pour se retrouver les pieds sur celle-ci, avec la bouche de sortie devant soi. Le trou avait la largeur d'un puits et débouchait dans une petite salle, juste assez large pour faire le tour de l'ouverture à pied. Je me levai. Le grondement du flot emplissait l'espace. Je dégoulinais en claquant des dents. Adossé au mur circulaire, le trou à mes pieds, j'éclairai autour de moi, suppliant le ciel que ma lampe ne me lâche pas.

Un unique couloir s'ouvrait devant moi. Je ne savais pas encore si j'étais arrivé dans le laboratoire, mais quoi qu'il en soit, nous n'avions jamais rien lu qui fasse mention de ce passage. La croix templière ornait le fronton. Ma lampe à la main, je m'engageai dans l'étroite galerie.

Avant que j'aie pu aller plus loin, un monstrueux mugissement emplit l'espace. Je me retournai, terrifié, pour faire face à l'attaque.

Une silhouette se débattait dans le flot, cherchant à en sortir. Je me précipitai et empoignai un bras. Nathan s'arracha au courant avec mon aide en reprenant bruyamment sa respiration.

— Ça devient une spécialité, dis-moi. Tu passes ton temps à me poursuivre ?

Il hoquetait, écroulé sur la margelle. Il releva la tête et déclara, la voix rauque :

— Encore un trou à rats... Les gardes ont ramené la corde vide, j'ai eu peur que tu ne te sois noyé.

— Alors tu t'es dit : « Il n'y a pas de raison qu'il se noie tout seul, j'y vais aussi. »

— J'ai cru que tu y étais resté pour de bon.

— Moi aussi, je l'ai cru. J'espère que les gardes ne vont pas avoir l'idée de te suivre parce qu'à ce petit jeu, toute l'équipe va se retrouver ici, et je n'ai pas la moindre idée de la façon dont on en sort...

Dans les bassins du moulin, ils devaient redouter le pire... Quand Nathan eut repris son souffle, nous nous engageâmes dans le couloir.

Nous laissions une belle traînée d'eau derrière nous et nos vêtements trempés nous empêchaient de marcher à l'aise. J'éclairais toutes les parois de la galerie pour m'assurer qu'aucun piège ou signe ne s'y cachait.

Le bruit de la rivière s'atténua derrière nous, mais je crus bientôt en entendre un écho. Cet autre son venait de quelque part devant nous : nous nous dirigions vers une nouvelle chute d'eau.

Nous débouchâmes peu après dans une seconde salle circulaire, plus grande et plus haute. Le sol était en terre battue et la voûte sobrement sculptée. Les murs circulaires étaient tous bordés de bancs, comme dans une salle d'attente. Il n'y avait qu'une seule autre issue : un passage barré par un rideau d'eau sur toute sa largeur, ce qui empêchait de voir au-delà. Je m'approchai de l'écran aquatique.

— Tu as une idée de l'utilité de cette douche ?

— On sort du bain, je ne vois pas bien pourquoi il faudrait y retourner...

— Un piège ?

L'eau coulait d'une pierre artificiellement fendue sur toute sa longueur pour tomber dans un fossé étroit et profond aménagé dans le sol. On aurait pu croire à un rideau de plastique tant le débit était régulier. J'hésitai un moment à le traverser mais me ravisai. Les paroles du Sage me revinrent en tête. Il fallait être plus que prudent.

Nathan éclaira le reste de la salle. Dirigeant sa lampe sur le mur, il s'exclama soudain :

— Regarde, on dirait une sorte d'échelle... Il y a peut-être un autre passage ?

À plusieurs endroits, des trous peu profonds, grands comme des cartes postales, avaient été creusés dans le mur. En y regardant de plus près, on pouvait effectivement s'en servir pour grimper jusqu'à la voûte.

J'entamai l'escalade. Chaque encoche permettait d'introduire le pied juste assez profondément pour bien le caler, prendre appui et attraper de la main l'encoche suivante. Tandis que j'approchais du plafond, je remarquai que les dalles qui formaient la voûte n'avaient pas toutes la même couleur. Je tendis un bras pour les sonder en toquant des phalanges. La partie juste au-dessus de moi n'était pas en pierre, mais en bois : un panneau, impossible à détecter depuis le sol. Je le soulevai et découvris un tunnel qui partait en direction du couloir dont l'accès était barré par le rideau aquatique. En passant par ici, on pouvait donc sortir de la salle en évitant la douche.

Je me glissai par la trappe et invitai Nathan à me rejoindre. Le passage s'arrêtait à quelques mètres de là pour donner sur une autre ouverture et d'autres trous dans le mur pour redescendre.

Nous nous trouvions à présent de l'autre côté de l'écran d'eau. Pourquoi existait-il un deuxième itinéraire alors qu'il importait si peu d'être mouillé juste après être sorti du torrent ?

Le tunnel dans lequel nous nous enfonçâmes avait la structure des souterrains classiques construits sous les abbayes au début du XIe siècle. Il tournait sur la droite par angles successifs. Nous devions maintenant avancer parallèlement au boyau de la rivière souterraine.

Quelques mètres plus loin, une grille dont la serrure occupait presque toute la moitié inférieure nous barrait la route. Trois disques étaient disposés les uns au-dessus des autres, à la manière des systèmes de combinaisons pour coffres-forts. Des chiffres et des symboles entouraient chacun d'eux, une pointe indiquant le repère d'alignement.

— Tu y comprends quelque chose ? m'interrogea Nathan.

— Il y a de tout, des matières, des planètes… Je ne sais pas trop.

— On a une chance de trouver ?

— Je ne sais pas, mais tout a l'air rouillé. L'air est très humide ici, entre le torrent et la chute d'eau…

Nathan empoigna la grille et commença à la secouer violemment. Quelques plaques de rouille tombèrent.

— On a une chance, grogna-t-il en secouant la ferrure de plus belle.

Je me joignis à lui. Peu à peu, dans un vacarme assourdissant, nous vîmes la serrure donner des signes de faiblesse. Encouragés, nous persévérâmes. Enfin, elle céda et nous réussîmes à nous ménager un étroit passage. Nathan s'y glissa sans hésiter, et je l'imitai.

Nous n'étions pas au bout de nos surprises.

51

La salle où nous débouchâmes était immense, si vaste que nos lampes pourtant puissantes échouaient à en éclairer les limites. Des colonnes de pierre de taille soutenaient le plafond. Et, entre les piliers...

C'était à peine croyable. Il y avait là, recouvertes par la poussière, d'innombrables tables où abondaient toutes sortes d'objets et d'instruments étranges : cornues, creusets et articles de verre ou de métal à l'usage inconnu ; partout, des piles de livres, des chandeliers, des braseros, des lutrins, des armoires, et, alignés par centaines le long des murs, des pots remplis de toutes sortes de matières et de poudres multicolores...

Frappé de stupeur, je compris que nous venions de pénétrer dans le plus vaste laboratoire jamais mis au jour.

Je me ressaisis rapidement et fis quelques pas entre les tables. Il devait y en avoir une centaine, chacune équipée comme un atelier. Tout était encore en place, comme si les Frères allaient revenir d'un instant à l'autre – certains livres étaient même restés ouverts. Ils avaient dû attendre jusqu'à la dernière minute avant de fuir, pensant pouvoir reprendre plus tard leur travail. La parenthèse avait duré des siècles. Il avait fallu attendre près de quarante générations avant que des hommes foulent à nouveau le sol de cette forteresse vouée à l'étude.

Nathan effleurait ici une éprouvette, là une balance romaine avec son plateau et son contrepoids, là encore un creuset de métal ou de terre cuite, des verreries, des coupelles, un entonnoir, une écuelle de porcelaine…

— C'est fabuleux !
— Cet endroit nous attendait depuis huit siècles.

Je parcourus des yeux les tranches vierges des volumes reliés posés tout près de moi, me penchant en prenant soin de ne pas laisser l'eau qui trempait mes vêtements goutter sur les parchemins.

Je frissonnai, mais ce n'était pas de froid. L'émotion m'envahit. Des dizaines de Frères devaient avoir travaillé ici, filtrant, consumant, analysant, consignant tout avec soin. Je m'arrêtai près d'un vaste plan de travail sur lequel avait été construit un minuscule four. Il avait exactement la forme des fours à pain dans lesquels je m'étais glissé le matin même, mais était assez petit pour que je puisse l'entourer de mes bras.

Je soufflai sur la page d'un épais carnet resté ouvert pour en chasser la poussière. Il y avait des schémas, des notes. Je ne comprenais pas les détails, mais l'ensemble semblait parler de feu – des flammes y étaient dessinées. Ce devait être un confrère qui avait mené ces travaux, à l'époque où nous ne portions pas encore le nom de pyrotechniciens.

Nathan était aussi ému que moi. C'était magique. Tous ces objets, tout ce savoir... L'on sentait le poids de l'histoire, la force de la volonté de tous ceux qui avaient vécu et parfois même donné leur vie pour que cet endroit puisse exister et nous attendre.

En silence, nous observâmes pendant un long moment, nous imprégnant de ce lieu, le respirant, gravant ce moment, ce sentiment dans notre mémoire.

Nathan tendit la main vers tout un assortiment d'échantillons de minéraux et prit délicatement entre ses doigts une pyrite de fer.

— Vous disiez que ce laboratoire travaillait sur la matière et sa structure, qu'est-ce que ça signifie exactement ?

— Tu as vu, il y a ici des ouvrages sur le feu, sur l'eau, sur les roches, sur la façon de les transformer, sur ce que cela devient lorsqu'on les mélange. C'est l'étude de ces résultats, mais plus encore des règles et des lois physiques les provoquant qui était apparemment menée ici. Finalement, quand on y réfléchit, il n'y a pas tellement de différence entre tous les corps connus, vivants ou inertes. Ils contiennent tous du carbone, de l'oxygène, de l'hydrogène, et quelques autres éléments chimiques de base. Ce qui les différencie essentiellement, c'est la concentration et l'agencement. La composition chimique d'un humain, c'est approximativement cinq jerricans d'eau, un seau de charbon, deux de craie, et une poignée de minéraux divers. Qu'est-ce qui fait qu'on n'est pas un tas de boue noirâtre et qu'on devient des humains ? Un codage. On connaît celui qui régit la biologie, c'est le code génétique qui permet de synthétiser les protéines en traduisant les informations contenues dans l'ADN, mais nous sommes certains qu'il existe d'autres codes qui caractérisent chaque matière et les empêchent de se fondre en un tout homogène. Si l'air et l'eau contiennent tous deux de grandes quantités d'oxygène et d'hydrogène, pourquoi l'air ne prend-il pas la place de l'eau et inversement ? Parce que la matière est codée ; chaque élément chimique est accompagné de signes et régi par des lois qui font qu'il est à sa place. La matière n'est qu'Une, c'est la concentration des éléments qui la composent qui varie localement. C'est une autre version du célèbre « rien ne se perd, rien ne se crée : tout se transforme ».

Nathan leva sa pyrite pour mieux la voir et l'épousseta. Les facettes brillèrent dans la lumière de sa lampe tandis que je poursuivais :

— Les Frères ont cherché à comprendre les lois de cette perpétuelle transformation. Que devient le bois lorsqu'il brûle, et comment ? Pourquoi l'eau chaude se transforme-t-elle en vapeur ? Nous avons probablement sous les yeux les réponses qu'ils ont dû trouver. Il faudra des années pour traduire et comprendre : la langue n'est pas le seul fossé entre eux et nous, la méthode diffère elle aussi. Ils n'avaient pas la même approche des choses, et une expérience racontée à leur époque n'a pas grand-chose à voir avec la même relatée de nos jours. Ils n'avaient pas le vocabulaire de la chimie, ils ne suivaient pas les mêmes processus d'analyse, il faut tout convertir en essayant de détecter les erreurs de raisonnement.

— Mais alors, l'alchimie, ce n'est pas seulement une chimère ?

— S'ils ont découvert les lois qui régissent les codes de la matière comme on a réussi à comprendre comment l'ADN agence les cellules d'un être biologique, ils auraient pu transmuter n'importe quelle matière en n'importe quelle autre.

— Tu parles de contrôler la matière ?

— Exactement.

— Rien que ça... Et peut-être que la réponse est là, dans ces livres !

Secouant la tête, il souleva un volume au hasard.

— Mais il va falloir des siècles pour tout décrypter !

— Peut-être. Mais nous savons de toute façon que nous ne verrons jamais l'aboutissement de ce pour quoi nous nous battons.

— Tu imagines, si les autres mettaient la main sur tout ça ?

— Ils ne le déchiffreraient qu'avec encore plus de difficultés que nous. Mais ils nous empêcheraient de le faire et priveraient les hommes d'un savoir qui leur appartient. La majorité des puissants de ce monde ne souhaitent pas s'accaparer des documents de cette importance pour les comprendre ou les exploiter, leur première crainte est que d'autres en fassent quelque chose dont eux-mêmes seraient incapables. Les bibliothèques de tous les gouvernants regorgent d'ouvrages jalousement gardés mais qui ne seront jamais compris et parfois même jamais ouverts. La première arme d'un pouvoir, c'est la rétention du savoir.

— Le risque n'est donc pas si grand de voir l'autre camp trouver ici un savoir ou une arme potentielle qui lui assurerait la suprématie. S'ils n'y comprennent rien, on ne craint pas grand-chose, après tout...

— Ce n'est pas si évident. On saura si tu as raison quand on aura tout lu. Il y a peut-être quelque part dans cette salle une synthèse, une formule qui pourrait leur être utile dans leur secteur d'activité. On ne pouvait pas courir le risque qu'ils dissimulent ou détruisent ce patrimoine, et encore moins qu'ils tombent sur la pierre philosophale pour en faire des roquettes incendiaires bon marché.

— Comment va-t-on évacuer tout ça ?

— Remonter la rivière est impossible. Il existe forcément un autre accès. Allez, viens.

En poussant plus avant notre exploration, nous nous arrêtâmes souvent pour admirer les croquis et les instruments recouverts d'une fine poussière. Chaque nouvel atelier se révélait plus passionnant que le précédent. À en juger par la diversité des sujets touchant à la matière et par l'angle sous lequel ils étaient abordés, il devenait de plus en plus certain que nous allions trouver certaines réponses à des questions que les savants contemporains ne s'étaient même pas encore posées. L'addition d'une philosophie et de la science avait trouvé dans cette salle un sanctuaire qui, bientôt, serait un exemple pour tous. Les Frères avaient pour méthode d'observer le monde systématiquement pour chercher à comprendre chacune des choses qu'ils voyaient. Leur ouverture d'esprit et la naïveté de leur méthodologie leur évitaient d'avoir à choisir le sujet de leurs recherches mais leur épargnaient aussi des questions d'intérêt et de concurrence. La vie leur désignait ce qu'ils avaient à comprendre, et plus elle le leur montrait souvent, plus vite ils s'y intéressaient. Ils allaient à l'essentiel, ensemble. Une attitude bien différente de notre époque : de nos jours, la recherche pure a bien du mal à trouver des financements, et davantage de chercheurs travaillent à la recherche de nouvelles armes chimiques ou biologiques que sur les pouvoirs de guérison de la joie et du rire. On dépense infiniment plus d'argent à mettre au point des smartphones, des montres connectées, un déodorant qui tienne trois jours ou des câbles optiques qui puissent drainer cinq cents chaînes de télé qu'à tenter de comprendre comment on peut élever un enfant en lui permettant d'acquérir les outils spirituels pour mieux maîtriser sa vie. Chaque époque a ses priorités.

Nous serions restés des heures encore, mais nos compagnons attendaient. Nos adversaires avaient peut-être déjà posé une nouvelle charge. Cette immense salle devait être située de l'autre côté du pan de roche au pied duquel coulait la rivière dans le moulin. Nous en fîmes le tour ; les rayonnages de pots succédaient à ceux de verreries, les piles de livres gavaient les niches taillées dans la roche. La vaste pièce, bien qu'assez basse de plafond, résonnait longuement de chacun de nos gestes. En longeant les murs pour en évaluer la taille exacte, nous rencontrâmes un escalier montant vers ce qui se révéla être des dortoirs.

Un peu plus loin, je tombai sur un second escalier, qui cette fois descendait. Quand nous fûmes au bas des marches, une grille nous arrêta. La serrure portait des signes codés et d'autres plus classiques, mais elle nécessitait une clef. La rouille n'avait pas eu le même effet sur celle-ci et nous fûmes forcés de rebrousser chemin.

Curieusement, j'eus l'impression d'entendre à nouveau la rivière. Je m'arrêtai et tendis l'oreille, faisant signe à Nathan d'en faire autant. Le bruit étouffé provenait d'une sorte de coffre de pierre à l'épais couvercle de bois. En joignant nos forces, nous parvînmes à le soulever. Une ouverture circulaire plongeait vers l'eau grondante. Il ne pouvait s'agir que d'une autre bouche donnant dans la rivière souterraine. Trop éloigné de l'autre, cet accès-ci devait plonger sur le boyau amenant l'eau au moulin, et non sur celui qui en repartait. Si nos suppositions étaient exactes, en passant par là, nous arriverions sur le canal et la roue à aubes. Plausible, mais risqué. Une corde nous aurait assuré une chance en cas d'erreur, mais la seule que nous trouvâmes tomba en poussière lorsque Nathan la souleva.

Dans l'ouverture que nous supposions être la sortie, l'eau passait comme un métro fou, ne laissant qu'un mince bourrelet translucide sur la paroi. Sur la gauche, une énorme roue en bois était fichée dans le mur. Peut-être actionnait-elle un mécanisme ayant un rapport avec l'eau ? Nous essayâmes de la tourner, sans succès.

Au moment de me glisser dans le flot, quelques secondes me furent nécessaires pour me convaincre que je ne commettais pas une erreur fatale. J'avais eu cette fois plus de mal à persuader Nathan qu'il était préférable que j'y aille le premier. Il m'observait en silence. La masse d'eau me plaquait sur l'angle de la bouche, et il me faudrait toute la force de mes bras pour me tirer un peu en arrière et glisser sans me râper le torse. Il n'y avait plus qu'à espérer que ce déluge d'eau débouche quelque part à l'air libre, et ce avant que je manque d'air.

Nathan se pencha vers moi et dit :

— C'est la seule solution logique. D'ailleurs, je te suis. À la vie, à la mort !

Sans me laisser le temps de répliquer, il m'enfonça dans le flot.

52

Le courant était plus puissant que dans l'autre boyau. Je m'abandonnai au flot le plus vite possible, sachant que je ne pouvais compter que sur un peu plus d'une minute et demie de réserve d'air pour un trajet d'une longueur inconnue. Mes mains glissaient le long des parois, me maintenant au milieu pour ne rien heurter. J'avais toujours les yeux fermés, mais la panique était beaucoup moins forte que la première fois. L'image saugrenue de ces toboggans-tunnels des parcs aquatiques surgit dans mon esprit. Je n'avais jamais réussi à m'y amuser.

Le débit faiblissait légèrement. J'ouvris les yeux dans l'eau, juste assez tôt pour apercevoir une tache de lumière devant moi. Le tunnel débouchait.

Je fus catapulté comme un boulet dans le canal amenant l'eau vers la roue à aubes. Mi-assis, mi-allongé, je le parcourus les pieds devant, avant d'effectuer un vol plané qui s'acheva sur la roue. Je me retrouvai très inconfortablement coincé dans un des larges godets, et terminai ma course dans le grand bassin en faisant un « plouf » retentissant.

Étalé sur le ventre dans le bassin, je restai hébété, à la fois heureux de m'être tiré de cet enfer liquide et surpris de tous ces gens qui couraient vers moi. Je réussis à me mettre à quatre pattes. La température de l'eau me paraissait presque bonne, et, curieusement, j'avais soif.

Derek me saisit à bras-le-corps et me releva, me maintenant debout en me demandant si ça allait. Je crus que j'allais m'endormir. Je tournai la tête de droite et de gauche comme un nouveau-né, émerveillé de voir tous ces visages qui me parlaient. J'entendais des bribes de phrases.

— Il a dû se passer quelque chose… Nathan n'est pas ressorti… Il est sous le choc…

— Sa tête a peut-être heurté la roue…

Je parvins enfin à fixer mon attention sur Derek, qui continuait à me parler et que je comprenais toujours aussi peu. Il me passait de l'eau sur le visage – de l'eau, comme si je n'en avais pas eu assez… Je fis un immense effort pour articuler quelques mots. Je devais les choisir avec soin…

— Bonne année tout le monde !

Derek me laissa retomber dans le bassin, à la fois soulagé et en colère.

— Ça fait combien de temps que tu te fous de nous alors qu'on s'inquiète pour toi ? dit-il avec la pointe d'accent qui revenait toujours quand il était tendu. Je t'en foutrais, moi, une bonne année ! En plus, t'es en avance, c'est demain !

Un long cri rauque retentit dans le moulin : Nathan venait de déboucher du boyau en glissant sur le dos. Je parvins cette fois à me relever sans aide. Je souriais, et je n'étais pas le seul. En voyant le Sage debout les pieds dans l'eau glacée près de moi, je réalisai avec quelle angoisse tous avaient dû nous attendre.

Quelques minutes plus tard, emmaillotés dans des serviettes, nous racontions notre périple. Les yeux du Sage brillaient à l'évocation des livres. Je conclus :

— J'ignore comment nous allons faire pour évacuer tout ce que contient le labo. Nous n'avons pas trouvé d'accès sec. Près de la bouche de sortie, il y a une grande roue. Peut-être a-t-elle un rapport avec le passage de l'eau, mais nous n'avons pas réussi à la manœuvrer. Et du côté de la galerie de Serrelongue, quelles sont les nouvelles ?

— Ils posent des charges, annonça Derek, et pas des pétards à deux euros.

La nouvelle me fit l'effet d'une masse s'abattant sur mes épaules. D'un seul coup, je me sentis épuisé, et tout mon corps me sembla douloureux, courbatu et couvert de contusions.

Le Sage s'approcha.

— Je ne vous demande pas ce que vous avez vécu, cela se ressent.

Je hochai la tête en silence, puis je relevai les yeux vers lui.

— À votre tour maintenant. Quand vous allez entrer, dans la seconde salle, vous trouverez un écran d'eau tombant du plafond. Ne le franchissez pas. Il existe un tunnel qui le contourne par le haut. Peut-être pourrez-vous nous dire pourquoi il est là.

— Nous verrons cela. Je ne vais pas me jeter dans ce torrent tout de suite, ce n'est plus de mon âge. Les plus vigoureux d'entre les Frères vont ouvrir la voie et tenter d'actionner cette roue. J'ai attendu ce moment toute ma vie, je peux bien patienter quelques minutes de plus. Nous ne sommes qu'au début de l'aventure. À présent, il nous faut encore étudier tout ce que vous avez découvert…

Le Sage nous remercia et commença à donner ses instructions d'une voix forte. Il était comme transformé. Disparues la réserve et la douceur, il avait la prestance et l'autorité d'un stratège qui dirige ses hommes. À le voir ainsi, personne n'aurait songé une seconde à l'appeler Yoda…

Les Frères apportèrent des caisses vides, capitonnées à l'intérieur. Benoît décidait de leur répartition. Il nous adressa un signe amical sans cesser de compter. Derek, Nathan et moi quittâmes le moulin pour regagner la ruelle sans même avoir pris le temps de nous retourner.

— Tu penses qu'ils vont mettre combien de temps pour tout évacuer ? demanda Nathan.

— Je ne sais pas, c'est un vrai déménagement. Ils vont d'abord prendre des photos de l'ensemble pour que l'on puisse tout reconstituer dans les conditions les plus proches possibles dans notre centre en Écosse.

— Vous allez faire une copie de la salle grandeur nature ?

— On procède toujours ainsi, sauf que le problème ne s'est jamais posé sur une pièce d'aussi grandes dimensions. C'est le seul moyen de se plonger dans le contexte. Cela permet de mieux comprendre, presque comme si nous étions sur place.

— Ils emmènent tout ?

— Non, seulement les livres, les outils et les produits. Tout le reste sera laissé ici.

— C'est un boulot de titan !

— Juste un boulot de moine.

Derek marchait devant sans rien dire. Je remontai à sa hauteur.

— Et toi ? Pas trop fatigué ?

— Je tiens bon. Je suis heureux qu'on ait trouvé le labo.

— Il faudra que tu y fasses un tour quand nous aurons fait le point là-haut.

— J'y compte bien.

Il sourit, mais l'inquiétude se lisait dans ses yeux creusés.

— Si nos adversaires arrivent à pénétrer dans la cité, on aura quand même l'avantage de la surprise. Ils ne s'attendront pas à notre présence.

Nous marchions assez vite. Je ne savais même plus si on était le matin ou le soir, le jour ou la nuit. J'étais à la fois épuisé et plein de force, l'esprit cotonneux et les idées claires. Il était trois heures du matin, l'aube du dernier jour de l'année.

Dans la cité, les gardes étaient toujours en faction. Je vis de loin Isvoran avec une de ses unités. La tension était partout palpable. Les chercheurs n'allaient pas tarder à aller rejoindre les Frères pour les aider. Ils s'affairaient déjà à remballer le matériel devenu inutile depuis que le laboratoire avait été localisé.

Nous étions entrés dans une nouvelle phase. Nous menions maintenant une course contre la montre pour évacuer nos découvertes en empêchant que nos ennemis ne nous repèrent.

Nous venions juste de tourner vers la salle de surveillance quand la déflagration fit trembler toute la cité.

53

Sable et terre pleuvaient des plafonds. Aucune des explosions précédentes n'avait été si violente. Le chef maçon sortit en trombe de la salle de surveillance, heurtant Nathan.

— Vous étiez là ?
— Ce n'est plus la peine de surveiller les écrans. On sait qu'ils ont posé une charge !
— Ils ont dû éventrer le pic !
— Ou alors l'onde de choc a heurté la structure de la montagne et a tout fait résonner…

Nous fûmes plusieurs à nous élancer vers la galerie de Serrelongue. Derek avait embarqué le détonateur.

— Les vidéoscopes sont hors service, ça ne va pas nous aider.

De la poussière flottait déjà dans l'air dès le grand carrefour ; cette fois-ci, quelque chose avait forcément bougé.

Le maçon et Derek ouvraient la route ; Isvoran et deux gardes armés nous encadraient Nathan et moi. Nos lampes avaient du mal à percer la poussière, je masquai ma bouche de ma main pour en respirer le moins possible.

La bifurcation tenait encore debout, mais plus nous approchions du mur, plus les blocs de pierre dessertis et tombés au sol étaient imposants.

— À partir de maintenant, recommandai-je, évitons de parler. Ils ne sont peut-être pas loin.

Les parois étaient fissurées par endroits et la terre continuait à filtrer entre les dalles du plafond disjointes. Le tunnel était très sérieusement endommagé. Le maçon s'arrêta brusquement en écartant les bras pour nous retenir. À moins d'un mètre devant ses pieds s'ouvrait un impressionnant fossé. Nous approchâmes avec précaution. Derek y jeta une pierre, qui heurta le fond avec un choc étouffé.

— C'est profond.

— Et trop large pour passer.

Le maçon avait relevé sa lampe et éclairait l'autre bord de la tranchée. La poussière commençait à retomber. Le sol s'était écroulé sur toute la largeur de la galerie, entraînant une partie des parois. De l'autre côté, le mur était toujours debout, apparemment intact.

— Vous aviez raison, c'est du solide.

— Il est solidaire de la travée rocheuse, il a transmis l'onde de choc tout autour sans l'absorber. Les dégâts doivent être les mêmes de l'autre côté.

— Ça devrait les calmer.

En tombant, des blocs avaient sectionné le câble des caméras non loin de la construction. Voilà pourquoi nous n'avions plus d'image. Je désignai l'endroit à Derek :

— Il faut réparer ça avant qu'autre chose ne s'écroule. Et je pense qu'après, il serait sage d'effondrer la bifurcation. Qu'ils posent une charge de plus et le mur s'écroulera.

Derek et le maçon acquiescèrent. Un des deux gardes partit chercher de quoi réparer. Nathan se mit à plat ventre et rampa vers le bord.

— On voit le fond, annonça-t-il. On dirait une grotte naturelle, il y a des stalagmites et des concrétions.

— Pas surprenant, la région en est pleine.

— Ne reste pas là, intervint Derek, c'est sans doute instable.

Le garde revint bientôt avec du matériel et un de ses collègues. Ils portaient un long madrier, du câble de rechange et une trousse à outils. Nous leur prêtâmes main-forte pour poser la pièce de bois en travers du fossé ; l'un d'eux s'assit dessus à califourchon et se glissa de l'autre côté pour atteindre le câble endommagé.

— Si on ne peut pas vous aider, annonçai-je, on va retourner à la salle de…

Je fus interrompu par l'éboulement d'un pan de plafond. Le garde qui réparait se couvrit instinctivement la tête de ses bras.

Quand la poussière fut un peu retombée, je constatai avec soulagement qu'il allait bien. Sur le qui-vive, ses collègues avaient dégainé, mais rien d'autre ne bougea.

Le maçon éclaira son mur, le front plissé par l'inquiétude. Plus question d'aller le toucher. Le garde reprit sa réparation sans perdre un instant.

— On les a vus étudier les parois et le mur, expliqua Isvoran. Ils n'ont pas l'air de s'être rendu compte qu'il est neuf. Ils ont empilé un peu plus de dix kilos de plastic tout le long, mais sans méthode. Leur spécialiste en explosifs est descendu avec un homme, ils ont inséré les détonateurs dans les pains et sont ressortis. La charge a explosé plus d'un quart d'heure après. Du boulot d'amateurs.

— D'amateurs dangereux. Dépêchons-nous avant qu'ils remettent ça.

Les gardes rengainèrent. L'affrontement n'aurait pas lieu tout de suite.

54

Nous étions tout juste de retour au PC sécurité quand les écrans s'allumèrent de nouveau. Les gardes restés en observation poussèrent un grognement de satisfaction.

— La connexion est rétablie, constata Isvoran, mais il faudra attendre qu'ils amènent de la lumière pour être sûrs que tout fonctionne à nouveau correctement.

J'opinai et me tournai vers Derek.

— Tu ne veux pas aller au moulin ? J'y retournerais bien tant qu'ils se tiennent tranquilles…

Pour toute réponse, il me fit un large sourire. Nathan nous ouvrit la porte et nous sortîmes tous les trois.

J'ignorais combien de kilomètres nous avions parcourus à pied ces derniers jours, mais nous avions certainement pulvérisé nos records. Nos courses sur les rives de la Seine me paraissaient appartenir à un autre monde, un autre siècle.

Nathan semblait très heureux de retourner au labo. Il marchait devant avec Derek, tous deux discutant de ce qu'avait pu être la vie ici à l'époque des premiers Frères. Pour ma part, je réfléchissais à ce que je ferais si je me trouvais à la place de nos ennemis et à l'issue possible de cette aventure. Il fallait tout envisager et j'avais un peu de mal à être optimiste.

J'observais Nathan devant moi. Tellement de choses avaient évolué en si peu de temps. J'aimais le voir parler avec Derek. Mes deux vies n'en formant plus qu'une... Je n'aurais jamais cru qu'un jour elles fusionneraient si naturellement. Profitant des quelques instants où personne ne m'adressait la parole, je pouvais penser seul, n'ayant à répondre qu'à mes propres doutes. Depuis le début, tous avaient tenu leur place, il n'y avait eu aucune déception humaine. Je crois qu'en cela résidait mon premier, et peut-être mon plus puissant motif de satisfaction. Derek et mon ami riaient, en dépit de tout.

Quand nous arrivâmes au moulin, les gardes paraissaient nerveux. La porte était close. Elle s'ouvrit sur la vision d'un chantier. La rivière ne coulait plus, le son de la cascade avait laissé place au vacarme des outils et des voix qui avaient tout l'espace pour résonner. On aurait dit une usine. Des Frères sortaient des caisses pleines du boyau d'arrivée de la rivière, les faisant descendre à l'aide de filets et de cordes, tandis que des vides étaient acheminées vers le labo par l'orifice de sortie. Dans ce décor, ils me firent penser aux lutins et aux elfes travaillant dans les ateliers imaginaires des contes de fées.

Le Sage devait être dans le laboratoire. Nous nous glissâmes entre deux caisses et pénétrâmes dans le tunnel. Il fallait se pencher, mais je me sentais parfaitement à l'aise maintenant que j'étais à pied : l'angoisse qui avait été la mienne lorsque je l'avais passé la première fois n'était plus qu'un souvenir.

Des chercheurs faisaient le croquis de la petite salle au rideau aquatique.

— Nous avons compris la raison d'être de cet écran d'eau, nous expliqua l'un d'eux. Vous avez été bien inspirés de l'éviter. L'eau est captée dans le boyau et renvoyée profondément dans le sol, où elle ruisselle sur des blocs d'uranium et se charge de particules radioactives avant de se déverser ici. Si vous passez dessous, vous prenez une douche nucléaire, et vos jours sont comptés. C'est avec des systèmes de ce genre que les Égyptiens et les Incas entretenaient la rumeur des malédictions qui frappaient toute personne osant s'introduire dans leurs sanctuaires…

Lorsque nous arrivâmes au laboratoire, je restai figé par l'image fantastique qui s'offrit à nos yeux. Les Frères avaient allumé les chandeliers ; ils s'affairaient, apparaissant ou disparaissant au gré des colonnes, feuilletant les volumes, déplaçant les bocaux, classant les ustensiles, prenant des notes. La lumière des bougies rendait toute son ampleur à l'endroit et, animé de cette vie soudaine, ce lieu que nous avions trouvé endormi nous renvoyait dans le passé. Nous ne l'avions vu qu'éclairé à la lumière trop blanche des faisceaux de nos lampes, mais une douce lueur dorée baignait à présent chaque recoin. Le bois semblait neuf, les pierres chaudes, les hommes lumineux. Nathan resta immobile à contempler la magie à l'œuvre, tandis que Derek, subjugué, partait à la rencontre de la salle.

Les Frères transportaient et emballaient avec soin tous les objets que les supérieurs leur désignaient. Le Sage glissait d'une table à l'autre, s'usant les yeux à déchiffrer, tournant les pages, s'arrêtant, ébahi, devant les outils. J'allai le rejoindre.

— Il y avait bien quelque chose à trouver, fis-je en préambule.

Il se releva, me sourit et ouvrit largement les bras, embrassant tout ce qui nous entourait.

— C'est la vraie vie, le savoir, la communauté des esprits et des corps, la quête infinie des secrets de ce monde. Que peut-il y avoir de plus fort ?

Il exultait, ravi de cette nouvelle source de connaissances.

— Il nous faudra des années pour comprendre l'avance de ces hommes, des décennies pour assimiler leurs découvertes, mais je vais te dire une chose...

Il me saisit par les épaules.

— Rien ne sera assez fort pour m'arracher à cette vie tant que je n'aurai pas terminé. Ces pages renferment suffisamment de force pour ne plus avoir besoin de dormir, pour ne plus avoir à manger, pour ne plus vieillir. L'esprit que ces hommes ont assemblé en ce lieu est plus fort que la mort. La découverte de leur mode de travail et de leur communion de recherche est aussi fondamentale que les formules inconnues que nous allons trouver dans ces grimoires.

Il caressa la couverture en peau d'un épais volume relié. Le vieil homme qui, en cet instant, n'avait plus d'âge, poursuivit :

— Songez, toi et ton ami, que la planète regorge de sites comme celui-ci : nous ne sommes qu'une confrérie d'une civilisation d'un continent… La terre est toujours trop vaste pour ceux qui cherchent. Vous n'aurez pas assez de dix vies pour vous blaser. Plus vous serez curieux, plus vous apprendrez, plus vous comprendrez, et plus vous serez comblés.

Il y avait dans ses mots la ferveur, la sincérité d'un homme ayant vécu d'innombrables années, à la fois très âgé, très sage et pourtant intensément fougueux. Jamais je ne l'avais vu aussi loquace.

— J'étais seul à poursuivre ma mission, reprit-il, et pourtant je suis heureux.

Il marqua un silence et ouvrit les mains, nous englobant tous deux dans une même vibration. Son regard était comme une porte sur l'infini.

— Vous, vous êtes deux. Imaginez jusqu'où vous pouvez aller. Vieillissez ensemble, proches ou lointains, mais ensemble.

Il nous adressa un sourire incroyable, une sorte de fusion de toutes les manifestations d'attachement que peut donner un homme. On aurait dit qu'il souriait à ses enfants, à ses frères, à ses maîtres, à ses compagnes, à la vie, le tout ensemble. Nathan ressentit comme moi la puissance de ce sentiment. Des milliers de visages venaient de nous sourire en un seul.

Puis le Sage se détourna doucement, et l'éternité redevint homme.

— Mais je crois que l'on vous cherche, notre travail n'est pas terminé.

Au même moment, un garde se matérialisa près de nous.

— On m'envoie vous prévenir, ça bouge de l'autre côté !

— Nous arrivons.

Nathan désigna Derek d'un air interrogatif. Je secouai la tête :

— Laissons-le. Ici, il se repose et reprend des forces.

Quelques instants plus tard, nous débouchions dans le moulin, suivis du garde messager. Aussitôt, celui-ci alla reprendre son revolver.

— Il avait laissé son arme ? s'étonna Nathan.

— C'est la règle. En entrant dans un sanctuaire, tu dois abandonner toute agressivité, et donc tous les symboles qui s'y rattachent.

Accompagnés par le garde, nous repartîmes en courant vers la salle de surveillance. On avait de l'avance pour le réveillon mais, en dehors de la nourriture, la fête était mémorable.

55

Un seul des vidéoscopes fonctionnait encore. Sur l'écran, quatre ombres évoluaient dans un brouillard empoussiéré et obscur. À en juger par les bribes du décor qu'accrochaient les lampes torches, les dégâts étaient plus importants de leur côté. Le sol de la galerie était effondré, le plafond en grande partie écroulé, les parois éventrées vomissaient de la terre en quantité. Un vrai carnage. Les quatre silhouettes indistinctes avancèrent prudemment sur les lambeaux du dallage encore en place. L'image, de très mauvaise qualité, s'interrompait parfois brièvement.

— Je parie qu'ils se demandent s'ils doivent faire sauter le mur, et si oui, combien de kilos ils doivent mettre.

En suivant leurs déplacements avec attention, nous parvenions à en déduire où se trouvaient les trous dans leur sol. Leurs faisceaux nous permirent de reconnaître l'artificier italien, Merisi, et le fils d'Abermeyer, mais pas les deux autres.

L'image eut un sursaut, mais ça ne venait pas des câbles : nous eûmes juste le temps de voir ce qui restait de la voûte s'effondrer sur eux. Les lampes valsèrent puis disparurent sous une avalanche de terre et de roche, laissant l'écran noir. Au même instant, la vibration de l'éboulement nous parvint, très lointaine.

— Il ne manquait plus que ça !

J'échangeai un regard avec Nathan. L'écran restait obscur. Plus rien ne bougeait. Je réagis aussitôt :

— On file au mur. Si vous voyez quoi que ce soit de suspect, faites sauter la bifurcation sans attendre.

Je posai un détonateur sur la table. Isvoran nous apostropha au moment où nous sortions :

— Et vous ?

— On se débrouillera !

La galerie de Serrelongue était à nouveau saturée de poussière. Nathan et moi remontâmes nos cols dans une piètre tentative pour filtrer l'air, mais cela ne nous empêcha pas de tousser. Nos yeux irrités pleuraient. De nouveaux blocs jonchaient le sol. Nous arrivâmes à la bifurcation en enjambant des langues de terre et des dalles fêlées.

— Ça ne s'est pas arrangé !

Je levai ma torche.

— Nos charges ont l'air en place.

Nous fûmes bientôt contraints de stopper. Plus question d'aller jusqu'au mur, c'était impraticable. La poussière brouillait tout. Nathan pointa sa lampe en direction du mur, mais on avait l'impression d'être dans une mer de poussière. La visibilité était nulle. Une quinte de toux me secoua.

— Ils sont à quelques dizaines de mètres, peut-être morts, supposa Nathan.
— Au minimum en train de crever. On ne doit pas les laisser là.
Il éclaira mon visage.
— Que veux-tu dire ?
J'hésitai avant de répondre.
— Laisse-moi réfléchir...
— On n'a pas réellement le choix, fit-il remarquer.
À voir. J'avais un embryon d'idée...
Nathan demeurait perplexe. La terre continuait à pleurer du plafond. Le faisceau d'une lampe et des bruits de course nous annoncèrent l'arrivée de deux hommes venant de nos quartiers. Nathan braqua sa lampe : le maçon et un garde.
L'homme roux considéra les dégâts : le fossé qui existait déjà s'était élargi, engloutissant probablement le madrier posé en travers, et d'autres failles s'étaient ouvertes, nous empêchant d'approcher du mur.
— En utilisant les cavités naturelles qui sont au-dessous, on pourrait peut-être les sortir de là, avança-t-il, mais nous trahirions le secret de la cité...
Nous restâmes silencieux, songeant aux existences en jeu. Ce secret valait-il une vie humaine, ou même quatre ? Tant d'hommes étaient déjà morts pour le préserver... Je continuais à réfléchir à toute vitesse.
— D'un autre côté, ajouta le maçon, ce n'est peut-être même pas possible, et puis ils sont sans doute morts écrasés...
Ou pas. Je me tins un long moment immobile au milieu de mes compagnons. Enfin, je me résolus à

prendre la décision la plus difficile de toute mon existence, mais je ne voyais pas d'autre solution. Si ça marchait, cela pouvait tous nous sauver. Les chances étaient infimes, mais je n'imaginais pas ne rien tenter. Résigné, je laissai tomber :

— Ne vous posez pas de questions insolubles. J'y vais.

Je tournai les talons et rebroussai chemin vers la cité. Nathan me rattrapa :

— Et tu vas où ?

— Je vais aller les aider à sauver les leurs.

— Non mais t'es complètement malade ?

Je m'arrêtai et le saisis par les épaules.

— Réfléchis. On ne peut pas laisser ces hommes mourir. Je suis peut-être un des seuls à savoir assez bien manier les explosifs pour déblayer les gravats ou les dalles qu'ils ont au-dessus de la tête avant qu'ils ne manquent d'air. Et puis ça me permettra aussi de savoir exactement ce qu'ils fabriquent dans leur camp.

Nathan marqua le coup. Il secouait la tête, ne trouvant pas les mots pour m'en empêcher. Le maçon, lui, avait compris que je ne changerais pas d'avis. Il intervint :

— C'est probablement un pan de roche entier qui s'est effondré. D'après le bruit et les structures souterraines, je ne vois que cette solution. Si vous parvenez à le soulever ou à le retourner sans les broyer, vous avez une chance.

J'inspirai profondément et pris le chemin du carrefour. Nathan marchait face à moi, à reculons. Il n'avait pas renoncé à me convaincre.

— Te rends-tu compte des risques ? Et comment vas-tu justifier qu'on soit au courant de l'éboulement alors qu'on n'est pas censés être là ?

— Je leur dirai qu'on a des sismographes dans la région, des détecteurs. Je trouverai bien.

— Et s'ils te kidnappent, s'ils te gardent ?

— Ça les occupera, et vous aurez le temps de finir tranquillement. Et puis pourquoi veux-tu qu'ils me kidnappent ? Je viens pour sauver le fils de leur chef, ils vont me dérouler le tapis rouge !

— Et s'il est déjà mort ?

— C'est un risque à courir. Crois-moi, je suis fatigué, mais pas fou. Je veux vous revoir et je veux qu'on réussisse, mais nous avons aussi le devoir de sauver ces hommes. Si nous les laissons mourir, nous faisons ce que nous leur reprochons, à eux. Il n'y a que la vie qui compte.

Nathan continua à me harceler d'arguments, puis de questions. Il n'essayait plus de me faire changer d'avis, mais de comprendre. Je lui répondis mécaniquement, pensant déjà à ce que je devais faire avant de partir.

56

Dans la ruelle, le maçon retourna voir si ça bougeait aux écrans de contrôle. Je savais qu'il ne parlerait pas de ma décision. Nathan et moi entrâmes dans le réduit qui nous servait de bureau. Je refermai la porte.

— Je vais prendre mes détonateurs.

Nathan ne me lâchait pas du regard. Je finis par m'asseoir face à lui en feignant d'accorder toute mon attention au matériel que j'enfouissais dans mon sac.

— Je sortirai par la galerie des novices. Je veux que tu laisses quelqu'un en permanence devant les écrans, je vais me débrouiller pour savoir s'ils fonctionnent.

Je marquai une pause.

— Tu vas aider tout le monde à ma place.

Nathan fronça les sourcils, il semblait ne pas comprendre. Ne pas *vouloir* comprendre.

— Fais évacuer le contenu du laboratoire, ajoutai-je, puis les hommes, dans les meilleures conditions possibles et dans le temps le plus court. Fais-toi aider par Derek. Ton rôle est de rassurer et d'aider les autres à prendre les bonnes décisions. Donne l'impression de ne jamais paniquer. Garde tes doutes, résous-les si tu peux. Installe-toi dans cette pièce et n'en bouge que pour aller au moulin. Ne mets plus les pieds dans la galerie de Serrelongue, c'est trop dangereux.

Je me levai.

— Tu m'accompagnes jusqu'à la sortie ?

— Ce n'est pas possible, tu n'es pas sérieux...

— Ça veut dire oui ? Alors je t'expliquerai le reste en route.

J'enfilai mon blouson, empoignai mon sac et embarquai au passage un nouveau cahier.

— Dis à tout le monde que je n'ai pas eu le temps de prévenir et que j'ai pris la bonne décision.

— Encore faudrait-il être convaincu que c'est la bonne...

— On n'a pas d'autre option.

Nous traversions le grand carrefour.

— Dis plutôt que tu sais très bien que Derek et les autres essaieraient eux aussi de te dissuader de prendre ce risque insensé. Tu préfères ne pas les affronter.

Je me décidai à lui révéler tout ce que j'avais vraiment derrière la tête.

— Je vais te confier quelque chose. Je suis décidé à y aller d'abord pour sauver la vie de ces hommes, mais je me suis également rendu compte que nous allions peut-être pouvoir régler tous nos problèmes en une fois.

Nous venions de dépasser le Concierge. Nathan sauta les dernières marches de l'escalier. Je poursuivis :

— C'est aussi l'occasion de les influencer au sujet de ce qu'ils croient savoir de la portion de galerie qu'ils ont explosée. Mais surtout – et pour nous deux c'est essentiel –, si je réussis, le sauvetage de ces types pourrait bien nous apporter la paix.

— Comment ça ?

— Ils ont essayé de me tuer, et maintenant, tu es probablement toi aussi sur leur liste. Puisque le fils d'un de leurs chefs est sous la terre en train de mourir, je vais proposer un marché à son père. Si je lui sauve son gosse, il lève les contrats qui doivent planer sur nous et empêche ses sbires de nous pourchasser.

— C'est tordu. Et risqué. Alors, ton sauvetage de ces hommes est intéressé ?

— Non, je vais le faire de toute façon, mais il n'y a que moi pour le savoir. Si Abermeyer accepte le contrat, je tente de les sauver. S'il refuse aussi. C'est un coup de bluff. S'il nous connaît bien, il saura que nous les secourrons quand même, mais je mettrais ma main au feu qu'il va raisonner avec sa mentalité.

— Tu es un vrai fêlé. Qu'est-ce que je dois faire ? T'assommer pour t'empêcher de faire une connerie ?

Nous remontions maintenant l'escalier toboggan.

— Tu vas aller prévenir Derek tout de suite après mon départ. Dis-lui d'assurer la permanence pendant quelques heures et va t'allonger au solarium. Fais attention aux lampes quand la fenêtre sera ouverte, ça se verrait à des kilomètres dans la nuit.

— Tu ne m'écoutes même pas.

— Si, mais admets que même si cette solution ne nous arrange ni toi ni moi, c'est la seule qui nous laisse une chance.

Nous arrivions à la chapelle en ruine : l'entrée de la crypte était en vue. Nous passâmes le mur de plâtre. Il faisait froid, la nuit était claire et glaciale.

— Tu attends ici deux minutes que je retrouve les VTT et tu rentres.

— T'es encore plus têtu que moi.

J'ouvris mon sac à dos et en sortis le cahier sur lequel j'avais écrit depuis des semaines. Je me relevai et le tendis à Nathan.

— Qu'est-ce que c'est ?

— La plus longue lettre qu'un ami ait jamais écrite à un autre. Je ne savais pas vraiment pourquoi je le faisais quand j'ai commencé, maintenant je comprends.

Nathan prit doucement le cahier bleu.

— Là-dedans, continuai-je, la gorge serrée, il y a tout ce que tu as loupé, tout ce qu'on ne dit pas. Lis-le, lis-le absolument, tu vas avoir besoin de tout ce qu'il contient dans les heures qui viennent.

Nathan feuilleta rapidement les pages couvertes de mots.

— Je n'aime pas ça, on dirait tes mémoires.

— C'est fait pour notre avenir, pas pour mon passé.

— Tu reviens quand ?

— Tout est dedans.

— J'ai peur.

— Ça aussi, c'est dedans.

Nos respirations se condensaient dans l'air froid. C'était comme si le temps avait ralenti, comme si tout était soudain plus intense. Le monde s'était concentré en un instant suspendu. Tout n'était plus que fraternité, transmission. Mon intuition était juste : je partais, et les mots allaient me remplacer.

Nathan restait immobile, muet. Une bourrasque s'engouffra dans la bouche de sortie. Je pris mon ami par les épaules et l'étreignis.

— J'y vais. Je ne veux pas arriver quand notre passeport pour la liberté sera mort asphyxié. Pense à tout ce que tu aurais dit à ma place, et je suis certain qu'il ne manquera rien de tout ce que je voudrais avoir le temps de t'avouer maintenant.

J'étais épuisé, j'avais les larmes aux yeux. Je me retournai avant que Nathan puisse les voir... mais à quoi bon. Il savait. J'attrapai la corde et sortis à l'air libre. Je fis quelques pas pour repérer les VTT, pris le premier et vins déraper au bord de l'entrée de la crypte.

Nathan était là, debout au fond, à me regarder, les yeux trop brillants.

— Ne perds pas de temps, lis le cahier.
— Fais attention à toi. Reviens.

Je donnai un coup de pédale et m'éloignai. J'étais sûr que Nathan resterait à écouter le cliquetis du vélo disparaître dans la nuit. J'aurais fait de même.

57

L'air paraissait plus froid, le chemin plus cahoteux que dans mon souvenir. Nathan devait courir dans les galeries de Montségur. Le ciel d'un noir à peine moins dense que celui des bois alentour était constellé d'étoiles. J'avais une dizaine de kilomètres à parcourir, dont la moitié en descente. Mon esprit tournait aussi chaotiquement que mes roues sur les cailloux. Il était presque quatre heures du matin. J'aurais voulu être encore un enfant, avec les mêmes amis, mes parents, aucun risque à courir, des rêves sur la vie et pas de doutes sur l'avenir. J'aurais voulu savoir jouer du piano – j'avais toujours envié ceux qui pouvaient faire passer leurs émotions à travers cet instrument. J'aurais voulu partir en vacances, loin, mais sans quitter personne. Je détestais ça, quitter. Je pensais à tout et n'importe quoi, sans cohérence, incapable de fixer mon attention.

Aucune fée n'est apparue pour exaucer mes souhaits nés de la fatigue, de la tension nerveuse, du sentiment d'irréalité que j'éprouvais d'avoir quitté la cité pour revenir au « monde ordinaire ».

Au pied du village, la route remontait. Je me concentrai sur le bitume obscur, les irrégularités dans la chaussée, j'avais moins le loisir de laisser divaguer mon esprit. Plus que trois ou quatre kilomètres avant d'arriver chez les archéologues à la dynamite. J'aurais de quoi te raconter dans mon nouveau cahier. Si seulement il faisait un peu moins froid...

Les tout derniers kilomètres se firent sur un chemin de terre. La boue, sculptée par le passage de leurs véhicules et figée par le gel, formait un exceptionnel terrain de torture pour les roues de mon vélo – et mes muscles endoloris. Les quelques maisons près desquelles j'étais passé étaient soit endormies, soit abandonnées. Les seules lueurs que je distinguais parfois au détour d'un virage provenaient de leur camp. Rien n'avait été laissé au hasard : à plusieurs centaines de mètres en amont, des panneaux indiquaient que le chemin était barré. Les promeneurs étaient invités à faire demi-tour en quatre langues. Les abords de leur base tenaient davantage d'un camp militaire que d'un site archéologique.

J'arrivai sur une barrière flanquée d'un poste de garde. La zone était puissamment éclairée. Je descendis de vélo et allai frapper au carreau. La sentinelle se réveilla en sursaut et sortit aussitôt, tentant maladroitement de dissimuler son pistolet-mitrailleur derrière son dos.

— Qu'est-ce que vous voulez ? fit l'homme sur un ton peu aimable.

— Je viens voir votre chef.

Il regarda sa montre, l'air endormi.

— Vous savez l'heure qu'il est ? Revenez demain.

— Si je reviens demain, ce sera avec les flics pour vous faire embarquer. Destruction à l'explosif, c'est un délit. Alors je répète : je souhaite voir votre chef.

Sans me quitter des yeux, le garde passa sa main libre dans son cabanon. Il en ressortit un talkie-walkie et appela. La réponse fut longue à venir. J'entendis grésiller la voix : on lui répondit de me renvoyer. Je lui arrachai le talkie et enfonçai la touche.

— Je suis l'homme que vous n'avez pas réussi à tuer sur les quais, grondai-je. Je vous conseille de vous ramener ici, et vite.

Personne ne répondit. Je rendis le talkie à son propriétaire qui me regardait, stupéfait.

— Arrangez votre tenue, dis-je. Vos supérieurs vont arriver et vous avez l'air de sortir du lit.

L'homme posa son pistolet-mitrailleur en équilibre sur la barrière et se rajusta. Il me fixait comme si j'avais perdu la raison – ça m'arrivait de plus en plus souvent ces derniers temps. Puis il reprit son arme et se campa droit sur ses jambes pour se donner contenance.

Un groupe d'hommes ne tarda pas à arriver. Sur les cinq, je n'en reconnus qu'un : Karl Zielermann. Il me dévisageait, les traits tirés, réussissant difficilement à masquer sa surprise derrière un rictus qui se voulait un sourire condescendant. J'avoue qu'un instant, j'aurais préféré qu'il ait été lui aussi enseveli sous la galerie. Sa présence me remémora instantanément tout ce que mon plan avait d'insensé. Je chassai ces pensées : j'avais besoin de toutes mes ressources pour ce jeu-là.

Il s'arrêta contre la barrière.

— Mais regardez qui voilà !

Cet homme mourait d'envie de terminer le job qu'il avait raté la première fois, cela se lisait dans ses yeux, et il n'hésiterait pas longtemps. Je devais jouer sur l'effet de surprise et avancer mes pions rapidement.

— Je viens vous aider, je veux voir votre responsable ici, votre chef. Abermeyer.

Il tiqua. Il devait me trouver bien informé. Il n'était pas au bout de ses surprises.

— Mais bien sûr ! On va vous arranger ça. Laissez votre luxueux véhicule ici, notre homme veillera dessus.

Il claqua des doigts et un de ses hommes ramassa le VTT en affichant une moue de dédain. Nous prîmes le chemin du camp, Zielermann en tête, ses sbires m'entourant de près.

Au milieu d'un virage, Zielermann se retourna brutalement.

— Maintenant, dites-moi ce que vous faites ici et ce que vous voulez.

— Rien qui vous concerne vous. C'est à Horst Abermeyer que je veux parler.

Il m'expédia un coup de poing à l'estomac qui me plia en deux. L'enfoiré, il savait où taper. Il me releva par les cheveux et grinça entre ses dents :

— Je souhaite, dans votre intérêt, que vous répondiez aux questions que je vous pose.

Il me balança un direct au visage. Le goût du sang m'emplit la bouche.

— Nous avons un compte à régler tous les deux, reprit-il, l'air mauvais.

Il s'apprêtait à me frapper de nouveau. Je ne m'étais même pas rendu compte que ses hommes me maintenaient.

— Écoute, connard, lui lâchai-je dans un souffle, je suis venu pour aider ton chef. Si tu ne me laisses pas lui parler, je n'aurai même pas à te tuer, il s'en chargera lui-même.

Il suspendit son geste.

— Et en quoi consiste cette aide ?

Il avait dû me fendre la lèvre car je sentais le sang couler sur mon menton. Je pris mon temps pour répondre.

— Tu peux m'abattre, tu ne sauras rien. Le temps passe, dépêche-toi de le réveiller. Tu sais que je ne mens pas.

Il fit un signe brusque pour ordonner à ses hommes de me lâcher et se remit en marche. Je m'essuyai d'un revers de manche.

Dans leur campement, une demi-douzaine d'élégantes berlines grises étaient garées côte à côte. Une dizaine de tentes de réception, à larges rayures grises et blanches, s'alignaient à la lisière des bois. Drôle de garden-party… Plusieurs d'entre elles étaient éclairées. Au loin en arrière, le château sur son pic dominait l'ensemble de toute sa hauteur. Je n'arrivais pas à repérer la bouche d'aération qu'ils avaient dynamitée. Le camp devait être vaste, tant le ronronnement des groupes électrogènes paraissait lointain. Il y avait des camionnettes, des véhicules tout-terrain. L'ensemble était surveillé par des hommes en armes parfois accompagnés de chiens.

Un homme sortit d'une tente plus éclairée que les autres pour venir à notre rencontre. Il s'adressa à Zielermann en allemand. Je l'avais déjà vu, et visiblement lui aussi me connaissait. Il me demanda dans un français impeccable de bien vouloir le laisser me fouiller. Il ouvrit mon sac, observa quelques objets, feuilleta le cahier encore vierge et sortit le couteau et les détonateurs.

— Puis-je vous demander ce que vous aviez l'intention d'en faire ?

— Ne les perdez pas, on vous demandera peut-être de me les rendre.

Il me lança un regard sceptique, puis procéda à une fouille au corps dans les règles. Il était si près que je sentais les effluves de son eau de toilette. Le contraste entre son costume immaculé, les tentes de kermesse, les voitures de luxe, la boue gelée et les hommes armés était assez cocasse. Il m'invita à rejoindre la tente.

Tout allait trop lentement. Les quatre hommes ensevelis manquaient peut-être déjà d'air. Rien ne laissait supposer qu'Abermeyer et sa clique aient tenté quoi que ce soit. Il n'y avait pas d'agitation, aucune opération de sauvetage ne semblait avoir été lancée. Tout était trop calme. Un garde tenant un chien en laisse s'approcha ; il laissa l'animal, un superbe dogue à l'allure peu engageante, me flairer.

— Excusez-nous, simple formalité. Vous aviez des détonateurs, nous vérifions que vous n'avez pas d'explosifs.

Le chien releva le museau et couina en regardant son maître, qui le tira à l'écart. L'homme en costume souleva alors le pan de la tente.

— Si vous voulez bien vous donner la peine.
— Laissez tomber le protocole. Après les coups, c'est un peu déplacé.
Je pénétrai à l'intérieur.

58

La tente, confortablement chauffée, n'avait rien d'une base de campagne : des canapés de cuir entourant une table basse de verre au pied d'acier ; au centre de la pièce, une longue table couverte de nourriture et de boissons ; une autre hérissée d'ordinateurs et de matériel électronique dans le fond. Le tout chaleureusement illuminé.

Un homme était assis, seul à la grande table, devant une assiette entamée. Il leva la tête vers moi. Je l'avais vu sur les photos de Derek.

— Entrez, entrez, fit Horst Abermeyer. Soyez le bienvenu !

Il interrompit son repas solitaire d'un élégant tapotement de serviette sur la commissure des lèvres, mais ne se leva pas. Un type solide, les cheveux poivre et sel, la cinquantaine, de fines lunettes cerclées de métal et un regard qui trahissait l'intelligence.

— J'imagine que vous n'êtes pas venu nous présenter vos vœux, ajouta-t-il. Et vous n'êtes pas de ceux qui changent de camp. Alors, que me vaut l'honneur de cette visite nocturne ?

— Je souhaitais vous parler personnellement.

— Pardonnez-moi, m'interrompit-il, je manque à tous mes devoirs. C'est probablement notre chef de la sécurité qui vous a mis la lèvre dans cet état, je vous prie de l'en excuser. Il a très mal vécu d'avoir manqué son attentat contre vous.

Il fit un signe à l'homme en costume, qui disparut.

— Asseyez-vous, je vous en prie. Puis-je vous offrir quelque chose ?

Pour dîner à cette heure de la nuit, il devait dormir aussi peu que nous. Devant lui s'étalaient des plats superbes et probablement succulents dont le fumet affolait mon odorat. Après plusieurs jours de sandwiches et de gâteaux à la Benoît, son filet de bœuf aux morilles me mettait l'eau à la bouche...

— Vous n'avez pas l'intention de vous venger sur moi, j'espère, reprit calmement Abermeyer, sinon nous n'allons pas être amis longtemps.

— Nous ne sommes pas amis, de toute façon.

Il ne releva pas. On posa devant moi une assiette de fine porcelaine, des couverts en argent, une serviette empesée. Abermeyer avait sans doute vu trop de films, on était en plein dans le cliché de l'ennemi riche et élégant du héros. Pour ma part, je ne me sentais pas héroïque du tout.

Je fermai les yeux et inspirai à fond. L'homme en costume revint avec du coton et des compresses.

— Nettoyez-vous le visage.

Il faisait trop chaud, j'ôtai mon blouson. J'épongeai presque tout le sang et une partie de la poussière.

— Un peu de vin ?

Abermeyer tendit la main vers une bouteille de blanc, un grand cru classé de sauternes.

— Une goutte seulement.

— Votre dossier indique que vous ne buvez jamais de vin, je le ferai rectifier.

— J'évite d'en boire du mauvais.

— Vous avez raison de préserver votre palais. Vous ne serez pas déçu, c'est un Château d'Yquem 1967. Un millésime exceptionnel.

Cet homme faisait preuve d'un aplomb incroyable. Son fils était en train de mourir à quelques mètres d'ici, s'il n'était pas déjà mort, et lui parlait vins millésimés comme un châtelain recevant un invité.

— Vous avez un dossier sur moi, mais je ne sais presque rien de vous.

— Nous avons pourtant déjà eu l'occasion de nous croiser par le passé. Mon nom est Horst Abermeyer, mais je vous soupçonne de le savoir déjà. Vous êtes un jeune homme intéressant. Vous avez des talents hors du commun. Et je ne parle pas de vos activités cinématographiques.

Je commençais à en avoir assez de ces mondanités hypocrites.

— Cessons de tourner autour du pot. Pouvez-vous me dire ce que vous faites dans les parages ?

— Je peux vous retourner la question.

— Vous procédez à des fouilles – si tant est que le creusage à l'explosif soit une méthode d'archéologue –

sur un site que nous avons visité et qui, historiquement, relève davantage de gens qui nous ressemblent que de ceux dont vous vous réclamez.

— Votre fiche mentionne effectivement votre redoutable franchise. Je n'aurai pas à faire modifier ce point.

Il but une gorgée de sauternes et reprit :

— Nous sommes ici pour chercher. Vous donneriez-vous la peine de nous surveiller s'il n'y avait rien à trouver ? Votre présence ce soir est une preuve supplémentaire de notre clairvoyance. Pourquoi voulez-vous nous empêcher de faire notre travail ?

— Quand vous parlez de votre travail, vous faites sans doute aussi allusion à la vente d'armes et de stupéfiants, au trafic des déchets toxiques et à toutes ces spécialités ?

— Vous avez une façon très subjective de présenter les choses. Nous n'obligeons personne à acheter, nous ne faisons que vivre des penchants naturels des hommes et de leurs besoins.

— ... En les encourageant et en détruisant tout ce qui pourrait les modifier à votre désavantage.

— C'est la dure loi du système. Nous n'avons pas fait les règles.

Je n'avais toujours pas touché à mon verre. La conversation prenait une tournure nettement moins sophistiquée.

— Nous savons que vous nous surveillez, reprit Abermeyer, mais nous sommes en règle. Nous avons les autorisations et le droit de fouiller les environs du château, vous n'avez pas d'exclusivité en la matière. Je pourrais vous faire arrêter pour être entré dans ce camp.

— Personne ne vous reproche de faire des fouilles, c'est la méthode et votre but qui sont en cause. Vous détruisez des vestiges vieux de plusieurs siècles à coups d'explosifs.

— Où est le noble discours sur la paix et la fraternité que vous et les vôtres défendez ? Où est cette tolérance prétendument séculaire de votre organisation ? Vous êtes à ma table, en train d'essayer de me convaincre que je n'ai pas à y être. Apprenez la politesse ! Qui donc êtes-vous ? De quel droit pensez-vous être les seuls à pouvoir chercher les trésors enfouis dans ce sol ? Nous comptons aussi dans nos rangs des descendants de toutes les sectes que vous vénérez. Laissez-moi vous dire une chose, jeune homme : nous ne vous laisserons pas la place de sitôt.

Il reprit une tranche de foie gras et avala une rasade de vin. Il semblait convaincu de son bon droit. Il fallait absolument que je comprenne ce qu'il voulait dire en parlant des descendants de nos sectes et des trésors enfouis.

— Si vous espérez trouver des trésors, vous allez être déçu : il n'y a rien dans la cache souterraine que vous avez éventrée.

Un bref instant, son regard trahit la surprise.

— Vous l'avez dit vous-même : vous savez que nous vous surveillons. La cache que vous avez mise au jour date du XVe siècle, et servait de repaire aux bandits qui rançonnaient les pèlerins entre la France et l'Espagne. Elle fut réutilisée à la Révolution pour cacher des hommes et des armes. Elle ne contenait que quelques épées et des écrits d'une importance mineure, dont nous avons fait don aux musées régionaux. Vous voyez, vous vous donnez beaucoup de mal pour rien, sans parler des risques… Il suffisait de nous demander et vous ne seriez pas là, à vous préparer à réveillonner comme des rats.

— Nous n'avons pas le même avis. Nos scientifiques pensent que nous pouvons trouver des trésors templiers, et je suis sûr que c'est la terreur de nous voir découvrir ces fétiches qui vous a poussé à venir jusque dans ce camp. Lorsque nous les aurons trouvés, nous en tirerons une fortune – peut-être d'ailleurs en vous les revendant. Ne trouvez-vous pas cela amusant ? Vous parliez de revanche, en voilà une superbe. Réussir sur votre terrain et en tirer une récompense de votre part. C'est plus que de l'humiliation…

— Je les vois d'ici, vos spécialistes.

— Ils valent les vôtres. Ils sortent des mêmes universités.

— Ils ont peut-être les mêmes diplômes, mais certainement pas la même conscience. Pour approuver vos exactions en sachant le magnifique dessein qu'elles financent, il faut soit y trouver un intérêt personnel, soit ne pas avoir le choix. Mais dites-vous bien une chose : vous avez toujours échoué, et je crois à la loi des séries. Il n'existe qu'une constante à tous vos combats : la défaite. Que ce soit dans les guerres du passé ou l'économie d'aujourd'hui, la désinformation et la manipulation des chiffres ne vous ont jamais apporté la réussite. Malgré les discours, les promesses démagogiques et la mauvaise foi, le résultat tombe toujours à la fin. Ne donnez pas de leçon, monsieur Abermeyer, et personne ne vous en donnera.

Je l'avais vexé, je le sentais chercher une contre-attaque. Pour ne pas perdre contenance, il se reversa du vin. Son lieutenant entra et lui murmura quelques mots à l'oreille. Abermeyer fronça les sourcils. Il était probablement question de la galerie effondrée. L'homme ressortit.

Mon interlocuteur releva lentement la tête.

— Puisque vous êtes franc, je vais l'être aussi. Nous savons qu'il n'y a rien dans la cache souterraine. Nous sommes cependant conscients que les fouilles sont un secteur sensible pour votre confrérie. Nous n'en connaissons pas encore la raison, mais nous le saurons bientôt. Cette information valait bien une expédition. Vous n'êtes pas sots et pourtant, chaque fois que nous vous tendons un piège, vous tombez dedans.

— Ne commettez pas l'erreur de croire que parce que nous sommes pacifistes, nous ne pouvons pas nous défendre. N'allez pas imaginer non plus que nous sommes dupes. Il existe une énorme différence entre nos deux camps, monsieur Abermeyer. Si vous et les vôtres disparaissez, nous aurons gagné ; cependant nous croyons à l'équilibre et ce n'est pas ce que nous souhaitons. Si vous, vous gagnez et que nous disparaissons, il faudra encore vous battre contre les vôtres, dans vos propres rangs. Nous ne voulons pas votre perte – ce serait impossible –, nous cherchons uniquement à vous contenir et à limiter vos dégâts. De votre côté, vous désirez nous détruire, mais vous n'en serez jamais capables : il vous manque la cohérence et la foi.

Il me fixait de son regard noir, contenant difficilement sa colère. Il était si rare d'avoir le loisir de s'affronter directement... Soudain, il éructa :

— Je pourrais vous tirer une balle dans la tête pour avoir dit cela et vous prouver le contraire !

— J'en mourrais, aucun doute là-dessus. Vous m'auriez supprimé en me tirant dessus alors que je suis seul et sans arme au milieu de votre campement. Je deviendrais au mieux un héros, au pire une victime. Et vous n'auriez rien prouvé du tout. Je ne vis pas seulement pour moi-même, monsieur Abermeyer, c'est la différence entre nous.

Il avait la main crispée sur son couteau. Je bus une gorgée de vin ambré. J'en appréciai la saveur et le soyeux au palais, après quoi je repris :

— Laissez-moi vous dire autre chose : je ne serais pas la seule victime si cette idée stupide persistait dans votre esprit. Car moi mort, qui d'autre pourrait sauver votre fils, qui agonise en ce moment même sous plusieurs tonnes de roches à quelques mètres d'ici ? Ce doit être mentionné quelque part sur ma fiche, je suis meilleur en explosifs que tous vos sbires réunis. Tuez-moi, et laissez votre fils crever.

Il avait lâché son couteau. Je reposai tranquillement mon verre. J'avais sorti mon joker et sa réaction ne laissait aucun doute : son fils était encore vivant. Sans lui laisser le temps de reprendre ses esprits, j'ajoutai :

— Je vous propose un marché, monsieur Abermeyer : j'essaie de sauver votre fils et vous nous fichez la paix. La première partie s'adresse au père, la seconde au caïd. Je vais faire ce que je peux pour le sortir de là avec ses complices et en échange, je veux votre parole que votre organisation cessera toute tentative contre moi et les miens.

Il eut un long silence avant de répondre :

— Vous n'avez aucune confiance en moi, comment pouvez-vous vous satisfaire d'un tel arrangement ?

— Je n'ai pas confiance dans votre parole d'honneur, mais ce n'est pas ce que je demande. Je veux votre parole de père.

— Je ne sais pas si j'ai le pouvoir de vous promettre ce que vous demandez. Il faut que je réfléchisse.

— Ni vous ni moi n'en avons le temps. Je n'ai pas de fiche sur vous, mais je suis certain que vous êtes en position de le faire.

Il avait l'air ébranlé, indécis. Je pesai mes mots :

— La guerre continue, monsieur Abermeyer. Je ne vous demande pas l'immunité à vie, je veux juste que vous sortiez nos combats du terrain de la vie privée où vous les avez placés. Ne touchez plus à la vie, ni à la mienne, ni à celle de mes proches. Pour le reste, vous êtes libre. Essayez toujours de nous agresser économiquement et socialement ; depuis le temps, je me suis pour ainsi dire habitué et vous me manqueriez presque. Une vie privée contre une vie tout court, c'est plutôt une bonne affaire, comme vous dites.

Ses yeux étaient moins sombres, son regard moins fixe, sa posture moins rigide. Il était complètement déstabilisé. J'eus un frisson – la fatigue, peut-être.

Nathan me manquait, mes autres compagnons aussi. Je n'avais qu'une envie, retourner dans les souterrains.

Abermeyer baissa la tête.

— Mon fils et trois autres hommes sont coincés dans la cache souterraine dont le plafond s'est écroulé. Nous avons réussi à leur faire passer un tube d'air, mais nous ignorons comment les dégager. Nous pensons essayer de déblayer avec des engins lourds que nous attendons pour demain, mais il y a un gros risque. Il peut encore se produire un glissement de terrain d'ici là, et les engins pourraient ne pas être capables d'enlever quoi que ce soit sans tasser la terre et les broyer. Notre spécialiste en explosifs est là-dessous avec eux, il est blessé. Mon fils a le bras cassé. C'est tout ce que nous savons.

— Vous n'avez toujours pas répondu à ma question. J'ai votre parole, oui ou non ?

— Je vous donne ma parole de père et d'homme. Plus rien ne sera tenté personnellement contre vous et vos proches.

Le soulagement m'envahit, mon estomac se dénoua. Je pensai à Nathan, aux quais de la Seine, à ma famille.

Il ne restait qu'un problème, mais de taille : il fallait sauver son fils.

59

L'aube n'allait pas tarder à repousser la nuit. Les étoiles luisaient toujours, mais sur un ciel déjà rose.

Nous sortîmes de la tente pour nous rendre sur les lieux de l'éboulement. Obéissant à son patron, l'homme au costume me rendit les détonateurs et mon couteau. Abermeyer marchait au milieu du matériel en faisant attention à ses chaussures. Ses hommes se comportaient envers lui avec respect et crainte. Zielermann suivait un peu en arrière, dépité que son chef ne m'ait pas encore fait éliminer. Il avait dans les yeux la patience résignée du vautour qui attend son heure. Nous pénétrâmes plus profond dans leur camp, au-delà de la zone des tentes.

Ce qui avait été jadis une bouche d'aération cachée dans une rocaille était maintenant un trou béant de plus de dix mètres de diamètre.

— C'est ça que vous appelez faire des fouilles ?

Abermeyer ne dit rien. Je n'insistai pas.

— Peut-on communiquer avec votre fils ?

— Le tube qui leur amène l'air est le seul moyen. Venez, c'est par ici.

Un petit compresseur envoyait de l'oxygène dans un tuyau d'arrosage qui s'enfonçait dans le sol déstructuré. Les hommes s'affairaient à déblayer le site de leur mieux mais se heurtaient à la dalle de roc qui, avant l'effondrement, formait le toit de la galerie. Les quatre hommes étaient probablement tombés dans la grotte naturelle située sous ce qui avait été la galerie de Serre-longue, et ils étaient désormais retenus prisonniers par le plateau rocheux.

Un homme présenta le tube à Abermeyer, qui saisit l'embout, s'annonça et demanda à parler à son fils. Il lui dit quelques mots et me tendit le tuyau. J'articulai pour me faire bien comprendre :

— Avez-vous un peu d'espace autour de vous ?

Le jeune homme me répondit en français, avec un fort accent.

— On a juste la place sous la roche, et autour il y a comme des fentes qui rentrent dans la terre, étroites et profondes, mais aucune qui débouche, on a essayé.

— Combien de temps pensez-vous pouvoir tenir ?

— Nous avons deux blessés, pour ma part je crois que j'ai un bras cassé, et le quatrième est inconscient. Tant que nous aurons de l'air, nous tiendrons.

— Nous allons tenter de vous dégager.

— Comment ?

— Je ne sais pas encore. On vous tiendra au courant.

Je rendis le tube puis me redressai.

— Il me faut le relevé du contour de la dalle. Faites sonder le sol par vos hommes avec des barres à mine. Qu'ils posent des piquets et des cordes pour la délimiter. On va devoir passer dessous pour poser les charges qui l'éjecteront ou la briseront.

Abermeyer se détourna et commença à donner ses ordres.

— Y a-t-il un endroit où je puisse être au calme pour réfléchir et faire la liste de ce dont j'aurai besoin ?

Il désigna sa tente. Je hochai la tête.

— Je veux y être en paix.

— Je suis obligé de laisser un garde avec vous.

— Aucun problème. Je pense avoir fini dans une heure.

Un homme armé me suivit, une expression méfiante sur le visage. Je passai la porte de bâche, posai mon blouson et m'installai à la table. Le garde s'assit à l'autre bout de la tente, sans me quitter des yeux, la main sur son revolver.

Je n'aimais pas l'ambiance de leur camp. Il y régnait une atmosphère qui me mettait mal à l'aise après les jours vécus au milieu des Frères. Je n'appréciais ni les chiens dressés à l'attaque, ni les fusils-mitrailleurs.

J'avais une heure pour trouver comment mettre toutes les chances de mon côté et sauver les quatre hommes. La dalle devait peser au minimum cinq tonnes, il allait falloir forcer la dose, et pas n'importe comment si je ne voulais pas faire du hachis.

Le jour se levait.

Peut-être lisais-tu le cahier…

60

J'avais fini par m'assoupir, le crayon à la main. Ce n'est que bien plus tard qu'Abermeyer vint me réveiller.

— Vous dormiez si profondément que j'ai préféré vous laisser vous reposer un peu.

— Vous êtes un type étrange. Cette nuit vous vouliez me tirer une balle dans la tête, et maintenant vous veillez sur mon sommeil.

Dehors, le temps était splendide, la lumière franche et le froid mordant.

— La dalle est assez grande. Nos hommes ont réussi à ouvrir un étroit passage dessous qui donne près d'une paroi de la cachette.

Il parlait probablement de notre mur. Celui qui n'avait que deux jours d'existence.

— Je vais descendre.

Je me glissai dans l'accès qui venait d'être dégagé, me faufilant entre les roches et la terre déchiquetées, et après avoir rampé quelques mètres dans ce qui restait de la galerie, j'atterris exactement là où la nuit précédente, un Frère et moi avions essuyé une explosion. La maçonnerie semblait avoir cinq siècles. Les lentilles des vidéoscopes étaient couvertes de poussière. Personne ne semblait vouloir me suivre jusque-là. La galerie s'était effondrée, son plafond s'était rabattu, descendant de plusieurs mètres ; seule notre construction l'avait partiellement retenue, l'empêchant d'écraser aussi la zone où je me trouvais. J'avais deux choses à faire : tester les caméras, et voir ensuite si la dalle serait assez solide pour que l'onde de choc d'une explosion puisse y prendre appui. Je sortis le cahier de mon sac et en arrachai une page. J'écrivis en majuscules :

SI TU ME VOIS, VA À L'ENTRÉE DES NOVICES ET TIRE UNE CHARGE DANS UNE HEURE.

Je présentai la feuille au vidéoscope en l'éclairant avec ma torche. Une voix venant de la surface m'interpella :

— Tout va bien ?

— Pas de problème, j'étudie les structures.

J'y jetai effectivement un coup d'œil. Dépourvu d'outils pour creuser, je ressortis. La lumière m'éblouit. Une heure serait amplement suffisante pour qu'un de nos hommes rejoigne la crypte de la galerie des novices et tire un marron d'air.

— Je peux voir ce que vous avez comme explosifs ?

Abermeyer fit signe à Zielermann.

— Emmenez monsieur à la réserve, et laissez-le prendre ce qu'il veut.

Bien que contrarié, Karl obéit et m'ouvrit la voie. Le cabanon leur servant d'entrepôt à munitions était à demi enterré et sévèrement gardé. Tous paraissaient très ennuyés que j'y pénètre. Zielermann se tourna vers moi en ouvrant la porte et déclara :

— Si un jour on m'avait dit que nous travaillerions pour le même camp, je ne l'aurais pas cru.

— Et vous auriez eu raison. Accélérez, on a quatre types à sauver.

La salle était remplie d'un arsenal démentiel : des lance-roquettes, deux mitrailleuses lourdes, des grenades, une caisse de mines, des centaines de boîtes de cartouches... et au fond, cinq caisses d'explosifs.

— Non mais ça va pas ? m'exclamai-je. Vous vous croyez où ? On est dans le sud-ouest de la France, pas au Moyen-Orient ! Qu'est-ce que vous comptez faire de tout ça ?

— Prenez ce dont vous avez besoin et dégagez, nous avons des hommes à secourir.

Il n'y avait que l'embarras du choix : des explosifs soufflants, des brisants, des pains de toutes tailles, des mèches, des allumeurs électriques, des retardateurs...

Je fis mon marché, déposant tout dans les bras de Karl, qui ne trouvait pas ça drôle. Puis nous retournâmes sur le site.

Abermeyer vint me trouver, l'air sombre.

— J'ai fait annuler les engins de levage, vous avez intérêt à réussir.

— J'ai promis de tout tenter, je le ferai. Tâchez d'en faire autant.

— Comment avez-vous l'intention de procéder ?

Je m'accroupis et sortis mon couteau pour graver un schéma dans la terre gelée.

— Je compte faire exploser une première charge assez faible le long du mur pour faire vibrer l'ensemble, puis une seconde immédiatement après en opposition de souffle. Logiquement, la dalle bloquant votre fils sera soulevée comme par un décapsuleur.

— Vous êtes sûr de votre coup ?

— On ne peut jamais l'être avec les explosifs, mais ce procédé s'appelle un sifflet et on l'apprend dans tous les cours d'artificiers.

— Comment êtes-vous certain que la dalle va rester en un seul morceau ?

— Nous étions ici avant vous, il y a quatre ans. Ce sol, nous l'avons étudié. C'est aussi ça, faire des fouilles.

Je lui désignai le château qui nous surplombait majestueusement.

— Je connais chaque pierre de cet endroit, d'abord parce que je l'aime. C'est magnifique. Vous ne trouvez pas que la seule chose laide ici, c'est votre carnage ?

— Sauvez mon fils, et je trouverai beau tout ce que vous voudrez.

Je me coulai sous la dalle, suivi par un de leurs hommes, afin de sonder le pied du mur sur lequel nous allions poser la moins puissante des deux charges. Je n'avais pas intérêt à me tromper dans le décalage des deux déflagrations. Dans moins de dix minutes, je serais fixé sur le fonctionnement des caméras. Dès que je pouvais, je faisais un signe ou une mimique à ceux qui devaient être devant l'écran dans la salle de surveillance. Mon garde-chiourme ne remarquait rien. Si quelqu'un me voyait dans la cité, on pouvait trouver ça drôle, sinon, j'étais le clown le plus inutile de la terre, faisant ses pitoyables grimaces sous les gravats devant des caméras en panne.

Je venais de ressortir, l'autre sur les talons, lorsqu'à la seconde près, j'entendis une détonation résonner longuement dans la vallée. Au moins une des caméras marchait ! Je n'avais pas fait mes grimaces dans le vide, et nous allions leur jouer le tour de passe-passe du siècle.

Les hommes d'Abermeyer regardèrent au loin, en direction de l'écho qui continuait à courir sur les parois du pic.

— Sans doute des pétards au village, on est le 31 après tout...

À présent que j'étais sûr que les vidéoscopes étaient opérationnels, je devais retourner au pied de notre mur pour envoyer un autre message. L'idée était simple : j'allais profiter de ma propre explosion pour masquer le bruit de celle de la bifurcation. Ainsi, Abermeyer n'entendrait rien et nous aurions la paix quelles que soient les fouilles qu'ils entreprendraient ensuite.

Comment faire comprendre à mes compagnons à quelle heure j'allais faire exploser la dalle sans que les hommes qui me surveillaient se doutent de quelque chose s'ils trouvaient le papier ?

J'allais poser une énigme, une colle que seul Nathan pourrait résoudre.

Je redescendis donc, « pour une dernière vérification ». Ils me laissèrent faire. Pour eux, je ne représentais plus une menace.

Après quelques minutes de réflexion, j'arrachai une nouvelle page et écrivis :

NATHAN. À L'HEURE DE LA PREMIÈRE DIFFÉRENCE ENTRE NOUS, DONT ON RETRANCHE LE NOMBRE DE COUPS QUE J'AI TIRÉS SUR LE CONCIERGE, FAIS BRILLER LE COLLIER QUE NOUS AVONS ASSEMBLÉ ENSEMBLE ET DONT LE FERMOIR EST DANS LA CHAUSSETTE.

Si quelqu'un d'autre tombait là-dessus, il ne risquait pas de comprendre. Il était neuf heures passées, il me restait moins de deux heures pour tout mettre en place.

Avec cette énigme, l'explosion prenait une dimension qui dépassait le seul sauvetage des quatre hommes ensevelis. Si Nathan solutionnait l'équation, s'il trouvait les nombres nécessaires pour la résoudre, j'aurais enfin la certitude d'avoir réussi à partager l'esprit.

Les treize jours séparant nos dates de naissance constituaient la plus ancienne différence entre nous, la première. J'avais tiré sur le Concierge à deux reprises, soit treize moins deux. À onze heures, tout devait exploser.

À ce moment-là, j'aurais enfin la réponse à une obsédante question : avais-je eu raison de t'embarquer dans cette aventure ?

J'espérais vraiment que le collier allait briller.

61

Avec les explosifs, le plus difficile n'est pas de connaître les principes ou les produits, mais leurs spécificités et leurs réactions à l'usage. J'avais une dalle de roche à faire basculer sans broyer les hommes coincés dessous. Une première explosion allait créer un souffle qui permettrait à la seconde, beaucoup plus puissante et destinée à retourner la dalle, d'agir sans que la pression s'exerce vers le bas. La petite explosion allait en fait couper le souffle dangereux pour les prisonniers et renforcer celui qui écarterait l'obstacle. Le tout était de ne pas se tromper dans les doses pour chacune, ni dans le délai entre les deux.

— J'ai calculé douze kilos pour la plus faible et trente-cinq pour l'autre, avec un écart de six dixièmes de seconde.

Abermeyer me regarda étrangement.

— Je ne m'intéresse pas aux détails, c'est vous le spécialiste. Sauvez mon fils, c'est tout ce que je vous demande.

Zielermann revint enfin avec les câbles que je lui avais demandés. Il paraissait toujours aussi furieux. Je lui adressai un sourire ironique :

— Si on m'avait dit qu'un jour vous travailleriez pour moi... Posez-les sur la caisse.

— Vous avez intérêt à ne pas rater votre coup, grinça-t-il entre ses dents, sinon le patron n'aura même pas à me donner l'ordre de vous tuer.

— Je sais. C'est aussi pour ça que vous allez dégager d'ici et me laisser faire mon boulot sans essayer de le saboter.

Il s'éloigna en fulminant. Je déroulai les câbles avec deux des hommes d'Abermeyer, qui n'avaient pas bien saisi l'ironie de la situation. Ils me parlaient comme à l'un des leurs, me demandant à quelle unité j'appartenais et pourquoi j'étais arrivé à vélo en pleine nuit. Ils obéissaient et travaillaient vite, c'était tout ce qui comptait. Les câbles furent rapidement connectés, les explosifs étaient depuis longtemps en place au pied du mur et sous la dalle. Il ne restait qu'une demi-heure avant l'heure.

— Je vais poser les détonateurs. J'y vais seul. Que personne n'approche des déclencheurs ou des fils.

Zielermann était assis à l'écart et nous surveillait en fumant une cigarette. Il semblait calme à présent. Sa sérénité ne me disait rien qui vaille.

Je descendis sous la dalle ; en passant près du mur, je fis des signes en agitant la grappe de détonateurs. Qui était en train de surveiller l'écran ? Peut-être Nathan, sûrement Derek. Isvoran, forcément.

Je me glissai à plat ventre le plus loin possible. Les explosifs étaient là : presque cinquante kilos de pentrite empilés dans le noir. Je plantai les détos dans les pains et rampai en arrière. Chaque mouvement faisait pleuvoir une fine terre meuble. Il fallait que la dalle tienne le choc ; si ce n'était pas le cas, les quatre hommes n'auraient que peu de chances de s'en sortir. Le Sage disait toujours que l'on pouvait compter sur les rocs de Montségur… Espérons-le.

Je m'accroupis pour connecter la plus petite charge. Je regardais toujours les caméras du coin de l'œil. J'aurais bien voulu ne pas être seul dans ce camp, au moins pour que quelqu'un puisse surveiller Zielermann pendant que je fichais les détonateurs. Je ne souhaitais pas qu'il joue avec les fils. Je fis un dernier signe d'au revoir aux caméras avant de remonter. Une chose était certaine : après l'explosion, elles seraient hors service pour de bon.

Il faisait toujours beau, Zielermann n'avait pas bougé de sa caisse et Abermeyer était revenu suivre les préparatifs.

— Vous vous en sortez ?

— Je serai prêt à onze heures. Je vais aller parler à votre fils et à ses compagnons, nous avons juste le temps.

Il faisait bon, le vent était faible, le soleil maintenant haut réchauffait un peu l'air. Je saisis le tuyau qui nous reliait aux hommes ensevelis.

— Nous allons tenter de vous sortir de là. Comment ça va en bas ?

— Pas brillant. L'artificier s'affaiblit, son assistant s'est endormi. Comment allez-vous faire ?

— Nous n'avons pas le temps de vous expliquer. Ce ne sera pas long. Vous devez vous faufiler le plus loin possible dans les anfractuosités dont vous m'avez parlé. Vous avez dix minutes pour vous protéger. Vous avez compris ?

— On s'y met.

Abermeyer attendait que je lui passe le tube.

— Désolé, on n'a plus le temps. Il va y avoir des retombées tout autour, alors je vous conseille de mettre vos jolies voitures à l'abri sous les arbres.

— Elles sont hors de portée, à l'entrée du campement.

— C'est vous qui voyez, je vous aurai prévenu.

Onze heures moins cinq. Le personnel avait dégagé le périmètre de sécurité. Nous n'étions plus que trois près de la table sur laquelle était posé le déclencheur électrique. Abermeyer me regardait assembler le dispositif, Zielermann avait les yeux rivés sur la dalle située à un peu plus de cent mètres de là.

J'étais perclus de courbatures. On n'entendait plus que le chant des oiseaux et le lointain ronronnement du compresseur laissé en place pour alimenter les prisonniers en air.

— Dans une minute.

— Ça ne fera aucune différence si c'est dans deux, souligna Abermeyer.

— Pour mon moral, si. Si vous ne voulez pas vous prendre un pavé, je vous conseille de rejoindre vos hommes.

Seul Zielermann finit par s'éloigner après que son patron lui en eut donné l'autorisation.

— Vous restez ?

— C'est mon fils qui est là-dessous.

— Bien. À mon signal, abritez-vous derrière le tas de sacs sous la table.

Il acquiesça. Plus que vingt secondes. Je lui tendis le déclencheur.

— À vous l'honneur, c'est votre fils qui est là-dessous, après tout.

Surpris, il m'adressa un sourire crispé.

— Merci, mais je n'y connais rien. J'ai assez peur comme ça. Je préférerais que vous vous en occupiez.

Je hochai la tête et repris l'appareil en regardant ma montre. Dix secondes. Je soulevai le capot, enfonçai les deux switchs de sécurité. Six secondes. Nathan était sûrement prêt. Nous n'avions pas de casques, pas même de bouchons d'oreilles. Quatre secondes. Il n'y avait plus qu'à espérer que la dalle tienne et que mes estimations soient bonnes. Deux secondes. Le temps était vraiment superbe.

J'ai tout enfoncé, le voyant vert s'est allumé, et Abermeyer s'est jeté sous la table. Je suis resté debout tandis que l'apocalypse se déchaînait.

62

Ce fut comme si un dieu endormi s'éveillait brusquement, déchirant la couverture de terre qui le recouvrait. Une explosion de fin du monde, un tonnerre surpuissant qui propulsa une gigantesque gerbe de pierres vers l'azur, immédiatement suivi par une seconde déflagration, plus sourde et plus lointaine, qui ne produisit aucun effet visible. La bifurcation venait de disparaître. Nathan avait compris.

Je n'avais pas eu le temps de réaliser tout ce que cela impliquait qu'une nouvelle explosion, plus violente encore, éventra le sol dans un rugissement terrifiant. Cette fois-ci, c'était la mienne, la plus grosse des deux que j'avais préparées. Je vis la dalle s'arracher du sol comme un couvercle, les tonnes de terre et de pierres projetées en l'air comme un feu d'artifice ; j'entendis les déflagrations les plus tonitruantes de ma vie. Les sifflements stridents qui se muaient en grondement, les gravats qui s'entrechoquaient dans le ciel, la plainte sourde de la dalle qui, avec la majestueuse lenteur d'un monstre terrassé, se coucha sur le flanc, recouvrant à jamais notre mur.

Le hurlement de fin du monde continuait à courir autour de nous, revenant des vallées environnantes, renvoyé et renvoyé encore par l'écho. Toute la région avait dû entendre. Le tonnerre laissa progressivement la place au martellement des débris retombant sur toute la zone. La terre pleuvait, mais aussi les éclats de roche et les gravats, qui perforaient les tentes et le sol comme autant de bombes lâchées du ciel.

Je rejoignis Abermeyer sous la table, au milieu des sacs de sable. Il était livide.

— Vous êtes fou ! s'écria-t-il. Que vous restiez debout, c'est votre problème, mais vous ne m'avez pas fait signe !

Je devais avoir le regard vague et un sourire béat sur le visage : j'avais contemplé la plus titanesque déflagration de ma vie. Elle avait été magnifique et utile.

Les mottes de terre gelée et les éclats de roche continuaient à s'abattre tout autour de nous. Au-dessus de nos têtes, le plateau de la table devait être ravagé. Un choc ébranla notre abri ; par réflexe, Abermeyer rentra la tête dans les épaules. Les hommes hurlaient et couraient, sous le déluge qui criblait le camp. Cette mélodie de tissu déchiré, de tôle qui résonnait, de verre explosé semblait ne jamais devoir s'arrêter.

Peu à peu pourtant, le calme revint. Seule une bruine de terre continuait de pleuvoir. Je sortis le premier et m'élançai vers le cratère béant. Un immense entonnoir de terre retournée, comme une porte vers l'enfer ; la dalle affleurant à peine, oblique. Le compresseur avait disparu. Je hurlai aux hommes d'accourir avec des pelles. Les quatre ensevelis étaient peut-être morts broyés, mais si ce n'était pas le cas, ils devaient manquer d'air.

Abermeyer répercuta l'ordre en allemand et la troupe se mit en branle. L'entonnoir grouilla vite d'hommes qui creusaient, sondaient. Le cratère devait bien faire neuf mètres de profondeur et le triple de diamètre. Je restai avec Abermeyer sur le bord à observer les fouilles.

Dix minutes s'étaient déjà écoulées, et les gardes n'avaient toujours rien trouvé. Abermeyer blêmissait au fil des secondes.

— Mark est mort, votre explosion l'a tué !

— Ils doivent pouvoir tenir une vingtaine de minutes. Vous n'espériez pas qu'ils sortent sans aide et debout après la déflagration ?

— J'espérais que ça allait marcher, c'est tout.

Zielermann rôdait, observant tour à tour les recherches infructueuses et la mine abattue de son chef. Si la situation s'éternisait, il tiendrait bientôt sa vengeance.

Un des gardes poussa un cri : il avait dégagé une main. Abermeyer sauta dans le trou et courut vers lui, s'enfonçant dans la terre meuble sans plus se soucier de ses chaussures. Les hommes resserrèrent leurs recherches. Ils déterrèrent bientôt l'assistant de l'artificier, le visage noir de terre et de sang. Le cœur battait : il était vivant ! Je ne bougeais pas, contemplant la scène, relevant de temps à autre les yeux vers le château, songeant à la victoire silencieuse que nous venions de remporter en effondrant la bifurcation sans attirer leurs soupçons. Avec qui allais-je fêter notre réussite ? J'avais envie de crier, de hurler tellement j'étais heureux que l'explosion ait été aussi somptueuse et que nous ayons mis un terme définitif à leurs fouilles.

Un autre garde appela. Cette fois-ci, un pied avait été aperçu. Merisi fut rapidement déterré. L'artificier avait l'air mal en point. Il ne réagissait à rien, son corps était ensanglanté à plusieurs endroits. Les gardes le remontèrent vers une tente sommairement aménagée en infirmerie. Abermeyer s'énervait : il n'y avait toujours aucune trace de son fils. Il revint vers moi en me désignant sa montre.

— Voilà les vingt minutes passées et mon fils n'a toujours pas été retrouvé !

— Que voulez-vous que j'y fasse ? L'opération ne doit **pas** être un échec complet puisque vous avez déjà récupéré deux des vôtres.

— Notre marché portait sur mon fils, pas sur les autres.

— Je reconnais bien là l'élégante compassion qui vous caractérise. Vous n'avez qu'à demander à vos mercenaires de creuser plus vite. Mon job, c'était l'explosion ; le reste est entre vos mains.

Il grogna et retourna hurler sur ses hommes pour qu'ils s'activent. Quelques minutes plus tard, un troisième corps fut repéré. Abermeyer se jeta sur l'emplacement de la sonde et creusa à mains nues, hystérique, projetant la terre et les cailloux tout autour. Le dos apparut en premier. Il reconnut immédiatement les vêtements : c'était son fils. Tous redoublèrent d'ardeur et celui-ci fut rapidement dégagé. Les deux médecins du camp se précipitèrent. Il respirait très irrégulièrement mais il s'en tirerait. Ses cheveux blond foncé étaient maculés de terre et de sang coagulé. Il devait avoir mon âge.

Abermeyer accompagna la civière sans même se préoccuper du dernier type encore enseveli. Les recherches continuèrent plus calmement ; beaucoup d'hommes avaient suivi leur chef vers la tente-hôpital. La petite qui fouillait encore la terre finit par le localiser, lui aussi vivant et de loin en meilleur état que les trois autres. Tous les quatre étaient sortis en vie de ce piège, et j'en étais sincèrement heureux.

Le cratère se vidait ; les hommes emportèrent l'ultime rescapé vers la tente. Étrange vision que ce sol éventré, piétiné, ravagé, pour lui arracher le trésor de quatre vies humaines.

Zielermann était lui aussi resté près du trou, debout sur la dalle retournée. Nous étions seuls lui et moi ; derrière, lointaine, nous parvenait la rumeur des hommes commentant les événements. Le cratère nous séparait.

— Pas trop déçu, Karl ?
— Pourquoi serais-je déçu ?
— Vous le savez bien.

Il descendit et s'approcha.

— Vous n'êtes pas encore sorti de notre camp, à ce que je vois.
— Je n'ai plus besoin d'en sortir, j'ai déjà gagné.

Ses yeux me fouillèrent, noirs de rage.

— Il va falloir vous justifier auprès des autorités pour tout ça, fis-je avec un large geste. En France, on n'appelle pas ça des fouilles, mais du vandalisme. J'espère pour vous que vous allez inventer une bonne explication, parce que même vos appuis si haut placés ne suffiront pas pour passer l'éponge.

Il regardait la zone dévastée.

— Je vais y aller, Karl. J'ai un déjeuner ce midi que je ne veux pas manquer. Je ne vous serre pas la main, j'en ai aussi peu envie que vous.

Je fis demi-tour pour rejoindre la tente-hôpital.

— Il vous faudra la protection d'Abermeyer pour sortir d'ici vivant ! me cria-t-il.

— Je l'ai déjà, ne vous inquiétez pas pour moi.

— Vous avez peut-être fait un pacte avec lui, mais pas avec moi !

Je m'arrêtai et me retournai pour lui faire face.

— Vous êtes sous ses ordres, c'est la loi de votre camp. Aucune autonomie, aucune intelligence, juste la hiérarchie. Un seul cerveau pour vous tous. Il fallait mieux choisir votre côté de la barrière. Venez chez nous, alors je prendrai vos menaces au sérieux.

Je lui tournai le dos et m'éloignai. Il ne répliqua pas.

63

Ça se bousculait autour des tables. Celle sur laquelle était étendu Abermeyer junior bénéficiait de la présence des deux médecins. Après avoir découpé les derniers lambeaux de vêtements, ils avaient examiné son bras grâce à une unité de radiographie mobile, l'avaient enveloppé d'une bande et s'apprêtaient à poser une résine.

Abermeyer me fit signe d'approcher.

— Venez, venez ! Je vous présente Mark, mon fils. Il va bien. Une fracture du bras droit, des contusions, quelques déchirures, des blessures superficielles, mais rien de vraiment grave.

Je saluai Mark d'un hochement de tête. Il était trop hébété pour répondre. Je me tournai vers son père.

— Et les autres ?

Abermeyer parut étonné de ma question.

— Oui, votre fils n'était pas seul, si je me souviens bien, et ce sont tous des hommes à vous.

Il se sentit alors obligé de me suivre dans ma tournée des autres tables.

— Si votre fils va bien, vous pourriez peut-être laisser les toubibs s'occuper de ceux qui en ont vraiment besoin, ne croyez-vous pas ?

Il appela les médecins au chevet de l'artificier mal en point. À présent que la tension nerveuse retombait, j'avais faim et je ne rêvais plus que d'une chose : prendre une douche et manger avec mes amis. Si possible au soleil.

— Accepteriez-vous de déjeuner avec mon fils et moi ?

Abermeyer était décidément un homme déconcertant.

— C'est très aimable, mais je souhaiterais repartir le plus tôt possible. Les miens doivent s'inquiéter.

— À votre guise. Je vous fais raccompagner dès que vous le désirerez.

— Le temps de reprendre mon blouson et de sauter sur mon vélo.

— Je peux mettre une voiture à votre disposition.

— C'est inutile, il fait beau et je ne vais pas loin…

Abermeyer demanda à un garde de rapporter mon vêtement.

— Je tiens à vous remercier de ce que vous avez fait pour mon fils et mes hommes, dit-il en me suivant hors de la tente. Même si nous appartenons à des camps opposés, je suis heureux de mieux vous connaître.

— Moi également. Je suis convaincu que si nous nous connaissions davantage, vous pourriez vouloir devenir l'un des nôtres.

Il secoua la tête.

— J'admire votre optimisme, cela va avec la jeunesse. Mais je suis bien plus âgé que vous. Il est trop tard pour moi.

— Et pour votre fils ?

— J'y songerai.

Nous longeâmes les voitures défoncées. Les débris avaient traversé les toits, brisé les vitres, criblé les capots. Cela me faisait presque de la peine. Nous continuâmes à marcher, seuls, vers la sortie.

— J'ai votre promesse ? Vos hommes cesseront de menacer ma vie privée et celle de mes proches ?

— Je tiendrai ma parole. Soyez tranquille. Et ne vous inquiétez pas pour Zielermann, je m'en occupe.

Nous étions ennemis, et pourtant je n'arrivais pas à trouver cet homme antipathique. Dans d'autres circonstances, qui sait, peut-être même aurions-nous été amis.

Nous arrivâmes au poste de garde. Je remontai sur mon VTT sous les yeux de la sentinelle, ahurie de me revoir en vie, et qui plus est escorté par le grand chef. Abermeyer me fixa avec intensité.

— Nous reverrons-nous un jour ?

— Je suis certain que oui. Vous ne changerez pas, et moi non plus. Nous allons encore nous battre, monsieur Abermeyer.

— Et qui gagnera ?

— Une fois vous, une fois nous. C'est comme cela depuis la nuit des temps.

— Qui a gagné cette fois-ci ?

— Je suis incapable de vous donner la réponse. Si vous avez autant de secrets que nous dans cette histoire, disons que nous sommes à égalité. Il faudra du temps pour faire les comptes.

— Je vais faire lever le camp dès demain.

— Vous êtes enfin convaincu qu'il n'y a rien à trouver ?

— Pas du tout. Je suis même certain du contraire. Il y a quelque chose, quelque chose d'énorme. Nous reviendrons peut-être. Montségur attendra bien quelques années de plus pour livrer ses secrets.

— Rendez-vous donc à la prochaine partie.

Il me tendit la main.

— Bon retour. Soyez prudent sur la route, les gens roulent comme des fous.

Je repris tant bien que mal le chemin de terre. La question d'Abermeyer me tournait dans la tête. Qui avait gagné, eux ou nous ? À l'heure qu'il était, j'aurais répondu nous, mais quelque chose me disait qu'il était encore trop tôt pour en être sûr.

64

Je n'oublierai pas le trajet du retour. Après la nuit et la matinée que j'avais passées, ce fut un véritable calvaire. Le temps se maintenait au beau fixe, la pente était toujours aussi raide, et il ne me restait presque plus de batterie. L'air glacial me brûlait la gorge. Je mis près d'une heure pour retourner à la chapelle en ruine sur la Frau. La forêt était magnifique ; un peu plus en altitude, les congères de neige luisaient sous les rayons du soleil qui les faisaient lentement fondre. De temps à autre, je m'arrêtais pour vérifier que je n'étais pas suivi. Le mountain bike offrait au moins l'avantage d'un fonctionnement silencieux qui permettait de repérer n'importe quel moteur à la ronde.

J'arrivai hors d'haleine. Le VTT de Nathan était toujours caché en contrebas, dans un massif de buis. J'en profitai pour traîner quelques branches supplémentaires afin de mieux dissimuler l'accès à la crypte. Une fois descendu, je restai un bon moment à écouter une dernière fois. Personne. Rassuré, je repris le chemin de la cité.

La torche électrique dans une main et mon sac à dos dans l'autre, je marchais comme un automate. La pression retombait et tout mon corps se relâchait. J'avais besoin de dormir, et vite.

Juste avant le grand carrefour, je fus accueilli par deux gardes qui me tinrent en joue avant de me reconnaître. Ils s'écartèrent, et je pus poursuivre vers la ruelle. Je croisai des Frères qui transportaient des caisses en provenance du moulin. La salle de surveillance était déserte. J'allais continuer vers les bureaux quand une voix m'interpella :

— C'est pas vrai ! Tu es rentré depuis longtemps ? Tu es complètement *crazy* d'y être allé seul !

Derek m'étreignit avec force et m'entraîna chez le Sage. La pièce était bondée. Tout le monde semblait épuisé mais la joie de me revoir se lisait sur les visages. Nathan bondit à ma rencontre avec émotion tandis que Benoît me frictionnait affectueusement la tête.

Je réussis enfin à m'asseoir.

— Alors, comment ça s'est passé ?

— Plutôt bien.

— C'est tout ce que tu as à dire ? Allez, raconte ! On s'est fait un sang d'encre !

— On a réussi à sauver leurs quatre hommes, et ils cessent leurs fouilles. Ils devraient repartir demain.

— C'est fantastique !

— Te rends-tu compte des risques que tu as pris ?

— J'ai eu tout le trajet du retour pour y réfléchir.

— Tu regrettes, au moins ?

— D'avoir sauvé des vies et de les avoir convaincus de tout arrêter ? Certainement pas !

— Tu as eu de la chance, fit remarquer le Sage. Même si ton initiative n'était pas raisonnable, on ne peut que se féliciter du résultat.

Je me tournai vers lui.

— Et au moulin, où en êtes-vous ?

— Tout ce que nous devons emporter est dans les caisses ; les Frères et les gardes se relaient pour les acheminer vers la sortie de la galerie de Montferrier. Ce soir, elles seront embarquées avec le matériel et les hommes.

— Andrew a organisé tous les transferts, précisa Derek. Il était très inquiet pour toi. Comme nous tous…

Lorsque les remarques eurent cessé, je demandai au Sage :

— Que pensez-vous de ce que vous avez trouvé dans le laboratoire ?

— Que répondre à cela ? D'après le peu que j'ai eu le temps de lire, les ouvrages ne traitent pas seulement de la matière et de la science.

— De quoi d'autre ?

— Dans la pièce fermée par une grille au bas de l'escalier, nous avons découvert une niche renfermant plusieurs volumes du même format que celui que Benoît a sorti de la crypte de Chartres. Il y est question d'autres laboratoires, ailleurs en Europe. On y parle aussi de la localisation des richesses de l'ordre du Temple, et si ma mémoire est bonne, certains des lieux cités ne font pas partie de ceux qui ont été saisis par les troupes de Philippe le Bel lors de l'arrestation massive des Templiers en 1307…

— Un trésor ?

— Peut-être. Nous avons même trouvé une sorte de livre d'histoire qui nous renseignera probablement sur de nombreuses énigmes. En le recoupant avec d'autres documents déjà en notre possession, nous allons pouvoir lever le voile d'ombre qui planait sur de longues périodes de l'histoire de la Confrérie. Et d'après certains passages, j'ai même eu l'impression qu'il contient des prophéties. C'est vraiment très étrange.

— J'ai hâte d'entendre vos conclusions.

— Il faudra du temps, et d'autres missions...

Nathan et moi échangeâmes un regard.

— Je regrette que vous n'ayez pu voir l'explosion, enchaînai-je. Je ne sais pas si j'aurai un jour l'occasion d'en refaire une aussi spectaculaire ! Et bonus : en retombant, les débris ont littéralement bombardé leur camp. Tout a été détruit : les tentes, les voitures, le matériel. Un vrai massacre.

— En tout cas, les caméras n'y ont pas survécu.

— Le contraire m'aurait étonné.

Derek se leva le premier.

— On y retourne, il faut avoir tout remballé avant ce soir.

Il pointa un doigt sur Nathan et moi.

— Vous deux, allez dormir. Empaquetez vos affaires avant qu'on ait besoin d'une pelleteuse pour les ramasser !

Nathan opina et partit devant. Lorsqu'il fut sorti de la pièce, Derek me confia :

— Il n'a pas voulu se reposer avant ton retour. Il n'a pas arrêté une minute. C'est lui qui a fait sauter la bifurcation.

Le Sage souriait de son drôle de sourire silencieux.

Notre échoppe était un indescriptible fouillis. Je commençai à ranger les outils dans une caisse. Je serais bien allé au solarium, mais la perspective de refaire des kilomètres à pied m'épuisait à l'avance. J'obstruai la fenêtre avec une couverture pour que la lumière de la ruelle ne nous gêne pas et vidai mon sac à dos sur la table.

— Toi non plus tu n'as pas le courage d'aller au soleil ? demanda Nathan.

— Non, je suis complètement crevé.

— Tu t'es battu ? Tu as la lèvre entaillée.

— Cet imbécile de Karl m'a frappé.

Nous nous assîmes autour de la table, chacun rassemblant ses affaires. Il y eut un long silence avant que Nathan ne me confie :

— Ça me fait drôle de quitter cet endroit.

— Moi aussi.

— On pourrait peut-être rester encore cette nuit ? J'aime bien l'idée de finir l'année ici…

— J'y pensais. D'ailleurs, on doit aller reboucher l'entrée de la crypte.

Une fois notre rangement achevé, nous nous allongeâmes. Je tournai la tête vers mon ami.

— Tu sais, Nathan, j'ai une étrange sensation. Tout se déroule comme si nous avions gagné, et pourtant…

— Oui, moi aussi, j'éprouve la même chose. Je pensais que c'était parce que je ne voulais pas que ça finisse.

Nous parlâmes un moment, d'Abermeyer et de l'explosion. Les voix dans la ruelle me berçaient et je sentis la quiétude m'envahir.

Nous ne pûmes dormir que moins de trois heures. C'était loin d'être suffisant pour affronter ce qui nous attendait.

65

Nathan dormait profondément, sa lente respiration rythmant le temps. Il était dix-neuf heures passées – à cette heure-ci, dehors, il faisait nuit. Je sortis sans bruit.

Partout, les Frères finissaient d'effacer les traces de notre passage. Toutes les échoppes avaient été vidées de leur contenu. Isvoran apparut, des paquets plein les bras. Je le soulageai de quelques-uns d'entre eux.

— Nathan et moi allons rester cette nuit, lui annonçai-je, nous devons remurer l'entrée des novices.

— Je vous laisse deux hommes ?

— D'accord.

— Ce doit être la première fois que nous sommes aussi proches de nos ennemis sans qu'ils nous détectent.

— Il subsiste encore un risque au moment du transfert des caisses. Malgré la nuit, je ne suis pas complètement rassuré.

— J'ai demandé aux hélicos de tourner au-dessus de leur camp pour faire diversion.

Nathan s'encadra dans la porte, pas du tout réveillé.

— Bien dormi ?

Il grogna une réponse incompréhensible, mais sa tête clamait son besoin de sommeil. Il faudrait qu'il attende.

Nous finissions d'empiler les dernières caisses dans la ruelle lorsqu'un garde vint nous avertir de l'arrivée d'Andrew. Chargés de matériel informatique, nous prîmes à notre tour le chemin de la sortie de Montferrier.

Après le grand carrefour, le tunnel devenait brutalement beaucoup plus haut, sans pour autant s'élargir.

— C'est dans celui-là qu'un cavalier pouvait galoper ? demanda Nathan.

J'acquiesçai. Nous marchions, croisant des Frères et des gardes qui revenaient après avoir déposé leur chargement à l'entrée de la galerie, prêt à être embarqué dans les camions.

— Il n'y a pas de piège dans cette galerie-ci ?

— C'était une voie rapide, une sorte d'autoroute. Mais tu vas voir : la galerie descend, puis remonte. Pas pour suivre le relief – nous sommes trop profond sous le niveau du sol pour nous en soucier – mais pour créer une sorte de cuvette qui aurait permis, en cas d'invasion, de noyer le souterrain sur une section d'environ deux cents mètres en utilisant l'eau de la rivière qui passe au moulin.

Le trajet nous aurait presque paru court si la charge n'avait pas été aussi lourde. Une petite galerie remontait vers la surface. Nous l'empruntâmes. C'était grâce à ce genre de passages que le jour de la reddition de

Montségur, les troupes du roi de France n'avaient capturé que ceux qui s'étaient rendus.

Nous débouchâmes dans une vieille grange qui dissimulait l'entrée de la galerie. Andrew était là, debout à nous attendre, des cernes sous les yeux. Nous nous serrâmes longuement la main.

— Heureux de te revoir ! lui dis-je.

— J'ai eu peur pour toi, répondit-il gravement. J'ai cru que tu n'en sortirais pas vivant. Je t'observais depuis le pic, ça me rendait dingue de ne rien pouvoir faire.

— Alors tu as vu l'explosion ?

— J'ai même failli tomber tellement tout a tremblé ! Vu du dessus, c'était effrayant.

— Du dessous, c'était magnifique.

Il secoua la tête, fataliste.

— Tu es vraiment cinglé. Alors, vous restez tous les deux dans la cité cette nuit ?

Nathan acquiesça :

— On dit toujours que partir, c'est mourir un peu. Ici, c'est vrai.

Je sortis aider au chargement. Des Frères entassaient les caisses pleines du contenu du laboratoire dans des véhicules variés – camionnettes arborant divers logos, camions de déménagement, véhicules frigorifiques, toute une flotte volontairement éclectique qui s'éparpillerait dès les premiers kilomètres pour mieux se fondre dans la circulation et ne pas attirer l'attention. Au loin, vers le camp d'Abermeyer, on entendait tourner nos hélicos. L'ombre majestueuse du château, comme échoué sur son pic, se découpait sur la nuit étoilée. La température était toujours aussi glaciale, mais l'atmosphère était en plus humide, un froid qui vous prenait jusqu'aux os. Je frissonnai. Andrew me rejoignit, le sourire aux lèvres.

— Nathan n'a pas l'air perturbé. Juste un peu plus... sage.

En me voyant le chercher des yeux, il précisa :

— Il est au camion de tête, il aide les Frères à charger une caisse particulièrement lourde.

Il me posa la main sur l'épaule.

— Il s'en est passé beaucoup, hein, depuis la dernière fois que l'on s'est vus.

— Presque un peu trop.

Nous discutions au milieu des camions ; la zone était éclairée par des projecteurs qui fumaient dans le froid. Partout, des hommes s'affairaient. Nous nous retrouvâmes dans une chaîne humaine, à empiler méthodiquement des caisses soigneusement étiquetées. Le Sage passait nous voir, aidant parfois à porter les plus légères. Le rythme était rapide, la moitié des caisses étaient déjà dans les camions.

Vers vingt et une heures, les dernières soutes se fermèrent, et les hommes purent enfin marquer une pause. On sentait planer l'émotion du départ. Les visages étaient fermés ; chacun emmenait ses souvenirs.

Les moteurs démarrèrent les uns après les autres, prêts à partir. Les gardes s'affairaient déjà à remuer la sortie de Montferrier, ne laissant qu'un étroit passage pour Nathan et moi. Derek vérifia une dernière fois ses listes avant le départ.

Je m'approchai et lui glissai :

— Pourquoi ne pas nous retrouver demain matin au château pour le petit déjeuner ?

Heureusement surpris, il répondit :

— C'est une bonne idée. Je vais avertir les autres.

Du coin de l'œil, j'aperçus le Sage à l'angle d'un camion. Un peu en retrait, il semblait nous observer, à demi dissimulé derrière. J'eus l'étrange sensation qu'il nous épiait.

Derek, qui n'avait rien remarqué, ajouta :

— Nous serons en plus aux premières loges pour voir nos ennemis déménager.

— À demain donc, au château de Montségur. Vous vous occupez des croissants ?

Nous nous séparâmes en plaisantant. Les véhicules n'attendaient plus que le signal du départ. Derek revint nous présenter les deux gardes qui resteraient avec nous. Le Sage traînait derrière, le regard fuyant. Je le sentais hésiter à me parler et décidai d'aller le voir. Le ronflement des moteurs, la nuit balayée par le vent… On était loin de l'atmosphère confinée et propice au dialogue qu'offrait le moulin. Il me dévisagea, chercha Nathan du regard, et lâcha deux ou trois banalités en hésitant.

— Qu'y a-t-il ? l'interrompis-je, perplexe. Qu'avez-vous donc à me dire ? Tergiverser ainsi ne vous ressemble pas.

— Rien dont je sois certain, je l'avoue. Je crains de me tromper.

— Au sujet de quoi ?

— De cette nuit.

À cet instant, Benoît apparut : il cherchait Yoda.
— Venez, dit-il, tout le monde vous attend.
Il s'interrompit comme s'il avait compris ce qui se passait, et battit en retraite.
— Je ne vous ai jamais vu si hésitant, repris-je. Je vous écoute.
— Je suis pressé de te revoir demain.
Il avait lâché sa phrase dans un souffle. Sans un mot de plus, il se détourna pour rejoindre Benoît. Je le retins par le bras.
— Maître, vous ne m'avez jamais menti, vous ne m'avez jamais rien caché. Ai-je fait quelque chose pour ne plus mériter votre confiance ?
— Il n'y a plus de maître, il n'y a que des amis. J'ai confiance en toi autant qu'en moi-même. Le doute est en moi, pas sur toi.
Les moteurs tournaient toujours. Le Sage me demanda :
— Connaître l'avenir peut-il permettre de le modifier ?
— Nous n'avons pas réellement le temps de discuter de cela maintenant. Confiez-moi ce qui vous torture ainsi. Si vous vous taisez, je n'en serai que plus inquiet.
— Rien n'est moins sûr.
Je le fixai, essayant de lire dans son regard la raison de son comportement. Il s'expliqua enfin :
— J'ai une étrange impression, pas une prémonition mais plus qu'une intuition. Je vous vois combattre.
— Nous, ou le Groupe ?
— Seulement Nathan et toi. Mais là n'est pas le problème.

Il hésitait toujours.

— Qu'y a-t-il d'autre ?

Il me regarda dans les yeux.

— Je vois le sang, la lumière, et la mort.

Les images se succédèrent dans mon esprit.

— C'est tout ce que vous pouvez voir ?

— La violence, aussi.

— Voyez-vous contre quoi nous allons nous battre ?

— Non, ce que je ressens est flou.

— Savez-vous qui vaincra ?

— On ne peut voir que ce qui est immuable, tu le sais bien. En l'occurrence, tout est à écrire.

— Emmenez au moins Nathan. Protégez-le.

— Vous êtes liés l'un à l'autre. Il refusera de partir et je suis certain qu'au fond de toi tu sais que tu serais trop faible sans lui.

Derek apparut entre deux camions.

— Alors, qu'est-ce que vous faites ? On ne va pas attendre qu'ils nous repèrent ! On se revoit demain matin.

Nous l'espérions tous, moi plus que quiconque.

— Préviens ton ami, ajouta le Sage, c'est trop lourd pour un seul homme.

Il me prit par les épaules puis me baisa doucement le front.

Je sentis ma gorge se serrer. Benoît vint me serrer la main. Il me murmura « à demain ». Encore une fois, il savait.

Je restai debout, pétrifié à l'idée de ce qui pouvait nous attendre. Derek donna le signal. Nathan nous rejoignit au moment où les premiers véhicules s'ébranlaient. Il allait falloir que je lui explique ce qui m'échappait à moi-même…

— Qu'est-ce que tu as, ça n'a pas l'air d'aller ?
— Viens, on retourne à l'intérieur, il faut que je te parle.

66

La cité souterraine avait retrouvé sa paix. Nous n'y étions plus que quatre. Ce silence et l'obscurité revenue nous renvoyaient d'autant plus à notre solitude nouvelle.

— Est-il fréquent que le Sage ait ce genre de prémonition ?

Nathan réfléchissait déjà à la suite.

— Autant que n'importe qui d'autre. Il possède simplement les moyens de les comprendre. C'est d'ailleurs juste une intuition, rien de précis, et toi et moi avions tous les deux ressenti la même chose auparavant.

— Nous avons eu une impression, seulement une impression.

— C'est vrai, c'est aussi pourquoi je suis davantage inquiet depuis qu'il m'en a parlé. Ce qui m'effraie, c'est la façon très inhabituelle dont il m'en a fait part.

— Il ne t'a rien dit d'autre, juste des visions de violence, de sang et de lumière ?

— Avec un danger de mort, mais il n'a pas été capable de dire ni pour qui, ni dans quelles circonstances.

— Le seul risque vient de l'entrée des novices ; les autres accès ont été remurés et dissimulés.

— Voilà pourquoi je te proposais d'aller tout de suite avec nos deux compagnons replacer la dalle au-dessus de l'entrée de la crypte. Le trou n'est caché que par des branches sans feuilles, c'est un peu léger.

— Mais tu étais certain de ne pas avoir été suivi quand tu es revenu…

— Mieux vaut ne rien négliger.

La ruelle avait retrouvé son aspect du premier jour. Le parfum de terre et de bois sec avait déjà repris la place que la chaleur dégagée par le matériel informatique en fonctionnement et l'odeur du papier des imprimantes lui avaient un moment volée.

Les faisceaux de nos lampes frontales oscillaient quelques mètres devant nos pas. Nous expliquâmes notre projet aux gardes et prîmes tous les quatre le chemin de la galerie des novices. Nathan ne se montrait pas inquiet de ce qu'avait dit le Sage, il semblait plus attaché à comprendre comment lui venaient ces visions qu'à prendre conscience de leur contenu.

Nous avancions en silence. Les deux gardes, qui découvraient ce tunnel pour la première fois, observaient chaque piège avec attention. Arrivés à l'escalier du Concierge, ils posèrent de nombreuses questions sur la monstrueuse sculpture, puis sur les fresques qu'ils découvrirent ensuite.

La chute progressive de la température annonçait notre prochaine arrivée à la crypte. Nous parlions toujours, nous faisions du bruit. Beaucoup trop.

Le plus grand des deux gardes posa brusquement la main sur mon épaule, portant l'index de son autre main devant sa bouche pour nous intimer le silence. Nathan et moi stoppâmes aussitôt. Nous n'étions plus qu'à quelques mètres des restes du faux mur séparant la galerie de la crypte.

Les gardes passèrent entre nous en dégainant. Ils se déplaçaient sans un bruit. Nous entendîmes alors un craquement venant de l'extérieur, puis, quelques instants plus tard, le « clic » étouffé d'une portière de voiture que l'on referme discrètement.

À cette heure tardive, il ne pouvait s'agir de promeneurs. Je m'approchai avec précaution des gardes et leur soufflai :

— Reculons, nous ne savons pas combien ils sont, c'est trop risqué. Il vaut mieux retourner vers la cité. S'ils entrent, ils devront affronter les pièges.

Les gardes acquiescèrent. Nous fîmes demi-tour. Le premier carrefour dépassé, je fis signe à tout le monde de s'arrêter.

— Je ne sais pas comment ils ont pu arriver là. J'aurais juré qu'ils tiendraient leurs promesses.

Nathan semblait à présent bien conscient de ce qui se passait.

— Qu'est-ce qu'on peut faire ? Les pièges vont suffire ?

— Certains peuvent les arrêter, d'autres les perdre. Je pense en particulier aux bifurcations pour…

Je fus interrompu par les échos d'un jappement.
— Merde, ils ont des chiens !
Nous nous mîmes à courir le plus vite et le plus silencieusement possible, les uns derrière les autres. Quand nous arrivâmes au second carrefour, je ne suivis pas mes compagnons et obliquai vers la droite. Je m'arrêtai moins d'un mètre avant l'oubliette, rebroussai chemin, revins au carrefour et répétai l'opération dans les autres galeries.

Nathan ressurgit bientôt avec l'un des gardes :
— Qu'est-ce que tu fous ?
— Si les chiens n'ont qu'une trace à suivre, ils éviteront les pièges ; si je m'engage dans tous les tunnels possibles, ils auront le même dilemme que leurs maîtres. Allez, on continue !

Nous étions déjà à hauteur des fresques de l'escalier du diable ; les bruits de nos poursuivants nous parvenaient plus nombreux et plus proches. Il y avait au minimum deux chiens, et les hommes qui les accompagnaient parlaient assez fort pour que l'on perçoive des échos de leur conversation. Nous remontions l'escalier du Concierge lorsqu'un hurlement résonna dans les couloirs. Les cris d'un homme et d'un chien mêlés, la longue clameur que pousse quelqu'un qui chute dans le vide. Puis au moins trois voix différentes appelèrent un prénom.

— L'un d'eux a dû tomber dans une oubliette. Un de moins.

Nous reprîmes notre course. Les murs défilaient, les faisceaux de nos lampes dansaient du sol au plafond. Nous dépassâmes l'escalier toboggan et le plafond de salpêtre en prenant garde de ne pas glisser. Je sentais monter une crampe dans mon mollet gauche. Nos poursuivants avaient repris leur chasse. Il était pratiquement certain qu'ils nous avaient entendus.

Nous débouchâmes sur le grand carrefour. Je stoppai, enlevai mon sac à dos et l'ouvris.

— On va se séparer, dis-je aux gardes. Nathan et moi allons les attirer vers le moulin, il y a assez de place là-bas pour qu'on ait une chance de leur échapper. Vous, vous les empêchez de pénétrer dans le reste de la cité. Si par malchance ils venaient à s'engager sur une autre voie que celle du moulin, abattez-les.

Je vis passer dans les yeux de Nathan une expression complexe, mélange de choc en m'entendant donner un tel ordre et d'incompréhension. Mais il n'y avait pas d'autre solution, je ne pouvais pas me permettre d'états d'âme.

Je fouillai dans mon sac tout en continuant à parler :

— Si vous êtes obligés de les poursuivre dans une autre direction que la nôtre, marquez les tunnels dans lesquels vous passerez d'une pierre placée à la droite de l'entrée.

Les gardes acquiescèrent. Nathan me dévisageait, je sentais qu'il voulait me parler et je savais ce qu'il allait dire. Je trouvai enfin la cartouche de fumigène blanc de mille deux cents mètres cubes prévue à l'origine pour repérer les endroits où débouchaient les conduits d'aération. À peine plus grosse qu'une boîte de conserve, elle allait nous permettre d'enfumer le grand carrefour, ne laissant plus d'autre choix aux hommes que de se fier au flair des chiens et de nous poursuivre vers le moulin.

Je dégoupillai l'artifice, et l'épaisse colonne de fumée commença à s'élever en larges bouffées sous la voûte. Nos poursuivants approchaient ; la perte de l'un des leurs avait dû renforcer leur détermination. Les gardes se postèrent chacun à une extrémité du grand carrefour. La fumée limitait à présent la portée des faisceaux des lampes. Encore quelques instants et on ne pourrait plus voir au-delà de deux mètres. J'attrapai mon sac à dos et fis signe à Nathan. Nous repartîmes côte à côte, laissant derrière nous l'immense nuage blanc s'épaissir peu à peu.

Nous enchaînions tunnel après tunnel.

— Pourquoi les tuer ? demanda Nathan sans cesser de courir. Tu parlais de la valeur d'une vie juste avant d'aller sauver nos ennemis, et maintenant...

— L'éboulement était un accident, pas un combat. D'accord, ils voulaient percer le mur, mais ils n'avaient pas encore réussi. S'ils y étaient parvenus, j'aurais donné les mêmes instructions. Tu dois toujours avoir une riposte adaptée à l'attaque. Ils percent la galerie, on construit un mur. En l'occurrence, ils ne se contentent plus de faire des trous à la dynamite, ils renient leur parole et nous envahissent. On n'est plus du tout dans le même cas de figure.

— Mais si ça se trouve, ils ne sont pas armés...

— Tu en es vraiment convaincu ? Tu es prêt à prendre le risque, à aller leur expliquer qu'ils doivent ressortir parce qu'on s'était mis d'accord, en gardant bien entendu le secret de ce qu'ils ont vu ? Non. Ils sont là pour nous battre et piller ce qu'ils pourront. Je n'aurais pas cru ça d'Abermeyer. Crois-moi, si on échoue, on ne reverra jamais la lumière du jour.

— Si nous n'étions pas restés cette nuit, ils ne nous auraient pas trouvés, et il n'y aurait pas eu de problème.

— Ce n'est pas parce que nous sommes restés qu'ils ont localisé l'entrée de la galerie des novices. Si on était repartis avec les autres, ils se promèneraient ici librement à l'heure actuelle en cherchant des conneries à faire.

Nathan réfléchissait en silence. J'insistai :

— Nous n'avons eu jusqu'ici aucune perte humaine à déplorer. Peu de batailles aussi importantes ont exigé si peu de sang. Pour notre part, nous avons tout fait pour éviter l'affrontement. Ils trahissent leur parole ? C'est leur choix. La paix de ce lieu a un prix qui s'impose de lui-même : leur silence. Pour toujours.

— On aura leur mort sur la conscience...

— On assume nos décisions. On devra effectivement vivre avec ça, mais on aura aussi garanti la pérennité de cette cité et nos vies. Nous n'attaquons pas, nous ne faisons que défendre. Tu n'es d'ailleurs pas obligé de participer.

Sans le vouloir, je l'avais vexé. Il répliqua :

— Comment peux-tu dire ça ?

— Excuse-moi, je voulais juste dire que tu avais le choix.

À chaque carrefour, nous nous répartissions entre les différentes galeries pour répandre notre trace dans toutes les directions. On aurait cru un de ces vieux films comiques en noir et blanc où les acteurs ont des mouvements saccadés et se poursuivent dans les hôtels en déboulant par toutes les portes sans aucune logique, se croisant dans les couloirs sans jamais se rattraper.

Deux coups de feu claquèrent. Leur écho emplit le tunnel.

— Tu souhaites toujours aller leur parler ?

Nous dévalâmes le couloir des aimants géants et dépassâmes la fosse aux pieux. J'aurais bien voulu être là quand ils passeraient avec leurs armes. Nous franchîmes la première grille, que je refermai derrière nous.

— On n'a pas la clef, ça ne va pas vraiment les arrêter.

— Le grincement nous renseignera sur leur approche.

Nous fîmes halte, tendant l'oreille. Nous finîmes par entendre le bruit de leur cavalcade doublé des geignements du chien restant. Ils étaient toujours à nos trousses. Nous repartîmes à toutes jambes. Je commençais à avoir le goût du sang dans la bouche, la sueur me coulait dans les yeux.

La deuxième grille apparut au détour d'un virage. Nous la refermâmes également. En arrivant à la porte du moulin, Nathan ramassa les tiges et les plaça dans leurs encoches.

Ils approchaient rapidement. Une série de coups de feu retentit, mêlés au son de leurs voix affolées.

— Je te parie qu'ils sont entre les aimants. Ils se croient attaqués.

Il y eut encore huit coups de feu. Ils parlaient fort, on entendait les jappements du chien qui, lui aussi, s'énervait.

— À ton avis, ils sont combien ?

— À l'oreille, trois.
— C'est ce que je pense aussi.

La première grille grinça au loin. J'étais arc-bouté sur la porte-bouclier, prêt à pousser. Nathan fit glisser la dernière tige et appuya sur les têtes. Le mécanisme joua. Un autre cri vint couvrir le grondement du torrent.

— Comme tout à l'heure, encore les oubliettes.

On entendait les plaintes de douleur d'un chien et deux voix qui appelaient, cette fois encore sans réponse. La porte du moulin s'ouvrit enfin. Nous nous engouffrâmes, la claquant derrière nous. À l'extérieur, les tiges s'éjectèrent et tombèrent dans un fracas métallique.

— Ils ne sont plus que deux. Ils ne franchiront pas cette porte avant qu'on la leur ouvre.

Nathan balaya l'intérieur du moulin avec sa lampe, l'air concentré.

— C'est quoi ton idée ? demandai-je.
— On pourrait attacher une des tables entreposées dans les maisons au bout d'une corde fixée au-dessus de la porte. Dès qu'ils entrent, on la leur balance à la tête, à la manière d'un bélier.
— Nous n'avons qu'une corde. L'un de nous devra rester à la fenêtre du bâtiment, prêt à lâcher le meuble, pendant que l'autre ouvrira la porte.
— J'ouvre la porte, tu lâches le meuble.
— Non, Nathan, tu es plus fort que moi, et je connais mieux l'endroit. C'est toi qui lâches le meuble et moi qui ouvre.
— On le connaît aussi bien l'un que l'autre, cet endroit.

De nous deux, c'était quand même lui le plus fort, et les coups de feu qui criblèrent la porte en rafales ne nous laissèrent pas le temps de débattre davantage. J'escaladai la porte, sur laquelle nos assaillants continuaient de tirer. Je sentais l'impact des balles au travers des épaisses couches de métal et de bois. Nathan avait déjà rejoint le premier étage du bâtiment le plus proche et entrepris de traîner une table vers la fenêtre. En m'aidant des anfractuosités de la roche, je parvins à grimper plus haut et à fixer la corde à un piton scellé au-dessus de la porte. Je sautai au sol et lançai l'autre extrémité à Nathan. Il l'attacha autour du plateau de la table qu'il avait calée dans l'encadrement de la fenêtre.

Les coups de feu cessèrent.

— Ils sont capables de faire sauter l'entrée. On n'a plus le temps. Bonne chance, et vise bien.

— Tu vas te planquer où ?

— Dans le bâtiment d'en face. Toi, dès que tu peux, tu te caches et tu ne bouges plus.

J'approchai de la porte. Je fis signe à Nathan d'éteindre sa lampe, et il s'exécuta tout en maintenant la lourde table en équilibre. J'avais la main sur le levier d'ouverture de la porte. La veille, la cité était pleine de la fine fleur de la technologie, et ce soir nous en étions réduits à faire des bricolages de scouts. La vie impose parfois d'étranges épreuves…

J'abaissai le levier d'un coup sec. La porte se débloqua. Je me précipitai vers la fenêtre de la bâtisse et me propulsai à l'intérieur. Pendant quelques secondes, il ne se passa rien. Rien du tout. Le sang me battait aux tempes. Le flot du torrent meublait le silence et l'obscurité.

Nous n'avions que deux façons de sortir de cette aventure : soit morts, soit proches comme peu d'amis l'ont été. Il n'est que le temps pour sanctifier les amitiés – le temps ou les épreuves. Celles qui nous attendaient dépasseraient de loin le poids des ans. L'urgence qu'imposait cette mission était une arme à double tranchant : la chance d'une vie, ou la perte de deux.

J'aperçus enfin leur lumière par l'entrebâillement. Un violent coup de pied acheva d'ouvrir le lourd battant. Le faisceau balaya le pas de la porte. Je ne distinguais pas grand-chose, je me trouvais à environ six mètres d'eux, je vis juste un bras armé passer à l'intérieur et tout arroser au pistolet-mitrailleur. La pétarade assourdissante couvrit le bruit de l'eau. Les balles sifflaient, perforant les boiseries, ricochant sur les pierres ou se perdant dans l'immensité du moulin.

Le mitraillage finit par cesser et le faisceau pénétra un peu plus avant. Une voix s'éleva, une voix que malgré le grondement du flot je reconnus immédiatement.

— Je sais que vous vous cachez dans cette pièce, sortez et nous ne vous ferons aucun mal !

Comment cet imbécile de Zielermann pouvait-il nous servir pareille banalité ? Il allait lui falloir du temps pour comprendre. Il ne savait ni combien nous étions, ni de quelles armes nous disposions, et encore moins dans quel lieu lui et son acolyte débarquaient. Il n'y avait que Nathan et moi pour savoir que nous étions seuls, armés d'une table, et dans un cul-de-sac.

Nous n'avions pas intérêt à gâcher notre effet de grand surprise.

Une silhouette franchit la porte et disparut dans l'ombre du battant resté fermé. Plus rien ne bougea pendant quelques secondes. La voix de Karl résonna à nouveau : il était resté dehors et tenait la lampe. Courageusement, il avait envoyé son acolyte lui ouvrir la route. Il devait avoir une sacrée pression : avec deux hommes et apparemment les chiens aux oubliettes, il était certainement aux abois.

— Voilà donc l'endroit que vous aviez si peur de nous voir approcher !

Il ajouta un ordre bref, et l'homme qui avait franchi la porte alluma sa torche. Je crois que je vis la table surgir de nulle part au même instant que lui, trop tard pour qu'il puisse l'éviter. L'épais plateau de bois massif percuta son crâne de plein fouet ; il n'eut même pas le temps de crier. Sa lampe vola et je vis son ombre s'affaisser.

La table se balançait maintenant en raclant la porte. Karl n'avait pas réagi. Le faisceau de sa lampe éclairait le meuble suspendu ; dans la lumière, il me sembla voir du sang sur un coin. Nathan n'avait pas manqué son coup. Zielermann appela son comparse. Aucune réponse. Son bras repassa la porte et mitrailla à nouveau les alentours. Il était seul, mais d'autant plus dangereux. Au premier geste de notre part, il nous tirerait comme des lapins. Le fond sonore qu'assurait la rivière nous permettait des déplacements discrets. Notre seule chance était de l'obliger à entrer.

Sa lampe balaya les abords de la porte. Je traversai la bâtisse par l'intérieur pour m'approcher de la rivière. J'espérais que Nathan aurait la même idée. L'idéal serait de se jeter dans le torrent pour se retrouver au laboratoire et gagner du temps. Karl n'oserait jamais nous suivre dans le flot.

J'enjambai la fenêtre qui donnait vers les meules à grain ; de là, je rampai vers les bassins et la roue à aubes. Zielermann n'avait toujours pas bougé ; par moments, il me semblait entendre sa voix. Il devait encore essayer de nous avoir avec des arguments de voyante de foire. Je vis la silhouette de Nathan descendre par la fenêtre de son bâtiment. Il courut ensuite le long de la paroi jusqu'à un petit ouvrage de maçonnerie. Nous n'étions qu'à une vingtaine de mètres l'un de l'autre. Le faisceau de la lampe de Karl balayait l'espace à la manière d'un projecteur antiaérien. Je devinai Nathan allongé le long des pierres. Il hurla alors un seul mot :

— Labo !

Avec le torrent, il était probable que Karl n'ait même pas entendu. Je lui répondis de la même façon :

— Oui !

Quelques secondes plus tard, Nathan se releva et s'élança à toute vitesse vers les bassins. Le faisceau de Karl le repéra et il balança aussitôt une rafale d'arme automatique. Les balles sifflèrent autour de lui, la distance rendait la visée difficile mais l'arrosage systématique du secteur allait bien finir par le toucher. Par réflexe, j'allumai ma torche en direction de Karl pour l'éblouir et attirer son tir. Ses balles criblèrent les meules de pierre derrière lesquelles j'étais dissimulé. Alors que je me retournais pour vérifier que Nathan allait bien, j'eus juste le temps d'apercevoir son corps inerte voguer au fil de l'eau pour disparaître dans le boyau, emporté par le torrent...

Le Sage avait eu raison pour la violence et le sang, je tenais la lumière à la main, et j'avais peur que la mort ne soit déjà sur nous. Son intuition prenait des allures de prophétie. Que Zielermann ait pu tuer Nathan me rendait fou. J'allais me relever et buter cet enfoiré de mes propres mains.

Les balles pleuvaient toujours, j'aurais donné dix ans de ma vie pour savoir si mon ami était encore en vie.

La fatigue, la peur, l'angoisse de te perdre et la rage de savoir que ces salopards pouvaient avoir le dessus au mépris de toute justice ont bien failli me faire perdre la raison.

67

Le pistolet-mitrailleur s'était tu. Lentement, je me relevai. J'avançai au milieu de la place, les mains en l'air en signe de reddition, m'offrant en cible. Zielermann me tenait en joue, m'éblouissant de sa lampe. J'étais assez proche pour qu'il me reconnaisse. Je devinais sa jubilation.

— On se retrouve enfin. Vous étiez plus fier lors de notre dernière entrevue !

Sans me perdre des yeux, il désigna de la tête l'homme que la table avait percuté. Celui-ci était couché sur le flanc, la tête et le torse couverts de sang, probablement mort.

— Espérons que vous aurez plus de chance que lui, mais j'ai dans l'idée que je ne vais pas vous laisser vivre assez longtemps pour vous offrir le loisir de m'échapper encore une fois.

Il éclaira le fond du moulin, balayant minutieusement les bassins.

— Je ne sais pas qui était l'homme que j'ai touché, mais il aurait mieux fait de suivre votre exemple.

Je baissai les bras.

— Non, non, les mains en l'air, j'aime bien vous voir comme ça.

— Abermeyer est au courant de ce que vous faites ?

— Le vieux a la tête dans les nuages depuis qu'il a déterré son fils, il ne sait même pas où je me trouve. Je suis venu chercher la preuve que nous avions raison de fouiller le secteur. Je suis sûr que vous vous demandez par quel moyen j'ai pu trouver cet endroit, n'est-ce pas ?

Il n'attendit même pas ma réponse et enchaîna :

— Eh bien je veux bien vous l'expliquer, à condition que vous me disiez où nous sommes.

— D'accord. Vous commencez.

— Vous n'êtes pas en position d'exiger quoi que ce soit.

— Alors abattez-moi et essayez de ressortir tout seul de ce piège géant. Je crois que plusieurs de vos hommes ont déjà fait les frais des dangers des galeries...

Bien qu'agacé, il céda.

— Soit, j'accepte, mais considérez cela comme une volonté de gagner du temps. Nous avons placé un traceur dans votre blouson, il n'y avait plus qu'à suivre le signal. Quand votre balise a disparu, nous avons su que vous étiez sous terre. Le dernier relevé nous a donné votre position exacte. Les chiens ont fait le reste.

Machinalement, je tâtai les pans de mon vêtement.

— Les mains en l'air, je ne le répéterai pas. Je vous ai dit ce que vous vouliez savoir, maintenant, à vous.

— Vous êtes dans un moulin souterrain qui avait pour fonction de moudre le grain livré par la galerie dans laquelle vous n'avez pas été capables de pénétrer malgré vos kilos d'explosifs. Il servait à nourrir les hommes qui vivaient et pensaient ici à l'époque où vos ancêtres n'avaient même pas encore compris comment on cuisine chaud. Une sorte d'école, d'abbaye, un centre de recherche sur tout ce qui fait ce monde. À l'abri des gens de votre mentalité. Il vous aura fallu huit siècles pour y pénétrer – et probablement ne jamais en ressortir.

— Même quand vous avez perdu, vous éprouvez encore le besoin de jouer les braves. Je vous aurais cru plus intelligent.

— Vous vouliez savoir où vous êtes, je vous l'explique. Si vous n'êtes pas satisfait de la réponse, je peux mentir…

— Ça suffit ! Je vais vous…

Un long cri lui fit tourner la tête vers le torrent. Je compris aussitôt ce qui se passait : quelque chose – certainement Nathan – venait d'entrer dans le moulin avec le flot, détournant son attention. Je vis mon compagnon catapulté par le courant, sa lampe allumée à la main, hurlant à pleins poumons. Karl pointa aussitôt son pistolet-mitrailleur dans sa direction. Je profitai de cette demi-seconde pour bondir sur lui, lui asséner un violent coup à la gorge et un autre au bas-ventre. Son arme cracha une rafale avant de tomber sur le sol en même temps que son propriétaire. J'écartai l'automatique du pied et m'agenouillai sur Zielermann pour le neutraliser.

Nathan finissait de tomber comme une masse dans le plus grand des bassins. Il se releva rapidement. Je me ruai dans l'eau à sa rencontre. Il souriait – un vrai grand sourire comme il n'en faisait jamais. Il lui aurait fallu tout cela pour y parvenir...

— Je pensais qu'il t'avait touché, murmurai-je. Je t'ai cru mort...

— Hé, chacun son tour !

Nous étions debout, dans l'écume du flot qui s'écrasait à quelques mètres de là. Nathan boitait et dégoulinait d'eau glacée. Je me sentais vivant comme jamais.

Quelques minutes plus tard, la porte du moulin se refermait sur le calme revenu.

— Cette fois, je crois que nous n'y retournerons pas de sitôt.

Il s'écoulerait peut-être même une éternité avant que l'un de nous ne franchisse à nouveau cette lourde porte, une éternité seulement rythmée par le passage de l'eau, comme depuis des siècles.

Nous appuyâmes Zielermann, toujours inconscient et soigneusement ligoté, contre la grille et déposâmes près de lui le corps sans vie de son complice.

Nathan fit la grimace en voyant le cadavre. Je savais ce qu'il ressentait : il venait de tuer un homme. Même s'il avait toutes les raisons du monde d'avoir commis cet acte, il était sous le choc.

— On n'a pas d'autre choix que de les supprimer tous ? dit-il sur un ton presque suppliant.

— S'ils ne veulent pas coopérer, non.

— Mais même s'ils le veulent, qu'est-ce qui nous garantit qu'ils ne parleront jamais de ce qu'ils ont découvert ici ?

— Si l'individu est volontaire, on le garde quelques mois et il subit un traitement sous hypnose profonde avant de retrouver la liberté. Mais il doit être consentant pour que ce soit efficace. Avec Karl, ça ne marchera jamais.

Nous reprîmes le chemin du grand carrefour. Nathan restait silencieux. Il finit par demander :

— Tu crois vraiment que c'est efficace, ce genre de truc ?

— Lorsque c'est pratiqué par des experts, les résultats sont impressionnants. Tu peux implanter n'importe quoi dans un cerveau sous hypnose, un tabou, une règle de vie, un souvenir qui n'a pas existé. Tu peux tout demander et tout modifier, ajouter ou retirer, il faut seulement que le patient se laisse hypnotiser volontairement.

— C'est un peu comme les vampires, ils ne peuvent pénétrer chez leurs futures victimes que si elles les y invitent.

J'éclatai de rire.

— La comparaison est étrange, mais assez juste.

Nous approchions des aimants géants lorsque, en franchissant une bifurcation, nous entendîmes des râles. Ils provenaient d'un des couloirs conduisant à une oubliette.

Nous empruntâmes le boyau latéral avec précaution et nous approchâmes de la fosse. Elle était trop profonde pour qu'on en voie le fond. Nous appelâmes, mais rien d'autre ne nous répondit que ce gémissement.

— Il faut descendre voir, dis-je.

— D'accord. Mais ça doit bien faire dix ou douze mètres de profondeur et la seule corde que nous ayons est enroulée autour de Karl...

— On la récupère et on descend. Le type sera peut-être volontaire pour un traitement par hypnose. On peut lui éviter de crever là-dedans.

Karl était toujours aux abonnés absents. Nous le laissâmes inconscient, couché sur le ventre comme une poupée de chiffon. Ça ne me plaisait pas trop, mais nous n'avions pas d'autre possibilité.

Nous fixâmes la corde à un support de torche proche de l'oubliette. Je me laissai glisser vers le fond, ma lampe entre les dents. Le conduit vertical était plus large qu'un puits, impossible de remonter en s'appuyant sur les parois glissantes, encore moins en étant blessé. J'imaginais avec angoisse l'état dans lequel devait se trouver le pauvre bougre après une telle chute.

— Tout va bien ? demanda Nathan d'en haut.

— Jusqu'ici, tout est OK.

Je n'entendais plus rien, le râle avait cessé. Le gouffre me paraissait descendre toujours plus loin, interminable. Mes pieds atteignirent pourtant l'extrémité de la corde.

— Je suis au bout, je vais essayer de voir si je suis assez près pour sauter.

— Méfie-toi, tu dois être capable de remonter.

Ma position inconfortable ne me permit que d'avoir un bref aperçu du fond. Sans trop voir sur quoi j'allais atterrir, je pris appel sur la paroi et lâchai la corde. Je retombai sur de la terre battue. L'endroit était loin d'être régulier ; on aurait dit une cavité naturelle. Il y avait des recoins, des pans de roche brute avec des anfractuosités. Nathan me demanda à nouveau si ça allait. Il se pencha vers moi, sa silhouette se découpant dans l'embouchure.

— Tout va bien ! le rassurai-je.

L'écho de nos voix était court et aigu. Je comprenais maintenant pourquoi le râle nous avait paru si proche.

Je braquai ma lampe, m'avançant dans les recoins de ce cul-de-basse-fosse. Je finis par trouver le corps de l'homme de Zielermann dans un recoin, disloqué comme une marionnette dont on aurait arraché les fils. Je m'approchai prudemment. Aucune chance qu'il soit encore en vie : sa colonne vertébrale était brisée, ses reins formaient un angle impossible. Le malheureux avait dû être tué sur le coup.

Par réflexe, j'écartai son pistolet-mitrailleur. Je n'eus pas le temps de parer quoi que ce soit. Là, dans l'ombre, deux yeux jaunes luisaient. Je bondis en arrière, mais ils me rattrapèrent.

L'homme était mort, pas le chien.

68

Je n'eus que le temps d'interposer mon bras entre les crocs du cerbère et ma gorge. À l'évidence, la chute ne l'avait pas privé de tous ses moyens. La douleur fulgurante me fit hurler. Déséquilibré par l'élan de l'animal, je basculai en arrière. Je sentis sa mâchoire écraser mon avant-bras à travers mon blouson. Il secouait la gueule, resserrant inexorablement sa prise. La souffrance, atroce, ravivait la blessure de l'attentat, qui avait dû se rouvrir. Le molosse serrait, serrait encore, il n'allait pas tarder à attaquer la chair. Je me débattis en rampant sur le dos, étouffé par son poids. J'entendais les appels de Nathan entre deux grognements. Ma lampe était tombée dans la bagarre et je ne voyais rien, hormis nos ombres projetées sur le mur contre lequel était appuyé le cadavre. Il fallait que j'atteigne le pistolet-mitrailleur. Je sentais presque ses dents pénétrer mes muscles. Je crus qu'il allait me broyer les os. L'écume aux babines, la bête s'acharnait.

Le supplice était intolérable. J'étais certain d'avoir le bras en sang quand enfin, de ma main libre, je réussis à agripper la crosse de l'arme. Le chien grognait toujours lorsque je pressai la détente. La première rafale partit. Il ne desserra pas les mâchoires, au contraire. Je tentai de me dégager en roulant sur le côté et, le canon posé contre son flanc, j'appuyai sur la gâchette. L'animal fut littéralement propulsé en arrière ; ses crocs plantés dans ma chair le retinrent une fraction de seconde, puis il lâcha.

Le sang, la douleur, les râles du chien qui gisait non loin de moi, haletant de son dernier souffle... Je fermai les yeux et restai étendu sur le dos, sérieusement secoué. Là-haut, Nathan s'époumonait. Je réussis à répondre, à voix basse d'abord, puis je retrouvai peu à peu ma respiration.

— Ça va, c'est terminé ! pus-je enfin crier.
— Qu'est-ce qui s'est passé ?
J'entendais la panique dans sa voix.
— Le chien n'était pas mort.
— Tu l'as tué ?
— Il vit encore.

Je m'agenouillai près de l'animal gémissant. J'allais devoir abréger ses souffrances, il n'y avait rien d'autre à faire pour lui. Je ramassai ma lampe et éclairai mon bras. Sous ma manche déchirée, du sang coulait ; je pouvais encore remuer la main mais mon poignet était raide et douloureux. Je braquai ma lampe sur le chien, un superbe dogue, trapu et probablement assez jeune. Il avait dû m'attaquer pour protéger son maître. Sa langue pendait, il respirait irrégulièrement, son corps déchiqueté baignait dans une mare de sang. Il ne bougeait pas, seuls ses yeux essayaient de me suivre. J'y voyais la terreur incrédule de l'animal souffrant qui se sait vaincu. J'approchai le canon de sa tête et tirai.

La rafale résonna autour de moi dans un insupportable tonnerre. Une victime de plus, une de celles que l'on trahit tous les jours impunément, parce que l'homme se croit le maître du monde et qu'elles nous font confiance. Je caressai doucement son poil collant de sang. Aussi choquant que cela puisse paraître, j'aurais préféré abattre son maître : lui au moins aurait su pourquoi je tirais.

— Qu'est-ce que tu fiches, tu remontes ou tu veux que je descende ?

Je fermai les yeux.

— Je vais remonter. Laisse-moi un moment.

Je m'assis entre le chien et son maître. L'odeur du sang saturait l'air. Elle était là la violence, toute la violence. Quels que soient les combats, de l'agression la plus banale à la guerre planétaire, cela finit toujours par deux êtres qui s'affrontent jusqu'à ce que l'un d'eux s'écroule. Il n'existe qu'une violence, partout la même. Elle s'était abattue au fond de cette fosse.

Je me remémorai le chien m'observant dans l'ombre avant qu'il bondisse. Le vacarme des rafales, les balles transperçant sa chair, les douilles tombant sur les pierres. Mon bras me lançait, le sang coagulait entre mes doigts.

Quelque chose me gênait dans le souvenir de mon combat avec ce molosse. Ma mémoire butait sur un détail, mais je n'arrivais pas à savoir quoi. J'étais tourmenté par ma conscience, mais ce n'était pas ça. Non, c'était plus diffus, plus… accessoire. Je me repassai la scène encore et encore, ma lampe qui tombait, la mâchoire se refermant sur mon bras, notre chute. Cela n'avait rien à voir avec le chien, ni même avec moi. C'était autour de nous. J'avais du mal à rassembler mes idées. Mon bras me faisait souffrir. Nathan appela à nouveau.

— Tu es sûr que ça va ?

— Ne t'inquiète pas, laisse-moi une minute, juste une minute.

Le faisceau de sa lampe balayait le mur du fond.

Ce fut comme un déclic. Lorsque j'avais tiré la première rafale, j'avais, dans le mouvement, criblé un angle de la fosse. Les balles avaient alors ricoché sur le mur latéral, mais pas sur celui du fond. C'était le bruit de l'impact des projectiles sur cette paroi qui me posait problème.

Je ramassai le pistolet-mitrailleur et réarmai. Je tirai au coup par coup sur les deux murs. Sur l'un, les balles s'écrasèrent en faisant des étincelles et retombèrent ; sur l'autre, elles ne laissèrent aucune trace et pas une ne chuta par terre. Je m'approchai, tendis la main pour palper la paroi. Je finis par découvrir un trou, puis un second. Voilà pourquoi les balles n'avaient pas rebondi : elles avaient traversé le mur. Ce n'était qu'une paroi qui masquait un vide…

J'entendis un choc derrière moi et me retournai juste à temps pour voir Nathan se réceptionner.

— Tu m'as fait peur ! Ça devient une coutume de me suivre en me foutant les jetons ?

— Tu ne réponds pas et j'entends des coups de feu, mets-toi à ma place !

— Et tu n'as pas tout vu...

Je lui désignai les trous faits par les balles.

— C'est une fausse paroi, du toc. Je ne sais pas ce que ça cache...

—... Et ce n'est pas prudent d'y aller seuls, mais tu peux compter sur moi. On jette un œil ?

Sondant la paroi en la frappant de la poignée de nos lampes, nous cherchâmes les contours du mur factice. Il semblait être fait d'une sorte de torchis armé. Ayant conclu qu'il n'existait aucun mécanisme d'ouverture, Nathan se jeta dessus l'épaule la première. Je l'imitai. Au premier round, le mur sortit grand vainqueur. Avec encore plus d'acharnement que moi, Nathan revint à la charge plusieurs fois, changeant de point d'impact.

Un premier morceau finit par tomber, puis des plaques. D'un coup de pied lourd de tout son poids, Nathan réussit à perforer la paroi. Il nous suffit ensuite de tirer sur les pans restants en les faisant travailler pour les briser. En quelques minutes, nous pratiquâmes une brèche assez large pour nous y glisser.

Le faux mur dissimulait l'entrée d'une cavité naturelle assez étroite et basse de plafond. Nos lampes se perdaient dans l'obscurité sans atteindre le fond. Le sol était de terre meuble et sèche, on y distinguait des traces de pas.

— Les hommes qui ont laissé ces empreintes sont partis depuis huit siècles... soufflai-je. Et on croirait qu'ils viennent juste de passer.

L'écho de ma voix se perdit dans les profondeurs. Avec prudence, nous nous engageâmes plus avant. Sur les parois brutes, des supports de torches étaient placés régulièrement. Nous prîmes soin d'éviter de marcher sur les fascinantes traces de pas. Il régnait dans cette grotte une vibration que je n'avais jamais ressentie aussi puissamment. Ce lieu possédait une force rare, celle de l'urgence et du secret, celle de la mort et de l'éternité.

Un peu plus loin, un escalier étroit aux longues marches basses descendait devant nous.

— Ce ne sont que des linteaux de bois retenant la terre, fit remarquer Nathan. Pourquoi les Frères ont-ils mis si peu de soin à cet ouvrage ?

— Peut-être par manque de temps ?

Nous scrutions les recoins, nous méfiant de nos propres ombres. L'atmosphère devenait de plus en plus pesante. Nous nous trouvions dans une partie inconnue de la cité, et tout ici indiquait que malgré l'absence de repères, nous pénétrions au cœur d'une place essentielle.

Quarante-neuf marches plus tard, Nathan atteignit le palier le premier. Il releva sa lampe et se figea.

C'était une salle aussi vaste que le réfectoire, mais dont le plafond devait se trouver à peine à plus d'un mètre quatre-vingts. Elle regorgeait de très anciens coffres de toutes tailles. Les caisses de bois renforcé de ferrures étaient empilées, alignées contre les murs. Il y en avait des dizaines, des centaines peut-être. Sur notre droite, deux autres galeries s'ouvraient, dans lesquelles nous nous engageâmes. Elles donnaient sur deux autres salles, elles aussi remplies de coffres.

— Que crois-tu que ce soit ? demanda mon ami.

— Ce que nous pensions ne plus jamais retrouver et que seuls nos ennemis continuaient à chercher.

Je soupçonnais l'importance de ce que nous venions de découvrir grâce à un chien mourant. Mais peut-être me trompais-je ?

Nous revînmes dans la première salle. Devant tous les coffres soigneusement ordonnés, un plus petit avait été disposé, de toute évidence intentionnellement, tel le général de cette armée immobile. Je soulevai l'objet, assez léger au demeurant. Sa serrure était ouvragée et sur le dessus, les ferrures enserrant les plaques de chêne formaient la croix du Temple.

J'introduisis dans la serrure la plus fine lame de mon couteau. Le petit coffre s'ouvrit sans trop de difficultés. Il ne contenait qu'un livre de format réduit et quelques objets dont un sceau de Montségur. Avec émotion, je soulevai le volume relié. Il tenait facilement dans ma main. Une couverture de bois habillé de peau protégeait les feuilles de parchemin. Il était clos par un fermoir métallique fait de deux croix articulées. Je dégageai délicatement la charnière et ouvris avec précaution.

— On dirait une sorte de cartulaire, avec un inventaire du contenu des caisses.

Les pages étaient couvertes de chiffres et de mots dans la calligraphie moyenâgeuse, majuscules de forme ronde, lettres ascendantes et descendantes bouclées. Suivaient des plans sommaires, des croquis d'un mécanisme complexe et détaillé.

— Rien n'est terminé ici parce qu'ils n'en ont pas eu le temps.

Je montrai à Nathan le schéma dessiné à l'encre brune sur la page marbrée.

— Ce devait être la machinerie prévue pour dissimuler l'entrée : un plancher permettant, comme un monte-charge, de descendre au niveau de cette cavité. Bloqué au-dessus du fond, il en aurait dissimulé l'accès. Les pics rétractables auraient empêché qu'un assaillant tombé dans l'oubliette ne survive pour révéler le stratagème.

— Une oubliette faisant également office de cage d'ascenseur…

Je parcourus les pages ; on aurait dit un journal composé de paragraphes datés. Malgré mes lacunes en latin, je parvenais à en saisir quelques bribes.

— Le texte dit que tout ce qui est devant nous aurait dû être déménagé sur l'Angleterre avec ce qui y était déjà parti.

Nathan se retourna pour éclairer les caisses. Elles attendaient depuis près de huit cents ans d'être embarquées vers l'Écosse, nouvelle terre d'accueil des ordres.

— Tu te rends compte de ce qui s'étale devant nous ?

Un symbole comme la terre en a peu connu, une chimère pour certains, un graal pour d'autres, une légende de toute façon… Nous nous trouvions devant l'un des plus célèbres trésors de l'histoire de l'humanité : celui des Templiers.

Nous ouvrîmes quelques caisses au hasard, découvrant des pièces d'or à profusion, des bijoux, des artefacts en provenance de toutes les civilisations de la planète, des idoles incas, des statuettes égyptiennes, des pièces d'orfèvrerie byzantine, des bronzes chinois, des figurines d'ivoire japonaises… Tout était soigneusement rangé, classé. Il y avait d'un côté les valeurs marchandes, l'argent, l'or, les pierres précieuses et les titres de propriété, et de l'autre les valeurs spirituelles, les reliques, les trésors rapportés des croisades et des campagnes. Il aurait fallu des semaines pour recenser ce que renfermaient les coffres. Nous nous trouvions dans le plus fabuleux et le plus riche musée du monde, un musée secret, enfoui au cœur d'une montagne, et que personne n'avait jamais visité. Dans ces trois salles s'étalaient d'incalculables richesses, mais bien plus encore, la plus importante et probablement la mieux préservée des collections archéologiques. Chacun des objets liés aux civilisations passées qui avait été collecté par les Frères et les Chevaliers était un véritable trésor en soi. La portée spirituelle et scientifique de ce que nous venions de mettre au jour était incommensurable, sans parler de la magie…

Je rouvris le petit livre, en feuilletai les pages avec un profond respect. Qu'allait dire le Sage quand il découvrirait tout ceci ? Peut-être le ressentait-il déjà ?

Le journal expliquait tout. Après la croisade des albigeois, les Templiers avaient regroupé leurs richesses dans le secret de cette cité pour les protéger du roi, de ses sbires et de l'Inquisition. L'Ordre savait que la France serait une terre inhospitalière pour quelque temps. Il était prévu d'évacuer ses chefs et sa fortune vers l'Écosse, où des abbayes cisterciennes pourraient les accueillir.

L'ultime phase de transfert des immenses richesses, tant archéologiques que financières, avait débuté presque en même temps que le siège du château. Jour après jour, le blocus se resserrait ; les troupes ennemies grouillaient dans les parages, rendant chaque sortie plus risquée que la précédente. Lorsque plus aucune évacuation ne fut possible, près d'une centaine d'hommes restèrent pour protéger le trésor et le cacher dans les entrailles de la cité. Ils aménagèrent sommairement ces salles, y regroupèrent et classèrent ces centaines de caisses en sachant qu'un jour, les leurs reviendraient et reprendraient leurs biens.

Le journal racontait en détail la vie extrêmement dure que ces hommes avaient menée pendant plusieurs mois, charriant une fortune dans l'obscurité presque complète parce que l'huile et les torches manquaient. La fatigue, la faim et les informations catastrophiques qui leur parvenaient du château n'entamèrent cependant pas leur détermination. En ayant la certitude qu'ils n'en profiteraient plus jamais, ces Frères avaient préparé ce trésor pour leurs descendants, se sacrifiant pour que ces richesses restent aux mains de ceux qui partageaient leur esprit.

Quelques jours avant la fin, deux d'entre eux étaient morts d'épuisement. Ils furent enterrés au seuil des salles. Sans le savoir, nous étions passés près d'eux. C'était nous qui allions aujourd'hui terminer le déménagement qu'ils avaient entrepris. Deux mondes tellement proches et pourtant si différents, liés par une même foi et la détermination à la défendre.

Les assaillants étaient toujours dehors, et nous étions nous aussi seuls après le départ de la plus importante partie de nos troupes. La vie ne change pas, seuls ses acteurs se renouvellent.

Je m'étais assis sur une caisse, le petit livre ouvert sur les genoux. Les paragraphes s'enchaînaient, racontant chaque étape dans le but évident qu'un jour quelqu'un les lise et se souvienne. Comme je l'avais fait pour Nathan, ce Frère avait pensé que tout savoir nous aiderait au moment propice.

Quelques pages plus loin figurait une liste de noms. Cent vingt exactement. Je les parcourus avec l'étrange sensation de les connaître.

Le paragraphe suivant était le dernier. Il était daté du 16 mars 1244, le jour de la reddition du château de Montségur après presque un an de siège. Je réussis à comprendre les dernières phrases.

« *Nous avons le choix entre abjurer notre foi en l'esprit ou périr par le feu. Le bûcher nous permettra d'échapper aux tortures de ces barbares hypocrites et de protéger le secret du trésor. Ce sont nos ennemis qui, en croyant nous détruire, garantiront notre victoire. Puisse l'idée de mourir pour être utiles à tous nous secourir dans les moments d'horreur que nous allons affronter. Il est trop tard pour cette vie. Que nous survive la foi dans les hommes. Eux seuls se sauveront, eux seuls se détruiront.* »

Le journal s'arrêtait après ces mots. J'avais la gorge nouée. Suivaient la date et une signature. Il était inhabituel qu'un Frère signe, car cet acte était considéré comme vaniteux et matérialiste. Il s'appelait Benoît. Comme le nôtre, comme des milliers d'autres. Au seuil de la mort, la peur de l'oubli avait dû pousser cet homme à transgresser ce dogme. Il avait eu raison.

Je savais maintenant pourquoi les noms figurant sur la liste m'étaient familiers : il s'agissait des Frères montés sur le bûcher dressé au pied de Montségur au petit matin de ce jour de la toute fin de l'hiver 1244. Les flammes qui les détruisirent marquèrent aussi la fin du catharisme. Certains observateurs rapportent qu'en montant volontairement sur les bûchers, les Frères chantaient ; l'on dit aussi que les flammes n'arrêtèrent pas leur chant. J'avais toujours eu des réticences à croire à cette version, même si ce sont des mercenaires n'ayant aucun intérêt à glorifier l'image de leurs victimes qui l'ont colportée. Pourtant, à la lumière de ce que nous venions d'apprendre, je crois que si j'avais été des leurs, sans avoir le courage de chanter, humblement, j'aurais eu celui de mourir.

69

— Je suis inquiet pour les gardes, retournons au grand carrefour. On reviendra plus tard.

Nathan acquiesça. Lorsque nous regagnâmes l'oubliette, l'odeur du sang nous revint aux narines, âcre et ferreuse. J'enjambai le cadavre du chien pour aller attraper la corde. Elle n'était plus là. De ma lampe, je balayai la paroi sans la trouver ; je la cherchai au sol, mais elle n'était pas tombée.

— Quand tu as sauté, la corde était encore en place ? demandai-je à mon ami avec nervosité.

— Évidemment. Pourquoi ?

Je lui désignai le mur vide. Ses yeux s'écarquillèrent. Soudain, une voix retentit :

— Vous ne trouvez pas la situation savoureuse ? Vous allez mourir dans l'un de vos propres pièges.

Zielermann. Il avait repris conscience. Les coups de feu et les appels de Nathan avaient dû le réveiller et l'attirer jusqu'à nous. Je voyais sa lampe en haut du puits.

— Écoutez-moi, Karl, nous n'avons pas fini notre discussion…

— Moi si. Vous êtes au fond d'un trou et vous allez y rester. Vous n'avez plus aucune chance.

Il émit un petit ricanement triomphant. J'eus soudain une idée.

— Continue à parler avec lui, murmurai-je à Nathan, je reviens.

Tournant les talons, je m'engouffrai dans la fausse paroi pour retourner au trésor. J'entendis Nathan interpeller Karl, commencer à parlementer. Je dévalai l'escalier, chaque marche m'élançant douloureusement dans le bras. Je cherchai les coffres ouverts contenant des pièces d'or, en raflai une poignée et repartis à toute allure vers l'oubliette.

Zielermann était en train d'expliquer à Nathan pourquoi la bonté ne servait à rien dans ce monde. Je n'avais aucune idée de ce qu'ils avaient pu se dire pour en arriver là si vite.

Je repris la parole :

— Karl, que diriez-vous si, en plus d'apporter à votre patron la découverte de cette cité, vous y ajoutiez plusieurs tonnes d'or ?

Il demeura un moment interdit et répliqua avec morgue :

— Vous espérez vraiment m'avoir avec un bobard de conte de fées ?

— Regardez.

Je vis sa silhouette se pencher vers nous. Je levai alors vers lui ma main pleine de pièces. Quelques-unes tombèrent en tintant.

— Ça, vous y croyez ?

Il braqua sa lampe dans ma direction. Le rayon de lumière vint littéralement lécher le petit tas d'or que je lui tendais.

— Qu'est-ce qui me prouve qu'il y en a d'autres ?

— Croyez-vous sincèrement que les hommes qui ont creusé cette cité étaient du genre à cacher de la menue monnaie ?

Zielermann était accroché – évidemment. Le faisceau de sa lampe ne quittait pas ma paume. Après un temps de réflexion, il cria :

— Vous restez en bas, l'autre remonte avec les pièces !

Nous n'avions pas le choix. Je donnai les pièces à Nathan.

— Prends-en soin. À la première occasion, fiche le camp.

— Pas question de te laisser seul ici !

— Tu dois lui obéir, c'est notre seule chance. Si nous sommes tués tous les deux, personne ne saura jamais ce que nous avons découvert.

Résigné, Nathan hocha la tête et enfouit les pièces dans sa poche. La voix de Karl s'éleva à nouveau, impatiente.

— Alors, ça vient ?

J'aidai Nathan à atteindre la corde, que Karl avait fait redescendre. Il se hissa le long de la paroi à la force des bras et atteignit en quelques minutes le haut du puits. Je me retrouvai seul avec deux cadavres et un trésor, à attendre qu'un salaud me permette de remonter en tenant en joue mon meilleur ami.

Les deux silhouettes disparurent. J'entendis quelques mots sur fond de tintement de pièces. Quelques instants plus tard, Karl m'adressa de nouveau la parole, pour me crier ce que je ne voulais surtout pas entendre…

— Je vous laisse dans votre trou, je ne suis pas assez stupide pour y descendre seul. Je vais revenir avec des renforts et je vous buterai avant d'emporter le reste de l'or.

Je vis la corde remonter le long de la paroi, puis j'entendis leurs pas s'éloigner. Karl aurait besoin de Nathan pour prouver ses dires devant Abermeyer, donc il ne lui ferait pas de mal. Je n'avais plus qu'à attendre, attendre que ces ordures reviennent pour gagner. J'avais avec moi un trésor de légende mais pas d'échelle pour sortir de là. C'est dans ce genre de situation que l'on prend conscience de la valeur toute relative des choses…

70

J'ignorai combien de temps s'était écoulé. Les piles de ma lampe commençaient à faiblir. Je m'étais assis le plus loin possible des deux corps. Adossé à la pierre froide, je parlais tout seul. Une goutte de mon sang tombait de temps à autre dans la poussière. La douleur m'engourdissait, l'angoisse me serrait la gorge. Parler m'aidait à croire que je n'étais pas seul. Comme lorsque j'écrivais, j'avais l'impression de t'avoir à mes côtés, d'oublier les deux cadavres qui gisaient non loin de moi dans l'ombre. J'avais l'impression de perdre la notion du temps, de flotter je ne sais où ni quand.

Soudain, j'entendis ta voix. Je crus d'abord que je rêvais, puis tu appelas de nouveau. Je revins alors à la réalité pour voir la corde descendre.

— Nathant, c'est toi ? demandai-je, incrédule.
— Évidemment, qui veux-tu que ce soit !
— Tu es seul ?
— Oui, et maintenant, remonte, vite !

J'empoignai la corde et m'y cramponnai de toutes mes forces. Nathan me hissa tant bien que mal, m'attrapa dès qu'il put et me traîna hors de l'oubliette. Il boitait et sa cuisse saignait.

— Qu'est-ce qui t'est arrivé ?

— Il a fallu que je me donne un peu de mal pour qu'il me laisse revenir.

— Mais encore ?

— Je l'ai attaqué au moment où nous sortions de la galerie des novices. Il a quand même eu le temps de tirer et j'ai pris une balle dans la jambe.

— Tu ne souffres pas trop ?

— Ça pique un peu au début mais on s'y fait ! répliqua-t-il, hilare.

Sa fanfaronnade se transforma en grimace de douleur. Avec quelque difficulté, il piocha dans sa poche pour en sortir les pièces d'or.

— Je les ai toutes récupérées. On les garde pour les machines à café ou on les rejette au fond ?

— Gardes-en une, et rends le reste à l'oubliette.

Le tintement dura quelques secondes puis s'éteignit. En bas, le trésor retourna au silence et à l'obscurité, emportant les deux corps avec lui. Je restai un instant plongé dans mes pensées avant de revenir à Nathan :

— Tu n'as pas vu les gardes ?

— Non, et il n'y a de pierre nulle part au grand carrefour.

— Où as-tu laissé Karl ?

— Dans la crypte de la chapelle en ruine. Il est bien amoché.

Nous prîmes le chemin du retour. Je soutenais mon bras blessé, Nathan claudiquait ; nous formions une belle équipe. J'avais le cerveau embrumé, probablement à cause de la fatigue, de l'overdose d'émotions différentes qui déferlaient depuis ces derniers jours, et surtout de leur puissance. Nous remontâmes l'escalier avec l'élégance et l'aisance de grands blessés fuyant un hôpital en flammes. Nathan se tenait aux parois et je me traînais à quelques pas devant lui.

Nous finîmes par atteindre le grand carrefour. La fumée s'était dissipée et il ne subsistait plus qu'un léger brouillard. Les deux gardes étaient là. Le plus grand était agenouillé au chevet de l'autre, assis contre un mur, torse nu et l'épaule ensanglantée.

— Que vous est-il arrivé ?

— Quand vous êtes partis vers le moulin, ils vous ont tous suivis, sauf trois types et un chien qui se sont dirigés vers la ruelle. Nous les avons pistés, jusqu'à ce qu'ils réussissent à se retrancher dans une pièce. Ils étaient surarmés, il nous a fallu presque une heure pour les en déloger, et le chien nous a posé des problèmes.

— Résultat ?

— Ils sont morts. Tous.

Je me suis approché du garde blessé.

— C'est le chien ?

— Non, une balle explosive qui a éclaté juste à côté de nous.

Il me regarda avant d'ajouter :

— Ce n'est pas grand-chose. Par contre, vous, on dirait que vous avez eu des problèmes avec un chien…

— Au propre et au figuré, pour les chiens on a été gâtés.

Nathan s'appuyait contre un des escaliers pour soulager sa jambe. De nous quatre, il n'y avait finalement qu'un garde qui s'en tirait indemne.

— Il faut rejoindre la sortie des novices, dit Nathan. Il y en a un là-bas qui n'est pas tout à fait hors service, et ce n'est pas le moins dangereux.

Je relevai les yeux vers lui. Un jeu de mots stupide me traversa l'esprit. Je l'apostrophai :

— Tout à l'heure, pour nous deux, c'était la sale heure de la paire !

Il n'esquissa même pas un sourire.

— Tu ne comprends pas ? insistai-je. La sale heure de la paire, *Le Salaire de la peur*... Le film. Non ?

D'accord, la blague n'était pas des plus fines, mais quand même...

Nathan fixait l'extrémité du grand carrefour, les yeux exorbités.

71

Nous entendîmes tous le déclic d'un pistolet-mitrailleur que l'on arme. Je me retournai vivement. Dans la pénombre, Zielermann nous tenait en joue.

Il parla d'un ton calme, ironique, effrayant.

— La belle image... Voilà donc ce qui reste des vaillantes forces du bien ! C'est pitoyable. Mais c'est terminé pour vous.

Le garde esquissa un geste vers son arme, mais avant qu'il l'ait atteinte, un coup de feu claqua. L'écho courut dans le carrefour et les galeries voisines.

Nous nous figeâmes dans un instant qui parut s'étirer, incapables de comprendre pourquoi aucun d'entre nous ne tombait. Ce fut au contraire Zielermann qui s'affaissa sur lui-même en une masse ensanglantée, le crâne béant.

Le garde valide dégaina et nous cria de nous mettre à couvert. Il se rua vers le corps sans vie de Karl. Je poussai Nathan sous l'escalier. Une ombre sortit de la galerie des novices, puis une deuxième. J'allais tenter de ramasser ma lampe lorsque la seconde ombre alluma la sienne. Tout se passait comme dans un songe.

L'extrême lenteur des ombres contrastait de façon surréaliste avec la vivacité des gardes. Les deux intrus n'essayaient pas de se protéger ; ils avançaient lentement, au milieu de la place, à découvert. Le garde les tenait en joue.

Je reconnus le premier à sa silhouette.

— Bonsoir, monsieur Abermeyer.

Celui-ci répondit avec le plus grand calme :

— Vous pouvez même dire bonjour, étant donné l'heure.

Il venait d'abattre son propre homme de main, et cela semblait ne lui poser aucun problème.

— Vous ne me demandez pas pourquoi j'ai fait ça ?

Sa voix grave résonnait sous les voûtes.

— Je crois le savoir.

— Nous nous sommes fait une promesse. Vous avez tenu la vôtre, je tiens la mienne.

— Comment avez-vous retrouvé Zielermann ?

— J'ai remarqué son absence, et il se trouve que tous nos véhicules sont géolocalisés. Simple précaution. Et puis, j'aime savoir ce que fait mon personnel.

— Et maintenant ?

— Je sais ce que je risque, mais je vais être franc. Je suis venu seul, avec mon fils.

Mark me salua d'un signe de tête, que je lui rendis.

— Personne ne sait où nous sommes, poursuivit Abermeyer. Vous pouvez faire ce qu'il vous plaira de moi, mais je vous demande de laisser sa liberté à Mark. Vous l'avez déjà sauvé une fois.

Il avait prononcé ces mots avec un accent de résignation qui ne pouvait être que sincère.

— Nous vous devons la vie, répondis-je. Zielermann allait nous descendre. Disons que nous sommes quittes sur ce point. Chacun de nous a sauvé la vie de quatre membres du camp de l'autre.

Je m'approchai. Le garde les tenait toujours dans sa ligne de mire. Père et fils me remirent leurs armes. Le jeune Abermeyer paraissait abasourdi de ce qui se passait, mais il ne dit pas un mot.

— Puis-je vous demander ce que vous allez faire de nous ?

— Cela dépend de vous.

— Je crains de ne pas comprendre.

— Si vous acceptez de coopérer, vous sortirez libres de cet endroit ; sinon, nous n'aurons pas d'autre solution que de nous garantir votre silence. Je ne vous cache pas qu'en l'occurrence, je préférerais votre coopération. Votre disparition me toucherait réellement.

— Que devons-nous faire ?

— Vouloir, et avoir confiance.

Abermeyer consulta son fils du regard, puis se tourna à nouveau vers moi.

— J'ai confiance, je pense vous l'avoir déjà prouvé.

— Dans ce cas, nous allons vous endormir et vous transférer dans un centre où vous subirez un traitement sous hypnose. Nous vous ferons oublier tout ce que vous avez pu voir depuis que vous êtes entrés ici.

— Vous ne manipulerez rien d'autre ?

— Vous et votre fils ressortirez avec les mêmes idées, les mêmes qualités, les mêmes défauts. Seul le souvenir de ce lieu aura été effacé.

Abermeyer me regarda dans les yeux longuement avant d'acquiescer d'un bref signe de tête. Le garde baissa son arme.

— Puisque je vais tout oublier, pouvez-vous me dire où nous sommes ?

— Je crois que vous allez apprécier ce que je vais vous révéler.

72

Ce fut un « réveillon » des plus étranges. Pendant plus de deux heures, je fis à Abermeyer les honneurs de la cité souterraine. Je l'emmenai partout, sauf au moulin. Il posait des questions pertinentes auxquelles j'essayais de répondre de mon mieux. Son fils et Nathan échangeaient eux aussi. Par moments, j'en oubliais même qui était vraiment l'homme qui marchait à mes côtés. Je révélais l'un des lieux les plus sacrés de la Confrérie à l'un de nos plus grands ennemis, et le plus étonnant, c'est que j'en étais heureux. Et je percevais chez lui le même étonnement teinté d'incrédulité.

Abermeyer allait de surprise en émerveillement. Même s'il ne partageait pas notre esprit, la perfection du lieu, sa géniale simplicité étaient un bien meilleur avocat que tout ce que j'aurais pu lui dire.

— Quelle avance fabuleuse, c'est magnifique... Je comprends mieux ce que vous m'avez dit lorsque vous êtes venu me trouver.

Son visage s'assombrit.

— Jamais je ne me souviendrai de ce lieu ?

— Jamais.

— Il n'en restera rien ?

— Quelques images, parfois, dans vos rêves, mais rien de conscient.

— Je vais aimer dormir.

Je les pilotai jusqu'au solarium. Abermeyer et son fils virent poindre le jour, captivés.

— Je vais vous faire une confidence qui vous surprendra, monsieur Abermeyer. Le souvenir de cette visite restera l'un des plus forts de ma vie.

— Pour moi également. Jusqu'à ce que vous me le fassiez oublier…

Nous gardâmes tous le silence un long moment, absorbés par nos pensées et le spectacle de l'aube de l'an nouveau qui faisait scintiller la neige d'une pureté éclatante.

Enfin, nous reprîmes le chemin du retour. L'heure approchait. Nous parcourions les couloirs tels des amis qui allaient se séparer pour un long voyage, partageant un de ces moments aussi forts qu'inattendus que la vie offre parfois à ceux qui savent les attendre.

Au grand carrefour, les deux gardes attendaient. Le blessé s'était endormi, veillé par son compagnon. Le corps de Zielermann gisait toujours à terre. Nathan s'approcha et ôta son blouson pour l'en recouvrir. Abermeyer le regarda faire. Il se demandait sans doute quelle sorte d'hommes nous étions.

— Nous allons vous administrer un sédatif, lui annonçai-je. Vous serez évacué dans quelques heures et le traitement démarrera dès que vous le souhaiterez.

Abermeyer opina. Regardant sa montre, il ajouta :

— Le camp ne doit pas tarder à être levé à l'heure qu'il est.

Le garde valide revint avec une sacoche qu'il posa à nos pieds. Il en sortit deux ampoules.

— Asseyez-vous, dis-je à Abermeyer en imbibant un coton d'alcool, nous allons vous faire l'injection. Je vais encore vous dire une chose : vous allez oublier ce lieu, mais j'espère que vous et votre fils garderez en vous l'esprit que vous y avez rencontré.

Abermeyer me fixa, il y avait de la douceur dans son regard. Désignant Nathan d'un mouvement du menton, il demanda :

— C'est votre meilleur ami ? Inutile de me répondre, je vois bien ce qui vous lie. Je vais vous donner un conseil, le seul valable que je sois en mesure de vous offrir : veillez l'un sur l'autre. Tant qu'il ne vous arrivera rien, ni à l'un ni à l'autre, vous serez heureux. Il en va ainsi des frères.

Je cessai de lui frotter le bras. Son fils et Nathan nous regardaient.

— Pourquoi nous dites-vous cela ? demanda Nathan.

— Parce qu'à votre âge, j'avais un ami. Nous étions proches comme vous l'êtes. Je l'ai perdu d'une façon stupide, et c'est de ce jour que j'ai commencé à devenir ce que je suis. Je crois que s'il avait été là, les choses auraient été bien différentes.

Il ferma les yeux et ajouta :

— On peut faire sa vie seul contre tous, seul contre les autres, mais pas contre soi-même. J'ai connu le bonheur avec mon épouse, avec mon fils, mais un homme n'est jamais complet sans son frère.

J'avais la gorge nouée, et je sentais que Nathan aussi.

Abermeyer rouvrit les yeux et nous tendit la main. Nathan la lui serra, puis ce fut mon tour. Je n'oublierai ni ses mots, ni son geste, ni ce que chacun lut dans les yeux de l'autre.

Le garde enfonça l'aiguille dans son bras et pressa le piston. Ses mouvements ralentirent, ses paupières se fermèrent. Son fils s'était déjà assoupi lorsqu'à son tour il sombra.

Je ne sais plus qui de mes Maîtres m'avait enseigné que la nuance est une composante essentielle de ce monde et que rien n'est ni complètement noir ni complètement blanc. On m'avait aussi appris que plus on s'élevait dans la hiérarchie, plus les différences entre les camps opposés s'amenuisaient. Je venais de passer aux travaux pratiques. J'éprouvais une profonde et réelle sympathie pour ce caïd, une sympathie contre nature et pourtant tellement normale. Lui et moi ne nous affronterions plus jamais de la même façon.

73

Quelques flocons tombaient par l'entrée béante de la crypte. Le jour était levé à présent. Les gardes étaient déjà dehors, avec Abermeyer et son fils toujours sous sédatif. J'arrêtai Nathan qui s'apprêtait à remonter à son tour.

— Va faire soigner ta cuisse, je te rejoins tout à l'heure au château.

— Tu ne veux pas que je reste avec toi ?

— Nous sommes en retard, tout le monde va s'inquiéter là-haut. Va les rassurer.

L'expression de Nathan ne laissait aucun doute sur ce qu'il pensait.

— Ne t'inquiète pas, je vais bien, je ne risque rien. Mais il y a une dernière chose que je dois faire seul.

Il n'insista pas. Une fois dehors, il me fit signe de la main et disparut avec les deux gardes. Du fond de mon trou, je voyais le ciel blanc, la neige qui tombait et quelques branches sans feuilles. J'entendis leur voiture s'éloigner – ils avaient pris celle d'Abermeyer. Je retournai vers la cité, seul.

Nous avions enseveli les intrus aux côtés des Frères qui, huit siècles plus tôt, avaient péri dans l'effondrement d'une partie du moulin.

J'étais physiquement las, mais une intense énergie bouillait en moi. Je désirais rester seul pour méditer sur ce qui avait bouleversé ma vie depuis l'attentat sur les quais de la Seine. J'avais l'impression que cela faisait des années.

Je marchai des heures sous la montagne. De la galerie de Serrelongue à la ruelle, du trésor à la sépulture de fortune de nos ennemis, je fis chaque pas en pensant à tout ce que j'avais vécu, à toi, mon ami, à vous tous ensemble quelques centaines de mètres au-dessus de moi. Je n'arrivais pas à oublier les mots d'Abermeyer avant de s'endormir : « Veillez l'un sur l'autre, et rien ne pourra vous atteindre. » Je ne savais même plus quelles étaient ses paroles exactes, mais leur sens était trop évident en moi pour que je m'attache aux mots. J'étais heureux à l'idée que nous puissions vieillir ensemble, chacun protégeant la vie de l'autre.

Je descendis vers le grand carrefour et m'assis sur le haut de l'escalier. De là, je dominais toute la place. Chaque endroit de cette cité était maintenant chargé de souvenirs : c'est d'ici que j'avais parlé le soir de notre arrivée, c'était quelques marches plus bas que Zielermann avait failli nous tuer.

Il faudra peut-être des années pour se dire tout ce qui s'est passé en nous depuis ma disparition un soir de décembre ; l'angoisse, la peur, la solitude et la joie. Je ne sais pas encore si tu voudras continuer à nos côtés à vivre ce que tu as découvert ici. La vie est longue et pleine de surprises, mais ce dont je suis certain, c'est que plus jamais nous ne serons les mêmes.

Je pris lentement le chemin de la chapelle en ruine. Mes pas résonnaient dans les galeries désertes et silencieuses, et je sentais à chacun d'eux le poids des derniers jours s'envoler.

Dans la crypte, je passai un long moment à sceller le dernier carreau de mur qui dissimulerait l'entrée de la galerie, avant de le salir minutieusement. Chaque mouvement provoquait des élancements douloureux jusque dans mon épaule. Je songeais à Abermeyer et à notre prochaine rencontre, lorsque la vie nous opposerait à nouveau. J'attendrais ce moment avec autant d'appréhension que de curiosité.

Je me hissai dehors avec difficulté ; j'allais souffrir pour le trajet à vélo. Je fis péniblement glisser la dalle à sa place. Lorsque le trou fut complètement rebouché, le sentiment d'avoir achevé ma mission m'envahit. La neige tombait toujours ; hormis le souffle du vent dans les arbres, il n'y avait aucun bruit. Je ne m'étais jamais rendu compte que d'ici, on pouvait apercevoir le château. Je les imaginais sans peine, Andrew, Benoît, les Frères… Un second sentiment me submergea, plus puissant encore : l'impatience de revivre des moments aussi forts, l'envie démesurée de défendre et d'aimer.

En ce premier jour de l'année, le manteau de nuages blancs ne laissait passer le soleil que sur le pic du château, et Montségur était baigné d'une lumière pure. Partout, il faisait gris et neigeux, excepté là où se tenaient les êtres auxquels je tenais le plus. Le soleil et le cœur au même endroit…

J'enfourchai le vélo. J'étais certain qu'aucune douleur ne serait assez forte pour m'empêcher de vous rejoindre.

J'étais heureux comme jamais je ne l'avais été. Pour arriver à cet état de plénitude, il m'avait fallu affronter tout ce que je redoutais le plus. Finalement, les plus terribles jours de mon existence resteraient parmi les meilleurs. Mon pire malheur avait engendré mon plus grand bonheur. C'était paradoxal, étrange même, comme ce monde. Dans une vie, les joies sont à la mesure des peines, l'équilibre est dans tout. Rien ne sert de vivre si ce n'est pour ressentir.

Je descendis la Frau beaucoup trop vite pour la maîtrise que j'avais de mon vélo avec un bras blessé. Je songeais au travail qui nous attendait pour étudier, comprendre, protéger et partager le savoir que nous avions découvert, sans parler du trésor…

Arrivé au pied du pic, je suivis à pied le sentier qui montait au château. Un garde y était posté. À la première corniche, j'aperçus en contrebas des véhicules sortant en convoi du bois où se tenait encore quelques heures plus tôt le camp de nos ennemis. Les camions alternaient avec des berlines au toit défoncé.

Je repris le petit sentier qui se faufilait entre les buis et les rochers. Mon cœur battait à tout rompre, d'épuisement et de joie.

J'avais envie de vivre, de vivre à la santé des hommes qui rêvent, de ceux qui placent le cœur au-dessus de tout, à la santé de ceux qui choisissent et s'engagent, à la santé de ceux qui se trompent et réparent. Ce monde est fabuleux, il sera ce que nous serons, il est le nôtre.

À nos ennemis sans qui je n'aurais pas eu peur de vous perdre, ce sont eux qui m'ont appris que je ne suis rien sans vous. À nos prochaines épreuves, dont la vie nous laissera peut-être encore sortir vainqueurs si elle nous en juge dignes. Au hasard, à l'esprit et à tout ce qu'il nous reste à découvrir.

Le vent m'apporte la rumeur de vos voix. Dans quelques instants je serai avec vous. Il me tarde tant de repartir, de convaincre et d'aider. De vous entendre prononcer mon prénom, d'être des vôtres.

J'ai les larmes aux yeux, mal au bras et je trébuche sur les pierres. La porte du château n'est plus loin, je la vois. Je sais que tu es assis sur le rempart qui domine la forêt de Serrelongue, et que tu m'attends.

Je ne vois pas comment nous pourrions perdre un jour si nous restons amis. Il sera toujours temps de l'apprendre.

À ce monde qui vaut la peine que l'on naisse pour le traverser, aux hommes qui, sans jamais s'en douter, méritent que l'on se sacrifie pour eux.

À la seule chose qui compte : l'esprit du cœur.

FIN

Notes historiques

Le château de Montségur

C'est l'un des lieux les plus mystérieux de notre continent et pourtant, il peut se voir à plus de quinze kilomètres à la ronde. Même lorsque le temps est couvert dans les vallées qui l'entourent, les majestueuses ruines du château perché sur son nid d'aigle surnagent au-dessus des nuages, semblant flotter sur un océan irréel. Haut lieu historique, site remarquable, unique tant par son architecture que par sa situation, le château de Montségur attire les randonneurs amoureux de paysages exceptionnels, les passionnés d'escalade, les férus d'histoire… mais aussi ceux qui ne renonceront jamais à tenter de percer ses secrets.

Les questions restent en effet nombreuses concernant cette forteresse implantée sur son improbable promontoire, dans une région aux innombrables grottes. Mais si Montségur enflamme les imaginations, ce n'est pas uniquement pour ses légendes. Son tumultueux destin n'a rien d'une fiction et sa vérité reste encore à découvrir.

Bâti au XIIIe siècle sur les premiers contreforts des Pyrénées, à environ 120 km au sud de Toulouse, juché à 1 207 mètres d'altitude telle une sentinelle au sommet de son *pog* (ou *pech*, dérivé d'un mot occitan qui désigne un pic ou une éminence rocheuse), le château de Montségur a traversé les siècles et connu un spectaculaire destin ponctué de sièges, dont le dernier est l'un des plus connus qui soit.

C'est en 1206 que Raymond de Péreille, vassal du comte de Foix, fait édifier sur le site d'une ancienne place forte un *castrum* : une demeure fortifiée pour lui-même, et des habitations entourées de remparts.

Le castrum attire bientôt une communauté cathare conséquente, ce qui éveille l'attention de l'Église catholique : lors du IVe concile du Latran de 1215 (l'assemblée œcuménique réunissant les autorités ecclésiastiques), Montségur est désigné comme « un repaire d'hérétiques ». Le site est confirmé comme étant un abri pour les cathares dans les textes du traité de Meaux-Paris de 1229, qui met fin au conflit albigeois opposant le roi de France au comte de Toulouse, Raymond VII, et amorce l'intégration définitive des pays occitans au domaine royal capétien.

Ce rôle de refuge se renforce à partir de 1232 : l'évêque cathare Guilhabert de Castres convainc Raymond de Péreille de faire de Montségur « le siège et la tête » de la foi cathare. La citadelle accueille aussi des chevaliers et seigneurs occitans dits *faydits*, dépossédés de leurs fiefs par le traité de Meaux-Paris, et parmi eux Pierre-Roger de Mirepoix, cousin de Raymond de Péreille, qui a perdu ses terres au profit du maréchal

Guy de Lévis et prend une part active dans la résistance qui subsiste après le traité. Guerrier expérimenté, Mirepoix fait modifier profondément l'organisation et les défenses de la citadelle. Le castrum compte alors 500 à 600 habitants entre cathares, civils et hommes d'armes recrutés par Raymond de Péreille grâce aux moyens financiers des nombreux soutiens de la cause cathare.

En 1243, lors du concile de Béziers et suite à l'assassinat à Avignonet de deux inquisiteurs mandatés par le pape, Guillaume Arnaud et Étienne Saint-Thibéry, par une troupe de chevaliers faydits envoyée par Mirepoix, l'Église catholique prend la décision d'écraser l'hérésie de Montségur. Sur l'ordre de Blanche de Castille et de Louis IX, Hugues des Arcis, sénéchal du roi de France à Carcassonne, soutenu par Pierre Amiel, évêque de Narbonne, entame le siège de la forteresse à partir du mois de mai. Près de 5000 hommes encerclent le pic sur lequel est juché le château. Ils échouent cependant à isoler Montségur car il apparaît que Raymond de Péreille continuera à avoir des contacts avec ses alliés, en particulier le comte de Toulouse, Raymond VII, dont il espère obtenir l'aide.

Dans les mois qui suivent, la situation s'enlise. La vertigineuse forteresse semble n'avoir aucun point faible : les catapultes ne parviennent pas à atteindre les murs, trop en hauteur, et le relief très escarpé voue toute attaque à l'échec.

En novembre, l'évêque d'Albi arrive avec des renforts de troupes pour l'armée croisée. Une nuit, après une escalade audacieuse, quelques soldats sont déjà parvenus à se rendre maîtres d'un poste de guet plus proche des remparts. Cela permettra d'acheminer et de monter sur place un trébuchet capable de bombarder la barbacane défendant l'accès principal du château.

Au tout début de l'année 1244, grâce à l'arrivée de Bertrand de la Bacalaria, un ingénieur dépêché par le comte de Toulouse, les assiégés construisent à leur tour une machine de guerre pour résister aux troupes royales, mais en février, les assaillants réussissent à prendre la barbacane.

Le 2 mars, Raymond de Péreille et Pierre-Roger de Mirepoix, avec l'assentiment de l'évêque cathare Bertrand Marty, se résolvent à entamer des négociations pour se rendre. Hugues des Arcis accorde aux assiégés quinze jours de trêve pour décider de leur sort. Les termes de la reddition sont clairs : le pardon sera accordé aux défenseurs, s'ils acceptent d'être jugés par l'Inquisition qui leur réservera une peine légère. Les autres auront la vie sauve s'ils abjurent leur foi cathare. Dans le cas contraire, ils périront par le feu.

Au bout de onze mois de résistance, les assiégés capitulent le 16 mars 1244. Plus de 200 cathares (les chiffres varient entre 120 et 220 selon les sources) qui ont refusé d'abjurer montent sur le bûcher.

Après sa chute, le château revient par décision royale à Guy II de Lévis, un des lieutenants du roi qui prit part à la croisade des albigeois. Une garnison royale y restera jusqu'au traité des Pyrénées mettant fin à la guerre avec la couronne d'Espagne, au XVIIe siècle.

Plusieurs sources concordantes affirment que pendant le siège, notamment aux alentours de Noël 1243, des cathares auraient discrètement quitté l'enceinte fortifiée et réussi à franchir les lignes ennemies pour emporter un trésor. Ni sa nature ni l'identité de l'escorte ne sont officiellement connues. À partir de là, les faits se perdent dans la légende et les pistes évoquées concernant le devenir du trésor sont nombreuses : évacué vers l'Écosse ou bien vers Gisors, enfoui dans le pic sous le château ou caché dans une grotte du Sabarthès, au sud de Foix – une région connue pour abriter tout un réseau de grottes creusées dans la montagne calcaire, dont certaines ont été fortifiées à l'époque. Le mystère du trésor de Montségur est né. Il semble aussi que quatre « bons hommes » aient pu quitter secrètement le château la veille de la reddition, munis de documents dont il est fait mention dans les états de vie du château mais dont on ne retrouvera jamais la trace…

Ces éléments historiques valent au château une réputation qui repose avant tout sur des interrogations non résolues. Comment les assiégés ont-ils réussi à rester en contact avec leurs appuis de la région ? Comment ont-ils résisté au blocus alimentaire mis en place pendant près d'un an ? Une fois pris, le château n'a par ailleurs jamais été incendié, mais il a été fouillé et partiellement « démonté ». Au siècle dernier, dans les années soixante-dix, des explorations spéléologiques du pic ont permis de mettre au jour des passages souterrains empruntant des cavités naturelles, mais aussi aménagées. Ces accès, souvent éboulés ou trop dangereux, se sont révélés en trop mauvais état pour mener plus avant les investigations et comprendre leur véritable utilité. Au milieu des années quatre-vingt, des « fouilles » illicites, pratiquées à l'explosif sur les contrefort du pic de Montségur, ont obligé les autorités à interdire toutes les recherches privées sous quelque forme que ce soit...

Le château tient toujours sa place au sommet, et quiconque s'y aventure ne peut que tomber sous le charme de cet incroyable endroit en se demandant ce qui a pu pousser tant de gens à le défendre au prix de leur vie pour lui rester fidèle. La réponse s'y cache peut-être encore...

Les cathares

Beaucoup de choses ont été dites et écrites sur les cathares. Ils furent de ceux dont le parcours spirituel et social, aux antipodes des dogmes de leur époque, leur valut autant d'admirateurs que de détracteurs. Leur démarche était pourtant pacifique et ne visait, à leur sens, qu'à valoriser le meilleur de l'être humain. Parce que leur ascension, notamment dans le sud-ouest de la France, s'avéra aussi rapide que profonde, leur disgrâce face aux pouvoirs qu'ils remettaient en cause fut d'autant plus sanglante et dramatique. Ceux qui tentèrent de les anéantir les auront finalement fait entrer dans la légende...

Le catharisme (du grec *katharos*, pur) est le terme contemporain désignant un mouvement religieux du Moyen Âge d'origine chrétienne, dissident de l'Église catholique. Ses adeptes, que l'on appelait plus généralement à l'époque les albigeois, étaient particulièrement présents dès la fin du XIe siècle dans le midi de la France, surtout en Languedoc, à Albi (d'où leur nom), Carcassonne, Toulouse, Agen et jusqu'en Italie, en

Lombardie. L'albigéisme – que l'on ne désignera que bien plus tard par le nom de « catharisme » – pourrait être issu d'un courant de gnosticisme manichéen né vers le milieu du VIIe siècle avec les pauliciens en Asie mineure, que l'on retrouve ensuite au Xe siècle en Bulgarie et en Italie avec les bogomiles, avant qu'il n'essaime dans les régions plus occidentales.

La doctrine de l'Église cathare, fondée sur une règle fondamentale de justice et de vérité, ne repose pas sur la théologie – l'étude de Dieu et de la chose divine – car pour elle, Dieu est par essence inaccessible et donc impossible à connaître. Il est toutefois inconcevable que cet être parfait et bon puisse avoir quelque rapport que ce soit avec le mal, si omniprésent parmi les créatures terrestres « vaines et corruptibles ».

La foi cathare relève donc du dualisme : l'existence de deux principes absolus, l'un bon et l'autre mauvais, rivaux mais égaux. Dans leur conception du monde, le dieu du mal et le dieu du bien, tous deux créateurs et éternels, coexistent. Le monde invisible est un monde spirituel, lumineux, d'où le mal est absent, alors que le monde visible, matériel, ignore le bien et n'est que « souillure et perversité » – notre monde terrestre et tout ce qu'il renferme est l'œuvre de Satan.

La religion cathare est vite considérée par l'Église romaine comme une hérésie, plus menaçante encore que celle des « infidèles » musulmans et juifs car elle questionne les fondements mêmes du catholicisme et refuse la hiérarchie catholique et son ostentation. Les cathares se présentent en effet comme les seuls véritables disciples des apôtres et, se rapprochant du

Nouveau Testament, aspirent à revenir au christianisme des premiers temps. Ils nient la Trinité, la Résurrection et le purgatoire – pour eux, l'âme prisonnière de la chair doit expier ses fautes en occupant un corps après l'autre jusqu'à ce que son enveloppe charnelle accepte d'être purifiée par le sacrement du *consolamentum*. Leur vision des choses implique que l'enfer est dans ce monde et non ailleurs. Ils refusent l'incarnation du Christ et l'Ancien Testament, et les sacrements instaurés par l'Église – baptême d'eau, sacrement de l'Eucharistie, mariage – n'ont à leurs yeux aucune valeur. Pour eux, l'union de deux êtres ne passe par aucun rituel et repose uniquement sur l'amour, le consentement et la fidélité. Leur seul sacrement est le *consolamentum*, le baptême spirituel de Jésus-Christ, le Saint-Esprit, par imposition des mains et de l'Évangile, qui ne peut être administré à un bébé ou à un jeune enfant car ceux-ci sont encore incapables de reconnaître sa valeur. Le *consolamentum* permet à l'esprit, seule partie divine de l'Homme, d'accéder au Salut et de retourner au Ciel. C'est aussi une cérémonie liturgique par laquelle les fidèles s'élèvent dans la hiérarchie de leur Église.

La communauté religieuse cathare compte les « croyants », qui constituent la base et ne sont soumis à aucune règle de vie particulière, et les « consolés » ou « parfaits » et « parfaites », hommes et femmes qui ont reçu le *consolamentum* et se désignent eux-mêmes en terre albigeoise sous l'appellation de « bons chrétiens » ou « bons hommes » et « bonnes dames » – certaines sources affirment que l'appellation « parfait » était en fait utilisée par l'Inquisition, dans le sens « parfaitement hérétique »… Le « consolé » doit demeurer soumis à Dieu et mener une vie ascétique ; il a le devoir de chasteté, de vérité, d'humilité et d'obéissance, doit s'abstenir de tout vice et de toute méchanceté et ne doit commettre ni homicide, ni vol, ni mensonge.

Les parfaits sont chargés du Salut. Ils consacrent leur vie au spirituel, et refusent de consommer de la chair animale par compassion pour les animaux. En pratiquant l'abstinence, ils renoncent aussi à engendrer des enfants pour ne pas emprisonner une âme, étincelle divine, dans un corps, matière mauvaise par essence, et perpétuer ainsi le mal. Là encore, en décourageant la procréation, ils constituent une menace pour l'Église.

Se rapprochant de l'enseignement des Apôtres, les parfaits et parfaites, une fois ordonnés, devaient pratiquer la pauvreté et travailler de leurs mains pour vivre. Ils rejoignaient alors des « maisons de parfaits », à la fois lieux de vie et ateliers intégrés dans les villages et les villes. Cette proximité avec la population leur offrait un avantage notable pour la prédication, qu'ils assuraient même sur les places publiques. Atout supplémentaire, ils étaient porteurs d'une parole plus accessible : ils prêchaient en s'appuyant sur la traduction des Écritures saintes en langage ordinaire (notamment l'occitan, langue parlée de la région), alors que le clergé catholique employait le latin.

L'essor des mouvements manichéens comme le catharisme, croyant en un monde du bien et un monde du mal, représente non seulement un risque pour l'unité religieuse de l'Occident, mais aussi pour son unité sociale, car les cathares refusent également la propriété privée. À leur sens, la terre revient à ceux qui la travaillent, et ce principe qui va à l'encontre de la féodalité trouve un écho favorable parmi le peuple et ceux qui travaillent sans rien posséder...

C'est en 1139, lors de son dixième concile œcuménique dit aussi deuxième concile du Latran, que l'Église catholique romaine déclare hérétiques les manichéens et les gnostiques et prononce ses premières condamnations contre les cathares. L'inquiétude de l'Église grandit, car l'hérésie gagne même une partie de la noblesse et de la classe dirigeante du Midi. Et, dit-on, certains membres du clergé...

À la fin du XIIe siècle, le catharisme s'est bien implanté dans le Sud-Ouest : il s'appuie sur un dogme solide et une structure hiérarchisée – les croyants sont groupés autour de parfaits et d'évêques ayant à leur charge une région déterminée, et là où l'Église catholique romaine étale bien souvent son opulence et sa richesse, le peuple respecte les parfaits, l'austérité de la vie qu'ils mènent et leur détachement vis-à-vis des biens matériels.

Face à cette situation, le pape Innocent III émet la bulle *Vergentis in senium* le 25 mars 1199, qui considère le crime d'hérésie comme un crime de lèse-majesté et instaure les procédures et pénalités sanctionnant les hérésies. Pour ramener les hérétiques dans le droit chemin, le souverain pontife recommande cependant d'abord d'avoir uniquement recours au prêche. Mais cette tactique restera vaine, car les conversions et les retours au catholicisme sont rares. Raymond VI, comte de Toulouse, et ses vassaux encouragent même l'hérésie, dans l'espoir de s'approprier les possessions de l'Église.

Le 14 janvier 1208, le légat pontifical Pierre de Castelnau, envoyé depuis quelques années inciter la noblesse locale à réagir contre l'hérésie, est assassiné par un écuyer du comte de Toulouse quelques jours après avoir prononcé l'excommunication du comte, qui refusait de collaborer avec l'Église.

Le meurtre pousse Innocent III à proclamer une expédition militaire contre les hérétiques albigeois et Raymond VI, leur protecteur, le 10 mars. Les combattants qui prennent part à la croisade des albigeois se voient accorder les mêmes indulgences qu'en Terre sainte : c'est la première fois qu'une croisade a lieu à l'intérieur même de la chrétienté occidentale. Mené par un seigneur d'Île-de-France, Simon de Montfort, le mouvement trouve ses forces principales chez les barons du Nord, avides des richesses du Midi. La redoutable armée avance inexorablement. Bientôt, châteaux et bourgs tombent l'un après l'autre, terrifiés par les massacres et incapables de résister à une telle puissance militaire. Cette croisade mêlant guerre de religion et conflit politique se transforme peu à peu en une lutte du Nord contre le Sud.

Cette terrible guerre durera vingt ans, au cours desquels combats, sièges et massacres mettent le Languedoc à feu et à sang. Béziers est mis à sac par les croisés le 22 juillet 1209, et la population décimée. C'est à cette occasion que le légat pontifical Arnaud Amaury aurait lancé cette phrase devenue l'une des plus célèbres de l'histoire : « Tuez-les tous, Dieu reconnaîtra les siens. »

En 1213, le roi Pierre II d'Aragon se porte au secours de son ancien ennemi, le comte de Toulouse, car il est désormais menacé par un adversaire plus redoutable encore : le roi de France. C'est un échec : Pierre d'Aragon est tué à la bataille de Muret cette même année. En 1215, suite au quatrième concile du Latran, Raymond VI est déchu de ses droits et de ses terres : le comté de Toulouse échoit à Simon de Montfort. Le concile condamne solennellement le catharisme et organise la répression de l'hérésie cathare. Il met en place des tribunaux et les bases de la procédure de jugement des hérétiques : jugés par les tribunaux religieux, ils sont livrés au pouvoir séculier pour l'exécution des sentences. Les évêques doivent débusquer les hérésies dans leurs diocèses avec l'aide des autorités civiles – ce sont les prémices de la future Inquisition.

En 1218, Simon de Montfort meurt à son tour, sous les murs de Toulouse. Le fils de celui-ci, Amaury, renoncera à ses droits sur l'Occitanie en faveur de Louis VIII en 1224. Raymond VII, fils de Raymond VI, se résoudra finalement à signer le traité de Meaux-Paris en 1229 : la croisade prend fin et voit le Languedoc perdre sa souveraineté et être annexé au royaume de France – même si quelques résistances perdurent encore jusqu'aux années 1240-1250.

La croisade des albigeois n'a pourtant pas complètement éliminé le catharisme, et pour poursuivre le combat contre l'hérésie, l'Église met en place une institution judiciaire particulière : l'Inquisition. Le pape

Grégoire IX a déjà poursuivi l'action de ses prédécesseurs Innocent III et Honorius III en publiant en 1231 la constitution *Excommunicamus*, qui donnait une forme précise à la répression des hérétiques en infligeant la détention à vie aux repentis et la peine de mort aux obstinés. La prison et la mort par le feu sont désormais des instruments officiels de pénitence. Dès lors, ce ne sont plus les évêques sur qui repose la charge de repérer dans la population ceux qui s'éloignent de la religion catholique, ce sont des inquisiteurs missionnés directement par le Saint-Siège qui doivent rechercher et punir les hérétiques dans le Saint-Empire. En 1233, les tribunaux inquisitoriaux sont introduits dans le royaume de France. L'Europe entière sera sillonnée par ces inquisiteurs souvent dominicains ou franciscains.

Au fil de la seconde moitié du XIIIe siècle, la doctrine cathare connaîtra un lent déclin. Après la chute de Montségur, leur dernier refuge dans le sud-ouest de la France en 1244, les cathares traqués n'ont plus l'appui des seigneurs de la région. Malgré les soulèvements des populations contre les inquisiteurs à Toulouse, Narbonne, Avignon, Carcassonne, Albi et ailleurs, les communautés sont éclatées, désorganisées. Seul l'évêché de Toulouse survivra, au prix d'un exil en Lombardie, à Vérone… Guilhem Bélibaste, le dernier « bon homme » occitan, sera brûlé vif à Villerouge-Termenès en 1321.

Les Templiers

Leur épopée pourrait être la plus grande saga épique jamais imaginée, mais elle n'a rien de fictif. Leurs faits d'armes sont de ceux qui fondent les légendes, leur fabuleuse fortune excita la convoitise de bien des souverains et continue de fasciner les chercheurs de trésors, leur pouvoir défia celui des plus puissants de leur époque, et tout ce qu'ils ont inventé et mis en place trouve encore un écho dans notre monde moderne.

Une ascension fulgurante, une apogée éclatante, une destinée tragique scellée par des complots et des trahisons qui n'eurent raison ni de leur esprit ni de leurs secrets : la conjonction était idéale pour qu'au terme d'un parcours historique exceptionnel, leur incroyable destin s'élève au rang de mythe universel et leur assure une place à part aussi bien chez les historiens que dans l'inconscient collectif.

Tout a été dit sur les Templiers. Tout a été écrit et prétendu sur eux, leur trésor, leurs mœurs, leurs pouvoirs occultes. Mais s'ils inspirent à ce point, jusqu'à engendrer autant de passion que de rejet, jusqu'à pousser certains à s'inventer des filiations à force d'approximations ou d'usurpations, s'ils enflamment tous les imaginaires, c'est d'abord parce que leur réalité dépasse souvent tout ce qui a pu être inventé à leur sujet.

L'ordre des Pauvres Chevaliers du Christ, appelé par la suite ordre du Temple, est un ordre religieux et militaire ayant existé au Moyen Âge. Moines-soldats, ils devinrent aussi administrateurs, diplomates et financiers.

L'ordre fut fondé en 1119 à Jérusalem – prise aux musulmans lors de la première croisade en 1099 – par deux chevaliers français, Hugues de Payns et Geoffroy de Saint-Omer, entourés de sept autres chevaliers, qui prononcèrent des vœux de pauvreté, de chasteté et d'obéissance auprès de Baudoin II, le roi de Jérusalem. Celui-ci leur octroya pour s'y installer une partie du Temple de Salomon – d'où leur nom. Lorsqu'il fut reconnu officiellement par l'Église au concile de Troyes en 1129, l'ordre comptait quatorze frères chevaliers.

Les Templiers avaient pour mission de protéger les pèlerins chrétiens voyageant sur les routes de la Terre sainte jusqu'à Jérusalem, à l'époque des guerres saintes et des croisades du XIIe et du XIIIe siècles. Organisés comme un ordre monastique, ils suivaient la règle cistercienne ; leur manteau rappelait d'ailleurs celui des moines cisterciens – cependant seuls les frères issus de la noblesse revêtaient le manteau blanc symbolisant pureté et chasteté, quand chapelains, sergents et écuyers en portaient un noir. Tous, en revanche, arboraient la croix pattée rouge qui leur fut accordée par le pape Eugène III en 1147. Malgré leur appellation de « chevaliers », leurs membres comprenaient des hommes de toutes origines et de toutes conditions, aussi bien des nobles et de vrais chevaliers adoubés que des paysans. Le maître – ou grand maître, l'autorité suprême de l'Ordre, était élu et demeurait à Jérusalem.

Les Templiers constituèrent la première armée permanente des États latins d'Orient mis en place par les croisés au Proche-Orient (tels le comté d'Édesse, la principauté d'Antioche ou le royaume de Jérusalem). Ils édifièrent des forteresses monumentales comme celles de Safed et du Château-Pèlerin en Israël, de Tortose et du krak des Chevaliers en Syrie, ou encore le Toron des Chevaliers au Liban.

Initialement créé pour protéger pèlerins et lieux saints, l'ordre devient rapidement une puissance financière de premier plan. Il reçoit en effet des dons et des legs (demeures, terres, troupeaux…), et perçoit de nombreux droits et rentes. En Occident, les commanderies – à la fois monastères, établissements fonciers et centres administratifs – sont essentiellement des exploitations agricoles, qui versent un tiers de leurs revenus chaque année pour soutenir l'effort de guerre en Orient. Gestionnaires avisés, s'appuyant sur une comptabilité rigoureuse et tirant parti des privilèges et exemptions que leur a accordés la papauté, les Templiers exploitent au mieux leurs richesses et prospèrent. Afin d'envoyer en Terre sainte les sommes importantes issues de leurs revenus et possessions en Occident, ils mettent au point une organisation financière solide. Ils assurent des transferts de fonds vers l'Orient, pour eux-mêmes d'abord, puis pour le compte de personnes extérieures à l'Ordre s'y rendant en pèlerinage.

Toutes les opérations financières liées au commerce avec l'Orient passaient par eux : ils devinrent la première banque internationale de tous les temps. Il furent les inventeurs des premières lettres de change – l'ancêtre du chèque que nous connaissons aujourd'hui. Il arrivait aussi au Temple de consentir des prêts à des puissants ou à de simples particuliers. Ils disposaient même de leur propre flotte, assurant des liaisons de Marseille à Jérusalem et de La Rochelle à Saint-Jacques-de-Compostelle. Outre la protection des pèlerins, ils mirent aussi leurs ressources au service de nobles causes comme le rachat des chrétiens captifs après la reprise de Jérusalem par les musulmans.

Sa double puissance, à la fois militaire et financière, fit de l'ordre du Temple un véritable État souverain s'adressant d'égal à égal au pape et aux rois, au même titre que d'autres royaumes ou certaines cités-États. Cependant, sa richesse et son influence lui attirèrent des ennemis puissants, dont le ressentiment fut encore attisé par la chute de l'Empire latin d'Orient, lorsque Saint-Jean-d'Acre tomba aux mains des musulmans en 1291 : les Templiers avaient perdu leur raison d'être, la mission pour laquelle ils avaient été créés, et leur utilité militaire.

Le Temple, banquier des papes et des rois, se retrouva pris dans la lutte opposant la papauté avignonnaise et le roi de France Philippe le Bel. Au début du XIVe siècle, le souverain, qui cherche à raffermir son autorité sur l'Église, est ulcéré par l'indépendance des Templiers, protégés par le pape depuis 1139. Il voit en eux un pouvoir concurrent du sien au moment où lui-même aspire à consolider le royaume de France, et où le pays connaît des difficultés financières…

Le roi s'attaque donc à l'Ordre, qui compte alors environ 15 000 membres dont 2 000 en France, en vue de l'évincer et de s'approprier ses richesses. Il commence par compromettre ceux qui en font partie en propageant des rumeurs sur de prétendus comportements immoraux, puis les accuse d'hérésie. Les Templiers, qui contrairement aux Hospitaliers de Saint-Jean de Jérusalem et aux chevaliers Teutoniques, n'ont aucun ancrage territorial unifié, ne pourront se défendre contre les mesures prises pour anéantir leur ordre – emprisonnements, tortures et exécutions.

Le pape Clément V, seule autorité fondée à juger l'Ordre, informe Philippe le Bel en août 1307 qu'une enquête sera menée par l'Église dans la deuxième quinzaine d'octobre. Mais le roi le prend de vitesse et, profitant de la présence sur le territoire français du grand maître du Temple, Jacques de Molay, il le fait arrêter ainsi que tous les Templiers de France le vendredi 13 octobre 1307 – et confisque leurs biens.

Accusés d'hérésie et de crimes abominables, 137 des 140 Templiers de Paris avouent, sous la torture menée par les inquisiteurs dominicains et les pressions morales, les ignominies dont on les accuse. Les aveux qui leur sont arrachés font planer la suspicion sur l'ensemble de l'Ordre, même si par la suite beaucoup se rétractèrent. Des pays comme l'Angleterre, l'Espagne, le Portugal, l'Allemagne ou encore l'Écosse reconnaîtront cependant l'innocence des Templiers.

Confronté à ces aveux forcés, le pape Clément V finit par céder aux exhortations du roi et ordonna à son tour l'arrestation des Templiers dans les autres États en 1308. En 1310, 54 Templiers furent brûlés vifs. Même si le concile de Vienne d'octobre 1311 refusa de reconnaître leur culpabilité, Philippe le Bel continua à faire pression sur Clément V, et celui-ci donna lecture à l'occasion de la deuxième session du concile, le 3 avril 1312, de la bulle *Vox clamantis* annonçant l'abolition de l'ordre.

Le 18 mars 1314, Jacques de Molay, leur grand maître, et Geoffroy de Charnay, le commandeur de la province de Normandie, furent brûlés sur le bûcher édifié près de l'actuel pont Neuf, à Paris.

Toutefois, si l'ordre fut effectivement dissous, il ne fut pas condamné, et Philippe le Bel ne fut pas autorisé à mettre la main sur leurs biens : le pape les légua aux Hospitaliers de Saint-Jean, sauf en Aragon et au Portugal, où furent créés des ordres successeurs légitimes du Temple – respectivement Notre-Dame de Montesa et l'ordre du Christ. Les Templiers restants se retirèrent dans diverses maisons religieuses ou traversèrent la Manche pour se réfugier parfois clandestinement en Angleterre.

La fin tragique de l'Ordre en France fut source de bien des spéculations et vit naître nombre de légendes. Aujourd'hui, l'injustice du procès fait aux Templiers est, sauf exception, historiquement unanimement reconnue. Quant à leur fameux trésor, la puissance financière et militaire de l'Ordre et son influence laissaient penser que les Templiers étaient très riches, mais aucun livre de comptes ou inventaire n'ayant pu être saisi à l'occasion de leur arrestation, personne n'est en mesure de l'évaluer.

À ce jour, ce que convoitait Philippe le Bel et que beaucoup d'autres ont cherché depuis n'a toujours pas été officiellement retrouvé.

Et pour finir…

Merci beaucoup de m'avoir suivi jusqu'à ces pages. Nous revoilà vous et moi, au terme de ce roman, pour notre traditionnel rendez-vous. J'aime en arriver là, à vos côtés. Cela représente toujours une étape importante, d'autant que ce livre tient une place à part pour plusieurs raisons.

Pour une fois, cette section devrait même s'appeler « Et pour commencer… », parce que l'histoire que vous venez de lire est la toute première que j'ai imaginée au point de me dire qu'elle ne devait pas rester uniquement dans mon esprit. C'est celle qui m'a donné envie d'écrire alors que rien ne m'y prédisposait. Si vous le voulez bien, je souhaite vous en parler.

J'aimerais vous confier non seulement comment est née cette aventure, mais aussi tout ce qu'elle a déclenché. Du coup, ces lignes personnelles sont très atypiques car d'habitude, je vous écris ce chapitre particulier juste après avoir achevé le roman qu'il clôture. Or, en l'occurrence, je le rédige plus de trente ans – trois décennies ! – après avoir eu l'élan de partager cette histoire que vous venez de lire. Autant vous dire que j'ai eu le temps de prendre du recul.

Calmons d'abord les esprits suspicieux qui ont souvent bien raison de l'être : je ne vous propose pas aujourd'hui ce roman de mes débuts pour profiter de la notoriété que vous m'avez offerte en raclant les fonds de tiroirs. Vraiment pas. J'ai d'abord eu peur d'être confondu avec ceux qui le font. Mais l'envie était trop forte. J'aime cette intrigue et les valeurs d'attachement et de compagnonnage qui l'habitent ; les sujets historiques que le livre aborde me passionnent, et j'aime par-dessus tout l'idée que des individus s'associent par conviction pour défendre quelque chose sans songer à en tirer profit. Ce n'est pas exactement ce que nous vivons aujourd'hui.

Ce roman est forcément loin d'être parfait mais il est sincère, idéaliste, et humainement porteur d'une expérience personnelle réelle qui m'a profondément marqué. Je me suis battu des années durant pour en récupérer les droits, j'ai renoncé à ce que l'on m'offrait de financièrement avantageux afin de prendre le temps de le réécrire librement, en toute intégrité, avec des partenaires qui comprenaient ma démarche. Vous le présenter tel que je l'ai créé voilà trente ans aurait été peu honnête au regard de ce dont je suis capable aujourd'hui. L'expérience que j'ai acquise doit être mise au service de tout ce que je vous propose, par respect pour la confiance que vous me témoignez. Alors j'ai attendu le bon moment, retravaillé complètement le texte tout en protégeant son essence. Tout au long de ce processus, je me suis replongé dans cette aventure, ces sentiments, au cœur de ces décors et des énigmes historiques qui sous-tendent le récit, et j'ai compris pourquoi je tenais tant à vous faire découvrir l'ensemble. Cette histoire renferme une bonne part de ce que je suis et de ce que j'aime.

Avant de vous en dévoiler quelques secrets, effectuons un rapide retour sur le contexte dans lequel je l'ai écrite. Nous sommes en 1990, un autre siècle, un autre monde. Les portables n'existent que dans les films de science-fiction et en ce temps-là, il est encore impensable qu'un blaireau qui donne son avis sur n'importe quoi ou une bimbo frelatée puissent être connus et écoutés par 100 millions d'êtres humains – parmi tous les espoirs de futur que suscitait l'an 2000, celui-là ne figurait pas, on se demande bien pourquoi… Cette année-là, on en est encore à croire que l'avènement du nouveau millénaire sera le grand soir, même si on commence à se douter que la gueule de bois risque d'être sévère.

Je ne regrette pas grand-chose de cette période, sauf ceux que j'aimais et que je pouvais alors encore serrer dans mes bras. Vous ne m'entendrez jamais dire « c'était mieux avant », mais je reste convaincu que tous les « progrès » ne se valent pas. À l'époque, j'ai 25 ans, je travaille avec passion dans l'univers du cinéma. J'y ai déjà pratiqué bon nombre de métiers (assistant en beaucoup de choses – de la préparation des sandwichs au branchement des câbles –, maquettiste, repéreur, manutentionnaire, peintre, chargé de marketing, monteur de bandes-annonces, rewriter, artificier puis pyrotechnicien…), ce qui m'a donné l'occasion de découvrir cette industrie unique dont le principal pouvoir consiste à donner vie aux rêves, mais aussi à rendre immensément riches des gens peu recommandables humainement qui ne comprennent rien à ce qui alimente leur fortune. C'est aussi là que j'ai constaté à quel point égos et vanités sont néfastes et polluants. Tous ces aspects, idylliques ou douloureux, sont essentiels. Certains le sont cependant plus que d'autres.

J'ai eu l'immense chance d'apprendre à œuvrer en équipe, à toutes les heures du jour et de la nuit, sur des sujets aussi variés que la meilleure façon de mettre le feu à quelqu'un sans le blesser ou la taille maximale des éléments d'une grue de caméra pour qu'elle passe dans des fenêtres moyenâgeuses. Entre nous, c'est sans honte que j'avoue aujourd'hui que nous aurions pu tuer pour disposer d'une GoPro !

Mais restons en 1990. J'étais marié depuis peu avec Pascale, nous n'avions pas encore d'enfants. Je crois pouvoir affirmer que je savais qui j'étais – enfin presque ! –, déjà engagé en faveur de ce qui me bouleverse et enragé contre ce qui me révolte. J'ai depuis perdu pas mal d'illusions et de naïveté, mais j'en ai gardé le souvenir indestructible de ce que des gens qui partagent un idéal peuvent accomplir lorsqu'ils avancent ensemble.

J'ai grandi en regardant des héros de cinéma justes et droits, et j'ai eu le privilège de me construire auprès de gens incroyablement inventifs et extrêmement humains. Beaucoup ne vivaient que pour leur art, souvent au détriment de leur vie privée. Ce que j'ai capté dans leur sillage m'a permis de préciser mes priorités et m'a surtout donné assez de motivation pour dix vies.

Par contre, à cette époque-là, je n'ai vraiment aucune envie d'écrire. Cela ne fait pas du tout partie de ma sphère des possibles. Pas une seconde ! Mon parcours s'inscrit au sein des studios, à imaginer et fabriquer avec une magnifique bande de joyeux gugusses. Je n'ai absolument pas l'intention de devenir écrivain. Si une voyante m'avait révélé que quelques années plus tard je deviendrais auteur de best-sellers et qu'une autre m'avait annoncé que je quitterais tout pour aller soigner des pandas roux dans les forêts montagneuses de l'Himalaya, c'est assurément la seconde que j'aurais prise au sérieux ! Même si j'aimais bien les livres de Kipling, Verne ou Dumas, à mes yeux une émotion se déployait surtout sur un écran de cinéma, en Scope et en Dolby. Comme quoi, les certitudes…

Rapidement, pourtant, fréquenter les plateaux me permet d'entrevoir une vérité qui va sérieusement ébranler ma perception des choses. À l'époque, d'une façon ou d'une autre, j'ai déjà travaillé sur des dizaines de films. Certains pour seulement quelques heures et d'autres pour des mois, en suant sang et eau. J'ai parfois oublié jusqu'au titre de la plupart, mais quelques-uns ont changé mon existence. Pour les rencontres qu'ils ont permises, pour les messages qu'ils portent, ou les deux. J'aime l'énergie des tournages, j'adore la puissance des métiers qui assemblent leur expertise pour créer un moment auquel le spectateur croira. Je suis chaque jour impressionné par le degré de maîtrise qu'il faut dans les domaines de l'illusion et de l'artificiel pour faire exister ce qu'il y a de plus vrai en nous. Fascinant paradoxe d'une pureté absolue qui naît d'un mensonge industrialisé.

L'éternel enfant assoiffé d'émotions et de collaborations affectives que je suis avait trouvé son terrain de jeu. Je n'en suis d'ailleurs pas sorti depuis. La première source à avoir comblé ce besoin démesuré de ressentir et de m'associer à mes semblables aura été le cinéma. Ce qu'il m'aura apporté, ce qu'il m'apporte, ce qu'il m'a permis d'apprendre au contact de ceux que j'ai eu la chance de croiser – bienveillants ou odieux – irradie en moi et éclairera mon âme jusqu'à mon dernier souffle.

Je ne crois pas toujours aux histoires que je vois sur un écran, mais je sais que celles vécues par les hommes et les femmes qui les fabriquent sont bien vraies. Elles sont même souvent au moins aussi fortes, magnifiques et tragiques que les films auxquels elles donnent naissance. Ce n'est pas tant le cinéma auquel je voue un culte, que le creuset affectif dans lequel des cœurs fréquemment tourmentés lui donnent vie. Tout cela pour vous dire qu'en ce temps-là, je n'ai pas du tout l'intention d'écrire, je n'en ai même pas envie. Alors, que s'est-il passé ?

Sur les plateaux, je m'aperçois peu à peu que si l'éclosion des sentiments découle d'une habile fabrication, elle prend sa source dans l'écriture, celle du scénario, des dialogues, et que c'est au contact des comédiens, dans un rapport humain extrêmement personnel, que la confiance nécessaire à la révélation de leur talent s'épanouit. Il faut parfois des tonnes de matériel et des décors gigantesques pour que l'étincelle d'un regard nous frappe en plein cœur. Mais tout cet attirail technique n'est que la forme, pas le fond. Du jour où j'ai pris conscience de cela, tous mes référentiels se sont décalés.

Je me suis rendu compte dans la foulée que si le cinéma était idéal pour parler au plus grand nombre dans une démarche collective, la littérature était le seul moyen de parler à beaucoup en ne s'adressant qu'à chacun, un à un. Si on y réfléchit, cela change tout. Dès cette prise de conscience, j'ai immédiatement pressenti que ce lien direct, personnel, quasi intime entre un auteur et un lecteur était celui qui me correspondait le mieux. Vous en vivez la concrétisation à cet instant même : au moment précis où vous lisez ces mots, je suis absolument seul avec vous.

Cette perspective m'amène immanquablement à une autre question plus fondamentale : pourquoi est-ce que j'écris ? Replonger dans ce roman pour le réinventer m'a permis de trouver les réponses. Je note au passage que malgré toutes les interrogations qui m'assaillent chaque jour, il m'aura fallu trente ans pour commencer à comprendre la manière dont je fonctionne... Pas bien malin, le gamin.

Mais ne perdons pas le fil : j'avais donc autre chose à faire qu'écrire. Ma vie était déjà plus que remplie. Le destin n'a toutefois rien à foutre de votre emploi du temps. C'est ainsi qu'un mardi, sans trop savoir pourquoi, j'ai commencé à écrire. J'ai pris la plume comme on tombe amoureux. C'est une métaphore que j'utilise souvent et que je trouve tout à fait pertinente. Vous sortez de chez vous un beau matin, vous avez de nombreux rendez-vous, plein d'obligations, bref, pas du tout l'esprit à la romance. Pourtant, soudain, vous croisez celle ou celui qui déclenche quelque chose de totalement inattendu. Un regard, un geste, une parole résonne en vous et vous révèle tout à coup une part de vous-même que vous ne connaissiez pas. Soyons clairs : votre journée est fichue ! Vous ne penserez plus qu'à cette seconde où votre existence a décollé. Plus rien à battre des rendez-vous et des obligations. Vous y serez peut-être présent, mais pas vraiment – je suis certain que vous saisissez mon propos. Tout ce foutoir va cependant s'accompagner d'un phénomène bien plus important : vous allez désormais vivre plus fort que jamais.

Cette rencontre que vous n'attendiez pas prend votre vie en otage, elle vous change, vous ainsi que toute votre perception du monde. Vous vivez pour la prolonger, vous priez pour qu'elle soit partagée. C'est exactement l'effet que l'écriture a produit sur moi. À mes yeux, écrire, c'est vraiment comme tomber amoureux. Point important néanmoins : à mon sens, ça n'est joli que si ce n'est pas calculé. Si vous sortez de chez vous en vous attendant à tomber amoureux, si vous le cherchez, si vous faites n'importe quoi pour le provoquer artificiellement, au mieux cela donnera un flirt vide de sens, au pire une sordide parodie. On ne nourrit pas une existence avec ça.

Je me suis donc mis à écrire comme un fou, jour et nuit, parce que cette histoire me hantait, m'empêchait de dormir et que j'avais soif de la raconter à ma façon, sans autre ambition que d'entraîner les gens dans un monde où je vivais plus intensément. Je n'avais plus envie d'y habiter seul. J'ignore pourquoi, mais bien que n'étant ni officiellement qualifié pour écrire, ni légitime dans le rôle de l'écrivain, je me considérais comme le plus capable de raconter ce que j'imaginais. Aveuglement ? Prétention ? Enthousiasme du débutant ? Je n'en sais rien. Mais mon instinct m'a ordonné de me jeter à l'eau sans savoir nager.

En discutant avec beaucoup de mes confères, en lisant les mémoires de ceux que j'admire, j'ai depuis appris qu'un véritable écrivain n'a jamais ni diplôme, ni formation pour le devenir. Il présente tout au plus un acte de naissance qu'il a lui-même rédigé et que le public s'attarde à lire. Ce livre est le mien.

J'ai écrit dans l'esprit qui m'emplissait la tête et le cœur, librement, maladroitement, entièrement, habité par les personnages et l'intrigue que j'avais peu à peu assemblée en me nourrissant de la passion que j'ai de l'histoire et des projets que j'avais pu approcher. Par curiosité ou conviction, j'ai humblement suivi de nombreuses missions de recherches scientifiques et des campagnes de sauvegarde conduites par des fondations. Au-delà du savoir que j'ai pu en tirer, ces travaux très sérieux ont mis le feu à mon imagination, et j'ai écrit un incendie. J'en ai lu, des histoires sur les Templiers et leur trésor – tout et n'importe quoi. Mais j'avais le sentiment de proposer quelque chose de différent, avec des éléments inédits. Vous serez les seuls habilités à juger du bien-fondé de mon ressenti.

Ce livre est également une déclaration d'amitié à mes complices, un hommage à ceux qui ont inventé notre monde pour ce qu'il a de meilleur. Je ne suis ni fanatique religieux, ni membre d'aucun ordre, secte ou parti, mais je suis admiratif de celles et ceux qui savent imaginer plus loin, espérer plus fort, et pas uniquement pour eux-mêmes. Si on se donne la peine de regarder un peu, ils sont présents partout, capables et volontaires, sous toutes les latitudes, à toutes les époques, et c'est assez réconfortant. Sans les femmes et les hommes de bonne volonté, notre espèce ne vaudrait pas grand-chose.

Dans une incandescence créative épuisante pour mon entourage, j'ai écrit le premier jet en cinq mois, en y consacrant la moindre minute de temps libre. Plus de 700 pages ! Un texte objectivement trop long, trop descriptif, trop explicatif, souvent lourd, mais avec néanmoins quelques moments où j'avais l'impression d'arriver à transmettre ce que j'éprouvais. J'étais tellement fier, si enthousiaste, comme un môme qui a réalisé un dessin et se précipite vers les adultes pour leur faire admirer son chef-d'œuvre... C'est beau d'être jeune.

J'ai fait lire à mes proches. Une loi fondamentale de la condition d'auteur m'est alors apparue : il existe sur votre « œuvre » autant d'avis que de lecteurs. Tout le monde y allait de son commentaire, de ses remarques, de ses suggestions de coupes. Si j'avais tenu compte de tout, c'est bien simple, le livre n'existerait plus parce que chacun avait quelque chose à modifier, et jamais la même chose. De quoi faire imploser le récit. Chacun voulait que le livre ne parle que de ce qui l'intéressait le plus ! C'est alors que m'est apparue la seconde loi sacrée de l'écrivain : c'est à vous de savoir ce que vous voulez écrire, et vous avez intérêt à le faire correctement. Ne laissez personne être plus exigeant avec vous que vous-même.

J'ai envoyé mon « manuscrit » à une vingtaine de grands éditeurs. J'attends encore les réponses de beaucoup... et je note avec une tendresse amusée que Flammarion me l'avait poliment refusé. Eux avaient au moins pris la peine de le lire et de me répondre.

J'ai ensuite découvert la troisième loi de la création littéraire : savoir écrire, c'est savoir couper.

Que les éditeurs refusent mon livre ou ne me répondent pas n'était pas une raison pour que je reste les bras croisés à me lamenter. Je me suis demandé comment améliorer ce que j'avais produit. Ce n'est que bien plus tard que j'ai compris que la qualité du texte n'est pas prépondérante dans l'intérêt qu'un éditeur peut vous porter. Par contre, les conditions dans lesquelles il vous rencontre sont essentielles... Étrangement, dans ce métier, particulièrement en France, on regarde d'abord qui vous êtes et qui vous connaissez avant d'évaluer ce que vous faites.

Je me suis donc retrouvé à gérer mon texte seul, enfin pas tout à fait puisque je bénéficiais du regard déjà très précis de Pascale, qui m'a constamment aidé et encouragé. J'ai donc coupé, réécrit et repris... pendant quatre ans. Une odyssée durant laquelle j'ai traversé une multitude de sentiments. À la vibrante ferveur du déversement des mots succéda le fastidieux labeur de leur mise en ordre. J'ai parfois eu honte du premier pavé que j'avais envoyé, et je me suis régulièrement dit que silences et refus étaient parfaitement justifiés. Les jours de grand abattement, je me suis même crucifié, convaincu que si j'avais été à la place de ceux à qui j'ai adressé mon « roman », j'aurais immédiatement conseillé à l'auteur d'arrêter d'écrire.

Pour me soutenir, mon père m'a rappelé qu'avant d'être taillé, le plus beau diamant du monde n'a été qu'un infâme caillou que le profane ne se serait jamais abaissé à ramasser. Je ne suis pas convaincu que mes livres soient des diamants, mais j'aurais quand même bien aimé que Papa vive assez longtemps pour voir ce que j'ai réussi à extraire de la mine.

Après l'insouciante période de première pression spontanée qui vit le texte émerger, j'ai salement souffert. J'ai maudit cet amas de mots, j'ai méprisé mon rêve, j'ai détesté ma folle prétention à vouloir créer par moi-même ces histoires auxquelles il était bien plus simple de collaborer au cinéma quand d'autres – eux, bourrés de talent – leur donnaient vie en ayant la bonté de m'accepter dans leur équipe. Ce fut le pire moment, qui dura quand même plus de deux ans, celui où vous ne vous battez pas contre un élément extérieur que vous pouvez haïr, mais contre vous-même. Il est plus facile d'en vouloir à la terre entière que d'affronter ses propres limites. La seule solution pour s'extraire de ce noir chaudron, c'est d'apprendre, sur soi-même et sur la fonction, et surtout d'arrêter de mettre des états d'âme là où il ne faut que du travail.

J'avais la chance d'avoir Pascale à mes côtés. Ce n'est pas par hasard que mon livre s'ouvre sur « À la moitié sans qui je ne peux pas vivre ». Je me souviens de cette période comme d'une épreuve, d'une guerre intérieure. Chaque jour, j'hésitais entre abandonner ou repartir à la charge. Certains éléments du texte me donnaient le courage de remonter au front, parce que dans ce chantier, entre les remises en cause, les doutes et le travail énorme qu'il me restait à accomplir sur l'écriture, la passion pour les personnages, le ton particulier et l'intrigue dans ces décors inédits m'insufflaient régulièrement la force de continuer. J'ai tenu bon, contre moi mais aussi – de façon assez schizophrène – grâce à moi. Pas à pas, j'ai réussi à avancer, en dépit de ceux qui ont tenté de m'étouffer avant même que je respire, mais surtout grâce à ceux qui m'ont soutenu dans mon inconscience. « À ceux sans qui je n'aurais pas de raisons, aux rêveurs sans qui le monde n'avance pas. » Ces mots résonnaient en moi aussi bien dans l'histoire que dans ma vie. Ils le font toujours. Quel crétin j'ai été de me lancer là-dedans ! Mais je ne regrette rien. Il me fallait traverser cela pour devenir moi-même. C'est ce qui m'a permis de trouver ma voie.

Après cette étincelante déclaration, je n'oublie jamais que cette pauvre cuisine interne qui prend des proportions bibliques, ces affres pathétiques pour créer un bouquin de plus alors qu'il en existe déjà tant, ne conduiront au mieux qu'à un plaisir de quelques heures pour des gens qui ont aussi leur vie et leurs soucis. C'est ainsi. Un auteur doit endurer tout cela pour espérer provoquer quelques instants de bonheur fugace chez ses lecteurs. Depuis que je l'ai compris, je n'ai plus jamais été fier de quoi que ce soit que j'ai pu faire, j'essaie simplement d'en être heureux et de le partager.

Avec le recul et mon succès en comédie, je me suis aussi demandé pourquoi c'est par un thriller que j'avais commencé. Dans la vie, j'ai toujours beaucoup aimé rire. Je me méfie des individus qui n'ont pas d'humour. Je les évite autant que je peux. Alors pourquoi m'étais-je enthousiasmé à ce point pour une histoire qui n'avait rien de drôle ? Tout simplement parce que sur le fond, je suis un garçon sérieux et très responsable. Je rigole beaucoup, mais pas de tout. Mon premier terrain de galop aura été cette aventure, technique, historique, masculine. Cela ne m'empêchera pas quelques années plus tard de me glisser dans la peau de jeunes femmes pour d'autres écritures. J'aime tous les styles, j'y suis bien, et je ne vois pas pourquoi je ne devrais devenir qu'un « faiseur de produits » fournissant un seul genre alors que je suis un auteur qui peut proposer un registre bien plus large. Seul compte le sentiment que l'on transmet. C'est donc avec un immense bonheur que j'assume ce grand écart. J'ai écrit *Pour un instant d'éternité* et *Demain j'arrête !*, et vous m'avez fait assez confiance pour me suivre sur tous les territoires. Je vous en remercie.

Ce premier roman est personnellement fondateur à plus d'un titre. Grâce à lui, je me suis prouvé que je pouvais me battre contre moi-même et gagner. Si, si, vous avez bien lu. Grâce à ce texte, j'ai appris que je pouvais me cramponner et mener une histoire jusqu'au bout. J'ai vérifié que je pouvais ingurgiter des milliers de pages de documentation pour n'en tirer qu'un détail qui sonne vrai. Mais ce n'est pourtant pas ce que j'ai compris de plus important.

Avec ce premier livre, j'ai découvert ce qu'étaient les lectrices et les lecteurs, ces inconnus affamés que, parfois, un auteur parvient à nourrir au fil de quelques pages. J'ai été témoin de ce qu'ils sont capables de percevoir au travers des lignes, de ce qu'ils sont prêts à faire pour vous le dire et vous soutenir. Le regard de quelqu'un qui a aimé votre livre est sans équivalent. Un trésor, un cadeau sans nul doute, mais surtout un pont entre deux âmes. J'ai eu la chance de vivre cela avec ce tout premier livre. Vous n'espériez pas que ça allait me calmer ?

Alors j'ai continué à écrire ce que je rêve, ce que j'éprouve, au prisme de ce que je suis. Je le fais avec l'espoir que cela puisse vous distraire et vous faire vibrer.

Je ne vais pas vous faire perdre de temps avec les détails. Quatre ans d'acharnement m'auront été nécessaires pour que ce premier roman devienne enfin un livre. J'ai dû insister pour être édité. J'ai aussi eu la chance d'être aidé. J'ai coupé plus de la moitié du texte – avec le recul, je n'ai gardé que ce qui porte l'élan le plus intègre. Il a été publié directement en poche, mais ça m'allait très bien. Je ne cherchais pas une image de marque, mais à être lu. Il est sorti chez J'ai lu, puis il est passé ailleurs, avant d'y revenir pour le meilleur. Pour la présente édition, je souhaite remercier chaleureusement Mme Anna Pavlowitch, éditrice et amie, d'avoir cru en cette histoire avec enthousiasme et de m'avoir soutenu avec autant de bienveillance que d'exigence. Ma gratitude aux équipes de Flammarion, en particulier Béatrice Pellizzari, avec qui j'ai le plaisir et la chance de travailler quotidiennement.

Aujourd'hui, ce livre est là, entre vos mains. Pour moi, c'est un peu une boucle qui se referme joliment. Peu importe ce qu'il aura fallu pour en arriver là, ma seule finalité est de vous embarquer.

J'espère que ce roman vous a fait passer un bon moment. J'espère qu'il vous incite à en apprendre davantage sur tout ce qu'il aborde, j'espère qu'il vous poussera aussi à faire équipe pour avancer avec ceux dont le cœur bat au même rythme que le vôtre.

Parce qu'il ne s'agit de rien d'autre : faire battre votre cœur en vous proposant de sentir battre le mien.

À très bientôt, merci d'être là.

Votre bien dévoué,

www.gilles-legardinier.com

Gilles Legardinier
BP 70007
95122 Ermont Cedex
France

Cet ouvrage a été mis en pages par

<pixellence>

CET OUVRAGE
A ÉTÉ ACHEVÉ D'IMPRIMER
SUR ROTO-PAGE
PAR L'IMPRIMERIE FLOCH
À MAYENNE EN AOÛT 2022

N° d'édition : 436693-0. N° d'impression : 100893
Dépôt légal : octobre 2022
Imprimé en France